Falaysia

Fremde Welt

Band I

Ina Linger

Falaysia

Fremde Welt

Band 1: Allgrizia

Impressum

Einbandgestaltung: Ina Linger
Fotos: Cina Bard und Ina Linger
Titelschriften: Roger White and Bolt Cutter Design
Lektorat: Faina Jedlin
ISBN: 978-1484058565
ISBN-10: 1484058569

Für meine liebe Schwester Bettina und meine beste Freundin Christina, die mir beim Schreiben dieses Buches meine größten Stützen waren, und für meine süße Nichte Lucia, für die die Welt noch voller Magie ist und hoffentlich auch immer bleiben wird.

Prolog

Der Tod kam leise. Er schlich sich heran wie ein gespenstischer Schatten, glitt über die kalten, rissigen Wände der Höhle und tastete sich langsam an den Alten heran, der zitternd und schwer atmend in seinem eigenen Blut am Boden lag. Immer wieder schlug das flackernde Licht des wärmenden Feuers in der Mitte der Höhle die finstere Gestalt zurück, riss Löcher in sein schweres Gewand, trieb ihn mal in diese, mal in jene dunkle Ecke – doch verjagen konnte es ihn nicht.

Der Tod war gekommen, um den Alten zu holen – nur eilig hatte er es damit nicht. Der Alte hatte noch Zeit, *brauchte* noch Zeit. Er musste wenigstens noch für eine kleine Weile leben… *musste*… Und dennoch wurden seine Lider schwerer, sein Herzschlag schwächer, sein Atem flacher und unregelmäßiger. Mit jedem matten Schlag seines Herzens verließ ihn das Leben ein wenig mehr, glitt es ihm aus den so angestrengt zusammengekrümmten Fingern. Er konnte es einfach nicht festhalten. War zu schwach. Konnte nur warten. Warten und hoffen. Und hoffen, dass der Junge kam, dass er seine Not fühlte, um das anzunehmen, was seine Bestimmung war, seine Pflicht, sein Fluch oder seine Erlösung.

Es gab nur noch diese eine Chance für sie alle, diese eine Chance, doch noch das zu tun, was schon vor geraumer Zeit hätte geschehen müssen. Nie war der Moment gut genug gewesen, nie war der Alte überzeugt genug gewesen, dass der Junge reif genug, stark genug für das war, was auf ihn zukam. Auch jetzt noch hatte er

Zweifel. Aber er hatte keine Zeit mehr… keine Zeit… Er musste den Jungen zu sich rufen, ihn irgendwie erreichen.

Er versuchte sich zu konzentrieren, versuchte alle Kräfte zu mobilisieren, an die sich sein sterbender Körper so verzweifelt geklammert hatte. Doch er konnte sich nicht regen, konnte noch nicht einmal seinen Geist nach dem Jungen rufen lassen.

Der Alte schloss erschöpft die Augen. Nein, er besaß nicht mehr die Kraft, um den Jungen herzuholen. Es war zu spät… zu spät. Und die Dunkelheit tat so gut, linderte die Schmerzen, versprach Erlösung…

Auf einmal waren da Geräusche in der Ferne, schnelle Schritte, schweres Atmen und schließlich eine Stimme, die nach ihm rief. Die Stimme des Jungen! Der Alte fühlte seine Anwesenheit, noch bevor der Junge ihn berührte, noch bevor er seine Augen öffnete. Erleichterung durchströmte seinen erschlafften Leib, als er in das entsetzte Gesicht des Jungen blickte, die starken Hände fühlte, die sich sofort auf die schwersten der Wunden, die man den Alten zugefügt hatte, pressten, während seine Lippen Worte formten, die der Alte nicht mehr verstehen konnte. Doch er fühlte, was sie bedeuteten, sah die Angst in den noch so kindlichen Gesichtszügen, die Verzweiflung in diesen so ausdrucksstarken blauen Augen. Diese Hilflosigkeit… Der Junge hatte noch so viel zu lernen, brauchte noch so viel Unterstützung… weder Kind noch Mann… und doch war er jetzt gezwungen, erwachsen zu werden, noch vor dem rechten Zeitpunkt, war gezwungen eine Aufgabe zu übernehmen, die ihm niemand mehr erklären konnte und der er vielleicht allein gar nicht gewachsen war. Aber es musste so sein… *musste*… denn es stand so viel auf dem Spiel.

Es kostete den Alten all seine Kraft die Hand zu heben und über die des Jungen zu legen, die so verzweifelt versuchte den zu raschen Fluss des Blutes zu stoppen. Diese Geste allein genügte, um den Blick des Jungen auf die Augen des Alten zu lenken, dort nach

Antworten suchend, die er nicht mehr bekommen würde. Nicht heute… vielleicht nie mehr.

Mit der anderen Hand tastete der Alte nach dem Lederband um seinen Hals, doch er konnte nicht mehr genug Kraft aufbringen, um es aus dem Kragen seines Hemdes zu ziehen. Das Leben zerrann ihm so schnell unter seinen zitternden Fingern, dass jeder Atemzug zu einem mühevollen Akt geworden war. Der Tod hatte seinen Körper erfasst, kroch ihm bereits in die immer schwerer werdenden Glieder. Ihm blieb nur noch sehr wenig Zeit. Der Junge hatte jedoch verstanden. Vorsichtig zog er den ledernen Beutel unter dem blutgetränkten Stoff hervor. Natürlich war ihm nicht bewusst, welche Kostbarkeit er plötzlich in den Händen hielt, welche Macht. Noch wollte er nicht aufgeben, wollte er nicht verstehen, dass der Alte gehen musste. Zu deutlich stand ihm, als er den Beutel öffnete, seine Hoffnung ins Gesicht geschrieben – die Hoffnung, vielleicht ein Wundermittel darin zu finden, das den Alten doch noch retten konnte.

Wie groß war die Enttäuschung, als er das Amulett zum Vorschein brachte. Konnte er nicht sehen, wie wertvoll es war und welches Glück, welche Macht es versprach? Der Stein in seiner Mitte schimmerte wie ein kostbarer Rubin… und leuchtete da nicht ein kleines Licht in seinem Inneren oder war es nur das Flackern des Feuers und der herannahende Tod, die den müden Augen des Alten einen Streich spielten?

Dennoch erschien ein mattes Lächeln auf seinen Lippen und er hatte das Gefühl, das Richtige zu tun, als er mit einer kraftlosen Bewegung die Finger des Jungen um das Amulett schloss. Er konnte die Worte nur noch flüstern. Aber er wusste, dass der Junge sie hörte, obwohl er sie noch nicht wirklich verstehen konnte, in seiner Trauer und Verzweiflung nicht verstehen *wollte*. Er würde sie in sich aufnehmen, zusammen mit dem letzten Rest an Energie, die der Alte noch besaß, und eines Tages würde auch die Bedeutung dieser Worte in sein Bewusstsein dringen und ihn für immer verändern. Mit dieser Gewissheit schloss der Alte zum letzten Mal die Augen, sog zum letzten Mal mit einem tiefen Atemzug den Duft des Lebens in seine Nase.

Der Tod kam leise… und er ging leise. Doch die Trauer und der Schmerz, die ihn auch dieses Mal begleiteten, blieben für eine ganze Weile. Nur sie konnte man hören, in den verzweifelten Schreien und Schluchzern des Jungen, der den Alten fest in seinen Armen hielt, seine Stirn gegen die des Toten pressend. Sie hallten von den Wänden der Höhle wieder, drangen hinaus in die kalte Nacht, flohen über die schneebedeckten Gipfel der Berge und verloren sich in der Einsamkeit einer dunklen, hoffnungslosen Welt.

1

Es war kein ungewöhnliches Gebäude, in dem sich die Stube der Hexe befand – ein schlichtes, graues, mehrstöckiges Haus, in der für eine Großstadt üblichen Blockform erbaut, mit vielen Fenstern und mehreren Eingängen.

In die Wohnung der Hexe gelangte man durch keinen dieser Eingänge. Um dort hineinzukommen, musste man durch die dunkle Einfahrt gehen, die auf den Hinterhof führte, diesen überqueren, möglichst lautlos, um die neugierigen Nachbarn nicht aus ihrer alltäglichen, frustrierenden Langeweile zu wecken, und dann ein paar Stufen hinabsteigen, um schließlich durch die meist offen stehende Tür zu schreiten.

Natürlich benötigte man dafür eine Menge Mut, die Fähigkeit sich schnell fortzubewegen, wenn es brenzlig wurde, und eine gehörige Portion Verstand, um sich herauszureden, falls die Hexe einen schließlich doch erwischte.

Benjamin besaß all diese Eigenschaften, jedoch war er sich nicht so sicher, ob auch nur einer der anderen Jungen, die neben ihm im Gebüsch kauerten, über *eine* dieser Fähigkeiten verfügte. Der kleine Justin, der schräg hinter ihm kniete, keuchte vor Aufregung so laut, dass sie eigentlich auch mit einer Dampflokomotive hätten vorfahren können. Sein älterer Bruder Kevin, der dicht an Benjamin gerutscht war, um auch etwas sehen zu können, schob sich jetzt schon den dritten Kaugummi in den Mund und schmatze ihm so hektisch ins Ohr, dass Benjamin immer wieder kleine Speicheltropfen an die Wange klatschten. Und Michael, mit seinen zwölf Jahren der Älteste, sah angespannt hinüber zur Treppe, während er gleichzeitig angestrengt versuchte, so entspannt und cool wie möglich auszusehen, um seiner Rolle als Anführer der Bande trotz der Aufregung noch gerecht zu werden.

„Okay, wenn du bis zur Tür kommst, bist du schon ziemlich gut“, sagte er schließlich lässig, nachdem er sich noch einmal vergewissert hatte, dass auch wirklich niemand anderes im Hof zu sehen war. „Aber das reicht nicht, um in unsere Bande zu kommen. Dafür musst du da reingehen und darfst erst nach fünf Minuten wieder rauskommen!“

Benjamin dachte einen Moment nach und nickte dann. Obwohl er der Einzige war, der diese Mutprobe heute zu bestehen hatte, war er dennoch der Ruhigste von allen dreien. Wenn er ehrlich war, bewegte ihn die ganze Geschichte nicht ein bisschen. Dies hatte zwei Gründe. Der Erste und Wichtigste war wohl, dass er nicht wirklich an Hexen glaubte. Die wenigsten Menschen taten das wohl, aber hier in diesem Wohnblock war es etwas anderes. Hier waren im Laufe der Jahre schon viele wundersame Dinge geschehen, die sich die Menschen einfach nicht erklären konnten. Personen verschwanden und tauchten völlig verwandelt wieder auf, merkwürdige Zeichen erschienen über Nacht auf den Hauswänden, das Wetter spielte verrückt und vieles andere mehr. So hatten einige der Anwohner angefangen, sich über Übersinnliches zu informieren und Gedanken zu machen. Es war sogar eine Bürgerinitiative ins Leben gerufen worden, die sich von Zeit zu Zeit traf, um eigenartige Vorfälle zu dokumentieren und festzustellen, was diese wohl verursacht haben konnte – oder besser *wer*.

Schnell war man sich einig gewesen: Es konnte nur die merkwürdige Frau sein, die vor ein paar Jahren in den Häuserblock gezogen war und dort als Hausmeisterin arbeitete. Nicht dass man tatsächlich öffentlich behauptete, sie sei eine Hexe – *Nein!* – aber sie hatte etwas Verschlagenes an sich, etwas Geheimnisvolles, Okkultes. Und sie sammelte Antiquitäten, interessierte sich für mystische Dinge. Einige waren sich sogar sicher, dass sie manchmal schwarze Messen abhielt und dann Besuch von finsteren, vermummten Gestalten bekam.

Ganz gleich, ob das nun der Wahrheit entsprach oder nicht, die meisten Menschen im Wohnblock waren sich darüber einig, dass die Frau, die dort unten in der Kellerwohnung lebte, nicht ganz normal war. Daher mieden die Bewohner sie meist, grüßten sie aber dennoch höflich, wenn sie einmal mit ihr zusammentrafen, aus Angst, sie könne sie vielleicht verfluchen. Nicht dass irgendjemand tatsächlich an solche Dinge glaubte, aber einen gewissen Respekt brachte man ihr doch entgegen.

Genau das war auch der Grund, warum Benjamin nun mit den anderen drei Jungen in einem der wenigen Büsche des Hofes saß und hinüber zur Wohnungstür der Hexe starrte. Und es war der zweite Grund, warum er keine wirkliche Angst hatte. Er selbst hatte diese Art von Mutprobe ausgesucht, um endlich zu den ‚Jägern' zu gehören. Was genau die ‚Jäger' jagten, hatten die anderen Jungen ihm noch nicht so wirklich erklären können, aber da die drei die einzigen Kinder im Wohnblock waren, die ungefähr sein Alter hatten, hatte sich Benjamin entschlossen, dass es besser für ihn war, dazu zu gehören, als irgendwann vielleicht selbst zum Gejagten zu werden. Und er brauchte wirklich nichts Schlimmes bei dieser Mutprobe zu befürchten, denn…

„Was ist nun?" zischte Michael ihm ungeduldig zu. „Hast du plötzlich Schiss bekommen?"

„Nee, bestimmt nicht", erwiderte Benjamin empört und schüttelte den Kopf. „Mich würd nur mal interessieren, wie weit *ihr* bisher gekommen seid. War einer von euch schon mal drinnen?"

Michael wich seinem fragenden Blick aus und auch die anderen beiden fanden es urplötzlich sehr interessant an ihren ausgelatschten Schuhen zu herum zu nesteln oder ein paar Blätter von den Zweigen des Busches, in dem sie sich versteckten, zu zupfen.

„*Ich* hab das ja nicht vorgeschlagen“, meinte Michael schließlich mit gesenkter Stimme. „Das war deine eigene geniale Idee.“

„Ich hab gesagt, ich geh bis zur Haustür und klingle.“

„Das reicht aber nicht für ’ne Mutprobe!“ rief Michael aufgebracht und erschrak über seine eigene Lautstärke so sehr, dass er sich kurz duckte und einen ängstlichen Blick über die Schulter hin zur Tür der Hexe warf. „Wer zu uns gehören will, muss nun mal ’ne richtige Mutprobe machen. Das muss schon richtig gefährlich sein“, setzte er sehr viel leiser hinzu.

Benjamin sah ihn eine Weile nachdenklich an, erwiderte jedoch nichts mehr. Er wusste genau, dass weitere Diskussionen keinen Sinn machten. Michael konnte ein ziemlich sturer Hund sein, wenn er sich etwas in den Kopf gesetzt hatte, das wusste Benjamin aus der Schule, denn die beiden waren in derselben Klasse und Michaels Dickkopf konnte oft selbst von den Lehrern nicht bezwungen werden.

„Also, gehst du nun rein oder nicht?“ fragte er ungeduldig. Es schien fast so, als hätte er Angst, Benjamin könne einen Rückzieher machen.

Dieser atmete tief durch. Es war wohl an der Zeit, endlich zur Tat zur schreiten, wenn sie noch vor Einbruch der Dunkelheit in ihren jeweiligen Wohnungen sein wollten. Also nickte er knapp, richtete sich in ihrem Versteck vorsichtig auf, sah sich noch einmal kurz um und eilte dann, als er keine weitere Person im Hof ausmachen konnte, hinüber zu der niedrigen Mauer, die die Treppe und die Wohnungstür der Hexe ein wenig vor neugierigen Blicken schützte. Vorsichtig spähte er hinunter.

Die Tür stand wie so oft im Sommer offen und ließ frische Luft in die düsteren Kellerräume. Irgendwo im Inneren konnte er ein rötliches Licht flackern sehen. Die beiden Fenster an dieser Hauswand waren leider durch Vorhänge verdeckt und so war es ihm unmöglich, festzustellen, woher das Licht kam, wo sich die Hexe befand und in welchen Raum er kommen würde, wenn er durch die Haustür schlich. Er fühlte, wie ihn langsam die Aufregung packte. In seinem Körper kribbelte es überall und sein Herzschlag beschleunigte sich. Es war zwar nicht so, dass die Menschen, die er bisher hatte in diese Wohnung gehen sehen, niemals wieder herausgekommen waren, aber die waren ja auch nicht unbefugt in das Reich der Hexe eingedrungen. Und wenn Hexen wütend wurden, hieß es, wusste man nie ganz genau, was passierte.

Benjamin schluckte die nun doch in ihm aufwallende Angst tapfer hinunter und setzte sich wieder in Bewegung. Er hatte sich für diese Aktion extra seine weichsten Turnschuhe angezogen und war dadurch in der Lage, die wenigen Treppenstufen fast lautlos hinter sich zu bringen. Vor der Tür hielt er wieder inne, presste sich der Länge nach an die kalte Steinmauer und hielt den Atem an, um jedes noch so verdächtige Geräusch im Inneren der Wohnung wahrzunehmen. Doch da war nichts bis auf das laute Ticken einer Uhr.

Vorsichtig schob er sich näher an die Tür heran und spähte ins Innere. Hinter der Tür lag ein düsterer Flur, der von einigen Kerzen rötlich erleuchtet wurde. Benjamin konnte die Umrisse mehrerer Gemälde und anderem Schmuck an den Wänden ausmachen, ebenso wie die einer langen, antiken Kommode auf der allerlei Gegenstände sowie die Kerzen standen. Aber nirgendwo schien sich etwas zu regen – weder etwas tierisches noch etwas menschliches. Benjamin wusste, dass die Hexe zwei Katzen besaß. Ihm waren die Tiere schon des Öfteren im Hof begegnet, aber nur eine davon war zahm und anhänglich. Die andere hatte ein äußerst unfreundliches Wesen und war ihm schon einmal aus den Büschen in die Hacken gesprungen, blutige Kratzer an seiner Wade hinterlassend. Sie hielt wohl den Hof für ihr Revier und duldete andere Menschen dort nur, wenn sie gut gelaunt war. Benjamin hatte auch schon einmal beobachtete, wie sie die Nachbarin quer durch den

Hof gejagt hatte, als diese das Tier bei ihrem Nachmittagsschläfchen auf den Mülltonnen gestört hatte.

Nein, diesem Tier wollte Benjamin heute auf gar keinen Fall begegnen. Immerhin drang er nun sogar in dessen Wohnung ein – wer wusste schon, was das verrückte Vieh da mit ihm anstellte. Er atmete tief durch. ‚Nur fünf Minuten', sagte er in Gedanken zu sich selbst, während er leise durch die Tür schlich. ‚Fünf Minuten und du brauchst ja nicht weit rein gehen.'

Der Flur war glücklicherweise mit einem dicken altertümlichen Teppich ausgelegt, so dass Benjamin die Wohnung betreten konnte, ohne auch nur ein verdächtiges Geräusch zu machen. Er konnte sein eigenes Herz und die schnellen Atemzüge, die er nun machte, unnatürlich laut in seinem Kopf nachhallen hören.

Er warf einen flüchtigen Blick auf seine Armbanduhr. In dem gedämpften Licht der Kerzen waren die Ziffern kaum zu erkennen, also musste er sich wohl doch mehr auf sein inneres Zeitgefühl verlassen. Fünf Minuten konnten verdammt lang sein, wenn man einfach nur warten musste. Benjamins Blick fiel auf ein Gemälde direkt gegenüber von ihm an der Wand. Es stellte eine Waldlandschaft dar, die er selbst in dieser Form noch nie zu Gesicht bekommen hatte. Die Bäume und Pflanzen wuchsen so dicht, dass ein Durchdringen nur unter größter Mühe möglich war und machten auch vor dem hohen Berg, der sich in den grauen Himmel reckte, keinen Halt. Helles Sonnenlicht drang nur an einer Stelle des Gewitterhimmels durch die dichte Wolkendecke und erhellte einen kleinen Bereich am Fuße des Berges. Benjamin kniff die Augen zusammen und trat dann ein Stück näher heran, um erkennen zu können, was dort vom Sonnenlicht angestrahlt wurde und meinte schließlich zwei Personen zu entdecken, die niedergekniet waren und ihre Köpfe und Hände zum Berg erhoben hatten. Irgendwo zwischen den Bäumen des Berges hoch oben über ihren Köpfen meinte Benjamin weitere kleine Lichter auszumachen – ein kleines

Dorf vielleicht, das Signale aussandte, um die Verirrten zurückzuführen?

Ganz gleich, was es war, Benjamin war beeindruckt von der seltsamen mystischen Ausstrahlung dieses Kunstwerkes. Sein Kunstlehrer hatte einmal verlauten lassen, dass Gemälde Geschichten erzählten – jedoch war dieses hier das erste, dass es Benjamins Meinung nach tatsächlich tat und zwar auf eine sehr ansprechende wunderschöne Art und Weise. Sein Blick wanderte hinüber zu dem nächsten Gemälde, das für ihn noch gänzlich im Schatten lag und er bewegte sich vorsichtig darauf zu, von dem starken Bedürfnis befallen, zu erfahren, welche Geschichte wohl dort erzählt wurde. Ihm war wohl bewusst, dass er sich damit auch näher auf den Wohnbereich der Hexe zu bewegte, aber er konnte einfach nicht anders – auch nicht als er nun doch gedämpfte Stimmen aus einem der angrenzenden Räume vernahm. Er konnte deutlich zwei Frauenstimmen heraus hören, wovon er glaubte, eine schon einmal vernommen zu haben. Was die zwei Frauen genau beredeten, konnte er nicht verstehen – aber das wollte er ja auch nicht.

Benjamin war tatsächlich ein wenig enttäuscht, als er vor dem zweiten Gemälde stand, denn dieses war deutlich weniger mystisch. Es stellte lediglich eine mittelalterliche Gesellschaft dar, die sich um ein junges Paar versammelt hatte und... War das eine Krönung? Nein, aber ein älterer Mann in kostbarem Gewand hielt etwas über die demütig gesenkten Häupter des Paares – einen Zepter oder so etwas Ähnliches, der in einem dunklen Rubinrot leuchtete. Vielleicht war es ja auch eine Hochzeit und der Alte gab so etwas wie seinen Segen. Benjamin war so in seine Gedanken vertieft, dass er heftig zusammen fuhr, als das laute Bimmeln von Glocken ganz in seiner Nähe ertönte. Im Bruchteil einer Sekunde wurde ihm klar, dass dies die Türklingel sein musste und jeden Moment entweder die Hexe selbst oder ihre Freundin in den Flur kommen musste, um nachzusehen, wer an der Tür war.

Benjamins Kopf flog herum, panisch nach einem geeigneten Versteck Ausschau haltend, denn zur Tür konnte er nicht, würde er doch dort gewiss in irgendjemanden hinein rennen. Als er schon Schritte aus dem Wohnbereich näher kommen hörte, entdeckte er eine schmale Nische zwischen einem hohen Schrank, den er zuvor gar nicht bemerkt hatte, und der gegenüberliegenden Ecke. Benjamin schoss darauf zu, als ginge es um sein Leben, stieß schmerzhaft gegen eine hervorstehende Kante und presste sich schließlich schwer atmend mit dem Rücken gegen die Wand, hoffend und betend, dass es in der Nische tatsächlich so dunkel war, dass ihn niemand entdecken würde.

Irgendetwas in seiner Nähe rasselte leise und schließlich hob sich die Gestalt einer jungen Frau gegen das Licht des Tages ab, das durch die immer noch offen stehende Haustür fiel. Sie war groß für eine Frau, hatte langes blondes Haar und eine sehr weibliche Figur und… er kannte sie. Das war Jenna – so ein Mist! *Sie* durfte ihn nun wirklich nicht hier entdecken!

Tat sie auch nicht, denn sie lief nun raschen Schrittes auf die Tür zu, trat einen Schritt hinaus und schien dann zusammenzuzucken.

„Kann ich Ihnen helfen?“ hörte Benjamin sie fragen und er reckte seinen Kopf ein wenig vor, in der Hoffnung vielleicht auch einen Teil der anderen Person zu erkennen. Wenn das Michael war, um die Mutprobe noch ein wenig schwerer zu machen, würde er ihn umbringen, sobald er diese Wohnung verlassen konnte.

Benjamin meinte eine tiefe Stimme antworten zu hören, doch was genau sie sagte, konnte er nicht verstehen. Nur wenige Augenblicke später wandte sich Jenna um und rief laut in den Flur hinein: „Tante Mel?“

Benjamin zog schnell den Kopf ein und rückte noch näher an die kalte Wand heran. Er wusste genau, wer ‚Tante Mel‘ war und wenn dieses ‚Tantchen‘ auch noch den Flur betrat, war es durchaus möglich, dass er nicht länger unentdeckt blieb – schließlich hatte diese Frau gewisse ‚Begabungen'. Doch im Inneren der Wohnung rührte sich nichts.

„Tante Mel!" rief die junge Frau nun schon etwas lauter und ungeduldiger, doch es blieb still.

„Sie hat gewiss nichts dagegen, wenn ich gleich mit hineinkomme", konnte Benjamin nun auch die Stimme des Fremden sehr deutlich verstehen und im Türrahmen erschien ein hoch gewachsener, etwas düster wirkender Mann.

Jenna schien dies so gar nicht Recht zu sein, denn sie blieb einen Moment unschlüssig im Weg stehen, wandte sich dann aber mit leicht verärgerten Gesichtsausdruck um und ging ihm voran den Flur entlang.

Benjamin hielt den Atem an, als die beiden ganz dicht an ihm vorbei durch den Perlenvorhang schritten, der den Flur von den übrigen Räumen abschirmte. Seine Augen blieben dabei an dem Gesicht des Mannes haften.

So aus der Nähe betrachtet, sah er gleich viel ungefährlicher, sogar fast vornehm aus. Sein dunkles Haar war ordentlich zurück gekämmt, und ebenso exakt saß sein dunkler Anzug, der allem Anschein nach aus reiner Seide war. Er hatte ein schmales Gesicht, dessen markanter Schnitt noch von einem Spitzbart betont wurde. Und dennoch war irgendetwas an ihm anders als bei den meisten Menschen. Vielleicht war es der scharfe Blick, mit dem seine dunklen Augen den Flur betrachteten, das nachdenkliche Zusammenziehen seiner Augenbrauen, als sein Blick die Gemälde streifte, vielleicht das zynische Lächeln auf seinen Lippen, oder die fließenden Bewegungen, mit denen er sich bewegte.

Ganz gleich was es war, er hatte etwas an sich, was ihn geheimnisvoll erscheinen ließ, geheimnisvoll wie die Umgebung, in der er sich befand. Und so war Benjamin erst wieder in der Lage auszuatmen, als der Mann hinter dem Vorhang verschwunden war. Er war sich sicher, dass dieser Fremde selbst einen leisen Atemzug wahrgenommen hätte.

„Tja“, konnte er Jenna nun aus einiger Entfernung sagen hören, was dafür sprach, dass sie wohl in eines der angrenzenden Zimmer gegangen war, „gerade eben war sie noch da.“

„Vielleicht ist sie ja nur schnell etwas einkaufen gegangen“, sagte der Mann mit seiner tiefen, schmeichelnden Stimme.

Benjamins Blick wanderte zur Haustür. Jetzt oder nie! Die fünf Minuten waren längst um – was hielt ihn noch hier?

„Sie verstehen nicht“, sagte Jenna und klang jetzt wieder viel näher. „Sie war wirklich gerade noch da. Bevor sie an der Tür geklingelt haben, saßen wir hier und haben geredet. Und jetzt ist sie weg!“

Sie sprach eindeutig von der Hexe. Wer sonst konnte so plötzlich verschwinden? Aber wo war sie hin? Durch den Flur gekommen war sie auf gar keinen Fall – dann hätte Benjamin sie sehen müssen. Es sei denn… sie konnte sich unsichtbar machen. Ein wirklich schauerlicher Gedanke…

„Vielleicht wusste sie, dass ich es bin, der vor der Tür steht“, meinte der Mann.

„Na ja, angeblich hat sie ja hellseherische Fähigkeiten. Äh... womit ich natürlich nicht sagen will, dass meine Tante Sie nicht mag, und Sie mit Ihrer Vermutung Recht haben. Ich kann mir das hier bloß nicht erklären.“

Hellsehen? Nein, das konnte nicht sein, denn dann hätte die Hexe auch gewusst, dass Benjamin da war und ihn längst gepackt und… er schüttelte sich. Was machte er überhaupt noch hier? Er hätte schon längst wieder draußen im Freien sein und mit seinen Freunden die mit Bravour bestandene Mutprobe feiern können. Aber wie viel cooler war es wohl, wenn er geheime Gespräche belauschen und sich darüber mit seinen Freunden austauschen konnte?

Benjamin machte einen Schritt nach vorne und hielt inne. Er sah nach rechts zum Ausgang und dann wieder nach vorn zum Perlenvorhang. Noch hatte er die Chance sich zu entscheiden – noch war er unentdeckt und der Weg in die Freiheit offen…

Ganz leise schlich er näher an den Vorhang heran, bis er durch die Perlenschnüre die beiden Personen erkennen konnte, die sich dort unterhielten. Jenna stand unschlüssig im Raum, sich immer noch irritiert umsehend, und der Fremde ließ sich gerade auf der Couch nieder.

„Oh, es gibt viele Dinge, die wir mit unserem bloßen Verstand nicht begreifen können", sagte er schmunzelnd. „Ich werde ganz einfach hier auf sie warten."

Die junge Frau runzelte die Stirn. Ihr war anzumerken, dass ihr das nicht so recht gefiel und sie sich von dem Fremden gestört fühlte.

„Was wollen Sie denn von ihr? Vielleicht kann ich ihr etwas ausrichten. Das macht Ihnen nicht so viele Umstände."

Der Mann schüttelte den Kopf. „Wissen Sie, ich und Melina, wir kennen uns schon sehr lange. Das wird Ihnen vielleicht merkwürdig erscheinen, weil Ihre Tante Ihnen gewiss kein Wort davon erzählt hat, aber es ist so. Wir sind sozusagen alte Freunde." Er lächelte, wohl um ihr Vertrauen zu gewinnen. „Ab und zu treffen wir uns, um einen Tee zu trinken, in Erinnerungen zu schwelgen und eventuell ein Spiel zu spielen."

„Dann waren Sie heute mit ihr verabredet?"

„Nein, nicht direkt. Wir machen nie einen Termin aus, keinen festen Zeitpunkt. Wir fühlen einfach, wann es mal wieder soweit ist. Und das letzte Mal ist schon so lange her." Er lachte kurz. Es war ein merkwürdiges Lachen, fast boshaft.

„Wie heißen Sie?" fragte Jenna, die nun anscheinend neugierig geworden war.

„Spielt das eine Rolle?“ wich der Mann ihrer Frage aus. „Was sagen schon Namen über die Menschen aus, zu denen sie gehören?“

Jenna schien nun vollends verwirrt, denn sie wusste im ersten Moment nichts darauf zu erwidern.

„Geben Sie mir doch einen neuen“, lächelte er. „Das würde zumindest eine ganze Menge über *Sie* aussagen, Jenna.“

Die Verwirrung in dem Gesicht der jungen Frau wich nun einem leichten Entsetzen. „Wo… woher wissen Sie, wie ich heiße? Hat… hat meine Tante in Ihrer Gegenwart von mir gesprochen?“

Ein leichtes Kopfschütteln war die Antwort. „Es erstaunt mich wirklich, dass Sie so leicht zu erschrecken sind, wo Sie so regelmäßig mit einer Hexe verkehren. Gerade Sie müssten doch wissen, dass manche Menschen mit speziellen Begabungen gesegnet sind, mit denen sie sehr viele Dinge erfassen können, für die andere unglaublich viel Zeit und noch mehr Worte brauchen.“

„Meine Tante ist keine Hexe“, gab Jenna verärgert zurück. „Und ich bin zu alt, um mir von Ihnen mit Märchen Angst einjagen zu lassen.“

„Sie glauben also nicht, dass es so etwas wie Magie in dieser Welt gibt?“ hakte der Mann interessiert nach. „Sie glauben nicht an Übersinnliches, obwohl Sie in diesem Haus ein- und ausgehen?“

Jenna ließ sich nachdenklich auf dem Sessel ihm gegenüber nieder. „Sagen wir es so: Ich glaube nur sehr bedingt an übersinnliche Phänomene. Die meisten mysteriösen Dinge, die in dieser Welt geschehen, lassen sich immer irgendwie erklären…“

„… wie zum Beispiel, dass ich Ihren Namen kenne“, gab der Mann lächelnd zurück.

„Ganz genau. Den Namen einer Person herauszufinden, ist nicht unbedingt die schwierigste Sache der Welt.“

„Deswegen haben Sie sich ja auch so erschrocken…“

„… weil ich es etwas eigenartig finde, wenn sich ein völlig Fremder über mich kundig gemacht hat“, erklärte Jenna. „Ich frage mich, was wohl der Grund dafür ist und was Sie wohl noch alles über mich wissen.“

„Durchaus verständlich“, gab der Mann zurück. „Aber ich versichere Ihnen, dass ich Ihnen nicht hinterher spioniert habe. Alles, was ich über Sie weiß, habe ich gerade erst von Ihnen selbst erfahren. Sie brauchen sich wirklich keine Sorgen zu machen.“

„Sie können also hellsehen, ja?“ hakte die junge Frau nach und sah ihn dabei äußerst skeptisch an.

„*Hellsehen* ist nicht so wirklich der richtige Begriff“, erwiderte der Mann ruhig und lehnte sich entspannt zurück. „Es ist mehr ein ‚in die Seele blicken‘.“

„Sie lesen also Gedanken“, versuchte Jenna es noch einmal auf den Punkt zu bringen.

Der Mann musste lachen. „Nein, bestimmt nicht. Wissen Sie diese Begriffe sind viel zu einfach und zudem furchtbar altmodisch. Und niemand kann wirklich Gedanken lesen – jedenfalls niemand, den ich kenne. Man kann vielleicht Gedanken erahnen, mehr aber auch nicht. Es geht hier vielmehr um einen… Energieaustausch.“

„Von Austausch ist hier ja wohl kaum die Rede“, gab Jenna zurück. „Ich kenne ja noch nicht einmal Ihren Namen.“

„Weil Sie sich nicht wirklich anstrengen“, meinte der Mann.

„Wobei? Ihren Namen zu erfahren?“ Jenna schien sich nun langsam wirklich zu ärgern, denn ihre Stimme hatte einen ungewöhnlich harten Ton angenommen. „Was soll ich denn tun? Mich bettelnd vor Ihnen auf die Knie werfen?“

„Nein, natürlich nicht“, erwiderte der Mann gelassen. „Alles, was Sie benötigen, sind Ihre Sinne und zwar alle sieben.“

„Sieben…“, wiederholte Jenna ungläubig. „Sie besitzen also sieben Sinne?“

„Sie auch.“

Die junge Frau stieß ein kleines Lachen aus, aber es klang eher verunsichert als höhnisch.

„Sie müssen nur daran glauben“, fuhr der eigenartige Mann lächelnd fort, „erst dann werden Sie Ihre verborgenen Fähigkeiten finden und nutzen können.“

Benjamin war irritiert – nicht von den Worten des Mannes, so beeindruckend sie auch waren – nein, er hatte in einer der dunklen Ecken des Zimmers eine Bewegung ausgemacht, konnte aber jetzt, wo er noch genauer hinsah, dort nichts Ungewöhnliches entdecken. Umso überraschter war er, als plötzlich genau aus dieser Ecke eine andere Frauenstimme ertönte: „Mach dich nicht so interessant, Demeon!“

Benjamin riss überrascht die Augen auf, als sich aus der leer geglaubten Ecke eine Gestalt löste, so als sei sie gerade aus dem Nichts entsprungen. Entweder gab es dort irgendwo eine versteckte Tür zu einem geheimen Raum oder die Frau, die nun langsam auf die beiden anderen Personen im Zimmer zuging, war tatsächlich eine Hexe und konnte sich aus dem Nichts materialisieren.

Jenna schien genauso verwirrt wie Benjamin, denn sie starrte ihre Tante nur mit offenem Mund an, während in den dunklen undurchdringlichen Augen Demeons für einen kurzen Augenblick ein freudiges Blitzen erschien.

Die ‚Hexe’ sah zu Benjamins Erleichterung jedoch ganz und gar nicht wie eine Hexe aus. Eine Frau Ende dreißig, gekleidet in ein schlichtes, seidiges Gewand. Sie hatte fast weißblondes, langes Haar, das ihr in weichen Wellen auf den Rücken fiel, und sanfte dunkelblaue Augen, mit denen sie Demeon einen fast liebevollen Blick zuwarf. Sie besaß ein gütiges Gesicht, und Benjamin konnte sich auf einmal kaum vorstellen, dass diese Frau auch nur in irgendeiner Weise Böses im Schilde führen könnte. Aus der Entfernung war es so viel einfacher, Menschen schlimme Dinge anzuhängen.

„Du solltest das, was er sagt, nicht so ganz ernst nehmen, Liebes“, wandte sie sich mit einem Lächeln an Jenna „Er wirkt gern geheimnisvoll auf Menschen, die ihn nicht kennen. Sie werden unsicher und er kann das Gefühl von Überlegenheit genießen. Aber in Wirklichkeit ist er wie jeder andere – mit ein paar Schwächen, versteht sich.“

Das Lächeln, das nun auf Demeons Gesicht erschien, war auf irgendeine Weise unheimlich.

„Es ist nett, Melina, dass du mich vor deiner Nichte in ein so positives Licht stellst. Aber vergiss dabei bitte nicht, dass auch ich eine Seele habe, die man verletzen kann.“

„Natürlich nicht“, sagte Melina und ließ sich neben dem Mann auf dem Sofa nieder. Sie lächelte immer noch vor sich hin, ein wenig gedankenverloren. Dann wandte sie sich ihrer Nichte zu.

„Jenna, Liebes, ich glaube, dass du ein wenig überrascht bist, weil ich dir nie etwas von Demeon erzählt habe, nicht wahr?“

Die junge Frau nickte nur.

„Besonders, weil wir uns, wie Demeon ja schon erklärte, so lange Zeit kennen.“

Die Hexe schien also all das gehört zu haben, was die beiden zuvor besprochen hatten, aber keinen von beiden schien das zu wundern.

„Aber das ist nicht das einzige, was du nicht von mir weißt“, fuhr sie fort. „Und es ist auch besser so. Ich werde dir eines Tages alles erklären, glaube mir, aber jetzt muss ich dich leider darum bitten, uns allein zu lassen.“

Sie sah Jenna ein wenig traurig an. Die junge Frau schien immer noch sehr verwirrt und ihr war anzusehen, dass sie sich mit dem Gedanken, ihre Tante mit diesem merkwürdigen Mann allein zu lassen, nicht so recht anfreunden konnte.

„Es ist alles in Ordnung, Liebes“, sagte Melina sanft. „Demeon ist wirklich ein sehr guter Freund von mir. Du weißt doch, ich würde dich nie anlügen und… auch deine Tante braucht manchmal ein wenig Privatsphäre.“

Jennas Wangen röteten sich etwas und sie lächelte verlegen. „Natürlich hast du Recht, Mel“, sagte sie schnell und wandte sich zu Benjamins Entsetzen zum Gehen um. „Ich… ich komme dann morgen wieder“, konnte er sie noch sagen hören, während er sich vorsichtig und so leise wie möglich in die dunkle Ecke neben dem Schrank zurückzog. Ihm war bewusst, dass es wesentlich klüger sein würde, aus der Wohnung zu stürmen, um nicht entdeckt zu werden, doch seine Neugierde war zu groß. Er musste unbedingt erfahren, was dieser seltsame Mann mit der Hexe zu besprechen hatte. Und die dunkle Ecke hatte ihm zuvor schon als Versteck gute Dienste geleistet – warum sollte es diesmal schiefgehen?

Wieder rasselte der Perlenvorhang, als Jenna in den Flur trat und an Benjamin vorbei Richtung Ausgang lief, ohne Notiz von ihm zu nehmen. Doch sein freudiges Grinsen erstarb, als er die laute Stimme der Hexe vernahm.

„Ach ja, Liebes“, rief sie ihrer Nichte nach, die sofort innehielt und sich umwandte, „tu mir doch den Gefallen und nimm auch deinen Bruder mit, der sich hinten in der Ecke versteckt hat. Sag ihm, dass ich mich zwar freue, dass auch er es endlich wagt, Kontakt zu mir aufzunehmen – aber das nächste Mal wäre es höflicher, wenn er an der Tür klingelt und sich mir persönlich vorstellt, anstatt heimlich unsere Gespräche zu belauschen.“

Benjamin wurde heiß und kalt zugleich, während sein Herz zu rasen begann. Wie war das möglich? Wie konnte Melina wissen, dass er da war?

Er sah Jenna langsam auf sich zukommen, nahm all seinen noch vorhandenen Mut zusammen und trat schließlich beherzt aus seinem Versteck hervor.

„Ben?“ fragte Jenna ungläubig und sah ihren Bruder an, als hätte sie einen völlig Fremden vor sich.

Benjamin antwortete nicht, sondern schob sich nur rasch an ihr vorbei. Er musste raus hier, bloß weg von der Hexe, die sich seine Tante nannte, raus aus dieser seltsamen Wohnung mit ihren seltsamen Gästen.

„Ben!“ Das klang schon deutlich energischer und als er die Tür erreichte, hatte seine Schwester ihn schon eingeholt und am Arm gepackt. „Sag mal, was ist denn in dich gefahren?!“ fuhr sie ihn an. „Was sollte denn das?“

„Lass mich los!“ fauchte Benjamin und befreite sich mit einem Ruck aus ihrem festen Griff. „Ich kann machen, was ich will!“

„Das kannst du nicht!“ gab Jenna energisch zurück. „Du … du hast unsere Tante bespitzelt!“

Benjamin sah sich für einen Moment um. Hoffentlich waren sie noch nicht in Hörweite der anderen. Sonst war alle Mühe und Aufregung umsonst gewesen und wahrscheinlich würden die Jungs ihn meiden, weil er nicht nur mit der Hexe verwandt war, sondern sie auch noch betrogen hatte. Was war das schon für eine Mutprobe, sich in das Haus einer Verwandten zu schleichen…? Sie konnten ja nicht wissen, dass Benjamin und der Rest der Familie den Kontakt mit dieser Frau mieden. Und irgendwie hatten sie ja auch Recht… Benjamin hatte sich diese Mutprobe auch ausgesucht, weil er im Grunde genommen genau gewusst hatte, dass ihm nichts passieren würde, wenn etwas schief ging.

„Und?“ wandte er sich wieder trotzig an seine Schwester. „Die Tür war offen. Da wird man ja wohl reingehen dürfen…“

„Hat dich Papa geschickt?“ erkundigte sich Jenna wütend. „Sollst du auch mich bespitzeln?“

„Papa hat damit nichts zu tun!“ fuhr Benjamin auf und spürte, wie es in ihm zu brodeln begann. „Und um dich geht es ganz bestimmt nicht! Du bist mir doch egal!“

„Na, das ist ja mal interessant“, gab Jenna spöttisch zurück und schob ihn vorwärts Richtung Treppe. „Dann muss das wohl ein Gespenst sein, das jeden Nachmittag nach der Schule zu mir zum Essen kommt, wenn Papa arbeitet.“

„Dann komm ich halt nicht mehr“, brummte Benjamin und ließ sich widerwillig weiter schieben.

„Oh, Mann, Benny“, seufzte Jenna, „so war das doch nicht gemeint und das weißt du genau. Ich finde bloß, dass das die falsche Methode ist, um Kontakt mit Tante Mel aufzubauen.“

Benjamin warf sich wütend zu seiner Schwester herum. „Ich will aber doch keinen Kontakt zu ihr aufbauen!“ brüllte er sie an. „Sie ist schuld, dass Mama tot ist!“

„Das ist sie nicht!“ gab Jenna nun auch wieder etwas lauter zurück und neben ihrer Wut war nun auch Entsetzen in ihren blauen Augen zu erkennen. Ben konnte sie verstehen. Er war ja selbst schockiert darüber, was er da gerade gesagt hatte. Im Grunde waren das auch gar nicht seine Worte gewesen, sondern die ihres Vaters.

„So etwas behauptet man nicht einfach so, Benny“, setzte seine Schwester leiser hinzu. „Schon gar nicht, wenn man sich weigert, mit dem Menschen zu reden, den man solch schlimmer Dinge beschuldigt…“

„Ich rede aber nicht mit Hexen!“ zischte Ben, obwohl er genau wusste, dass Jenna Recht hatte.

Jenna verdrehte sofort die Augen. „Oh, Gott, Benny – so etwas wie Hexen und Zauberei gibt es doch überhaupt nicht! Das ist doch alles Aberglaube und totaler Blödsinn!“

„Und warum gehst du dann zu ihr?!“

Jenna schwieg einen Moment und holte dann tief Luft. „Weil… weil… ich verstehen wollte, was sie und Mama so verbunden hat“, gestand sie leise. „Ich wollte begreifen, was damals geschehen ist. Warum Mama diese Entscheidung getroffen hat.“

„Und das kann man nicht innerhalb von ein paar Stunden herausfinden?“ fragte Ben grimmig nach. „Muss man dazu monatelang mit dieser… Frau rumhängen?“

„Sie ist wirklich nett Benny“, musste Jenna die Hexe nun schon wieder verteidigen. „Und ich… ich hab sie einfach gern.“

Benjamin fühlte einen schrecklich schmerzhaften Stich in seinem Herzen und wie sich seine Augen mit Tränen füllten. Er wollte etwas sagen, doch seine Stimmbänder gehorchten ihm nicht. Er war so enttäuscht… so schrecklich enttäuscht.

„Ben… es *war* nicht ihre Schuld, auch wenn Papa das immer wieder behauptet“, sagte Jenna und ihre Stimme war nun ganz sanft. „Sie ist eine so gütige, weise Frau. Du würdest sie mögen. Und sie ist ihr so ähnlich…“

„Hör auf damit!“ schrie Benjamin sie an. „Ich hasse sie! Ich hasse sie!“ Und damit warf er sich herum und stürmte davon, stürmte aus dem Hof, ohne seiner Schwester und seinen Freunden, die mit großen Augen und offenen Mündern immer noch in dem Busch neben der Treppe saßen, auch nur einen letzten Blick zu schenken. Sie waren ihm egal – alle.

2

Es war lange Zeit her, dass Melina sich so gefühlt hatte, wie sie sich jetzt fühlte. Allein. Traurig. Besorgt. Und dann war da dieses scheußlich schlechte Gewissen, das sie plagte und dieses schmerzhafte, tiefe Loch in ihre Körpermitte grub, in das sie unaufhaltsam hineingesogen zu werden schien. Hinein in diese dunklen Erinnerungen, die sie so tief in ihrem Inneren vergraben hatte und denen es sonst nur immer nachts gelang, sie heimzusuchen. Nun überfielen diese sie auch am Tage, ohne Vorwarnung, waren herbeigerufen worden von diesem… diesem *Teufel*, vor dem sie sich für so lange Zeit erfolgreich hatte verstecken können.

Die Vergangenheit ließ sich eben nicht so einfach abschüttelten, holte einen irgendwann immer ein – vor allem, wenn es da noch Dinge gab, die bis in die Gegenwart und Zukunft nachwirkten; Dinge, die man nicht beendet, Menschen, die man im Stich gelassen hatte, weil man verzweifelt war, nicht mehr gewusst hatte, wie man ihnen helfen sollte.

Schlimme Dinge waren geschehen. Dinge, die sie mitverursacht hatte, an denen sie schuld war. Melina war damals sehr jung gewesen, doch nicht jung genug, um sich von ihrer Schuld frei zu sprechen. Anfang zwanzig besaß man eigentlich schon genug Verstand und Lebenserfahrung, um zu erkennen, wem man vertrauen konnte und wem nicht, was Recht und Unrecht war und wann man ein Risiko einging, das nicht mehr tragbar war.

Natürlich konnte man sagen, dass sie nicht ganz bei sich gewesen war. Wenn man verliebt war, neigte man dazu, alle Vernunft zu vergessen, Dinge zu tun, auf die sich ein Mensch bei Verstand gar nicht einlassen würde. Und sie *war* verliebt gewesen – so furchtbar verliebt, dass ihr der Rest der Welt völlig egal gewesen war, selbst ihre eigene Familie.

Melina nahm einen schweren Atemzug, ergriff das Foto, das sie vor einer Weile vor sich auf den Tisch gelegt hatte und lehnte sich auf der Couch zurück, um es noch einmal schweren Herzens zu betrachten. Es zeigte sie selbst mit ihren beiden Schwestern und deren Kindern. Sie saßen im Garten ihrer Mutter am Kaffeetisch, lachten und alberten herum. Jessie, Anna und sie hatten sich immer so gut verstanden, hatten alles miteinander geteilt, waren füreinander eingestanden… bis *er* gekommen war und ihrer aller Leben zerstört hatte.

Melinas Augen begannen sich mit Tränen zu füllen. Ihre geliebten Schwestern Anna und Jessie… Heute war Anna tot und Jessie redete seit Jahren nicht mehr mit ihr. Sie gab Melina die Schuld an dem Tod ihrer ältesten Tochter Sara und im Grunde hatte sie damit Recht. Im Grund *war* Melina daran schuld. Auch wenn sie anfangs nicht gewusst hatte, auf was sie sich da einließ… und auch wenn Sara ihnen ihre Hilfe förmlich aufgedrängt hatte, gegen Melinas Willen…

Melinas Herz schnürte sich zusammen, als weitere Erinnerungen unaufhaltsam und gnadenlos über sie hereinbrachen, sie das lachende Gesicht des Mädchens vor sich sah… diese freudige Aufregung in ihren Augen… Sie hatte nicht geahnt, was mit ihr passieren würde. Niemand hatte das geahnt – außer *ihm*! Melina schloss die Augen und fühlte, wie ihr die ersten heißen Tränen die Wangen hinunterliefen.

„Wenn du dich jetzt da rausziehst, wird sie nie wiederkommen!“ hatte er gesagt. „Es ist deine Pflicht, sie da rauszuholen, Mel!“

Natürlich hatte er sie damit bekommen. Sie hätte damals alles getan, um Sara zu helfen, sie zu retten. Und im Grunde genommen hatte sie das auch, hatte ein weiteres Mal die Grenze überschritten und zum ersten Mal bewusst einen anderen Menschen manipuliert und sein Leben aufs Spiel gesetzt. Sie hatte die Naivität und die Liebe eines Jungen ausgenutzt, der einfach nur hatte helfen wollen, hatte ihn ebenfalls in diese schreckliche Welt geschickt, um Sara zu retten. Sie hatte sich weiter von Demeon leiten, sich dazu anstiften lassen, Böses im Namen des Guten zu tun und ihm allein mit *ihrem* Verhalten gezeigt, dass er mit seinen Theorien über das Gute und Böse Recht hatte.

Es hatte lange gedauert und Sara erst das Leben kosten müssen, bis sie begriffen hatte, dass sie keine Chance gegen diesen Mann hatte, dass sie gegen ihn nur bestehen, ihn nur davon abhalten konnte, weiter sein Unwesen zu treiben, indem sie sich ihm entzog, sich nicht weiter von ihm manipulieren ließ. Sie hatte den Jungen im Stich lassen müssen und damit dessen Leben für immer zerstört.

Seitdem waren viele Jahre vergangen. Sie war geflohen, war in der Welt herumgereist, hatte sich vor Demeon versteckt. Doch er hatte niemals Ruhe gegeben. Immer wieder hatte er sie aufgesucht, um sie in Versuchung zu führen, das ‚Spiel' weiter zu spielen, hatte ihre Schuldgefühle verstärkt und ihre Angst geschürt, aber sie war standhaft geblieben. Jedes Mal. Sie hatte seinem Bitten und Drängen, seinem Charme, seinen Flüchen und Drohungen nie nachgegeben. Und irgendwann, nachdem sie ihm ein weiteres Mal entkommen war, hatte er scheinbar aufgegeben. Das hatte sie zumindest geglaubt, bis er gestern vor ihr gestanden hatte, mit diesem angriffslustigen Funkeln in seinen Augen und dieser dunklen Energie, die ihn dieses Mal stärker zu durchströmen schien als jemals zuvor.

Sie hatte es sich nicht anmerken lassen, doch er hatte ihr Angst gemacht, weil sie genau gespürt hatte, dass er sie wieder bedrängen würde, schlimmer als beim letzten Mal, denn irgendetwas schien ihm Druck zu machen, ihn anzutreiben – auch das hatte sie gefühlt.

Sie hatte ihn abwimmeln können, aber nur, weil eine alte Freundin aufgetaucht war. Er würde wiederkommen. Bald. Und dann würde sie kämpfen müssen – mit allen Mitteln – um das Unheil ein weiteres Mal abzuwenden, zu verhindern, dass erneut Unschuldige für ihn und sein krankes ‚Spiel' litten. Und danach würde sie wieder umziehen, sich erneut für eine Weile vor ihm verstecken, den Kontakt zu dem bisschen Familie, das ihr noch geblieben war, abbrechen müssen.

Sie atmete stockend ein und aus, während zwei weitere Tränen den Weg über ihre Wangen hinunter zu ihrem Kinn fanden. Sie würde Jenna vermissen. Die junge Frau war ihrer Mutter so ähnlich – so ein guter, verzeihender, sanfter Mensch… so offen für die Welt, so bereit Gutes zu tun… beinahe ein wenig naiv…

Sie war die Einzige gewesen, die sich nach der zaghaften Kontaktaufnahme Melina gegenüber freundlich verhalten hatte, auf sie zugegangen war. Sie war die Einzige, die ihr nicht die Schuld an dem Tod Annas gab, obwohl sie hier tatsächlich keine Schuld traf. Sie waren sich in den letzten Monaten so nahe gekommen… Es tat weh, daran zu denken, sie nicht mehr zu sehen, nicht mehr mit ihr zu reden. Doch es war richtig so, denn es war der einzige Weg, die junge Frau vor Demeon zu beschützen, bevor er bemerkte, dass sie ähnlich besonders war wie ihre Mutter oder ihre Tante… bevor sie es *selbst* bemerkte…

Ein kühler Windhauch wehte in das Zimmer, brachte ein seltsames energetisches Prickeln mit sich, das einen Schauer Melinas Rücken hinunter sandte und sie erstarren ließ. Ihr Herz machte einen kleinen Satz und schlug dann sehr viel schneller als zuvor. Er war wieder da…

„Du bist sehr unvorsichtig", ertönte nur wenige Sekunden später seine tiefe Stimme hinter ihr.

Melina reagierte nicht auf ihn, sah sich noch nicht einmal um, sondern legte nur das Foto mit der Rückseite nach oben auf den Glastisch vor sich.

„Deine Haustür war nicht verschlossen, und das, wo zu dieser späten Zeit so viele böse Menschen unterwegs sind!"

„Es gibt nichts, wovor ich mich fürchten müsste", erwiderte Melina gelassen. ‚Außer dir', setzte sie gedanklich hinzu.

Demeon lachte kurz auf. „Derselbe gutgläubige Mensch wie früher..." Sie fühlte, dass er den Kopf schüttelte. „Hast du denn gar nichts aus deinen Fehlern gelernt?"

Melina wandte sich langsam um. Demeon stand dicht hinter ihr, mit einem zynischen Lächeln auf den vollen Lippen. Irgendwie musste es ihm gelungen sein, den Perlenvorhang, der das Wohnzimmer vom Flur trennte, geräuschlos zu überwinden. Aber das war ja auch nichts Besonderes für Menschen wie sie und Demeon.

„Du kommst heute aber schnell wieder auf den Punkt", stellte Melina fest. „Das ist doch sonst nicht so deine Art."

In Demeons Augen blitzte es kurz auf. „Tja, alles ändert sich. Auch ich."

„Tust du das?" konterte Melina lächelnd.

Demeon lief um den Tisch herum und ließ sich dann geschmeidig auf dem Sessel ihr gegenüber nieder.

„Ja", sagte er und bemühte sich wirklich sehr darum, sie treuherzig anzusehen. „Denn ich bin nicht gekommen, um dich dazu zu bringen, das Spiel zu Ende zu spielen."

„Nein?" Melina hob zweifelnd die Brauen.

„Nein", bestätigte er nachdrücklich. „Ich will nur noch die Menschen befreien, die wir so erbärmlich im Stich gelassen haben, Melina."

„Laut deiner letzten Behauptung geht das doch aber nur, indem wir das... ‚Spiel'...", sie machte ein paar Anführungszeichen in die Luft, „... zu Ende spielen."

Demeon stieß ein tiefes Seufzen aus. „Es ist kein Spiel mehr, wenn Menschen leiden und sterben müssen. Und auch ich habe jemanden dort in Falaysia, der mir sehr am Herzen liegt und den ich wieder zurückbringen will“, fuhr er mit schwerer Stimme fort und tatsächlich begannen seine Augen nun feucht zu schimmern.

„Das können wir jetzt, Melina – auch ohne das Spiel weiterzuspielen! Wir müssen unsere Lieben nur dazu bringen zusammenzuarbeiten…“

„Was natürlich bedeutet, dass ich wieder Kontakt zu Leon aufnehmen muss und damit das Spiel doch weiterspiele“, konnte Melina sich nun doch nicht mehr zurückhalten zu sagen.

„Du hast ihn im Stich gelassen, Melina!“ stieß Demeon auf einmal so heftig aus, dass sie sogar ein wenig zusammenzuckte. „Willst du ihn wirklich dort allein verrecken lassen?!“

„Du hast mich schon so oft belogen, Demeon“, erwiderte sie und hoffte, dass das leichte Zittern in ihrer Stimme für ihn nicht zu vernehmen war. „Ganz am Anfang sagtest du, es wäre ein Leichtes, sie wieder da raus zu holen, und als sie dort waren, musstest du ganz überrascht feststellen, dass wir keinerlei Möglichkeiten haben, sie wieder zurückzuholen. Du sagtest, sie könnten nur noch von der anderen Seite zurückkommen – nur wenn sie das Ziel des Spiels erreichten.“

„Und das war wahr“, setzte er hinzu.

„Ja, aber du sagtest zuvor auch, dass Falaysia nur eine Scheinwelt ist, in der ihnen nichts geschehen kann, eine Welt, die sich ein paar Zauberer erdacht hätten, um dieses Spiel zu spielen…“

„Das dachte ich ja damals auch!“ verteidigte er sich sofort. „Mir wurde es auch nur so zugetragen. Ich wusste nicht, dass Falaysia eine reale Parallelwelt ist und die Zauberer, die das Spiel über die Jahrhunderte immer mal wieder gespielt haben, echte Menschenleben riskierten, um sich zu amüsieren! Ich habe dich damals wie heute nicht belogen!“

Melina sah ihn zweifelnd an. „Und was war mit der Behauptung, dass das Tor von der anderen Seite nur von zwei Menschen, die einander nahe stehen, geöffnet werden könne? Was war mit der Behauptung, dass ich Sara retten könne, wenn ich ihr Leon an die Seite stelle?“

„Nun, was denkst du?“

„Dass du dein eigenes perfides Spiel spielst und mich nur ständig manipulierst!“

Demeon stieß ein verärgertes Lachen aus. Dann beugte er sich ein wenig zu ihr vor, mit diesem wütenden Funkeln in den Augen, das nichts Gutes bedeutete. „Denkst du wirklich so über mich? Wohin ist dein Glaube an das Gute in jedem Menschen verschwunden, Mel?“

„Das kann ich dir sagen“, gab Melina leise zurück. „Er ist in den Abgründen *deiner* dunklen Seele versunken!“

Melina wusste nicht, ob sie Demeon wirklich damit getroffen hatte, denn sein Gesicht blieb völlig unbewegt. Alles, was er tat, war sich in seinem Sessel zurückzulehnen und sie für eine Weile stumm zu betrachten.

„Dann hast du also deinen Bösewicht in dieser ganzen Geschichte gefunden, jemanden, dem du die ganze Schuld an allem aufladen kannst.“ Ein seltsames Lächeln erschien mit diesen Worte auf seinem Gesicht. Schließlich schüttelte er den Kopf. „Aber ist es nicht seltsam, dass gerade der ‚Böse‘ über all die Jahre den Kontakt zu seinen Schützlingen aufrecht erhalten, sie gestützt und gestärkt und zusammen mit ihnen nach einem Ausweg gesucht hat, während die ‚Gute‘ die ihren im Stich gelassen und sich feige zurückgezogen hat?“

Melina sog hörbar Luft durch die Nase ein und funkelte Demeon wütend an. „Ich bin nicht feige! Ich war nur nicht bereit, das Leben eines weiteren Menschen zu zerstören!“

„Vielleicht hättest du das ja gar nicht tun müssen!“ knurrte Demeon und seine Augen funkelten dabei so hasserfüllt, dass Melina ganz anders zumute wurde. „Vielleicht hätte es dieses Mal funktioniert und alle würden jetzt wieder zuhause sein, ein glückliches Leben führen können. Aber du musstest ja wieder das arme Opfer spielen, davonlaufen und dich um deine Verpflichtungen drücken… weil du Angst hattest, so schwach und egoistisch warst… Und dennoch wagst du es so zu tun, als hättest du so aus Nächstenliebe gehandelt, als wolltest du jemanden anderen schützen als dich selbst. Dabei wissen wir doch beide, dass das nicht der Wahrheit entspricht!“

Melina sah ihn nun selbst eine Weile schweigend an, musste erst einmal verarbeiten, was er ihr da vorgeworfen hatte.

„Warum hasst du mich so?“ fragte sie schließlich leise.

Demeon wich ihrem Blick aus, zuckte dann die Schultern und lehnte sich wieder entspannt in seinem Schaukelstuhl zurück. „Ich weiß nicht, ob Hass hier der richtige Ausdruck ist. Du hast mich einfach sehr enttäuscht. Aber schlimmer wäre es wohl, wenn du mir gleichgültig wärst, oder?“ Er lächelte nun wieder, doch seine Augen blieben davon unberührt. „Sieh es doch einfach als eine andere Art meiner Zuneigung an.“

Melina stieß ein resigniertes Seufzen aus. „Was auch immer du für mich noch empfinden magst, Demeon – du wirst auch damit meinen Willen nicht bezwingen können…“

Der Zauberer lachte erneut – dieses Mal jedoch ziemlich boshaft. „Was du *willst*, spielt ohnehin keine Rolle mehr.“

Melina runzelte misstrauisch ihre Stirn, als er aufstand und mit hinter dem Rücken verschränkten Armen langsam durch den Raum lief. „Dass ich dich mit Leon und deiner Schuld an seinem Schicksal nicht mehr wirklich ködern kann, war mir schon klar, bevor ich wieder anfing nach dir zu suchen. Doch als ich herausfand, wo du dich momentan aufhältst und mit wem du Kontakt aufgenommen hast, weil du dich ja *so* in Sicherheit wogst, da wusste ich, dass ich wieder eine Chance habe, dich dazu zu bewegen, mir zu helfen.“

Melinas Magen verkrampfte sich und ihr Herz begann sehr viel schneller in ihrer Brust zu pochen. Dieser triumphierende, selbstsichere Ausdruck in den hellen Augen des Zauberers machte ihr Angst – vor allem, da er im Zusammenhang mit seinen bedrohlichen Worten erschienen war.

„Denn *sie* wirst du garantiert nicht allein ihrem Schicksal überlassen“, setzte er kalt lächelnd hinzu.

Melina starrte ihn an. Sie konnte nicht glauben, was er da gerade gesagt hatte. Dann kroch das blanke Entsetzen in ihr hoch.

„Was?“ fragte sie ganz leise.

„Du wolltest es nicht anders“, sagte er gelassen und schenkte ihr nun einen mitleidigen Blick. „Du hast mir keine andere Wahl gelassen… Und ich denke auch, dass es noch nie eine geeignetere Person als sie für diese Sache gegeben hat. Sie ist ja *so* besonders. Das habe ich bei unserer ersten Begegnung sofort gespürt. Dachtest du etwa, dass mir so etwas entgeht?“

Melina keuchte und hielt sich die Hand vor den Mund, um nicht aufzuschreien. Das konnte doch alles nicht wahr sein! Sie versuchte tief und ruhig zu atmen, versuchte sich wieder zu beruhigen. Sie durfte jetzt nicht durchdrehen – nicht wenn Demeons Andeutungen der Wahrheit entsprachen.

„Du… du kannst Jenna nicht allein dorthin gebracht haben“, gab sie fest zurück, versuchte sich selbst davon zu überzeugen. „Dafür braucht man mindestens zwei Menschen mit paranormalen Fähigkeiten.“

„Nicht immer“, verbesserte Demeon sie. „Es gibt Zeiten, in denen der Sog von der anderen Seite so stark ist, dass *ein* Magier genügt, um das Tor wenigstens in dieser Welt weit genug zu öffnen.“

Melina schloss kurz die Augen, atmete ein weiteres Mal ganz langsam ein und wieder aus. „Wie kannst du nur so etwas tun?!“ stieß sie erschüttert aus. „Wie *kannst* du nur?!

Demeon schien sich nun doch etwas über den Vorwurf in ihrer Stimme zu ärgern. „Nun tu mal nicht so, als sei ich ein Untier! Sie lebt doch noch!“

„Aber sie ist dort!“ entfuhr es ihr nun doch verzweifelt. „Du weißt, wie gefährlich es dort ist! Und sie wird vielleicht nie... *nie* wieder zurückkehren!“

„Doch.“ Demeon trat wieder näher an sie heran und sah ihr direkt in die Augen. „Wie ich schon sagte: Es *gibt* einen Weg. Und Jenna wird ihn finden – *wenn* du ihr hilfst. Und das wirst du doch – oder?“

„Damit du endlich deinen Willen bekommst?“ stieß Melina verächtlich aus und hatte dabei gleichzeitig große Probleme, ihre Tränen zurückzuhalten – Tränen der Verzweiflung und Hilflosigkeit, die der Zauberer nicht sehen durfte.

„Nein“, sagte er beinahe sanft. „Damit unsere verlorenen Seelen endlich wieder heimkehren können.“

Melina wich seinem Blick aus, starrte stattdessen ihren Glastisch an, auf dem noch immer das Foto ihrer Schwestern lag.

„Kontaktiere mich einfach, wenn du dir die ganze Sache überlegt hast“, hörte sie Demeon sagen. „Du wirst mich gewiss finden. Das hast du früher auch immer.“

Melina reagierte nicht auf ihn, schloss einfach die Augen und wartete. Sie vernahm das leise Rascheln von Kleidung und dann wurde es still um sie herum. Ein weiterer kühler Windhauch aus dem Flur sagte ihr schließlich, dass der Zauberer ihre Wohnung tatsächlich verlassen hatte und sie die Augen wieder öffnen konnte, Augen, die sich sofort mit Tränen füllten.

Sie beugte sich vor, ergriff mit zitternden Fingern das Foto und drehte es wieder um. Sie presste die Lippen fest zusammen, um nicht laut zu schluchzen und ließ sanft ihren Daumen über das lächelnde Gesicht Annas gleiten.

Demeon hatte Recht. Sie würde Annas Tochter nicht im Stich lassen. Sie würde ihr helfen, sie retten, sie wieder nach Hause bringen. Das war sie nicht nur Anna sondern ihrer ganzen Familie schuldig. Und sie würde endlich wiedergutmachen, was sie vor Jahren angerichtet hatte.

Doch es gab noch etwas anderes, was sie sich ganz fest vornahm: Sie würde alles Menschenmögliche tun, um sich nicht wieder zum Spielball dieses Teufels machen zu lassen. Sie würde hinter seine Geheimnisse kommen… und sie würde endlich damit anfangen herauszufinden, was es mit Falaysia und diesem eigenartigen Spiel der Magier auf sich hatte.

ALLGRIZIA

Schlaflos

Leon hatte Kopfschmerzen, Kopfschmerzen, die ihm die Schädeldecke zu zersprengen drohten, und die Atmosphäre in dem Wirtshaus, in dem er saß, trug nicht gerade zu einer Besserung seines Zustandes bei. Der an sich so gemütlich aussehende Raum war so verqualmt, dass er Probleme hatte, überhaupt die Gesichter einzelner Personen zu erkennen, und der Rauch biss in seine schmerzenden Augen. Zudem waren einige der Gäste durch den Alkohol, der heute hier in Unmengen floss, auch noch in so guter Stimmung, dass sie sich laut grölend zu einem Wettkampf im Armdrücken entschlossen hatten.

Die beiden Kontrahenten waren ein riesiger vollbärtiger Seemann und ein ebenfalls kräftiger, aber um einen ganzen Kopf kleinerer Wachmann mit Halbglatze, der wohl mit diesem Spaß seinen freien Tag feiern wollte. Sie saßen nicht weit entfernt von Leon an einem der robusten Holztische und hatten eine Schar von Freunden um sich gesammelt, die sie laut anfeuerten. Erst sah es so aus, als würden beide gleich stark sein, doch dann begann erstaunlicher Weise der muskelbepackte Arm des Seemanns zu zittern und zu wanken, und schließlich landete seine Hand mit einem schmerzhaften Krachen auf den Tischplanken. Der Wachmann sprang johlend auf und schlug sich wie ein Gorilla auf die breite Brust, um noch einmal deutlich seine Stärke zu demonstrieren, während sich der Seemann mit einem finsteren Blick in eine Ecke verzog. Bald schon aber fand sich ein neuer Gegner, und das Spiel ging weiter, unterstützt von dem lauten Gegröle der Zuschauer.

Leon rieb sich ermüdet die Schläfen und versuchte ein wenig Abstand von dem ganzen Lärm im Wirtshaus zu gewinnen, abzuschalten und zu vergessen, wo er war, doch es gelang ihm nicht. Wie sollte es auch?! Dies war nun wirklich nicht die richtige Umgebung, um zu entspannen und sich ein wenig von den Strapazen der letzten Monate zu erholen. Alles, was er jetzt brauchte, war Schlaf – möglichst viel davon. Es war schon so lange her, dass er das letzte Mal richtig geschlafen hatte, dass er sich kaum noch an dieses Gefühl erinnern konnte.

Die letzte Nacht war er durchgeritten und auch am Tage hatte er kaum eine ruhige Minute finden können. Heute hatte er endlich ein gemütliches kleines Zimmer mit einem richtigen Bett in einem Wirtshaus finden können und war nicht in der Lage dieses zu nutzen. Stattdessen musste er in der stickigen Wirtsstube sitzen, weiter seine überreizten Nerven strapazieren und warten. Er hatte eine Nachricht von einem Freund erhalten, der ihn dringend sprechen musste. Woher dieser wusste, dass er in der Stadt war, war ihm schleierhaft, da er erst am frühen Morgen angekommen war und niemanden von seinen alten Freunden darüber informiert hatte. Er hatte ohnehin nicht vorgehabt, lange zu bleiben. Da gab es nur dieses Treffen, das erst in ein paar Tagen stattfinden sollte, und in der Zeit dazwischen hatte er gehofft, sich endlich etwas erholen zu können. Den Besuch bei alten Freunden hatte sich Leon eigentlich sparen wollen. Wenn die Angelegenheit nicht wirklich dringend war, würde er Tido alle Knochen brechen!

Leon gähnte und das Hämmern in seinem Schädel verstärkte sich. Gott, wie er das Leben hasste! Nicht immer, aber es gab Phasen in seinem Leben, in denen er sich wünschte, einfach so aus seinem Körper steigen zu können und diese verfluchte Welt zu verlassen. Und gerade jetzt befand er sich in einer dieser Phasen.

Er hatte das Frühjahr über bei verschiedenen Bauern gearbeitet, jeden Monat seinen Standort wechselnd, und sich einige Dukaten verdient. Damit würde er für eine Weile über die Runden kommen, konnte wieder durch die Lande ziehen, hier und dort für ein paar Tage bleiben und vielleicht den einen oder anderen Job annehmen. Die Zeit der harten Arbeit war vorbei. Die Saat war gesetzt und die Felder bearbeitet – erst im Spätsommer würden die Bauern wieder Hilfe brauchen und bis dahin konnte er sich wieder zurückziehen, seine Freiheit und Unabhängigkeit genießen und seine selbst auferlegte Einsamkeit zelebrieren.

Der Kontakt mit anderen Menschen war ihm über die langen Jahre der Einsamkeit ein Gräuel geworden und dennoch sehnte er sich nach ihnen – nach jenen, die er so oft so verachtete. Es gab einige Menschen, über die Lande verstreut, die so etwas wie Freunde für ihn waren, die ihn immer, wenn er in ihrer Nähe auftauchte, gerne sahen und zu sich einluden. Doch die meiste Zeit ging er selbst diesen Menschen, die ihm so gut gesonnen waren, aus dem Weg, denn sie erinnerten ihn an Zeiten und Personen, die er vergessen wollte, an Geschehnisse, die weit zurückzuliegen schienen und doch so nah waren, weil sie immer wiederkehrten, in seinen Alpträumen und trübsinnigen Gedanken.

Diese furchtbaren Erinnerungen waren es, die ihm immer wieder so zu schaffen machten, dass er weder schlafen noch essen noch hoffen konnte – hoffen, eines Tages wieder ein halbwegs zufriedenes Leben zu führen oder vielleicht sogar wieder glücklich zu werden. Und sie machten sein Leben, dieses sinnlose, leere Dasein manchmal fast zu einer Qual, gerade wenn sein Körper durch die harte Arbeit auf dem Feld geschwächt und ausgemergelt war und seine Ängste und Trauer ein solches Ausmaß annahmen, dass er das Gefühl hatte, seine Seele würde von innen her völlig zerfressen werden. Gerade in diesen Phasen seines Lebens brauchte er

Ruhe und viel Schlaf, um wenigstens wieder halbwegs zu einem normalen Menschen zu werden.

Leon hielt sich die Ohren zu, als das Grölen der Männer erneut anschwoll. Der Wachmann hatte wohl wieder gewonnen, aber das interessierte Leon nicht sonderlich. Er fand diese Kraftprotzerei idiotisch. Als ob Stärke das Einzige war, worauf es im Leben ankam. Wenn diese Männer mehr Hirn besäßen, müssten sie sich nicht mit solch erbärmlicher Arbeit herumschlagen und würden stattdessen ordentlich viel Geld mit dem Handel oder anderen gewinnbringenden Dingen verdienen. Sie waren gesund und kräftig und psychisch stabil… fast beneidete er sie…

Es gab in diesen Tagen jedoch nur wenige, denen es tatsächlich besser ging als Leon selbst. Er ließ seinen Blick über die Gesichter der Menschen gleiten, die sich in der Wirtsstube befanden. Wirklich glücklich und zufrieden sah hier keiner aus, auch wenn viele darum bemüht waren, gute Laune zu verbreiten. Doch die meisten wirkten dennoch müde und erschöpft, frustriert von ihrer erbärmlichen Existenz. Hier ertränkten sie ihre letzten Hoffnungen und ungelebten Träume im Alkohol, grölten herum, bemitleideten sich gegenseitig oder schockierten die anderen mit neuen gruseligen Geschichten über die wilden Menschen aus dem Osten und über die neuen Unruhen, die sich im ganzen Land auszubreiten schienen wie eine gefährliche, tödliche Krankheit.

Leon beobachtete dies alles distanziert und mit schlechter Laune. Er war zwar selbst eine dieser unglücklichen, traurigen Gestalten, aber er war noch nicht verzweifelt genug, um sich diesen Leuten anzuschließen und sein Leben im Alkohol zu ersäufen. Es war zwar ein einsames, ebenso erbärmliches Leben, aber es war ein *Leben*!

Plötzlich entdeckte er in der Menge eine Gestalt, die ihm vertraut vorkam. Es war ein kleiner, schmächtiger Mann mit einem aufgeweckten Gesicht, der sich mühsam zwischen den massigen, schwitzenden Leibern der anderen Gäste hindurch kämpfte und direkt auf ihn zukam. Er rief ihm etwas zu und lächelte. Komisch, Leon hatte kein einziges Wort seines Freundes verstanden. Dabei war dieser gar nicht mehr weit von ihm entfernt.

Es dauerte nicht lange und Tido hatte keuchend seinen Tisch erreicht. Er wischte sich über die schweißbedeckte Stirn und grinste ihn an. Dann griff er nach Leons Händen und riss sie ihm von den Ohren. Augenblicklich setzte der ohrenbetäubende Krach in der Wirtsstube wieder ein.

„Leon, ich glaube, du brauchst mal wieder ein wenig Ruhe“, sagte Tido mit einem milden Lächeln. „Du siehst schlecht aus.“ Sorge stand in sein Gesicht geschrieben, und Leon bezweifelte, dass diese nur mit seinem üblen Aussehen zusammenhing.

„Danke, Tido“, gab Leon zurück und rang sich ein Lächeln ab. „Also, was gibt es so Wichtiges, dass du mich von meinem wohlverdienten Schlaf abhältst?“

Das Gesicht seines Freundes verfinsterte sich. Er zog sich einen Stuhl heran und setzte sich. Dann beugte er sich weit zu ihm nach vorne. Leon tat es ihm nach, mit einem sehr mulmigen Gefühl im Bauch.

„Du kannst nicht hier bleiben“, sagte Tido leise und sah sich vorsichtig nach allen Seiten um. „Am besten ist es, du packst deine Sachen und kommst gleich mit mir.“

Für einen Moment verschlug es Leon die Sprache. „Was... was... – wieso?“ fragte er verwirrt.

Wieder sah sein Freund sich um. Er wirkte nervös, schien große Angst zu haben. „Hast du von den Aufständen in Elkon und Fadris gehört?“ fragte er sehr leise.

„Ja... aber ich dachte, das seien nur Gerüchte...“, gab Leon zögernd zu.

„Es ist alles wahr!“ raunte Tido ihm zu. „Die Aufstände, die Anschläge auf die Basislager, die Zerstörung der Feste in Kamun.

Wer genau da seine Finger im Spiel hatte, ist noch nicht klar, aber es heißt, Renon stecke dahinter. Die Bakitarer sind in heller Aufruhe – eben weil alles für eine Weile relativ friedlich war.“

Leon starrte seinen Freund ungläubig an. Sein Herzschlag hatte ein ziemlich ungesundes Tempo angenommen und er hatte das Gefühl, nicht mehr richtig Luft zu bekommen, so eng war es in seiner Brust geworden.

„Sie waren erst ziemlich konfus“, fuhr Tido mit seinem schockierenden Bericht fort, „weil die Angreifer so schnell wieder weg waren. Aber jetzt sind sie auf einem Rachefeldzug, der schon ganze Dörfer in Schutt und Asche gelegt hat und nur Tod und Verderben zurücklässt. Und seit heute machen sie in jeder einzelnen Stadt Jagd auf jeden Menschen, der Kontakte zu den Renon-Rebellen hat oder hatte. Es ist nur eine Frage der Zeit, bis sie auch hier damit anfangen.“ Er sah Leon eindringlich an. „Ich werde noch heute Abend die Stadt verlassen. Und auch du solltest so schnell wie möglich verschwinden!“

„Aber wie… wie wollen sie das herausfinden?“ fragte Leon immer noch sehr verwirrt. „Ich meine, das mit den Kontakten zu den Renon? Wieso sollten sie ausgerechnet auf mich kommen? Ich bin schon seit Ewigkeiten kaum unter Menschen ge…“

„Ja, aber willst du es wirklich riskieren, erwischt zu werden?“ gab Tido eindringlich zurück. „Jetzt, wo vielleicht sogar *er* hier auftaucht?“

Leon wurde bleich. Das war der schlimmste Gedanke, den jemand seit langem in ihm wachgerufen hatte. „Marek?“ fragte er mit belegter Stimme und das Nicken seines Freundes verstärkte die Übelkeit, die langsam in ihm aufstieg.

„Ist er schon in der Stadt?“

Sein Freund schüttelte den Kopf. „Es heißt, er sei auf dem Weg hierher, weil wohl einer der Drahtzieher der Überfälle hier mit einigen Vertrauten ein Versteck gefunden hat. Aber, wenn er dich hier sieht, könnte er denken…“

„… dass ich damit zu tun habe“, beendete Leon leise den Satz seines Freundes und musste mit aller Kraft nun auch noch gegen das Gefühl von Panik ankämpfte, das von ihm Besitz ergreifen wollte.

„Sein Hass auf dich war eine Zeit lang sehr tief“, setzte Tido beklommen hinzu.

„Ich weiß“, erwiderte Leon und fuhr sich mit der Hand über das Gesicht, so als könne er damit all die Ängste und Befürchtungen, die sich in den letzten Minuten in ihm angestaut hatten, einfach wegwischen. Doch es war nur eine leere Geste.

„Aber er hatte es aufgegeben, mich zu jagen“, murmelte er. „ Ich hatte eine Zeit lang Ruhe vor ihm.“

„Damit ist es vorbei“, meinte sein Freund und seufzte tief, „für uns alle. Uns wird nichts anderes übrig bleiben als vorerst zu fliehen. Ich will mir gar nicht ausmalen, was sie mit denen machen, die sie erwischen. Und ich war noch nie ein tollkühner Held. Das Schlachtfeld überlass ich lieber den wirklichen Kriegern.“

Er versuchte zu lachen, aber aus seiner Kehle drang nur ein merkwürdig ersticktes Glucksen, hervorgerufen durch die nackte Angst, die in seinen Augen geschrieben stand.

„Ich reite in der Nacht los… also, wenn du dich mir anschließen willst…“

Leon schüttelte den Kopf. „Das kann ich nicht, Tido. Ich muss mich unbedingt mit jemand treffen und dieser jemand wird erst in ein oder zwei Tagen in der Stadt sein.“

„Dann musst du dich verstecken“, sagte sein Freund nachdrücklich. „Und wenn ich ‚verstecken‘ sage, bedeutet das, dass du dich so lange nicht draußen blicken lässt, bis dieser jemand endlich erscheint.“ Er seufzte tief und schwer und schüttelte dann verständnislos den Kopf. „Ist das denn wirklich *so* wichtig – so wichtig, dass du dafür dein Leben riskierst?“

Leon schwieg für eine Weile nachdenklich. Diese Frage hatte er sich bisher noch gar nicht gestellt, aber in Anbetracht der neuen Entwicklungen, erschien es ihm fast noch dringender als zuvor den Grafen zu treffen. Er musste doch von allen Personen, die Leon kannte, derjenige sein, der am besten über alles informiert war. Und einfach nur kopflos zu fliehen, ohne zu wissen, was tatsächlich los war, war so ganz und gar nicht Leons Art.

„Ich... ich weiß es nicht“, gab er offen zu. „Aber... ich kann einfach noch nicht gehen. Wenn es zu brenzlig für mich wird, werde ich schon noch rechtzeitig wegkommen. Ich werde einfach Augen und Ohren offen halten und hoffen, dass mein Freund möglichst bald erscheint.“

Wieder atmete Tido tief ein und aus. „Gut. Du musst ja wissen, was du tust. Aber sag nachher nicht, ich hätte dich nicht gewarnt!“

Leon brachte ein halbherziges Lächeln zustande. „Ich danke dir. Aber vielleicht... könntest du mir doch noch einen kleinen Gefallen tun. Du als Schmuggler musst doch eigentlich die besten Verstecke für einen Aussätzigen wie mich kennen, oder?“

Tido erwiderte sein Lächeln, aus dem bald ein breites Grinsen wurde. „Allerdings“, schmunzelte er, „aber sollten eines Tages wieder ruhigere Zeiten anbrechen, hast du dieses Versteck nie gesehen!“

„Ich hab ein Gedächtnis wie ein Sieb“, versprach Leon lächelnd.

„Gut“, meinte Tido nur und erhob sich. „Dann sehen wir uns gleich draußen.“

Leon nickte dankbar, und sein Freund wandte sich um und verschwand in den Rauchnebeln der Wirtsstube. Leon atmete tief durch. So würde er also auch dieses Mal nicht zur Ruhe kommen. Nein, viel schlimmer, jetzt fingen die Strapazen erst richtig an. Er fragte sich nur, wie lange sein erschöpfter Körper das noch alles mitmachen würde, denn er wusste genau, dass das, was nun auf ihn zukam, anstrengender werden würde, als alles, was er in den letzten fünf Jahren durchgemacht hatte. Die Jagd ging also wieder los, und er war nicht sicher, ob er dieses Mal genug Kraft hatte, um zu überleben.

Albtraum

Schwerelos. So fühlte sich Jenna. So, als würde sie auf einer Wolke schweben, weit weg vom Erdboden, von der normalen Welt mit all ihren Problemen und Unannehmlichkeiten. Um sie herum schimmerte es in den allerschönsten Farben, und die Luft war derart frisch und klar, dass sie wie berauscht davon war. Doch lange hielt dieses Gefühl nicht an. Bald schon spürte sie, wie die bleierne Schwere ihres eigenen Körpers sie packte und gnadenlos nach unten zog – so schnell, dass ihr ein wenig schwindelte und sich ihr Magen unangenehm zusammenzog. Dann war alles wieder ruhig. Nur die frische, klare Luft wehte ihr noch weiterhin in die Nase, trug den Geruch von Gras und Laub an ihren schlaftrunkenen Verstand heran und rief sie zurück in die Realität. Es dauerte nicht lange, bis sich auch ihr Gehör wieder einschaltete, die ersten Geräusche aufnahm und an ihren noch so langsam arbeitenden Verstand weiterleitete: Vogelzwitschern und das Rascheln von Blättern, die sich im seichten Wind bewegten.

Hatte sie das Fenster über Nacht offen gelassen? Das erklärte wohl, warum ihr nun langsam ein wenig kalt wurde und sie fröstelte. Doch auch das genügte nicht, um sie die Augen öffnen zu lassen. Sie war einfach noch zu müde und liebte es zu sehr, noch ein wenig vor sich hin zu dösen, bevor sie tatsächlich aufstand. Und war es nicht auch Sonntag – ein Tag, an dem sie sogar ausschlafen durfte? Na, also. Sie würde einfach noch ein wenig liegenbleiben und sich in ihre warme Decke kuscheln…

Hm. Wo war die nur? Ihre Hand, die sie träge erhoben hatte, ertastete momentan nur die nackte Haut ihres Oberarms und... irgendetwas kitzelte sie da auf einmal an ihrem Knöchel... Nein, es war kein Kitzeln, eher ein Krabbeln. Etwas krabbelte an ihrem Bein hinauf. Was gab es denn in ihrem Zimmer, geschweige denn in ihrem Bett, das an ihrem Bein hochklettern konnte? Höchstens eine Spinne.

Jenna erschauerte bei dem Gedanken daran. Vielleicht war es doch besser einfach nachzusehen. Sie öffnete die Augen einen kleinen Spalt weit, blinzelte und schloss sie schnell wieder. Das Licht in ihrem Zimmer war einfach zu hell. Warum hatte sie es wohl angelassen? Das war schon sehr merkwürdig. Und immer noch dieses Kribbeln und Krabbeln an ihrem Bein...

Sie riss nun ihre Augen gewaltsam auf und... erstarrte. Es dauerte einen kleinen Augenblick, bis ihr Verstand verarbeitet hatte, was sie da sah: Ein blauer Himmel, in den die gewaltigen Äste einiger Bäume ragten. Nun setzte auch ihr Herz für einen Moment aus, um nur eine halbe Sekunde später wie wild gegen ihren Brustkorb zu hämmern. Sie holte keuchend Luft und setzte sich so schnell auf, dass die vielen Bäume und Büsche, in deren Mitte sie sich befand, begannen in einem Mix aus den unterschiedlichsten Grüntönen um sie herum zu tanzen.

Jenna kniff rasch die Augen zusammen, barg ihr Gesicht in ihren Händen und beugte sich ein wenig nach vorn, rang weiterhin nach Luft, so als wäre sie am Ersticken.

‚Ganz ruhig bleiben‘, sprach sie sich selbst innerlich zu. ‚Nur nicht in Panik verfallen. Dafür gibt es ganz bestimmt eine logische Erklärung. Und wer weiß – vielleicht hast du gerade eben nur halluziniert und wenn du die Augen wieder aufschlägst, befindest du dich doch nur in deinem Schlafzimmer.’

Sie hob ein wenig den Kopf, spähte zaghaft zwischen ihren Fingern hindurch. Nein. Kein Schlafzimmer, kein Zuhause, keine gewohnte Umgebung. Die Bäume und Büsche waren immer noch da. Auch noch nachdem sie sich kräftig gekniffen hatte und der Schmerz unangenehm durch ihren linken Arm zog. Sie war wach und befand sich tatsächlich auf einer Lichtung inmitten eines Waldes. Die Vögel zwitscherten und flogen fröhlich zwischen den grünen Zweigen herum, und die Sonne schien warm auf sie herab. Wirklich idyllisch – für jemanden, der sich diesen Ort bewusst ausgesucht hatte, um sich hier auszuruhen und von dem Stress eines Leben in der Großstadt abzuschalten. Nur traf dies nicht auf *sie* zu! *Sie* hatte gerade noch in ihrem Bett gelegen und selig geschlafen. Oder etwa nicht?

Jenna sah mit immer noch viel zu rasch schlagendem Herzen an sich hinab und stutzte. Sie war nicht in ihren Pyjama gekleidet, sondern trug das schlichte Sommerkleid, das sie am gestrigen Morgen angezogen hatte. Sogar die flachen Sandalen befanden sich noch an ihren Füßen. Hieß dass, dass sie gar nicht schlafen gegangen war? War es überhaupt schon Sonntag? Und wie zur Hölle war sie nur *hier* gelandet?

Sie zog die Brauen zusammen und versuchte sich angestrengt zu erinnern, was sie zuletzt gemacht hatte. Es war Abend gewesen, da war sie sich jetzt sicher, und sie hatte wie immer einen Spaziergang mit ihrem Hund gemacht. Und dann?

Augen! Dunkle, undurchdringliche Augen. Jetzt erinnerte sie sich wieder. Es waren die Augen dieses seltsamen Mannes gewesen, der gestern bei ihrer Tante aufgetaucht war, die sie zuletzt gesehen hatte. Sie hatte ihn getroffen und sich furchtbar erschrocken. Und dann? Was war dann passiert? Er hatte sie so durchdringend angesehen, in einem so seltsamen Ton mit ihr gesprochen und… dann hörten die Erinnerungen auf. Sie konnte sich weder daran erinnern, nach Hause noch ins Bett gegangen zu sein. Und so, wie es aussah, war das wohl auch gar nicht geschehen. Sie war im Endeffekt hier gelandet und sie war sich sicher, dass dieser Demeon etwas damit zu tun hatte.

Ihr Magen machte bei diesem Gedanken eine unangenehme Umdrehung. Er hatte sie überwältigt, auf welche Weise auch immer, und verschleppt, hierher, in diesen Wald. Aber warum? Was hatte er mit ihr vor? Hatte es etwas mit ihrer Tante zu tun? Ein Racheakt? Eine Erpressung? Aber was versprach er sich davon? Und was war das für ein Entführer, der seine Geisel allein und ungefesselt in einem Wald zurückließ? So konnte sie ja problemlos fliehen! Vielleicht war er ja ein bisschen verrückt… auf eine sehr einfältige, dumme Art und Weise. Allerdings hatte er keinen solchen Eindruck auf sie gemacht. Ganz im Gegenteil.

Und wenn er doch noch in der Nähe war, sie beobachtete? Vielleicht spielte er irgendein irres, sadistisches Spiel mit ihr, so wie diese Psychopaten in all diesen grausamen Psychothrillern und Horrorfilmen, die kaum einen anderen Inhalt hatten, als ihre Hauptcharaktere zu quälen und die Zuschauer mit sinnlosen, blutigen Folterszenen zu schocken…

Natürlich verkrampfte sich Jennas Magen jetzt noch mehr und ihre Angst kam zurück. Warum machte sie sich auch solche Gedanken? Das war doch dumm! Genauso, wie weiterhin hier herumzusitzen und nur darauf zu warten, dass dieser Demeon wiederkam und tatsächlich irgendetwas Furchtbares mit ihr anstellte.

Jenna stand bei diesem Gedanken rasch auf und sah sich um, richtete ihre ganze Wahrnehmung auf den Wald um sie herum aus. Wenn er jetzt irgendwo aus den Büschen herauskam, würde sie einfach losrennen – ganz egal wohin. Nur weg von ihm.

Die Sekunden verstrichen und es geschah… nichts. Rein gar nichts. Alles blieb still und friedlich. Seltsam. Was sollte das Ganze nur?

Jenna atmete tief ein und aus und entspannte sich wieder etwas mehr. Und erst in diesem Augenblick bemerkte sie, dass das Krabbeln an ihrem Bein immer noch nicht aufgehört hatte. Sie hob den Rock ihres Kleides ein wenig an, beugte sich nach unten und stutzte.

Es war eine Ameise, die mühsam ihren steilen Weg erklomm, und sie war grün. Nicht rot oder schwarz, sondern grün. Seit wann gab es in England grüne Ameisen?

„Ein kleiner Mutant", stellte Jenna erstaunt fest. „So was…"

Sie strich das Insekt vorsichtig von ihrem Bein und richtete sich dann wieder auf, um sich nun ein wenig genauer umzusehen.

Wo war sie eigentlich? Gut, in einem Wald, aber in welchem? Sie wusste, dass es in der Nähe ihrer Heimatstadt ein großes Waldgebiet gab, aber das lag so weit weg, dass sie es gar nicht erst in Erwägung ziehen wollte. Am besten war es wohl einfach loszulaufen, in der Hoffnung irgendwann einmal auf eine Straße zu kommen.

Sie straffte die Schultern, holte ein weiteres Mal tief Luft und machte sich dann auf den Weg, beziehungsweise auf die Suche *nach* einem Weg. Und das war gar nicht so einfach, wie sie bald betrübt feststellen musste. Je länger sie lief, desto dichter wurde das Buschwerk. Es zerkratzte ihr Arme und Beine, und sie musste aufpassen, dass ihr nicht auch noch Zweige ins Gesicht schlugen.

Nach einer Weile blieb sie deprimiert stehen. Der Wald war anscheinend riesig groß, obwohl er auf der Landkarte immer so klein aussah. Wie sollte sie nun feststellen, ob sie auf den Waldrand zulief oder von ihm weg, tiefer in den Wald hinein?

„Verdammte Sch… ande!" fluchte sie und sah sich noch einmal um. Alles sah gleich aus. Bäume, Büsche, Laub und Äste… ab und an eine kleine Lichtung. Selbst wenn sie keine Lust mehr hatte zu fliehen und sich doch dazu entschloss auf Demeon zu warten (was natürlich völlig verrückt und nicht zu empfehlen war), wie sollte sie jemals zurück zur Lichtung finden? Sie war zwar mit einem recht guten Orientierungssinn gesegnet worden, aber dass der so gut war, dass sie sich in einem völlig unbekannten Waldgebiet zurechtfand, in dem ein Baum aussah wie der andere, wagte sie zu bezweifeln.

Sie seufzte. Besser war es wohl einfach weiter zu marschieren. Irgendwo musste der Wald ja aufhören, und dann würde sie einfach in den nächsten Vorort laufen und ihre Tante anrufen. Die hatte ihr ohnehin einiges zu erklären!

Jenna atmete tief durch und lief weiter. Ganz allmählich begann sich der Wald zu lichten, bis das Buschwerk schließlich ganz verschwand und nur noch die hohen, dicken Bäume übrig blieben. Kleine Äste knackten unter Jennas Füßen, und ab und zu raschelte es verräterisch unter dem dichten Laub. Die Vögel zwitscherten immer noch munter, aber da war noch ein anderes Geräusch, das Jenna innehalten ließ. Sie lauschte angestrengt, bis sie schließlich erkannte, dass es sich um langsam näherkommende menschliche Stimmen handelte.

Jennas Herz machte vor Freude einen Sprung. Endlich kam jemand, der ihr weiterhelfen konnte!

Es waren zwei Personen, die ihr entgegen kamen. Zwei Personen, die irgendwie seltsam aussahen. Sie trugen zwei große Körbe mit sich und unterhielten sich so angeregt, dass sie Jenna nicht bemerkten. Als sie näher heran waren, konnte sie erkennen, dass es ein Mann und eine Frau waren. Sie waren beide älter, hatten schon graues Haar und von Falten zerfurchte Gesichter. Ihre Rücken waren krumm, und ihnen war anzusehen, dass sie ein Leben lang hart gearbeitet hatten. Wahrscheinlich waren es Bauern, die in der Nähe eine kleine Farm betrieben. Doch irgendetwas störte Jenna an ihrem äußeren Erscheinungsbild, und bald schon wusste sie, was es war. Sie trugen Kleider, die nicht nur aus der Mode, sondern schon fast antik waren, mittelalterliche, zerlumpte Kleider.

Jenna blinzelte irritiert, beschloss aber nicht weiter darüber nachzudenken. Es war ja auch egal, was für einen Knall diese Leute hatten, wenn sie ihr nur helfen konnten wieder nach Hause zu finden. Also lief Jenna weiter auf sie zu, mit einem freundlichen Lächeln auf den Lippen.

Als das alte Paar sie entdeckte, blieb es etwas verängstigt stehen. Sie trafen mitten im Wald wohl nicht allzu häufig auf andere Menschen.

„Hallo!" sagte Jenna schnell. „Entschuldigen Sie, dass ich Sie hier so überfalle, aber ich habe mich hier im Wald... äh... verirrt. Ähm... können Sie mir vielleicht helfen?"

Die Augen der beiden waren seltsamerweise während ihrer kleinen Ansprache sehr viel größer geworden und nun sahen sie einander an, begannen aufgeregt miteinander zu reden – leider nicht in einer Sprache, die Jenna bekannt war.

Herrje! Warum nur mussten die einzigen Menschen, die heute hier in diesem Wald herumspazierten auch noch Menschen sein, die des Englischen nicht mächtig waren? Sie hatte aber auch immer ein Glück!

Hmm... und warum regten sich die beiden so auf. Sie hatten sogar angefangen wild zu gestikulieren, während sie aufgebracht weiter brabbelten und... war das Angst, die sie immer wieder in den Augen dieser Leute aufblitzen sah? Hatten sie Angst vor ihr? Warum? Und wie sie sie immer wieder musterten, so verschreckt und... *sorgenvoll*?

Der Mann wandte sich nun ihr wieder zu und räusperte sich. „Du kommst nicht... von... hier, oder?" fragte er mit einem Akzent, den Jenna noch nie in ihrem Leben gehört hatte, und ihm war anzumerken, dass er das Englische schon lange nicht mehr benutzt hatte. Aber immerhin *sprach* er Englisch!

„Äh, nein, nicht so ganz, " antwortete sie, bemüht darum sich ihre Erleichterung nicht allzu deutlich anmerken zu lassen. „Deswegen brauche ich ja jemanden, der mir hilft. Der Wald ist so groß. Ich weiß wirklich nicht, wie ich hier herausfinden soll."

„Wie bist du denn hierher… gekommen?“ fragte nun die Frau mit einem merkwürdigen Gesichtsausdruck.

Jenna lachte etwas verkrampft. „Ehrlich gesagt, weiß ich das nicht so genau.“

Der Mann und die Frau sahen sich wieder an. Es war ein eigenartiger Blickwechsel, den Jenna nicht deuten konnte. Dann wandte sich der Mann erneut an sie.

„Ich glaube, es ist wirklich besser, wenn du mit uns kommt“, sagte er nachdrücklich. „Unser Haus ist ganz in der Nähe, und dort kannst du dich erst einmal ein wenig ausruhen.“

Wären die beiden Leute nicht so alt und ein Stück kräftiger gewesen, so hätte Jenna bestimmt Bedenken gehabt, was diesen Vorschlag anging, aber was sollten diese klapprigen Persönchen ihr schon antun können? Also nickte sie dankbar.

„Wenn sie ein Telefon haben, kann ich dann ja auch gleich meine Tante anrufen.“

Die beiden Alten sahen sie stirnrunzelnd an.

„… aber sie haben kein Telefon“, schloss Jenna schnell daraus und versuchte sich ihre Enttäuschung nicht anmerken zu lassen.

„Auch gut, Hauptsache ich komme erst einmal aus dem Wald heraus.“

Sie zwang sich zu einem Lächeln, das die beiden Alten höflich erwiderten. Kein Telefon… Das wurde ja immer besser!

Das Haus lag nicht so in der Nähe, wie Jenna es sich vorgestellt hatte, und als sie es endlich erreicht hatten, war sie mit ihren Kräften fast am Ende. Es war eine Sache freiwillig und mit der richtigen Ausrüstung eine endlose Wanderung durch die Wälder zu machen, aber eine völlig andere diese unvorbereitet, mit den falschen Schuhen und in einem emotional ziemlich aufgewühlten Zustand hinter sich zu bringen.

Jennas Nerven fühlten sich ähnlich wund und müde an wie ihre Füße, als sie ihren Zielort erreicht hatten, nur konnten sich in ihrem Geist glücklicherweise keine ähnlich schmerzhaften Blasen wie die an ihren Füßen bilden. Wäre dies möglich, so wären diese ganz gewiss bei dem Anblick, der sich ihr nun bot, geplatzt.

Die Bleibe des älteren Paares war ein kleines, renovierungsbedürftiges Steinhaus, das auf einem seichten Hügel am Rande des Waldes lag, umgeben von saftig grünen Wiesen und dem bedrohlich dunkel anmutenden Wald. Es musste uralt und von irgendjemandem gebaut worden sein, der vom ordentlichen Häuserbau keine wirkliche Ahnung hatte. Nur so waren die etwas schief geratenen Wände zu erklären. Jenna hatte so eine seltsam plumpe Bauweise nur ganz selten gesehen und zwar meist in den mittelalterlichen Stadtteilen sehr alter Großstädte oder in Dörfern auf dem Land, die schon zum großen Teil unter Denkmalschutz standen. Dass man in so einem antiken und garantiert nicht sehr gut isolierten Haus wirklich leben konnte und *wollte*, war für Jenna nur schwer vorstellbar. Wie konnten diese Leute sich das nur antun? Oder waren sie so arm, dass sie einfach dazu gezwungen waren, so zu leben? Vielleicht waren es illegale Einwanderer, die sich hier vor den Behörden versteckten…

Gefährlich wirkten sie jedenfalls weiterhin nicht. Sie waren freundlich und hilfsbereit und nur aus diesem Grund (und weil sie einfach kaum noch laufen konnte) folgte Jenna den beiden hinauf zu ihrer Hütte.

Die beiden Alten besaßen eine kleine Schafherde, die sich in einem Gatter neben dem Haus befand, und zwei zottelige Hütehunde, die sie freudig begrüßten, als sie nahe genug heran waren. Jenna bedachten sie dagegen nur mit einem skeptischen Blick, akzeptierten aber schließlich zähneknirschend, dass sie das Haus betrat.

Die Stube, in die sie trat, war sehr schlicht, fast spartanisch eingerichtet, mit einem großen, alten Bett, einem Tisch, zwei Stühlen und einem recht klapprig wirkenden Schrank. Ein großer Kamin befand sich an einer Seite des Hauses, der wohl auch zum Kochen benutzt wurde, denn um ihn herum war eine Art Kochnische gebaut worden, in der allerlei Haushaltsdinge verstaut waren. Es schien so, als hätten diese Leute alles selbst angefertigt, denn die meisten dieser Sachen bestanden aus einfachem Holz.

Jenna schüttelte sich innerlich. Sie mochte ja die ländlich – bäuerliche Lebensweise, sie war ja selbst ein sogenanntes Naturkind, aber man konnte es auch übertreiben. Die beiden Alten waren nicht nur mittelalterlich gekleidet, sie lebten auch wie im Mittelalter. Kein fließendes Wasser, kein Strom, kein Licht, kein Elektroherd, keine Dusche, kein Fernseher, kein Telefon oder Computer mit Internetanschluss. Völlig abgeschieden von der modernen Welt – konnte man so etwas längere Zeit aushalten? *Sie* ganz bestimmt nicht! Und deswegen war Jenna eines ganz klar: Sie musste so schnell wie möglich hier weg – zurück in die Stadt!

Sie setzte sich unsicher auf eine kleine Bank an der Wand und beobachtete, wie die Frau Wasser aus einem Krug in einen Holzbecher goss, um ihr diesen dann zu reichen. Jenna nahm den Becher und lächelte sie dankbar an. Sie hatte nach dieser Wanderung wirklich großen Durst bekommen. Das Wasser schmeckte außerordentlich gut, ganz anders als Wasser aus der Leitung. Das war wohl einer der wenigen Vorteile dieser spartanischen Lebensweise.

Der Mann hatte sich einen Stuhl herangezogen und stopfte sich nun gemütlich ein Pfeifchen, während die Frau mit den Töpfen herumzuhantieren begann. Wahrscheinlich wollte sie das Abendessen vorbereiten.

Jenna war die Situation unangenehm. Sie kam sich vor wie ein Störenfried. So hatte sie sich auch schon auf dem Weg zum Haus gefühlt. Sie hatten nicht viel miteinander gesprochen, sondern waren die meiste Zeit schweigend und grübelnd nebeneinander hergegangen. Sehr unangenehm.

„Es tut mir wirklich leid, dass ich Ihnen so zur Last falle“, entschuldigte sie sich, nach einem langen Moment der Stille zwischen ihnen, in dem die Frau weiter mit den Töpfen geklappert und der Mann sich in seinem Stuhl zurückgelehnt und an seiner Pfeife gesogen hatte, sie dabei nachdenklich musternd.

Nun schüttelte er den Kopf. „Wir haben nie Kinder bekommen können und führen ein sehr einsames Leben. Uns ist jeder Gast willkommen“, sagte er mit einem milden Lächeln. „Mein Name ist Gideon Undas, und das ist mein Weib Tala.“

„Freut mich sehr“, erwiderte Jenna ebenfalls lächelnd und meinte das wirklich ernst. Wie hatte sie nur vergessen können sich vorzustellen? Wie unhöflich! „Ich bin Jenna Peterson. Ich komme aus Salisbury.“

Sie erwartete, dass der Mann nun verständnisvoll nickte oder so etwas wie ‚Aha, aus der Stadt‘ von sich gab, doch in seinem Gesicht regte sich nichts, und er gab auch keinen Laut von sich. Es schien so, als sage ihm der Name dieser Stadt nichts. Nun gut, Salisbury war keine große, bekannte Stadt, aber sie war zumindest eine der größeren Städte, die es in der näheren Umgebung gab, es sei denn, Demeon hatte sie weiter weggebracht, als sie ahnte. Diese Leute waren Schäfer, sie mussten doch ihre Wolle irgendwo verkaufen. Sie brauchten Lebensmittel, also konnten sie sich gar nicht so abkapseln, dass sie nichts von der Außenwelt wussten!

„Sie kennen Salisbury nicht?“ hakte Jenna leise und mit merklicher Irritation in der Stimme nach.

Der Mann schüttelte den Kopf und auch die Frau hatte nur ein Schulterzucken für sie übrig.

„Ich glaube nicht, dass wir auch nur irgendeinen Ort kennen, den ihr kennt“, sagte Gideon ebenso leise.

Jennas Magen verdrehte sich ein wenig und sie runzelte die Stirn. Meinten die beiden das ernst?

„Gut…“ Ihr Blick glitt forschend über das wettergegerbte Gesicht Gideons. „Was ist mit Bristol?“

Wieder war nur ein Kopfschütteln die Antwort und Jennas Irritation wuchs.

„Southampton? London?“

Jenna sah die beiden Alten eindringlich an. Vergeblich. Diese Namen sagten den Leuten nichts und irgendwie konnte sie sich nicht vorstellen, dass sie ihr etwas vormachten. Jenna war immer schon ziemlich gut darin gewesen, Menschen einzuschätzen, zu durchschauen, wer sie waren und was sie dachten. Und genau diese Fähigkeit ließ sie auch hier erkennen, dass Gideon und Tala ihr nichts vorspielten. Was zur Hölle war nur passiert? Sie war doch gewiss noch in Großbritannien! Dieser Demeon konnte sie doch unmöglich außer Landes gebracht haben, ohne dass sie oder irgendjemand anderes irgendetwas davon mitbekommen hatte! Das würde doch auch überhaupt keinen Sinn machen… wie fast alles, was bisher geschehen war…

„In unserer Nähe liegen nur Dörfer“, erklärte Tala fast mitleidig. „Die einzige große Stadt ist Xadred. Aber dieser Name ist dir unbekannt, nicht wahr?“

Jenna dachte einen Moment nach. Xadred sagte ihr tatsächlich nichts und es war auch ein sehr merkwürdiger Name für eine Stadt in Großbritannien. Sie nickte zögerlich und schluckte schwer. Da war auf einmal so ein Druck auf ihrer Brust, der es ihr schwer machte, weiterhin ruhig und regelmäßig zu atmen. Das konnte doch alles nicht wahr sein! Entweder war das ein Alptraum, oder jemand nahm sie hier ganz gewaltig auf den Arm. Vielleicht war dieser Demeon ja ein Serientäter, entführte seine Opfer, um sie ins Nirgendwo zu verschleppen und sie dann… dann… einfach in den Wahnsinn zu treiben… mit diesen irren Geschichten. Vielleicht steckten die beiden Alten ja sogar mit ihm unter einer Decke.

„Da gab es noch jemanden“, riss die leise Stimme des Alten sie wieder aus ihren Gedanken.

„Was?“ fragte Jenna durcheinander.

„Jemanden wie dich“, antwortete Gideon.

„Wie mich?“ wiederholte sie etwas dümmlich. „Wie… wie meinen Sie das? Jemand, der sich auch verlaufen hat?“

Gideon nickte, während Jenna ihn nur weiterhin verstört anblinzelte. Was sollte das denn? Natürlich war sie nicht die einzige, die sich mal in einem Wald verlaufen hatte. Das geschah gewiss öfter.

„Er hat genauso gesprochen wie du, mit diesem komischen Akzent. Er kam auch nicht von hier, war ganz verwirrt, fast verzweifelt. Aber er war damals noch ein halbes Kind.“

„Ein Kind?“ wiederholte sie. Inwiefern war das denn jetzt für *sie* wichtig? Und es war auch nicht sie oder dieses Kind, die einen komischen Akzent hatten und merkwürdig aussahen, sondern die beiden Alten. Waren die sich dessen gar nicht bewusst?

„Und auch er war nicht der erste“, setzte der Alte hinzu und sah nun noch viel betrübter aus als zuvor. „Über die Jahrhunderte kamen immer mal wieder Menschen von… von der anderen Seite hierher und…“

„Gideon!“ mahnte Tala ihren Mann und sah Jenna verunsichert an, die momentan sehr mit den Worten ‚andere Seite‘ zu kämpfen hatte. „Das… das sind nur Geschichten. Niemand weiß, ob sie wahr sind!“

„Aber Leons Geschichte ist wahr, Tala!“ erwiderte Gideon nun schon etwas lauter und sah dann Jenna wieder an. „Und eigentlich ist er der Grund, warum wir dich mitgenommen haben.“

„Wer?“ Jenna sah irritiert von einem zum anderen. „Der Junge von damals? Sie haben mich seinetwegen mitgenommen?“

Gideon nickte langsam. „Vielleicht hat das Schicksal dich hierher gebracht, um seinem Leid ein Ende zu machen…“

Jenna blinzelte einmal. Zweimal. „Wie bitte?“

„Vielleicht kannst du ihm helfen zurückzukehren.“

„Zurück? Wohin zurück?“

„Nach Hause.“

Nach Hause klang ziemlich gut in Jennas Ohren – auch wenn sie nicht wusste, wo das Zuhause dieses Jungen lag und ob sie ihm tatsächlich helfen konnte. Aber sie würde auf jeden Fall nach Hause zurückkehren. Auf dem schnellsten Weg.

„Gut.“ Sie atmete einmal kurz ein und aus. „Sie sind also der Meinung, dass ich dem Jungen helfen kann wieder nach Hause zu finden. Kann ich dann davon ausgehen, dass Sie mir vielleicht dabei helfen werden, ihm zu helfen? Momentan bin ich nämlich selbst ziemlich hilflos, weil ich absolut nicht weiß, wie ich hierhergekommen bin und wo genau ich mich überhaupt befinde. Ich werde dem Kleinen so bestimmt keine große Stütze sein und…“

Sie brach ab, weil sowohl Gideon als auch Tala ein leises Lachen entwischte. Die Verwirrung in ihren Augen veranlasste den Alten dazu sich zu erklären.

„Leon ist jetzt kein Kind mehr sondern ein erwachsener Mann, der gut für sich selbst sorgen kann.“

Jenna hob erstaunt die Brauen, während das ungute Gefühl in ihrem Bauch schon wieder zu wachsen begann.

„Wie… wie lange ist er denn schon… hier?“

Gideon zog an seiner Pfeife. Er schien ganz in seine Erinnerungen zu versinken.

„Ich weiß es nicht genau. Es ist so lange her. Vielleicht zehn oder fünfzehn Jahren.“

„Zehn oder fünfzehn *Jahre*?!“ entfuhr es Jenna entsetzt und Gideon zuckte ein wenig zusammen, bevor erneut dieser mitleidige Ausdruck auf seinen Zügen erschien.

„Ich wünschte, es wäre nicht so… Aber er hat es einfach nicht geschafft.“

„Was nicht geschafft?“

„Den Weg zurück zu finden."

Jenna atmete ganz langsam tief ein und wieder aus. Das war doch krank. So etwas hatte sie noch nie gehört. Die Erde war zwar ein großer Planet, aber es gab kaum noch unentdeckte Orte, von denen man nicht mehr entfliehen konnte. Man konnte immer einen Weg nach Hause finden. Alles, was man brauchte, war sich neu zu orientieren und dann ein kleines Fleckchen der Zivilisation zu finden, an dem es Telefone, Computer und Internet gab. Momentan würden ihr sogar eine Landkarte und ein Kompass genügen!

„Es gibt *immer* einen Weg zurück!" sagte sie nun etwas verärgert.

„Das mag sein", gab Gideon ihr sofort nach. „Aber manchmal ist es sehr schwer ihn zu finden."

Jenna musterte den Alten ein weiteres Mal. Vielleicht waren er und seine Frau schon ein wenig senil, lebten in ihrer eigenen Phantasiewelt und erzählten ihr irgendwelche Märchen. Das würde alles erklären, ihre Lebensweise, die Art wie sie redeten... Und vielleicht konnte sie mehr aus ihnen herausbekommen, wenn sie sich auf ihre Phantasievorstellungen einließ. Einen Versuch war es wert.

Jenna räusperte sich und setzte einen interessierten Gesichtsausdruck auf. „Wo… wo ist dieser Leon jetzt?" erkundigte sie sich hoffnungsvoll. Sie mussten ihn doch irgendwo hingebracht haben. Vielleicht in eine Stadt. Obwohl, ein Dorf wäre auch nicht schlecht. Fast alle Dörfer hatten heutzutage Telefonanschlüsse.

„Das weiß ich nicht genau", erwiderte Gideon. „Ich sehe ihn ab und an, aber das letzte Mal, dass wir uns begegnet sind ist schon ziemlich lange her. Das Leben hier in Falaysia war für ihn von Anfang an nicht einfach und daran hat sich leider auch heute nichts geändert."

Falaysia, aha! Sie lag wohl mit ihrer Vermutung gar nicht so falsch. Einsamkeit sollte einen ja bekanntlich in den Wahnsinn treiben und rechnete man noch das Alter dieser Leute hinzu…

„Falaysia, das ist… das ist das Land hier, ja?“ erkundigte sie sich freundlich.

„Nein, es ist diese Welt. Unser Land heißt Allgrizia, das Land der Kriege“, erklärte der Mann.

„Was heißt das?“ fragte Jenna. „Herrscht hier ständig Krieg?“

„So ähnlich“, meinte Gideon und sog erneut an seiner Pfeife.

„Gideon“, mahnte Tala ihren Mann wieder aus dem Hintergrund und er hob in einer beruhigenden Geste eine Hand.

„Ich denke, sie kann die Wahrheit vertragen“, sagte er. „Sie ist erwachsen und hat einen wachen Verstand. Und sie sollte wissen, was auf sie zukommt, was es bedeutet hier zu sein.“

Tala sah kurz hinüber zu Jenna und wandte sich dann kopfschüttelnd wieder der Zubereitung des Essens zu.

„Allgrizia ist ein von Kriegen gebeuteltes Land“, fuhr Gideon nun ungehindert fort. „Den Großteil der Bevölkerung dieses Landes machen die Bakitarer aus. Sie sind ein kriegerisches Nomadenvolk, das sich aus keiner Streiterei heraushalten kann. Wenn sie einen Krieg nicht von selbst beginnen, so lassen sie sich gerne von einer der streitenden Parteien dazu überreden mitzumischen. Sie sind ein wildes, gefährliches und unberechenbares Volk, das niemals weit über die Grenzen Allgrizias hinauszieht. Es ist halt ihr Heimatland. Deswegen heißt es das Land der Kriege. Fast alle Kriege beginnen hier.“

„Und wie sieht es im Moment aus?“ fragte Jenna scheinbar besorgt. Wie konnte man in diesem Alter noch eine so grausame Phantasie haben? Ein Mann wie Gideon sollte doch weise und besonnen sein.

Der Alte seufzte. „Wir haben im Moment zwar keinen wirklichen Krieg, aber… es verändert sich so viel. Die Menschen können mit diesen Veränderungen nicht so wirklich umgehen. Einige wollen sie, andere wehren sich dagegen… Das führt zu Unruhen, Unruhen, die immer größer werden und der mächtigste Mann in Falaysia ist nicht weise genug und willens die entstehenden Konflikte auf einem friedlichen Weg zu lösen."

„Das heißt also ein Krieg ist unausweichlich", schloss Jenna.

Der Alte nickte wieder. Seine Augen waren voller Trauer. Er schien wirklich daran zu glauben. Beinahe tat er ihr leid.

„So war es schon immer", fuhr er betrübt fort. „Wenn ein weiser Herrscher starb, der keine Nachkommen hatte und nicht in der Lage war, vor seinem Tod einen guten Nachfolger zu wählen, dann kamen die Katastrophen, die Kriege, das Unrecht und der Tod. Bis sich wieder ein weiser Mann oder eine weise Frau fand, um für Ruhe und Ordnung zu sorgen." Er seufzte. „Nur schade, dass nun wieder die Zeit des Leids angebrochen ist."

„Klingt ja nicht besonders gut", gab Jenna leise zu. Wenn sie wieder zu Hause war, würde sie dafür sorgen, dass sich ein guter Psychologe um die beiden kümmerte. Sie schienen wirklich unter ihren Wahnvorstellungen zu leiden. Doch so lange sie noch hier war, musste sie halt mitspielen, so tun, als sei sie, eine Frau aus dem einundzwanzigsten Jahrhundert, dem Zeitalter des Fortschritts und der Wissenschaft, in eine Welt des Mittelalters geraten. Das klang ganz nach einem Fantasieroman. Hatten diese Leute vielleicht zu viele davon gelesen? Sie sah sich um, konnte aber weit und breit keine Bücher entdecken.

„Na gut", meinte Jenna schließlich, ohne sich anmerken zu lassen, worüber sie gerade nachdachte. „Was hat dieser Junge als erstes gemacht, nachdem ihr ihn gefunden hattet? Wo ist er hingegangen?"

„Wir haben ihn nach Xadred gebracht. Dort gibt es ein paar Leute, die fast jedem helfen können, indem sie die richtigen Menschen zusammenbringen", erklärte Gideon. „Wir dachten, er könne vielleicht mit ihrer Hilfe zurück in seine Welt finden."

„Aber das hat nicht funktioniert", schloss Jenna. „Wieso nicht?"

Gideon zuckte die Schultern. „Ich weiß es nicht. Er sagte einmal zu mir, jemand hätte ihn im Stich gelassen, jemand ohne dessen Hilfe er es nicht schaffen konnte, auf den er sehr vertraut hat."

Jenna dachte einen Moment nach. Das war *die* Chance, um die Leute dazu zu bewegen, sie in eine Stadt oder etwas Ähnliches zu bringen.

„Vielleicht sollte ich auch nach Xadred gehen. Sie sagen ja selbst, dass das Schicksal mich vielleicht hierher gebracht hat, um Leon endlich nach Hause zu bringen. Vielleicht sollte ich es wirklich versuchen!"

„Xadred ist im Moment sehr gefährlich", warnte Tala sie und tiefe Sorge sprach aus ihren Augen. „Kein Ort für eine Frau. Und du bist zu alt, Gideon, um sie zu beschützen."

Oh nein, oh nein, das konnte sie nicht mit ihr machen! Sie würde auf keinen Fall hier bleiben. Sie konnte ja nichts dafür, dass die beiden keine Kinder hatten!

„Dann… dann verkleide ich mich halt", schlug sie vor. „Ich verkleide mich als Mann und niemand wird mich belästigen. Das klappt im Film auch immer!"

Gideon sah sie irritiert an. „Im Film?"

„Äh, schon gut." Jenna winkte ab. „Ich vergaß, dass Sie das nicht kennen. Aber die Idee ist doch gar nicht schlecht, oder?"

„Es ist einfach zu gefährlich!" sagte Tala mit Nachdruck und machte nun sogar ein paar Schritte auf ihren Mann und Jenna zu. „Das weißt du doch auch!"

„Aber hier bleiben kann sie auch nicht", erwiderte er.

Jenna wäre ihr am liebsten um den Hals gefallen. Wenigstens ein Mensch, der vernünftig war.

„Das hier ist doch kein Leben für eine junge Frau", fuhr er fort. „Noch nicht einmal für eine kurze Zeit. Sie soll es wenigstens versuchen. Wenn es zu gefährlich wird, können wir ja immer noch umkehren."

„Wenn es dann nicht schon zu spät ist“, setze Tala traurig hinzu und schüttelte verständnislos den Kopf.

„Ich denke, du solltest es Jenna überlassen, zu entscheiden, ob sie das Risiko eingehen will“, meinte Gideon und lächelte Jenna an. „Sie wird schon das richtige tun, wie Leon auch.“

„Aber sie kennt unsere Welt nicht!“ Tala wollte nicht nachgeben. „Sie weiß nichts von all den Gefahren, die ihr drohen. Sie kennt Falaysia nicht!“

„Dann wird sie es eben kennenlernen!“

Jenna wusste, dass damit das letzte Wort gesprochen war und lächelte Gideon dankbar an. Bald würde sie wieder zu Hause sein, bei ihrer Familie, ihrem Vater und ihrem Bruder. Und bei Melina. Melina… die würde noch was von ihr zu hören kriegen

Angst

Angst war ein ziemlich unangenehmer Geselle. Wenn man nicht in der Lage war, sie rechtzeitig zu verdrängen, ließ sie einen wie einen ganz dummen Trottel aussehen. Zuerst übernahm sie die Kontrolle über das Herz und die Atemtätigkeit, dann über alle anderen Körperfunktionen und zum Schluss nahm sie einem die Fähigkeit richtig zu denken und trieb einen dadurch zur Verzweiflung, so dass man sich jammernd und zitternd am Boden wand.

So wollte Leon ganz bestimmt nicht enden. Deswegen kämpfte er angestrengt gegen jeden kleinsten Ansatz von Angst an, der in ihm aufkommen wollte. Und das war in der Situation, in der er sich befand, gar nicht so einfach, denn das Gespräch, dass er mit Lord Hinras führte, war alles andere als aufbauend.

„Was ist mit Jusha?" fragte Leon, obwohl er nach all dem, was er bereits erfahren hatte, das Gefühl hatte, dass er die Antwort auf die Frage bereits kannte.

Lord Hinras sah sehr bedrückt aus. Tiefe Sorge stand ihm in sein strenges Gesicht geschrieben und seine braunen Augen schienen vor Trauer noch dunkler zu sein als sonst. Er hatte resigniert, und das war gar nicht gut. Er seufzte schwer und schloss kurz die Augen, so als könne er sich damit von seinen seelischen Qualen befreien.

„Sie haben ihn in Quebasia erwischt", sagte er leise. „Frag mich nicht, was sie mit ihm gemacht haben. Ich weiß nur, dass er tot ist."

Wieder wollte eine Welle von Angst über Leon zusammenschlagen, doch er schlug sie tapfer zurück, in die hinterste Ecke seines Geistes.

„Und Tio?“ fragte er traurig.

Hinras schüttelte den Kopf und das war Antwort genug.

„Delio?“

Kopfschütteln.

Leon fühlte sich auf einmal ganz leer. So viele gute Freunde waren in letzter Zeit in den Tod gegangen. Alles schien plötzlich so hoffnungslos. Langsam konnte er Hinras Resignation verstehen.

„Wir haben in den letzten Monaten mehr als die Hälfte unseres restlichen Heeres verloren“, erklärte der Lord. „Obwohl wir geglaubt hatten, sie seien gut versteckt. Entweder hat Nadir exzellente Spione, oder es gibt einen Verräter in unseren Reihen.“

„Was ist mit dem König?“ erkundigte sich Leon zögernd und jetzt konnte er doch nicht verhindern, dass sein Herz schneller schlug.

„Er befindet sich mit seinen treusten Anhängern an einem wirklich sicheren Ort“, sagte Hinras.

„Er hat dafür gesorgt, dass der Rest seines Heeres in kleine Gruppen gespalten und neu versteckt wurde. Jetzt wissen nur er und die einzelnen Gruppen, wo sie sind. Ich hoffe wirklich, dass es uns dieses Mal gelingt, uns zu erholen und unsere Streitkräfte wieder aufzubauen. So kann das alles nicht weitergehen.“

Leon nickte nachdenklich, sagte aber nichts dazu.

„Was ist mit dir?“ fragte Hinras nun. „Schließt du dich uns wieder an? Wir können wirklich jeden Mann gebrauchen.“

„Ich weiß nicht.“

Irgendwie hatte Leon das Gefühl, dass er noch nicht soweit war, um dem Heer wieder beizutreten. Eigentlich hatte er gehofft, das nie mehr tun zu müssen. Er hatte sich sogar geschworen es nicht zu tun, seine Vergangenheit endgültig hinter sich zu lassen.

Er senkte kurz den Blick, betrachtete ein paar Herzschläge lang Lord Hinras ineinander verschränkte Finger, seinen Daumen, der immer wieder etwas nervös auf den Zeigefinger seiner anderen Hand tippte. Dann sah er seinen alten Freund wieder an, hob ein wenig die Brauen.

„Ist das der eigentliche Grund, warum du dich unbedingt mit mir treffen wolltest?“ fragte er ruhig.

Hinras reagierte nicht sofort auf seine Frage, sondern studierte ein paar Sekunden lang nachdenklich sein Gesicht. „Ich denke, es macht kein Sinn dich zu belügen. Wir… wir befinden uns in einer Notlage und brauchen dringend erfahrene Kämpfer; Leute, die dazu in der Lage sind, größere Truppen zu leiten, aufzubauen… diesem Kampf gegen Nadir vielleicht sogar eine Wende zu geben. Wir brauchen Menschen wie dich, Leon. Du hast einen bekannten Namen in Renons Truppen, bist beinahe so etwas wie ein Held für die Jüngeren unter ihnen. Es wäre ein enormer Gewinn für uns, wenn du zurückkommen würdest. Gerade jetzt in diesen schweren Zeiten.“

Leon wich seinem drängenden Blick aus, sah hinaus aus dem verschmutzten Fenster der kleinen Spelunke, in der sie saßen. Doch er sah nicht die dunkle Gasse dort draußen, das rissige, feuchte Mauerwerk an dem sich Efeu emporrankte. Es sah Menschen mit erhobenen Schwertern, die sich mutig in den Kampf warfen, hörte das Klirren der Schwerter, hörte Schmerzensschreie und sah den Tod, wie er sich einen Mann nach dem anderen holte, ganz gleich ob nun Freund oder Feind. Das alles war so fern und doch so beängstigend nahe… Er wollte das nicht wieder erleben. Doch hatte er eine Wahl?

Ein Räuspern aus der Richtung des Lords holte ihn zurück in die Gegenwart.

„Ich... habe gehört, dass auch du ernsthafte Probleme hast." Hinras sah ihn ernst an. „Die hängen nicht zufälligerweise damit zusammen, dass du einmal König Renon gedient hast?"

Leon holte tief Luft. Er wurde nicht gern daran erinnert. „Ich weiß nicht so recht. Ich kann mir gut vorstellen, dass das noch einen anderen Grund hat."

„Du weißt, dass wir nicht die Kraft haben, uns um die Probleme einzelner Menschen zu kümmern – schon gar nicht, wenn sie sich sonst wo in Falaysia herumtreiben", meinte Hinras. „Aber wenn du dich uns wieder anschließt, können wir dich nicht nur in ein sicheres Versteck bringen – dann können wir dich auch beschützen."

Leon lächelte schwach. „Glaub mir, vor Marek ist man nirgendwo sicher."

Der Lord wurde für einen Moment noch etwas blasser, als er ohnehin schon war. Sein Adamsapfel bewegte sich sichtbar auf und ab. „Marek ist persönlich hinter dir her? Ich dachte, er hätte diese... *Sache* längst vergessen."

„Tja, ich auch", gab Leon zu. „Anscheinend ist er nachtragender als wir dachten."

Hinras zupfte sich nervös an seinem Spitzbart. „Sie suchen nach dir?"

Leon nickte.

„Sind sie schon in der Stadt?"

„Einige. Und Marek selbst soll auf dem Weg hierher sein."

Hinras Augen weiteten sich ein wenig und er fuhr sich nervös mit einer Hand über den Mund. „Das ist schlecht." Sein Blick flog gehetzt hinüber zur geöffneten Tür der Spelunke. Jegliche Ruhe, die der Lord zu Beginn ihres Treffens noch besessen hatte, war aus seinen Gliedern gewichen. Er beugte sich weit zu ihm vor. „Du solltest so schnell wie möglich verschwinden und ich ebenfalls!"

„Das sehe ich auch so", stimmte Leon ihm zu. Er war der Verzweiflung ganz nah. Anscheinend war es dem Lord wirklich nicht möglich, ihm zu helfen. Höchst wahrscheinlich war er ganz allein nach Xadred gereist, um, nach all dem was passiert war, möglichst kein Aufsehen zu erregen. Er war genauso hilflos wie Leon selbst. Nur, wie sollte Leon entkommen, wenn keiner da war, der ihm half, und er keine Zeit hatte, sich angemessen auf die Flucht vorzubereiten? Hals über Kopf etwas zu tun, lag ihm so gar nicht im Blut.

„Leon deine einzige Chance, die nächsten Wochen zu überleben, ist, dich dem Heer des Königs wieder anzuschließen“, drängte Hinras ihn. „Marek entkommt man nicht – nicht, wenn man allein ist!“

Hinras hatte Recht. So wie es aussah, gab es wirklich keine andere Alternative. Sterben oder Kämpfen? Kämpfen klang besser.

Er nickte zögernd und konnte beobachten, wie sich Hinras' Gesicht deutlich erhellte. Er hatte gar nicht gewusst, dass dem Lord so viel an ihm lag.

„Wir können aber nicht zusammen reisen“, überlegte Leon. „Also, wo kann ich euch finden?“

Ein sanftes, dankbares Lächeln erschien auf dem Gesicht des Lords. Er beugte sich vor und sprach nun noch leiser als zuvor.

„Du weißt, dass wir in Vaylacia einen gemeinsamen Freund haben“, flüsterte er. „Er wird dir sagen, wo du mich und einige der anderen finden kannst.“

„Gut“, meinte Leon nur und erhob sich. „Wir sollten machen, dass wir hier wegkommen!“

Auch Hinras stand auf. Für einen Moment sahen sich die beiden Männer an, voller Sorge um einander.

„Pass auf dich auf, Junge“, sagte der Lord sanft.

Leon nickte. „Du auch!“

Dann trennten sie sich und verließen die Spelunke durch verschiedene Ausgänge.

Xadred

Der Weg nach Xadred war furchtbar lang und erschöpfend, zumal Jenna und Gideon noch Beutel mit Wolle mit sich trugen, die sie in der Stadt gegen Lebensmittel eintauschen wollten, und die beiden alten Leute keinen Packesel oder ein Pferd besaßen. Zudem hatte Jenna das Gefühl nicht richtig Luft zu bekommen, da Tala ihr mit einem groben Tuch den Busen abgebunden hatte, damit sie auch wirklich wie ein junger Mann aussah. Die Taille hatte sie mit einem anderen Tuch und ein wenig ungesponnener Wolle etwas verbreitert, um von ihren doch recht weiblich gerundeten Hüften abzulenken, was nun auch noch bestialisch zu kratzen begann. Jenna hatte sich geweigert, ihr langes Haar abzuschneiden, aber da langes Haar, Gideons Aussage zufolge, momentan in Falaysia auch für Männer nicht ungewöhnlich war, hatten sie es schließlich nur streng zusammengebunden. Ein bisschen Schmutz ins Gesicht, einen großen, für Schäfer typischen Hut auf den Kopf gesetzt und schon gab Jenna das perfekte Bild eines Bauernjungen oder auch jungen Schäfers ab.

Es war natürlich nicht gerade sehr schmeichelhaft, dass man so schnell einen Mann aus ihr machen konnte, aber um wieder nach Hause zu kommen, würde sie fast alles tun. Peinlich würde es nur werden, wenn sie auf ihrem Weg den ersten normalen Menschen begegneten, und das mussten sie ja irgendwann einmal, wenn sie wirklich auf eine Stadt zugingen. Jenna fragte sich, wie lange Gideon noch in seiner Fantasiewelt verharren würde. Spätestens an der nächsten großen Straße musste er doch aufgeben, ihr vorzumachen, sie befände sich in einer mittelalterlichen Welt. Oder er war schon so verrückt, dass ihm selbst die konsternierten Blicke seiner Mitmenschen entgingen und er kein Empfinden dafür hatte, dass sein Verhalten ihn durchaus bald in eine psychiatrische Anstalt befördern könnte. Sie selbst würde in diesem Fall sofort erklären, dass sie sich nur aus reiner Verzweiflung auf Gideons Fantasiewelt eingelassen und mitgespielt hatte.

Jenna seufzte – nicht nur wegen dieser belastenden Gedanken, sondern ganz einfach auch, weil der lange Fußmarsch sie körperlich erschöpfte. Ihr Rücken schmerzte, die Muskulatur ihrer Waden hatte sich unangenehm verkrampft und ihre Füße taten ihr weh.

Natürlich sah sich Gideon sofort besorgt nach ihr um. Es war erstaunlich, was für ein Tempo der alte Mann die ganze Zeit an den Tag legte. Er war wohl doch noch ganz schön rüstig und wahrscheinlich gar nicht so alt, wie sie vermutet hatte.

„Es dauert nicht mehr lange“, sagte er tröstend.

Jenna rang sich ein müdes Lächeln ab. Es dauerte schon seit einer ganzen Weile nicht mehr lange. Und jetzt ging es auch noch bergauf. Mühsam erklomm sie den ziemlich großen Hügel und blieb atemlos auf seinem Kamm stehen. Atemlos aus zweierlei Gründen: Zum ersten, weil dieser Aufstieg sie beinahe ihre letzte Kraft gekostet hatte und zum Zweiten, weil sie völlig fassungslos über das war, was sich ihr hinter dem Hügel offenbarte.

In einem grünen Tal lag sie, die Stadt Xadred. Es war eine große Stadt. Nicht so groß wie die meisten Städte, die Jenna kannte, aber sie *war* groß. Viele solcher staubiger, ungepflasterter Wege wie der, auf dem sie sich befanden, führten in ihr Inneres, sowie ein breiter, dunkler Fluss, der aus den Bergen im Osten zu kommen schien. Hohe, graue Mauern umschlossen die dichtgedrängten Häuser und Türme der Stadt und schützten sie vor ungebetenen Gästen.

Jenna war wie erstarrt. Dies war eine Stadt, wie sie sie noch nie zuvor in ihrem Leben gesehen hatte, wenn überhaupt dann als Zeichnung in einem Geschichtsbuch. Es war eine mittelalterliche Stadt, und die Bedeutung dessen, was sie da sah, drohte Jenna den Verstand zu zersprengen. Ein hohles Gefühl kroch langsam aus einer Ecke ihres Körpers hervor und füllte bald ihren ganzen Körper aus. Ihr war schlecht und schwindelig und sie hatte das Gefühl, als müsse sie gleich in Ohnmacht fallen. Sie wankte ein wenig, hielt sich aber weiterhin wacker auf den Beinen. Eigentlich war sie ja auch nicht der Typ für Ohnmachtsanfälle.

Sie atmete tief durch. Bloß nicht den Kopf verlieren. Dafür musste es eine natürliche und logische Erklärung geben. Ganz gewiss. Es gab auch heutzutage noch gut erhaltene mittelalterliche Städte – auch hier in England. Alnwick zum Beispiel oder Canterbury… Dass es sich hierbei um keine dieser beiden Städte handelte, wusste Jenna sofort. Dazu war diese Stadt nicht groß genug. Aber das hieß nicht, dass sie sich nicht mehr in England befand. Es gab viele Regionen, die sie nicht sonderlich gut kannte. Warum sollte sich in einer dieser Regionen nicht auch diese Stadt befinden?

Vielleicht war das hier ja auch die neuste Ferienattraktion oder die Kulisse für einen Film, oder sie träumte ganz einfach. Sie durfte nur nicht die Kontrolle über sich verlieren, nicht verzweifeln, nicht sofort glauben, was ihre Augen ihr da vorgaukeln wollten. Hier gab es etwas, das sie mit ihrem Durchschnittsverstand nicht begreifen konnte – na und?! Es würde sich schon alles aufklären, alles würde wieder gut werden.

„Kommst du?“ fragte Gideon, der schon ein Stück den Hügel hinunter gelaufen war. Er sah sie prüfend an und der Ausdruck in seinen sanften Augen sagte ihr, dass er anscheinend wusste, was in ihr vorging. Er schien sogar richtig besorgt. Der gute Mann. Selbst wenn er verrückt war und sich tatsächlich alles logisch erklären ließ – er wollte ihr wirklich helfen und sorgte sich um sie.

„Ist alles in Ordnung?“ fragte er vorsichtig.

Jenna nickte nur. Zu mehr war sie nicht fähig. Zu viele Gedanken rasten durch ihren Kopf, zu viele Ängste, zu viele Gefühle. Sie musste sich unbedingt wieder beruhigen und sie fühlte, dass Gideons Gegenwart ihr dabei helfen konnte. Also ging sie mit wackeligen Beinen zu ihm hinunter. Am besten war es wohl, alles einfach auf sich zukommen zu lassen, die Ruhe zu bewahren und wohl überlegt die nächsten Schritte zu tun. Zum Verzweifeln blieb nachher noch genug Zeit.

„Können wir weitergehen?“ fragte Gideon vorsichtig.

Sie nickte wieder und gemeinsam setzten sie den Weg fort. Doch je näher sie der Stadt kamen, desto bedrohlicher, desto *echter* wirkte diese auf Jenna. Sie konnte Menschen auf den Palisaden der Mauern erkennen, Menschen in schweren Rüstungen, die so poliert waren, dass sich das Sonnenlicht in ihnen brach. Und sie sah Menschen, die in die Stadt hineingingen, die genauso gekleidet zu sein schienen wie Gideon auch. Es gab keine Kamerateams, keine Touristen, kein Anzeichen dafür, dass auch nur irgendetwas an dieser Stadt und an diesen Menschen nicht echt war.

Ihr Magen verkrampfte sich noch ein wenig mehr, als einer der Ochsenkarren, die aus der Stadt gekommen waren, klappernd an ihr vorbei wackelte. Der Mann, der auf dem Bock saß, trug die altertümlichen Lumpen eines Bauern und nickte ihnen mit einem freundlichen, beinahe zahnlosen Lächeln zu, bevor er seinen Ochsen mit der Rute dazu anstachelte, ein wenig schneller zu laufen.

Es war so gut wie unmöglich, dass alle Menschen in dieser Gegend verrückt waren und denselben seltsamen Fetisch hatten wie Gideon. Und ein beängstigender, unerträglicher Gedanke drängte sich langsam in Jennas Verstand. Was war, wenn die beiden Alten sie nicht angelogen hatten, wenn sie sich wirklich in einer anderen

Welt, in einer anderen Zeit befand? Was war, wenn all das Gerede von Magie, all die Geschichten, die Melina ihr erzählt hatte, wahr waren? Dann war es auch möglich, dass Demeon übersinnliche Fähigkeiten besaß und sie hierher gebracht hatte… *Wie* war das möglich? Und *warum* hatte er das getan? Nein – nein, das konnte nicht sein… Konnte nicht…

Jenna spürte, wie plötzlich ihre Knie wieder weicher wurden. Ihr Herz klopfte hart in ihrer Brust, in ihren Ohren begann es zu rauschen und Tränen stiegen in ihre Augen. Sie musste stehenbleiben, sich setzen… Das war einfach zu viel…

Eine Hand schloss sich um ihren Oberarm und als sie den Kopf hob, sah sie in Gideons sorgenvolle braune Augen. Augen, die nicht bei ihr blieben, sondern immer wieder voller Angst zu einem Punkt hinter ihr wanderten.

„Jenna – du musst dich jetzt zusammenreißen“, raunte er ihr zu und zog sie zu ihrem Erstaunen auf eines der gemähten Kornfelder, die den Weg zur Stadt säumten. „Du musst weiterlaufen, so als ob nichts wäre. Und du darfst sie nicht ansehen! Hörst du! Sieh sie nicht an!“

Jenna blinzelte den Alten irritiert an, ließ sich jedoch widerstandslos von ihm vorwärts schieben. Erst dann vernahm sie es auch: ein dumpfes Donnern aus der Ferne. Und als schließlich auch noch der Boden unter ihren Füßen zu beben begann, musste sie sich doch etwas zittrig umsehen. Nicht allzu weit von ihnen entfernt entdeckte sie eine große Gruppe von Reitern, die im wilden Galopp über die Felder auf sie zuschossen. Als sie den Weg erreicht hatten, zügelten sie ihre Pferde und ließen die robusten Tiere in einen gemächlichen Trab fallen.

Gideon packte die taumelnde Jenna erneut mit erstaunlich festem Griff am Arm und zog sie vorwärts.

„Nicht hinsehen!“ stieß er angespannt aus. „Senke demütig den Kopf und lauf einfach weiter! Du bringst uns sonst beide in große Schwierigkeiten! Bitte, Jenna!“

Die Furcht in Gideons Stimme ließ sie seiner Bitte sofort nachkommen, auch wenn ein gefährliches Gefühl der ängstlichen Neugierde sie gepackt hatte.

Es dauerte nicht lange, bis der Trupp der Reiter sie erreicht hatte und an ihnen vorbeizog. Jenna starrte verbissen den aufgewühlten, stoppeligen Boden an, über den sie stolperte, doch sie konnte nicht ihre anderen Sinne verschließen, die sich sofort auf die vermeintliche Gefahr ausrichteten. Sie hörte das Schnaufen und Schnauben der Pferde, dass Quietschen von Leder, das Klirren von Metall. Sie fühlte die Wärme, die von den Pferden ausging, roch den Schweiß von Tier und Mensch und irgendwie… irgendwie konnte sie nach einer Weile nicht mehr an sich halten und hob doch ganz zaghaft den Blick.

Für einen Augenblick stockte ihr der Atem und ihr Puls beschleunigte sich ein weiteres Mal. Die Männer, die an ihnen vorbei ritten, sahen wirklich zum Fürchten aus. Bis auf die leichten Rüstungen, bestehend aus ledernen Schutzpanzern und Kettenhemden, die sie trugen, waren sie sonst nur spärlich bekleidet. Überall lugte braune Haut hervor, die oftmals reichlich behaart war. Stattdessen waren sie bis an die Zähne bewaffnet. Jenna hatte gar nicht gewusst, wie viele verschiedene Arten von tödlichen Waffen es gab und das schnürte ihr die Kehle zu.

Die Krieger trugen fast alle halblanges bis langes zottiges Haar, das ungestüm im Wind wehte, und verfilzte Bärte. Sie erinnerten Jenna sehr stark an Wikinger. Sie hatte zwar noch nie einen real gesehen – wie auch? –, aber so hatte sie sich die immer vorgestellt, nur dass diese Männer hier noch ein wenig wilder und blutrünstiger wirkten. Einige von ihnen hatten ziemlich vernarbte Gesichter, Überbleibsel vergangener Kämpfe, und wenn sie sich nicht täuschte, gab es auch frische Blutspuren auf ihrer Haut und den Rüstungen. In ihren Blicken lag etwas beängstigendes Kaltes, Unheil verkündendes, das Jenna einen Schauer nach dem anderen den Rücken hinunter jagte, obwohl sie sie gar nicht ansahen, sie nicht einmal zu bemerken schienen.

Das dachte sie jedenfalls, bis sie ein wenig zu vorwitzig den Kopf hob und in das kälteste Paar Augen blickte, das sie jemals gesehen hatte. Blaues Eis und ein Blick, der einem das Blut in den Adern gefrieren ließ. Jenna wollte den Blick senken, schnell wegsehen, doch sie konnte es nicht, wurde von diesen Augen festgehalten, die versuchten auf den Grund ihrer Seele zu blicken. So fühlte es sich jedenfalls für sie an.

Der dunkle Krieger, der auf seinem nun auf der Stelle tänzelnden Pferd hoch über ihr türmte, machte keine Anstalten mit seiner Truppe weiter zu reiten. Stattdessen hielt er das unruhige Tier fest, zog die Brauen zusammen und musterte sie mit einer Intensität, die kaum zu ertragen war.

Jenna bewegte sich nicht mehr. Sie war völlig erstarrt wie eine Maus vor einer Schlange und sie fühlte genau, dass sie in einer ähnlich bedenklichen Situation war. Diesem Mann drang aus jeder Pore seines Körpers, dass er gefährlich war. Ein wildes, gereiztes Tier, dem danach war zu töten – obwohl es das heute schon einmal getan hatte. Das verrieten ihr die getrockneten Blutspritzer in seinem von einem ungepflegten Bart zugewuchertem Gesicht, das teilweise von Blut verklebte, dunkle Haar und das bedrohliche Lodern in seinen hellen Augen. Er wollte es wieder tun, brauchte nur einen kleinen Anlass dazu…

Für ein paar Herzschläge glaubte Jenna ihr letztes Stündlein hätte geschlagen – einfach nur, weil sie es gewagt hatte, diesen Mann anzusehen – doch dann verzogen sich seine Lippen zu einem verächtlichen Lächeln und er riss sein Pferd herum und ließ es aus dem Stand in den Galopp springen, jagte zurück in die Mitte seiner Kameraden.

Jenna ließ den Atem heraus, den sie unbemerkt angehalten hatte, und schloss kurz die Augen. Dann wandte sie sich zu Gideon um, der sie mit blassem Gesicht und kopfschüttelnd erneut am Arm packte und vorwärts zog.

„Chevax perbetir savan nagi“, vernahm sie auf einmal eine helle Männerstimme neben sich und hob erneut ungewollt den Blick. Natürlich war es ein weiterer der grimmigen Krieger, kleiner als der Mann mit den Eisaugen, aber nicht weniger bedrohlich. Er schien verärgert und spuckte ihr im nächsten Augenblick vor die Füße.

Jenna zuckte zurück und hob abwehrend dic Händc. Sic hatte keine Ahnung, warum der Mann so wütend war und was er zu ihr gesagt hatte. Alles, was sie empfand, war Angst. Warum konnte er nicht einfach weiterziehen wie die anderen auch?

„Hamat-di. Hamat-di“, erwiderte Gideon für sie mit demütig gesenktem Haupt. „Sel ido sar e folo jag. Hamat-di.“

Der Mann lachte verärgert und sein Habicht-Gesicht verzog sich dabei zu einer hasserfüllten Maske. Jenna wurde heiß und kalt zur gleichen Zeit, als der Krieger zu seinem Schwert griff und es mit einem sadistischen Grinsen zu ziehen begann, während er sich ein wenig zu ihr hinab beugte.

„Fero mi-so te faco zeribre…“, lächelte er, erstarrte aber in der Bewegung, als eine laute Stimme zu ihnen hinüber tönte.

Jennas Blick flog hinüber zu der Kriegertruppe, die sich bereits ein gutes Stück entfernt hatte. Einer der anderen Krieger hatte sein Pferd durchpariert, das nun ein wenig stieg, und rief dem Mann vor ihr etwas in einem ziemlich strengen, ungeduldigen Ton zu. Wenn sie sich nicht irrte, war es der Mann mit den Eisaugen und er schien über dem Krieger vor ihr zu stehen, denn der machte plötzlich einen enttäuschten, mürrischen Eindruck und steckte sein

Schwert wieder zurück. Mit einem letzten abfälligen Blick auf sie und Gideon trieb auch er wieder sein Pferd vorwärts und schloss sich dem weiter reitenden Trupp an.

„Großer Gott!“ stieß Gideon mit einem tiefen Seufzer der Erleichterung aus, dann sah er sie kopfschüttelnd an. „Ist dir klar, wie gefährlich das gerade eben war?“

Jenna schluckte schwer und nickte dann beklommen. „Es... es tut mir so leid. Ich... ich... weiß nur nicht, was hier los ist... Ich...“ Sie schloss die Augen, atmete tief durch die Nase ein und wieder aus. Erst dann war sie dazu in der Lage, wieder einen vollständigen Satz zustande zu bringen. „Was waren das für... Menschen?“

„Nadir-Krieger“, sagte Gideon leise mit einem verstohlenen Blick in Richtung der Männer.„ Es gibt nichts Schlimmeres!“

Jenna nickte. Das konnte sie sich leibhaftig vorstellen. Umso mehr wunderte es sie, dass die Wächter vor den Toren Xadreds diese Krieger nun wortlos passieren ließen.

„Sie haben das Sagen in Allgrizia“, erklärte Gideon weiter, als könne er ihre Gedanken lesen. „Niemand wagt es, sich ihnen in den Weg zu stellen, es sei denn er ist völlig verrückt. Die Menschen haben Angst vor ihrer Brutalität, ihrem Kampfgeschick und den magischen Kräften Nadirs.“

Jenna fühlte, wie bei diesen Worten erneut ihre so schön verdrängte Panik aufkam, ihr Verstand erneut damit zu kämpfen hatte, zu begreifen, was hier mit ihr passierte. Dies hier widersprach jeder Logik, konnte einfach nicht die Realität sein. Und doch spürte Jenna, dass es so war.

„Magische Kräfte?“ fragte sie mit zugeschnürter Kehle.

„Ja“, meinte Gideon. „Es gibt nicht viele, die solche Kräfte haben, aber wer sie besitzt, ist mächtiger, als man es sich vorstellen kann.“

Jenna war schlecht. Das alles wurde immer abstrakter, immer verrückter. Magie? So etwas existierte doch gar nicht!

‚Ganz ruhig', sprach sie sich zu. ‚Panik wird dich nicht weiterbringen, sondern dir nur schaden. Du musst die Nerven behalten, versuchen das alles zu verstehen, logischer zu machen.'

Gut – wenn das hier tatsächlich eine fremde Welt war, eine mittelalterliche Parallelwelt, dann hatte Demeon sie wahrscheinlich mittels übernatürlicher Kräfte hierher gebracht. Übernatürliche Kräfte konnte man auch als Magie bezeichnen, wenn man wollte. Und warum sollte es dann nicht auch hier noch jemanden geben, der solche Kräfte besaß? Sie sollte sich darüber freuen, denn vielleicht konnte dieser jemand sie ja dann auch mit diesen Kräften wieder zurück in ihre Welt bringen. Gott! Klang das verrückt!

„Und wer… wer ist dieser Nadir?" fragte sie ein wenig gefasster.

„Er ist der mächtigste Mann, den es je in dieser Welt gegeben hat", antwortete Gideon fast ehrfürchtig. „Ein Magier, den bisher noch niemand besiegen konnte. Und er hat eine riesige Streitmacht aufgebaut, mit der er die Könige der meisten Länder besiegt und sie und ihre Truppen vernichtet hat und große Teile Falaysias beherrscht. Auch Allgrizia zählt leider zu seinen Besitztümern. Es heißt, er wurde in diesem Land geboren."

Jenna hatte gar nicht gemerkt, dass sie während ihres Gesprächs weitergegangen waren, aber mittlerweile waren sie an dem großen Haupttor der Stadt angelangt und einer der Wachleute kam auf sie zu.

„Was wollt ihr in Xadred?" fragte er in einem Tonfall, der vermuten ließ, dass er diese Frage in seinem Leben schon allzu oft hatte stellen müssen.

„Wir möchten gerne unsere Ware an einen Händler bringen", antwortete Gideon so höflich wie möglich.

„Was führt ihr mit euch?“ erkundigte sich der Wachmann gelangweilt.

„Nur Wolle, Herr“, sagte Gideon ergeben.

Der Wachmann gab sich nicht einmal die Mühe, ihre Beutel zu inspizieren, sondern winkte sie gleich durch.

„Ihr dürft passieren“, leierte er dabei.

Jenna lief beeindruckt durch den gewaltigen Torbogen. Die Häuser, die sie sah, waren genauso, wie sie sie aus den Geschichtsbüchern kannte, teils aus Holz, teils aus Stein, dicht nebeneinander liegend, so dass die Straßen nur sehr schmal ausfielen. Es gab keine Bürgersteige, also tummelte sich alles auf den gepflasterten Gassen: Menschen, Hunde, Pferde, Wagen, alles, was eine mittelalterliche Stadt zu bieten hatte.

Als sie weiter in die Stadt hineingingen, trafen sie auf die ersten Marktstände an den Rändern der Straße, die allerlei Sachen anzubieten hatten. Je mehr Stände auftauchten, desto belebter wurden die Straßen. Menschen fast aller Schichten eilten umher, um sich mit frischen Lebensmitteln oder anderen wichtigen Dingen einzudecken; Menschen in bürgerlicher Tracht, Menschen in einfachen, fast bäuerlichen Kleidern, mit verhärmten Gesichtern und von der Arbeit gebeutelten Körpern, Menschen in zerschlissenen Lumpen, die um milde Gaben bettelten, Männer, Frauen, Kinder, Alte, und auch Hunde, die im Abfall nach Essensresten stöberten. Ab und an ritt ein bewaffneter Krieger oder Wachmann mit grimmiger Miene durch die Menge, ohne auf spielende Kinder oder alte Frauen und Männer Rücksicht zu nehmen.

Jenna sah, wie Hände Geldbeutel entrissen oder flink ein paar Dinge von den Tischen der Verkäufer verschwinden ließen, wenn diese gerade abgelenkt waren. Immer wieder kam es im Gedränge zu kleinen Rangeleien, die schnell in handfeste Schlägereien ausarteten, und niemand ging dazwischen, um dieser Gewalt ein Ende zu setzen. Jeder gab nur auf sich selbst Acht, war nur auf sein eigenes Wohlergehen konzentriert. Überhaupt machte die Atmosphäre dieser Stadt keinen besonders guten Eindruck auf Jenna. Sie bemerkte schnell, dass Aggressionen und Ängste die vorherrschenden Gefühle waren. Die Menschen sahen einander nicht gerade freundlich an. Misstrauen stand in fast jedes Gesicht geschrieben. Nur manchmal zeigte sich auf den grimmigen Gesichtern ein Lächeln, das aber wohl eher hämischer Natur war.

Bald empfand Jenna nur noch tiefe Abscheu für diesen Ort. Sie konnte verstehen, dass Gideon und Tala so weit außerhalb der Stadt lebten und sie nur betraten, um sich mit Lebensmitteln zu versorgen. Sie würde es auch nicht lange in Xadred aushalten.

Hier sollte es also einen Menschen geben, der ihr helfen konnte, der sie vielleicht aus diesem Alptraum befreien konnte. Jenna empfand bei diesem Gedanken leichtes Unbehagen, aber Gideon wusste wohl, was er tat.

Sie hielten vor einem Haus, an dessen Eingang ein großes Schild mit dem Namen ‚Zum goldenen Löwen' angebracht war.

„Ich schlage vor, wir mieten uns erst einmal ein anständiges Zimmer, wie ich es für gewöhnlich mache, wenn ich in der Stadt meine Waren verkaufen will", meinte Gideon. „Wir sollten nicht unnötig auffallen und außerdem wird es uns ganz gut tun, uns nach dem anstrengenden Marsch etwas auszuruhen. Dann werde ich die Wolle eintauschen gehen und wenn es dunkel ist, werden wir uns mit deinem Problem befassen. Bist du einverstanden?"

Jenna nickte sofort willig. ‚Ausruhen' klang sehr gut. Dennoch behagte es ihr nicht so recht, mitten in der Nacht durch eine Stadt wie Xadred zu wandern.

„Ist es im Dunklen nicht viel gefährlicher?" fragte sie zaghaft.

Gideon schüttelte den Kopf. „Das macht keinen Unterschied."

Und so, wie er es sagte, klang es sehr überzeugend.

Leidensgenossen

Es war dunkel, als sie wieder aufbrachen. Jenna hatte sich einigermaßen erholt und fühlte sich nun auch psychisch eher dazu in der Lage, ihre momentane Situation – wenn auch widerwillig – zu akzeptieren und weitere schockierende Neuigkeiten zu verkraften. Sie hatte beschlossen, das alles als einen großen nicht enden wollenden Alptraum anzusehen und einfach mitzuspielen, so gut ihr das möglich war. Sie musste ihren Verstand langsam an die Tatsache heranführen, dass das alles vielleicht die Realität war, wenn sie keinen Nervenzusammenbruch erleiden wollte. Auf einen Traum, eine Art seltsames mystisches Spiel konnte sie sich einlassen. Sie musste nur die Regeln kennenlernen, anfangen sich zu orientieren und körperlich und geistig fit bleiben.

Gideon führte Jenna durch die engen Gassen, der immer noch sehr belebten Stadt. In die vielen Spelunken und Gasthäuser, die Jenna schon bei ihrer Ankunft bemerkt hatte, war jetzt erst Leben eingekehrt. Stimmengewirr, Lachen und Musik drang aus den geöffneten Fenstern, und Jenna hatte beinahe Lust sich ebenfalls ins Getümmel zu stürzen und sich mit einem netten Gesöff wieder fröhlich zu stimmen. Doch ihre Probleme waren einfach zu groß, um eine so dämliche Idee in die Tat umzusetzen. Außerdem gab es da noch etwas anderes, was sie daran hinderte. Die Menschen, die sie im Laufe des Tages zu Gesicht bekommen hatte, hatten allesamt nicht gerade einen vertrauenerweckenden Eindruck auf sie gemacht. Sie war noch nie in ihrem Leben in einer Stadt gewesen, die so viele Verbrecher, Gauner und Wegelagerer beherbergt hatte. Hier gab es wohl kaum etwas, das mit rechten Dingen zuging.

Und dann diese gefährlich wild aussehenden Krieger, die sich überall herumtrieben... Riesig und bis an die Zähne bewaffnet, wirkten auch sie nicht gerade besonders vertrauenerweckend. Immer noch hatte Jenna die Gruppe von Kriegern vor Auge, die ihnen vor der Stadt begegnet war, hoch oben auf ihren temperamentvollen Pferden, ungepflegt, muskelbepackt, unzivilisiert und gefährlich. Beeindruckend. Gefährlich, aber beeindruckend. Die Menschen dieser Stadt handelten nach ihren Trieben, und das machte sie zu unbeherrschten, unberechenbaren Wesen, allen voran diese Krieger. Andererseits machte gerade das sie auch wieder interessant.

Jenna beschloss trotzdem oder gerade deswegen möglichst wenig Kontakte in dieser Stadt zu knüpfen und so schnell wie möglich aus diesem Alptraum zu verschwinden.

Gideon hatte recht gehabt, was seine Behauptung betraf, dass es in der Nacht nicht viel gefährlicher sei durch die Straßen zu spazieren, als am Tage. Die Menschen nahmen jetzt noch weniger Notiz von ihnen als zuvor. Sie waren einfach zu sehr damit beschäftigt sich ordentlich zu amüsieren. Und so kamen Jenna und Gideon völlig ohne Zwischenfälle an einem alten, baufälligen Haus an, das wohl das Ziel ihres Marsches war. Einige der Fensterläden waren abgerissen oder hingen nur noch an einem Nagel, und die Holztür war schon so vermodert, dass es Jenna wunderte, dass sie nicht aus den Angeln brach, als Gideon anklopfte.

Es dauerte eine Weile, dann öffnete sich die Tür, und eine alte Frau spähte hinaus. Sie nickte Gideon zu, als sie ihn erkannte. Dann sah sie Jenna an.

„Que vas ana?“ fragte sie mit einer Stimme, die große Ähnlichkeit mit dem Knarren der Tür hatte.

„Eine Verirrte“, raunte Gideon ihr zu.

Die Augen der Frau weiteten sich. Dann machte sie einen Schritt zur Seite. „Kommt herein! Eilt euch!"

Sie nahm Jenna am Arm, als sie nicht schnell genug reagierte und zog sie an sich vorbei. Gideon folgte ihr.

Es war dunkel im Inneren des Hauses, doch Jennas Augen gewöhnten sich rasch an das gedämpfte Licht. Der Raum, in dem sie sich befanden, war ähnlich spärlich eingerichtet wie die Hütte Gideons und Talas. Es gab einen Tisch, einen Hocker, einen nicht mehr ganz intakten Schaukelstuhl und ein Regal an der Wand, auf dem etliche Utensilien standen. In einer Ecke lag, auf Stroh gebettet, ein alter Hund. Er besaß nur noch ein Auge, mit dem er die Fremden misstrauisch beobachtete, und sein Fell war verdreckt und struppig. Im Kamin hing ein Topf, in dem ein Süppchen vor sich hin kochte.

„Die Krieger Nadirs sind in der Stadt", erklärte die Alte ihre Eile und verriegelte die Tür mit einem schweren Holzbalken. „Und die sind im Moment nicht besonders gut auf Fremde zu sprechen, jetzt wo die Renon-Rebellen wieder Ärger machen."

Gideon schien von der Nachricht etwas überrascht zu sein. „Gibt es wieder Kämpfe? Ich dachte, das Heer König Renons sei bei der letzten Schlacht völlig zerschlagen worden."

„Nicht völlig", wandte die Alte ein, „und es geht das Gerücht um, dass Renon dabei ist wieder aufzurüsten und neue Männer für den Kampf gegen Nadir anheuert. Es soll einige Überfälle auf Lager der Bakitarer gegeben haben und diese scheinen jetzt auf einem blutigen Rachefeldzug zu sein. Sie suchen nach den letzten Renon-Kriegern und vor allen Dingen nach den Initiatoren dieser Überfälle. Sie scheinen auch hier jemanden zu suchen. Die ganze Stadt wimmelt nur so von Kriegern."

„Ich weiß", erwiderte Gideon. „Wir sind am Stadtrand einer Gruppe begegnet. Ist denn wirklich jemand der Renon-Krieger in der Stadt?

Die Alte nickte. „Die meisten sind allerdings schon geflohen, bis auf einen…“ Ein seltsames Lächeln erschien auf ihren spröden Lippen. „Er wird sich bestimmt freuen, dich nach so langer Zeit wiederzusehen.“

Gideon sah sie mit großen Augen an. „*Er*? *Er* ist hier? In diesem Haus?“

Die Alte nickte wieder, legte einen Finger an die Lippen und lief in die Ecke, in der der Hund lag. Das Tier stand sofort bereitwillig auf und verzog sich unter den Tisch.

Jenna beobachtete stirnrunzelnd, wie die Alte das Stroh zur Seite schob und die Klappe öffnete, die darunter zum Vorschein kam. Ihr gefiel es gar nicht, dass sie sich in demselben Haus befand, in dem sich auch ein Flüchtling versteckte. Das brachte sie und Gideon in große Gefahr. Doch Gideon schien eher erfreut als beängstigt und das beruhigte sie etwas. Der alte Mann hatte bisher immer die richtigen Entscheidungen getroffen, also würde er es gewiss auch jetzt tun. Anscheinend wog er sich hier in Sicherheit.

„Los“, flüsterte die Alte, „geht hinunter! Ich glaube, er kann euch besser weiterhelfen als ich!“

Gideon kam ihrer Aufforderung ohne zu zögern nach und schenkte ihr noch ein Lächeln, bevor er hinunterstieg. Jenna folgte ihm mit klopfendem Herzen. Sie hatte kein so gutes Gefühl bei der Sache. Wenn die Person dort unten die einzige war, die ihr helfen konnte, dann befand sich Jenna in einer mehr als unglücklichen Lage. Sie war von einem Menschen abhängig, dessen Leben am seidenen Faden hing. Wenn er getötet wurde, war sie verloren. Wunderbare Aussichten!

Sie war positiv überrascht, als sie unten angekommen war. Sie befand sich nicht etwa in einem stickigen Keller, sondern in einem angenehm belüfteten Wohnraum, der durch ein paar Fackeln an den Wänden erhellt wurde. Auch hier gab es wieder einen Tisch, mehrere Stühle und sogar mit Stroh ausgefüllte Decken, die als

Matratzen dienten. Dieser Raum diente wohl des Öfteren als Zufluchtsort von Geächteten.

Jenna sah Gideon fragend an.

„Ich habe dir gesagt, dass ich jemanden kenne, der dir helfen kann“, erklärte er. „Nun, wie du siehst, bist du nicht die einzige, die Hilfe braucht.“

„Ja, das sehe ich“, gab Jenna zu und lächelte, während sie sich weiter im Raum umsah.

Irgendwo nahm sie eine Bewegung wahr. Sie erkannte, dass der Raum noch größer war, als sie angenommen hatte, und im hinteren dunkleren Teil saß jemand und sah misstrauisch zu ihnen hinüber. Schließlich stand er auf und ging auf sie zu. Er war groß und schlank, hatte dunkles, halblanges Haar und ausdrucksvolle Augen, die sie prüfend ansahen. Er trug im Gegensatz zu den meisten Leuten in Xadred recht gepflegte Kleider: Ein weißes Leinenhemd, eine braune Weste, weiche Wildlederhosen und eben solche Stiefel. Er war mit einem Schwert bewaffnet, das an seiner linken Seite hing, und aus einem Gürtel ragte der verzierte Griff eines Dolches.

Der Mann wandte sich ihrem Begleiter zu. „Gideon“, sagte er mit einem Nicken und lächelte.

„Leon“, gab der Ältere mit leuchtenden Augen zurück. Dann lösten sich die beiden Männer aus ihrer starren Haltung und fielen sich in die Arme.

Jenna wusste diese plötzliche Freude nicht richtig einzuordnen, bis ihr einfiel, dass sie den Namen dieses Mannes schon einmal vernommen hatte. Leon war der Junge, den Gideon damals im Wald gefunden hatte, genauso wie sie. Er war derjenige, der ebenfalls aus ihrer Welt stammen sollte. Eigentlich hätte sie sich jetzt ebenfalls freuen müssen, aber sie konnte es nicht. Dieser Mann stammte vielleicht aus ihrer Welt, aber für sie war er ein Fremder wie jeder andere Mensch in Falaysia auch.

Leon sah nun zu ihr hinüber, mit einem Blick, der deutlich zeigte, dass er sie als Störenfried empfand.

„Ched ido ga?“ fragte er Gideon mit einem Kopfnicken in ihre Richtung.

Gideons glücklicher Gesichtsausdruck verschwand, so als hätte man ihn an eine unangenehme Sache erinnert, und Jenna war darüber ein klein wenig verärgert.

„Das ist Jenna“, erklärte Gideon auf Englisch.

Der junge Mann runzelte die Stirn.

„Eine Frau?“ fragte er nun ebenfalls erstaunt in der ihr vertrauten Sprache zurück, während er sie kurz musterte.

Jenna nickte. Sie hatte keine Lust mehr, es sich gefallen zu lassen, dass man von ihr nur in der dritten Person sprach.

„Gideon war der Meinung, dass es sicherer für mich wäre, wenn man in dieser Stadt nicht gleich erkennt, dass ich eine Frau bin“, antwortete sie, bevor es Gideon tun konnte. „Und es hat bisher ganz gut funktioniert.“

Leon dachte gar nicht daran auf sie einzugehen. Stattdessen wandte er sich wieder an seinen Freund.

„Wieso hast du sie hierher gebracht?“

Der Alte seufzte schwer. „Sie hat dasselbe Problem wie du.“

Leon runzelte die Stirn. „Wieso sollten Nadirs Krieger sie suchen?“

„Das meine ich nicht“, sagte Gideon. „Ich denke dabei an dein anderes Problem.“

Nun schien der junge Mann vollends verwirrt und machte dabei ein so dummes Gesicht, dass Jenna nur mit Mühe ein Lachen unterdrücken konnte.

„Sie ist eine Verirrte, wie du“, half Gideon ihm lächelnd.

Leon sah erst ihn und dann Jenna ungläubig an und sie meinte ihn sogar etwas erblassen zu sehen. „ Nein!“ stieß er entsetzt aus. „Das kann nicht sein! Diese... diese Sache... das ist doch vorbei!“

Er stolperte in einer Art panischem Anfall ein paar Schritte zurück und zog dann sein Schwert. Jenna stockte der Atmen, denn ein fast irres Lächeln erschien auf seinem ebenmäßigen Gesicht.

„Das… das ist ein Trick“, sagte er gefährlich leise. „Sie ist eine Spionin Nadirs!“ Er ging mit erhobenem Schwert auf sie zu, und Jenna wich entsetzt zurück. Der Mann machte ihr Angst. Das war ja ein Wahnsinniger! Wo war sie da bloß wieder rein geraten?!

Sie stolperte und prallte mit dem Rücken gegen die Wand. Gideon reagierte schnell genug, um noch Leons Arm zu packen, was zur Folge hatte, dass dieser ihn in seiner Wut mit sich zog.

„Sie ist keine Verräterin“, versuchte der Alte ihn zu beruhigen. „Glaube mir! Wir haben sie im Wald gefunden, wie dich auch! Sie hat uns für verrückt gehalten, als wir ihr erzählt haben, wo sie sich befindet! Sie hat uns erst geglaubt, als sie die Stadt gesehen hat! Sie ist wie du! Wie *du*!“

Diese Worte zeigten Wirkung. Leon blieb stehen und senkte das Schwert. In seinen Blick standen jedoch immer noch große Zweifel geschrieben. Er zog die Brauen zusammen, musterte sie ein weiteres Mal mehr als kritisch.

„Woher kommst du? Welche Stadt?“ fragte er Jenna barsch.

Sie schluckte den dicken Kloß in ihrem Hals hinunter.

„Salisbury in England“, brachte sie mit einem unangenehmen Quietschen hervor.

Im Gegensatz zu Gideon schien Leon dieser Name etwas zu sagen, denn sie meinte so etwas wie Erkenntnis aus seinem bohrenden Blick lesen zu können.

„Welche große Stadt liegt in der Nähe?“ fragte er dennoch unvermindert scharf.

„Southampton“, antwortete Jenna und war froh, dass sie ihre Stimme wiedergefunden hatte.

„Wie bist du hierhergekommen?“

Sie kam sich langsam wie in einem Verhör vor, wagte es aber nicht sich zu beschweren. Dieses Schwert sah einfach zu bedrohlich aus.

„Ich... ich kann mich nicht mehr daran erinnern“, gestand sie. „Ich weiß nur, dass da dieser Mann war.“

„Ein Mann?“ Diese Feststellung schien ihn zu irritieren.

„Ja, er gab sich als ein Freund meiner Tante aus“, erklärte sie. „Aber er kam mir gleich so merkwürdig vor. Wenn ich mich recht erinnere, war sein Name Demeon.“

Leon zuckte kaum sichtbar zusammen und sein Schwert hob sich wieder ein Stück. „Dann hat er dich also geschickt!“

„Geschickt? Nein.“ Nun war es an Jenna ihn irritiert anzusehen. „Ich vermute, dass ich es ihm zu verdanken habe, dass ich hicr bin, aber ich hab das bestimmt nicht gewollt. Ich weiß auch nicht, wie er das gemacht hat, höchstens warum.“

„Ach, und das wäre?“

„Ich glaube, er will meine Tante damit quälen.“

Leon zog seine Augenbrauen nachdenklich zusammen. „Deine Tante... wie heißt die?“

Jenna wunderte sich über diese Frage, aber warum sollte sie sie nicht beantworten?

„Melina“, antwortete sie gelassen.

Leon stieß ein aufgebrachtes Keuchen aus. „Melina? *Sie* ist deine Tante?! Du bist mit dieser Hexe verwandt?!“

Jenna sah ihn entgeistert an. Woher kannte dieser ungehobelte Kerl ihre Tante? Und wieso nannte er sie Hexe? Was hatte das alles zu bedeuten?

„Hexe?“ wiederholte sie dümmlich.

Der junge Mann sah sie mit einem bitteren Gesichtsausdruck an, aber wenigstens steckte er sein Schwert weg.

„Deine liebe Tante ist daran schuld, dass ich hier sitze und um mein Leben fürchten muss. Sie hat mir diesen ganzen Mist eingebrockt!“

Jenna konnte nicht glauben, was er da sagte. Das passte einfach nicht zu Melina. Nicht zu der Melina, die sie kannte.

„*Meine* Tante?“ wiederholte sie deswegen ungläubig.

Er nickte mit versteinertem Gesicht und war gerade dabei noch etwas hinzuzusetzen, als Gideon ihn mit einem Wink daran hinderte. Der Alte wies mit dem Finger nach oben, und da hörten sie es auch: Ein lautes Klopfen an der Tür über ihnen. Dann rumpelte und polterte es bedrohlich, so als würden mehrere Personen die Stube der alten Frau stürmen. Gedämpfte Stimmen, drohende, tiefe Stimmen und dazwischen das leise Jammern der alten Frau.

Jennas Magen verdrehte sich und ihr Herz stolperte, pochte schon im nächsten Augenblick hart in ihrer Brust. Niemand brauchte ihr zu erklären, was gerade da oben geschah.

„Gibt es hier noch einen zweiten Ausgang?“ fragte Gideon seinen Freund leise, während Jenna sich schon panisch umsah. Sie sah, wie Leon nickte.

„Dann sollten hier möglichst schnell verschwinden“, meinte Gideon.

„Ganz deiner Meinung“, stimmte Leon ihm zu und eilte ihnen voraus auf die dunkle Ecke zu, in der er zuvor gesessen hatte. „Nadirs Krieger sind im Suchen sehr gründlich geworden, seit Marek sich ihrer angenommen hat. Aber was ist mit Kalia?“

Gideon sah sehr bekümmert aus. „Ich weiß nicht, was sie mit ihr machen werden, wenn sie den Geheimraum entdecken, aber wir können ihr nicht helfen. Wir können keine ganze Gruppe von schwer bewaffneten Kriegern besiegen und ich glaube, dass es auch besser für sie ist, wenn wir nicht mehr hier sind, wenn sie hinuntersteigen.“

Leon nickte wieder. Sein Blick war traurig, aber er riss sich zusammen und begann schließlich ein paar Holzlatten, in einer der Wände zu lösen. Jenna wurde gleich viel leichter ums Herz als sie erkannte, dass sich dahinter tatsächlich ein Tunnel befand. Sie hasste zwar enge Gänge, aber es war momentan der einzige Weg in die Freiheit, weg von der Gefahr, die ihnen im Nacken saß. Wenn ihre Verfolger allerdings den Raum entdeckten, würden auch sie nicht lange brauchen, um den Gang zu finden. Also verloren sie keine Zeit damit, den Ausgang wieder abzudecken und eilten stattdessen im Eilschritt durch den engen, feuchten und viel zu dunklen Tunnel – mehr blind als sehend.

Jenna vergaß in ihrer Eile und Furcht vor ihren Verfolgern sogar ihre Platzangst und dachte noch nicht einmal daran, dass dieser Tunnel eigentlich die ideale Behausung für Tausende von Spinnen sein musste. Sie wollte nur so schnell wie möglich wieder ins Freie und dann raus aus dieser Stadt. Es kam ihr wie eine Ewigkeit vor, bis sie das Ende des Ganges erreicht hatten. Gedämpftes Licht schien durch den schmalen, teilweise mit Unkraut zugewachsenen Ausgang. Ein dumpfes Rauschen war von irgendwoher zu vernehmen. Jenna schloss daraus, dass sie sich in der Nähe des Flusses befinden mussten.

Leon blieb stehen und wandte sich seinen beiden Begleitern zu.

„Ich sehe nach, ob die Luft rein ist“, sagte er leise. „Wenn ich euch zuwinke, kommt ihr nach.“

Die beiden nickten nur. Leon schlich sich leise nach vorne und verschwand dann durch das Gestrüpp. Jenna hörte das Klopfen ihres eigenen Herzens unnatürlich laut in ihrem Kopf. Sie sah unsicher in das hinter ihr liegende Dunkel des Tunnels, lauschte angespannt. Wenn die Krieger den Tunnel entdeckt hatten, konnte man sie bestimmt hören, und dann würde sie keine Sekunde mehr warten. Sie spürte, dass Gideon sie ansah und drehte sich zu ihm um. Er lächelte sie ermutigend an.

„Es wird schon alles gut gehen“, sagte er leise. „Leon ist ein kluger Junge und ein guter Schwertkämpfer. Das schaffen wir schon.“

Jenna erwiderte sein Lächeln, obwohl sie nicht imstande war, ihm zu glauben. Das alles war für sie ziemlich schwer zu verkraften, und sie hatte schon seit einiger Zeit das Gefühl, dass sie vom Pech verfolgt wurde. Wieso sollte sich das plötzlich ändern? Sie beneidete Gideon um seine Zuversicht.

Endlich erschien Leon wieder am Ausgang und gab ihnen das verabredete Zeichen. Jenna war erleichtert, nicht sehr, aber wenigstens etwas. Da Leon zurückgekehrt war, konnte sie wohl davon ausgehen, dass wenigsten dort draußen niemand auf sie lauerte. Wenn sie sich jetzt bemühten, die Stadt auf dem schnellsten Wege zu verlassen, waren sie vielleicht gerettet.

Leon schien der gleiche Gedanken zu bewegen. Als sie ihn eingeholt hatten, hetzte er sie auch schon weiter. Sie waren tatsächlich in der Nähe des Flusses herausgekommen, genau genommen, in einem trocken gelegten Nebenarm am Rande der Stadt, noch innerhalb der hohen Stadtmauern. Umso anstrengender war ihr Fluchtweg. Der führte nämlich aus dem steilen Flussbett hinaus, in den Schatten eines großen Hauses.

Jenna fügte sich wortlos ihrem Schicksal. Wahrscheinlich war sie seit der heutigen Nacht dazu verdammt, einen Marathonlauf nach dem anderen zu absolvieren, denn sie hatte – trotz ihres eigenen inneren Widerwillens – beschlossen, Leon nicht mehr von der Seite zu weichen. Er war zwar ein unhöflicher, unverschämter Kerl, doch er stammte aus ihrer Welt und besaß eine Menge Erfahrungen, was das Leben in Falaysia betraf. Er hatte, nach Gideons Angaben, versucht aus dieser Welt zu fliehen, kannte also den Weg, den sie gehen musste, um nach Hause zu kommen. Auch wenn es ihm nicht gelungen war, gab es wohl in ganz Falaysia keine bessere Hilfe als ihn, denn er wusste, warum sie beide hier waren – *musste* es einfach wissen! *Er* war die vorläufige Lösung ihrer Probleme. Ihr Beschluss stand fest. Sie würde Leon begleiten, wohin er auch ging. Und es war auch egal, dass er von diesen Kriegern verfolgt wurde. So leicht ließ sie sich ihre einzige Hoffnung nicht nehmen.

An einer Ecke des Hauses hielten sie schließlich keuchend inne.

„Ich… ich werde uns ein paar Pferde besorgen“, brachte Leon etwas außer Atem hervor. Anscheinend war Jenna nicht die einzige, die dieser kleine Spurt angestrengt hatte.

„Ihr solltet besser hier warten. Ein Mann allein ist nicht so auffällig“, erklärte er. „Sollte hier eine Patrouille auftauchen, versteckt euch einfach im Haus. Das steht seit geraumer Zeit leer.“

Gideon nickte, während Jenna sich fragte, woher er das wohl wusste. Mit leichtem Unbehagen sah sie ihn in der Dunkelheit verschwinden.

„Und was ist, wenn er nicht wiederkommt?“ wandte sie sich an Gideon.

„Er wird wiederkommen“, sagte Gideon fest. „Ich kenne ihn. Er lässt niemanden im Stich.“

„Und wenn… wenn sie ihn erwischen?“

Gideon schüttelte den Kopf. „Das werden sie nicht. Er ist ihnen bisher immer entkommen. Wie er das macht, weiß ich nicht, aber es ist so.“

Jenna wollte fragen, warum diese Männer ihn überhaupt verfolgten, doch sie wagte es nicht. Jetzt war nicht der richtige Augenblick dafür. Sie waren beide zu erschöpft und aufgewühlt. Sie würde es schon später noch herausfinden, wenn sie sich diesen Leon zur Brust nahm. Wenn es noch ein *Später* gab…

Entscheidung

Leon war noch nie in seinem Leben so verwirrt und aufgelöst gewesen wie in dem Moment, als er die schmalen Gassen Xadreds entlang hetzte, auf der Suche nach einem einigermaßen günstigen Stall, in dem man ihm keine dummen Fragen stellte und ohne Weiteres ein paar Pferde verkaufte. Nun ja, vielleicht war das ein wenig übertrieben, aber so kam es ihm eben im Augenblick vor. Die unterschiedlichsten Gefühlsregungen tobten durch sein Gemüt. Wut, Irritation und Angst waren einige der Dominantesten. Und Zweifel. Zweifel an dem, was er tat und bald tun würde, Zweifel an der merkwürdigen Geschichte dieser Frau, Zweifel an ihrer Loyalität ihm und Gideon gegenüber, und sogar Zweifel an Gideon selber. Und dafür schämte er sich.

Wie konnte er nur einem so guten Freund misstrauen? Wie konnte er nur im Entferntesten daran denken, dass dieser ihn hintergehen und gemeinsame Sache mit seinen Feinden machen könnte? War es das, was die Einsamkeit, die schlafraubende Ruhelosigkeit aus einem machte? Einen jedem misstrauenden, andere Menschen ablehnenden Eigenbrötler? War er das? Oh, nein, so wollte er auf keinen Fall sein! Er musste lernen, gegen sich selbst zu kämpfen, bevor das passierte. Er musste lernen, wieder anderen Menschen zu vertrauen. Und am besten war es wohl, sofort damit anzufangen.

Er blieb heftig atmend an einer Hauswand stehen und lugte vorsichtig um die Ecke. Bis auf einen Trunkenbold, der langsam die Pflasterstraße hinunter taumelte, war niemand zu sehen. Also weiter! Er musste sich mehr auf das konzentrieren, was er tat, sonst würden sie ihn noch heute erwischen, und den beiden anderen war damit nicht gerade geholfen. Doch seine Gedanken drehten sich nur noch um eine Sache: Was hatte es mit dieser jungen Frau auf sich? Wer war sie? Wie und warum war sie hierhergekommen? Was sollte er mit ihr machen, wenn sie tatsächlich ein Opfer Demeons und der Hexe war, so wie er?

Ganz klar: Im Stich lassen würde er sie nicht, selbst wenn sie sich nicht sonderlich gut verstanden. Sie war nicht wie Sara, auch wenn sie die Erinnerungen an sie wieder in ihm aufgewühlt hatte. Es waren schmerzhafte Erinnerungen, Erinnerungen, die er sonst immer so gut zu verdrängen verstand, Erinnerungen, von denen er wusste, dass sie ihn ganz tief hinab in dieses schwarze, hohle Loch in seinem Inneren ziehen konnten, aus dem es immer so schwer war wieder herauszukommen. Und vielleicht war das der Grund, warum er dieser jungen Frau so abgeneigt war, warum ihr Erscheinen ihn so wütend gemacht, ihn so hatte ausflippen lassen. Er wollte weder an Sara noch daran erinnert werden, dass es außerhalb dieses Daseins eine andere, eine bessere Welt gab. Er wollte nicht daran erinnert werden, dass er ein ganz anderes Leben hätte führen können, mit seiner Familie, seinen Freunden dort drüben... und nicht in diesem Alptraum hier gefangen hätte sein müssen, diesem Alptraum, in dem er tagtäglich um sein Leben kämpfen musste – ein Leben, das es eigentlich gar nicht wert war, darum zu kämpfen.

Es war alles wiedergekommen, war mit Jennas Erscheinen ohne Vorwarnung in sein Bewusstsein gedrungen und wollte einfach nicht wieder verschwinden. Natürlich gab er ihr die Schuld an seinem Seelenleid. Es war nicht fair und doch konnte er nichts dagegen tun. Das Gefühl war einfach da. Und was noch schlimmer war: Er wusste ganz genau, dass sie Fragen haben würde; Fragen, die noch weiter in seine Erinnerungen drangen, die ihn dazu zwangen, sich mit diesem so furchtbaren Teil seiner Vergangenheit auseinanderzusetzen. Er wollte das nicht, spürte, wie sich schon jetzt alles in ihm dagegen sträubte, über die Geschehnisse von damals zu sprechen; obwohl er wusste, dass es eigentlich unabwendbar war, wenn er Jenna tatsächlich mitnahm, sie nicht ihrem Schicksal hier in Falaysia überließ.

Für einen Augenblick kam ihm der Gedanke, einfach ohne sie zu verschwinden, sich ganz klammheimlich aus der Stadt zu stehlen und sie einfach zu vergessen. Immerhin war sie mit Melina verwandt und hatte diese Frau nicht fast genau dasselbe mit ihm gemacht? Ihn einfach seinem Schicksal überlassen?

Doch es war nur ein flüchtiger Gedanke, der schnell wieder verflog – nicht nur, weil er tief in seinem Herzen immer ein guter Kerl geblieben war, sondern auch, weil Jennas Erscheinen, neben all den negativen Wirkungen, ein weiteres Gefühl in ihm geweckt hatte, dass er schon lange nicht mehr verspürt hatte: Hoffnung.

Er wusste, dass das dumm war, dass diese Frau alles andere als den Eindruck erweckte, seine Retterin zu sein, aber ganz tief in seinem Inneren regte sich der Gedanke, dass es ihm durch sie vielleicht zumindest wieder möglich sein könnte, Kontakt zur anderen Seite aufzunehmen. Und vielleicht – ganz vielleicht – konnte dies der erste Schritt sein, um doch irgendwann, in ferner Zukunft den Weg nach Hause zu finden.

Leon fühlte, dass sein eigener Schritt bei diesem Gedanken gleich sehr viel fester und schneller wurde, neue Energien durch seinen Körper zu strömen schienen. Er würde Jenna mitnehmen und er würde versuchen, netter zu ihr zu sein, sich besser zu beherrschen. Er musste ihr beibringen, mit der Welt klarzukommen, in die sie geraten war, bevor *sie* damit anfangen konnte, *ihm* zu helfen. Nur, wie sollte er das machen? Er wurde verfolgt. Man trachtete ihm nach dem Leben und gewiss auch jedem, der mit ihm zusammen war. Wenn sie langfristig bei ihm blieb, war sie in großer Gefahr – jedenfalls momentan, in diesen Zeiten der Unruhe.

Aber wenn sie ganz allein durch Falaysia stolperte, war sie es auch. Wer würde sich schon in diesen Zeiten ihrer annehmen? Gideon war zu alt, um sie vor den Gefahren zu schützen, die überall lauerten, und als Sklavin in den Händen eines barbarischen Kriegers wollte er sie bestimmt nicht sehen. Was sollte er also tun?

Es ging nicht anders, er musste sie wirklich erst einmal mit sich nehmen. Es gab keine andere Lösung. Und dann? Vielleicht war es das Beste, sie sogar mit nach Vaylacia zu nehmen. Vielleicht konnte sich sein Freund ihrer annehmen. Hübsch war sie ja, ein wenig breit in der Taille und von daher nicht wirklich weiblich, aber hübsch. Wenn Leon Glück hatte gefiel sie Cevon, und er war sein Problem vorerst los. Cevon wusste über Leons Vergangenheit Bescheid, er würde der jungen Frau alles Wissenswerte über Falaysia beibringen, und wenn sie sich geschickt genug anstellte, konnte sie später ebenfalls zu den Truppen stoßen. Dann konnte Leon sich selbst wieder um sie kümmern und mit ihr Pläne schmieden, wie sie wieder nach Hause zurück gelangen konnten. Die Frage war nur, ob sie es überhaupt bis nach Vaylacia schafften. Marek war wie ein Bluthund. Wenn er erst einmal ihre Spur aufgenommen hatte, grenzte es fast an ein Wunder, wenn sie ihm wieder entkamen. Leon hoffte nur, dass er noch nicht in der Stadt war, und sie genug Zeit hatten, eine möglichst große Entfernung zwischen sich und diesen Mann zu bringen.

Er bog um die nächste Ecke und prallte zurück. Ein Trupp Krieger kam direkt auf ihn zu. Schnell duckte er sich hinter eine Regentonne und wartete mit klopfendem Herzen, die Hand um den Knauf seines Schwertes gekrampft. Er hielt den Atem an, als die Krieger an ihm vorbei marschierten, und atmete erst wieder aus, als ihre Schritte auf der Straße verhallt waren. Zögernd stand er auf. Er konnte wirklich von Glück reden, dass sie ihn nicht entdeckt hatten. Es gab nichts Erniedrigenderes, als seinen Feinden direkt in die Arme zu laufen. Wahrscheinlich hätten sie ihn ausgelacht und dann einfach getötet… oder auch nicht. Marek wollte das bestimmt lieber selbst tun und hatte jedem seiner Männer befohlen, ihm kein Haar zu krümmen und ihn zu ihm zu bringen. Er würde sich einen Spaß daraus machen, ihn selbst zu töten. Das passte so zu ihm.

Leon schüttelte sich bei dem Gedanken daran, straffte dann die Schultern und ging nun wesentlich verhaltener um die Ecke. Nun war die Straße wieder leer, und er konnte ungehindert seinen Weg fortsetzen. Bald hatte er gefunden, wonach er gesucht hatte: Den Goldfasan.

Der Goldfasan war eine Spelunke übelster Art. Hier gingen die schlimmsten Verbrecher, wildesten Krieger und gemeinsten Betrüger ein und aus. Aber es war auch eine Spelunke, die sich weigerte, Bakitarer zu beherbergen, und das war für Leon mehr als günstig. Außerdem verkaufte der Wirt auf dem Hinterhof prächtige Pferde und er und seine Knechte stellten keine dummen Fragen. Das war genau das, was Leon brauchte.

Die Leute erzählten, dass der Wirt die Tiere einfing, wenn ihre Besitzer, bei denen es sich meist um Krieger handelte, im Kampf gefallen waren, um sie dann schnell und gewinnbringend zu verscherbeln. Doch das war Leon egal. Selbst wenn der Mann die vorherigen Besitzer eigenhändig gemeuchelt hätte, es wäre ihm egal gewesen. Er brauchte diese Pferde. Sein eigenes konnte er nicht mehr holen. Dorthin zurückzugehen, wo nach ihm gesucht wurde, würde einem Selbstmord gleichkommen.

Leon betrat den Hinterhof durch einen Nebeneingang. Zu seiner Freude brannte noch Licht im Stall, also musste jemand da sein, der ihm helfen konnte. Er sah sich kurz um und eilte dann über den dunklen Hof. Vor der morschen Tür des Stalls, durch deren Ritzen das gedämpfte Licht schien, blieb er stehen. Er atmete einmal tief durch, um sich zu sammeln und klopfte dann vorsichtig an.

Der Mann, der ihm öffnete, war alt und mager. Er stützte sich schwer atmend auf einen Stock und musterte Leon kurz, bevor sein Blick den seinen suchte. Wache, listige Augen blickten ihm entgegen und sagten Leon, dass das Äußere des Mannes täuschte. Das war ganz gewiss kein schwächlicher, nachgiebiger Verhandlungspartner und es würde bestimmt kein leichter Handel werden.

„Ihr seht müde aus", stellte der Alte mit einem schiefen Grinsen fest und entblößte dabei ein paar Goldzähne. Anscheinend liefen die Geschäfte für ihn momentan ziemlich gut.

„Ihr seid wohl einmal zu oft zu Fuß gereist!" setzte er hinzu und lachte meckernd. „Ich wüsste schon, womit ich euch helfen könnte."

„Zwei", sagte Leon knapp. „Robust, umgänglich und nicht zu teuer."

Der Alte sah kurz nach rechts und links über Leons Schultern und trat dann ein wenig zur Seite, den Blick auf den dunklen Innenhof freilegend. „Kommt herein", sagte er. „Ich glaube, ich hab da was für euch!"

Leon atmete erneut tief durch. „Auf in den Kampf", murmelte er und kam der Aufforderung des Alten nach. Er hoffte nur, dass er noch genug Kraft besaß, um diesen Handel durchzustehen, ohne allzu viel seines spärlichen Vermögens zu verlieren.

Begegnungen

Ein Bett. Ein weiches, kuscheliges Bett, mit einer Daunendecke und einem Kissen. Das war alles, was sich Jenna momentan wünschte. Es musste nicht einmal ihr eigenes sein. Ihr war ganz gleich, welche Farbe es hatte und aus welchem Holz es geschnitten war. Hauptsache, es war ein Bett mit einer Art Matratze und sie hatte das Vergnügen, darin zu schlafen. Aber wo, um Himmels Willen, sollte es in dieser Gegend wohl ein Bett geben, geschweige denn etwas, was in irgendeiner Weise an eine Schlafstätte erinnerte? Hier gab es ja noch nicht einmal Häuser oder Hütten oder irgendetwas anderes, was an eine menschliche Zivilisation erinnerte, was ihr sagte, dass sie nicht völlig allein in dieser Welt waren. Überall, wo sie hinsah, gab es nur Bäume, Büsche und dichtes Unterholz. Der Weg war schmal, und die Zweige der Büsche und Bäume hingen oft so weit in den Weg hinein, dass sie sich ducken oder ihre Arme vor ihr Gesicht halten musste, damit ihr keine Zweige in die Augen schlugen.

Doch selbst wenn sie wieder aus dem Wald heraus kamen und vielleicht sogar auf ein kleines Dorf stießen, so gab es dort bestimmt keinen angenehmen Schlafplatz, ganz davon abgesehen, dass Leon nicht gerade den Eindruck machte, als wolle er irgendwann eine Pause einlegen.

Jenna fragte sich, wie es ihm gelang, die Strapazen dieser Flucht zu verkraften und dabei noch so frisch und munter auszusehen. Sie waren die ganze Nacht und den folgenden Tag durch geritten, um möglichst schnell eine große Entfernung zur Stadt zu gewinnen, und nun dämmerte es schon wieder.

Jennas Hintern schmerzte entsetzlich, und sie hatte das Gefühl, dass sie mehr auf ihrem Pferd hing als saß. Das Pferd hatte daran natürlich keine Schuld. Leon hatte einen guten Geschmack bewiesen, was Pferde anging. Beide Tiere waren recht hübsch und relativ groß. Sie waren kräftig, aber nicht plump und schienen den langen Ritt gut zu verkraften. Und sie besaßen phantastisch weiche Gänge, jedenfalls das Pferd, auf dem Jenna saß. Deshalb war das Reiten für sie auch am Anfang gar kein Problem gewesen. Sie konnte reiten, sehr gut sogar. Nur hatten die Ausritte, die sie zu Hause immer gemacht hatte, nie länger als drei Stunden gedauert. Und selbst diese hatten schon zu einem schmerzenden Gesäß und Muskelkater geführt.

Mittlerweile fühlte Jenna ihren Körper kaum noch. Sie hing wie ein nasser Sack im Sattel und versuchte verzweifelt ihre Augen offen zu halten. Es war wirklich interessant, wie schnell sich Schlaf- und Wachphasen ablösen konnten. Gut, dass sie nicht am Steuer eines Autos saß – der Sekundenschlaf würde auf dem Pferderücken wohl kaum tödlich für sie enden. Was war sie nur für ein Weichei…

Und Leon? Leon saß kerzengerade auf seinem Pferd, beobachtete mit wachem Blick die Umgebung und sah sich ab und zu nach ihr um, mit einem etwas geringschätzigen Ausdruck in den Augen. Er gab sich nicht die Mühe, zu verheimlichen, dass sie ihm zur Last fiel. Doch Jenna besaß nicht die Kraft, sich darüber zu ärgern oder gar aufzuregen. Sie hatte schnell festgestellt, dass es momentan keinen Sinn machte, diesen unfreundlichen Kerl in ein Gespräch zu verwickeln. Sie hatte es ein paar Mal versucht, hatte ihn dazu anregen wollen, ihr zu erzählen, woher er ursprünglich gekommen, wie er in diese Welt geraten war. Sie hätte auch gern gewusst, wohin sie ritten, vor wem sie flohen und weshalb. Doch alles was sie zu hören bekommen hatte, war, dass nun wirklich nicht der richtige Zeitpunkt war, um solche Dinge zu klären und er keine Lust und keine Kraft hatte, sich mit ihr länger zu unterhalten.

Sie war bei seiner letzten unhöflichen Reaktion ein wenig wütend geworden, hatte ihm gesagt, dass er sich unmöglich und ziemlich unfair verhielt, woraufhin er ihr mit einem furchtbar falschen Lächeln entgegnet hatte, dass sie keiner dazu zwang, mit ihm zu reiten und sie gern allein ihr Glück in diesem Land versuchen könne.

Unfair. Aber daran ließ sich nichts ändern. Leon war kein netter Mensch, doch sie war abhängig von ihm, musste sich zusammenreißen und sich seinem Willen fügen, solange sie nicht irgendeinen Wert für ihn besaß und er unbedingt wollte, dass sie ihn begleitete. Vielleicht würde er irgendwann ja wieder bessere Laune bekommen und sich dann dazu herablassen, sie über alle wichtigen Dinge aufzuklären, ihr zu erklären, was genau mit ihr passiert war und warum… Wenn er das überhaupt wusste.

Ihr Magen verkrampfte sich ein wenig bei diesem Gedanken und sie versuchte ihn schnell wieder abzuschütteln. Stattdessen versuchte sie an etwas Angenehmeres zu denken, an jemand Netteren wie… Gideon… an den viel zu kurzen Abschied von ihm, an die Besorgnis in seinen traurigen Augen. Was hatte er zuletzt gesagt? Sie solle niemals die Hoffnung verlieren. Ohne Hoffnung war man in dieser Welt verloren. Irgendwann würde doch alles wieder gut werden.

Jenna seufzte. Sie wollte dem Mann ja gerne glauben, aber das war in ihrer Situation nicht so einfach. Sie hatte ja noch nicht einmal die Tatsache richtig verkraftet, dass ihr etwas passiert war, das eigentlich gar nicht passieren konnte. Sie war in dieser Welt gelandet, ohne es gewollt, ja, ohne es überhaupt gemerkt zu haben. Und nun hatte sie auch noch der einzige Mensch verlassen, dem sie vertraute. Sie verstand natürlich, dass Gideon nicht mit ihnen gehen konnte. Er war schließlich verheiratet und hatte genug damit zu tun, sich und seiner Frau ein einigermaßen erträgliches Leben zu ermöglichen. Er konnte sich da nicht noch um die Probleme anderer Menschen kümmern und sein eigenes Leben in Gefahr bringen, ganz davon abgesehen, dass er zu alt war, um die Strapazen einer Flucht zu verkraften.

Nein, er hatte schon richtig gehandelt, aber das änderte nichts daran, dass Jenna ihn vermisste. Sie hatte ihn, trotz der kurzen Zeit, die sie ihn kannte, schon ins Herz geschlossen. Bei ihm hatte sie sich sicher gefühlt. Und nun hatte sie, gezwungenermaßen, seine angenehme Gesellschaft gegen die eines unhöflichen, griesgrämigen Fremden tauschen müssen. Es würde eine Weile dauern, bis sie diesen Verlust verschmerzt und sich an diesen Brummbär gewöhnt hatte. Allerdings bezweifelte sie, dass sie sich jemals an dessen Launen gewöhnen konnte. Der Mann war ja nie fröhlich oder freundlich. Stattdessen war er mürrisch und wortkarg und fühlte sich schon gestört, wenn sie sich mal räusperte. Wahrscheinlich würde alles damit enden, dass sie sich gegenseitig erwürgten.

Jenna hatte so langsam ihre Zweifel, dass es die richtige Entscheidung gewesen war, mit ihm zu gehen. Vielleicht hätte sie lieber bei Gideon und Tala bleiben sollen… und dann für den Rest ihres Lebens auf einer Wiese die Schafe hüten? Nein, das wäre bestimmt auch nicht die Lösung gewesen. Vielleicht ließ sich ja am Ende doch noch etwas aus der Bekanntschaft mit Leon gewinnen. Und vielleicht entwickelte er sich doch noch zu einem netten Kerl.

Irgendetwas weckte Jenna aus ihrem dämmerigen Zustand. Da war etwas mitten im Wald, das ihre Aufmerksamkeit in Anspruch nahm. Ein winziges Licht bewegte sich auf sie zu. Nein, nicht nur eines, es waren mehrere. Überall im Wald schwirrten kleine Lichter zwischen den Zweigen hindurch, tanzten umeinander und ließen sich vereinzelt auf die Blätter der Bäume und Büsche nieder.

Jenna hatte sie vorher nicht bemerkt. Sie war zu sehr in Gedanken gewesen, aber wahrscheinlich waren diese Lichter auch erst mit Einsetzen der Dämmerung gekommen.

Sie spürte, dass Leon sie ansah und wandte sich ihm zu.

„Das sind Glühwürmchen“, erklärte sie, als wüsste er es nicht selbst. Doch zu ihrer Überraschung schüttelte er den Kopf.

„Nein?“ fragte sie erstaunt. „Was dann?“

Er lächelte, zum ersten Mal seit sie zusammen waren. Es war wirklich ein nettes Lächeln. „Fang dir eines, dann wirst du’s sehen.“

Jenna zögerte, doch als eines der Lichter genau auf sie zusteuerte, fing sie es aus der Luft. Sie fühlte, wie es in ihren Händen umherflog und sich schließlich setzte. Behutsam öffnete sie ihre Hände wieder. Der Anblick der sich ihr bot, war so bezaubernd, so wunderschön, dass sie für einen Moment den Atem anhielt.

Das Wesen, das sich in ihrer Hand befand, war nicht viel größer als ein Fingernagel, und es war keineswegs ein Insekt. Es besaß einen beinahe menschlichen Körper mit Armen und Beinen und einen kleinen runden Kopf mit zwei großen, schwarzen Augen. Die Nase war kaum vorhanden und auch der Mund war winzig und es besaß kleine, spitze Ohren und hauchdünnen zusammengefaltete Insektenflügel, die vor Aufregung leicht zitterten. Die Haut dieses Wesens war fast transparent, und das Leuchten, das Jenna erst auf es aufmerksam gemacht hatte, schien irgendwo von seinem Inneren zu kommen, leuchtete durch die Haut hindurch. Das kleine Wesen war vor Angst erstarrt. Nur dann und wann schlossen sich seine Lider über den seltsamen Augen.

Wahrscheinlich dachte es, Jenna würde so ihr Interesse an ihm verlieren, doch die starrte das winzige Wesen in ihrer Hand weiterhin fasziniert an. Wie sollte sie auch anders handeln, schließlich hatte sie noch nie in ihrem Leben etwas Derartiges gesehen.

„Sind… sind das Elfen?“ flüsterte Jenna fasziniert und konnte selbst kaum glauben, dass sie so etwas aussprach.

„Zaishomas“, antwortete Leon immer noch lächelnd. „Sie sind wohl die friedlichsten Wesen, die es in Falaysia gibt. Es heißt, dass sie schon manchem Verirrten aus dem Wald geführt haben und, wenn man sich anstrengt, kann man sie sogar singen hören.“

Jenna schloss die Augen und lauschte. Zuerst hörte sie nur die Geräusche, die die Pferde von sich gaben und die Rufe eines Kauzes. Doch dann vernahm sie etwas, was sie noch nie zuvor gehört hatte, etwas, was weit weg und gleichzeitig sehr nah war, und es klang wunderschön, überirdisch schön. Jenna genoss die leise Melodie, die so sanft durch den Wald klang, sog sie in sich auf, und nach einer Weile hatte sie das Gefühl, sie könne einzelne Worte verstehen, einen Text in einer Sprache, die sie nicht beherrschte. Alle anderen Geräusche waren plötzlich nebensächlich, kaum noch zu vernehmen. Da waren nur diese kleinen, zarten Stimmen der Elfenwesen.

„Hab keine Angst“, sagte plötzlich eine Stimme in ihrem Kopf.

Jenna zuckte leicht zusammen, ließ ihre Augen aber geschlossen. Es war nicht möglich, dass sie ein derart kleines Wesen verstehen konnte. Das war nur die Müdigkeit, die ihr einen Streich spielte.

„Du bist nicht allein“, fuhr die Stimme in ihrem Kopf fort. „Eine Skiar ist niemals allein…“

Jenna riss entsetzt die Augen auf und der Gesang verstummte augenblicklich. Auch die Stimme war nicht mehr zu vernehmen.

„Was ist?“ fragte Leon erstaunt.

Doch sie sah ihn nicht an, starrte nur in ihre Hand, in der immer noch die kleine Elfe saß. Sie war aus ihrer Starre erwacht, hatte das kleine Köpfchen schief gelegt und sah sie an. Die zarten Flügel bewegten sich schwirrend und plötzlich erhob sie sich und flog davon. Jenna sah ihr mit offenem Mund nach. Sie war äußerst verwirrt. Was hatte nun das schon wieder zu bedeuten?

Leon wurde ungeduldig. Er brachte sein Pferd näher an sie heran und berührte ihren Arm. „Jenna, ist alles in Ordnung?“

„Die… die Elfe hat mit mir geredet“, brachte Jenna stockend hervor.

Leon runzelte die Stirn. „Geredet?“ Er stieß ein belustigtes Grunzen aus. „Zaishomas können nicht sprechen. Es sind keine Menschen und selbst wenn sie es könnten… Meinst du wirklich, du könntest sie hören, so winzig wie die sind? So ein feines Gehör besitzt doch kein Mensch!“

„Ich weiß aber…“ Sie brach ab. Das hatte keinen Sinn. Leon würde ihr ohnehin nicht glauben. Sie konnte es ja selbst kaum fassen.

„Wahrscheinlich hab ich's mir nur eingebildet“, sagte sie schnell.

Er nickte, doch so ganz zufrieden schien auch er mit dieser Antwort nicht zu sein. Es hatte ihn nachdenklich gestimmt.

Sie ritten eine Weile schweigend nebeneinander her. Dann lenkte Leon plötzlich sein Pferd vom Weg herunter, mitten in den Wald hinein. Jenna runzelte irritiert die Stirn und folgte ihm nur zögernd.

„Wo… wohin willst du?“ fragte sie verunsichert seinen Rücken.

„Ich kenne hier einen brauchbaren Platz zum Verschnaufen“, meinte er. „Ich glaube, wir sollten uns langsam mal ausruhen, sonst siehst du hier demnächst noch einen Drachen im Gebüsch hocken.“

Jenna ärgerte diese Bemerkung, doch sie ließ es sich nicht anmerken. Sie beschloss sich lieber darüber zu freuen, dass sie endlich eine Pause einlegten.

Es dauerte nicht lange und sie kamen an eine Lichtung, in deren Mitte sich ein großer Teich befand, durch den ein kleiner Bach zu fließen schien. Der Mond spiegelte sich in dem klaren Wasser und über die Oberfläche tanzten kleine Lichter, die Jenna nun als Zaishomas identifizieren konnte.

Völlig übermüdet rutschte Jenna aus dem Sattel und landete schließlich mit weichen Beinen auf dem bemoosten Waldboden. Sie wollte ihr Gepäck vom Sattel schnallen, doch Leon, der längst locker vom Pferd gesprungen war, kam ihr zuvor.

„Lass nur, ich mach das schon“, sagte er ungewohnt sanft und schob sie zur Seite. „Setz dich irgendwo hin und ruh dich aus, solange ich das Lager herrichte.“

Jenna sah ihn etwas erstaunt an. Solche Freundlichkeit war sie gar nicht von ihm gewohnt. Was hatte ihn denn plötzlich so verändert? Sie beschloss, nicht weiter darüber nachzudenken und seinen Vorschlag anzunehmen, bevor er es sich anders überlegte, und schlenderte zum Teich. Dort ließ sie sich ins weiche Gras fallen. Gott, tat das gut, nach der langen Zeit im Sattel!

Sie legte sich auf den Bauch und beobachtete fasziniert den Tanz der kleinen Elfen auf dem Wasser. Erst jetzt spürte sie, wie müde sie wirklich war. Ihre Augen brannten, und je länger sie lag, desto schwerer wurden ihre Lider. Nein, sie durfte jetzt nicht einschlafen. Nicht bevor das Lager aufgebaut war. Leon hielt sie eh schon für einen Schwächling. Sie wollte seine negative Haltung ihr gegenüber nicht noch schüren. Eines war jedoch sicher: Wenn sie noch weiter geritten wären, wäre sie vor Müdigkeit vom Pferd gefallen und hätte das noch nicht einmal bemerkt.

Nach einer Weile dösigen in die Luft Starrens fühlte sich Jenna plötzlich beobachtet. Sie hob ihren Kopf und sah sich kurz nach Leon um. Doch der war immer noch damit beschäftigt, das Lager zu errichten und sah noch nicht einmal in ihre Richtung. Sie sah sich weiter um und… erstarrte. Zwei gelbe Augen mit stecknadelgroßen grünen Pupillen sahen sie aus nicht allzu großer Entfernung ausdruckslos an. Doch das, was Jenna so erschreckte, waren nicht diese Augen, sondern die scharfen, langen Zähne, die, wenige Zentimeter darunter, aus einem ziemlich großen, behaarten Maul ragten. Jenna hatte noch nie in ihrem Leben ein solches Tier gesehen. Ungefähr hüfthoch, grobes dunkelbraunes Fell… Es sah aus wie eine Mischung aus Affe und Wolf und saß ganz still in einem Busch auf der anderen Seite des Teiches und fixierte sie.

Jenna hatte keine Ahnung, ob es sie als Beute ansah, oder sie nur interessiert betrachtete. Doch sie wollte das auch nicht herausfinden. Ganz langsam und ohne dieses Wesen aus den Augen zu lassen richtete Jenna sich auf. Sogar ihren Atem hielt sie an, bis sie auf den Beinen stand. Dann warf sie sich herum und sprintete zu Leon.

„Leon!“ rief sie, und ihre Stimme war nur wenige Oktaven von einem Kreischen entfernt.

Der junge Mann schien sofort zu merken, dass irgendetwas nicht stimmte, denn er zog blitzschnell sein Schwert, während Jenna schnell hinter ihm Deckung suchte. Angespannt starrte er in die Richtung, aus der sie gekommen war. Doch als nichts geschah, ließ er sein Schwert wieder sinken und wandte sich stirnrunzelnd zu ihr um.

„Was ist denn passiert?“

Jenna schluckte den Kloß in ihrem Hals hinunter. „Da… da war so ein komisches Tier.“

„Was für ein Tier?“ fragte er. „Wie sah es aus?“

„Es… es war ganz haarig und… es hatte große gelbe Augen, “ erklärte sie mit großem Unbehagen. „Und es hatte ein furchtbar großes, scharfes Gebiss.“

„Wie groß?“

„Ungefähr so…“ Sie hob ihre Hand auf Hüfthöhe. „Es sah ein bisschen wie ein Affe aus… Wie ein sehr gefährlicher Affe…“

Meine Güte, klang das albern!

Leon kratzte sich nachdenklich an der Stirn. „Das könnte ein Unak gewesen sein. Normalerweise kommen die in diesem Gebiet nicht vor. Die mögen keine Elfen. Aber vielleicht hat sich ja eines hierher verirrt."

„Sind die… gefährlich?" erkundigte sich Jenna ängstlich.

Leon zuckte die Schultern. „Eigentlich nicht."

„Was heißt eigentlich?" hakte Jenna misstrauisch nach.

„Ich werd einfach mal nachsehen gehen", wich Leon ihrer Frage aus. „Wo hast du es gesehen?"

Jenna seufzte. „Ich zeig's dir."

Sie ging ihm mit wackeligen Knien voraus. Immer wieder sah sie sich nach ihm um, ob er ihr auch tatsächlich folgte. Sie wollte auf keinen Fall noch einmal allein mit diesem… Ding sein. Sie fürchtete sich normalerweise nicht so schnell vor ihr fremden Tieren, aber das hier war etwas anderes. Sie war in einer völlig anderen Welt, an die sie sich erst gewöhnen musste und sie glaubte einfach nicht, dass dieses Wesen ungefährlich war. Sie hatte sein Maul gesehen und das reichte schon.

Am Teich blieb sie schließlich stehen. Natürlich war es nicht mehr da. Es hatte sich bestimmt versteckt und lauerte irgendwo auf sie. Selbst die Elfen tanzten nicht mehr auf dem Wasser. Sie hatten bestimmt die Gefahr gespürt.

„Wo genau war es jetzt?" erkundigte sich Leon.

„Dort drüben hat es gesessen." Sie wies auf das gegenüber liegende Ufer. „Es hat da gesessen und mich angestarrt."

„Hm, es scheint nicht mehr da zu sein", stellte Leon ohne jeden Spott in seiner Stimme fest. „Es hat bestimmt Angst bekommen und ist davon gelaufen, wie du."

„Ich… ich hatte keine Angst", erwiderte Jenna, etwas in ihrem Stolz gekränkt. „Jedenfalls nicht richtig. Ich bin nur ein sehr vorsichtiger Mensch."

Leon lächelte sie an. „Ich auch, und deswegen werden wir heute doch ein kleines Feuer machen. So schnell werden uns unsere Verfolger schon nicht einholen."

Jenna sah ihn dankbar an. Es war nett von ihm, dass er sie nicht wie ein Feigling dastehen ließ. Ein gutes Zeichen. Vielleicht gewöhnte er sich ja langsam an ihre Gegenwart und wurde insgesamt netter und vor allem ansprechbarer. Sie sehnte sich doch so nach Antworten auf ihre vielen Fragen.

„Und morgen sehe ich mir die Sache noch einmal an", fügte er noch hinzu. „Dieses Tier muss ja ein paar Spuren hinterlassen haben, und dann wissen wir, mit wem wir es zu tun haben."

Jenna nickte zufrieden und gemeinsam gingen sie zu ihrer Schlafstelle für diese Nacht zurück.

Naeherung

Der Morgen graute schon, als Leon aus seinem leichten, traumlosen Schlaf erwachte. Es wunderte ihn etwas, dass er überhaupt geschlafen hatte, nach all der Aufregung in den letzten Stunden. Aber wahrscheinlich war gerade das der Grund, warum ihn der Schlaf doch noch übermannt hatte. Ausgeruht fühlte er sich dennoch nicht. Er war sogar noch müder als zuvor und obendrein plagten ihn jetzt auch noch Kopfschmerzen.

Er richtete sich mühsam auf und atmete tief durch. Die frische Waldluft war wie Medizin für seinen verhangenen Geist. Gleich hatte er das Gefühl wieder etwas Klarheit in seinen schmerzenden Schädel zu bekommen. Er streckte sich und gähnte. Sein Blick fiel auf das schlafende Bündel neben ihm. Jenna hatte sich wie ein Embryo zusammen gerollt, lag, eingekuschelt in ihre Decke, in einer mit Moos bedeckten Bodenmulde. Sie sah dort so verloren und hilflos aus, dass Leon auf einmal das seltsame Gefühl überkam, sie in die Arme zu nehmen und ihr zu versprechen, dass alles wieder gut werden und sie zusammen gewiss einen Weg aus ihrer miserablen Lage finden würden. Doch er tat es nicht. Stattdessen studierte er nur weiterhin ihre entspannten Gesichtszüge.

Er hatte Recht gehabt. Sie war wirklich hübsch. Ihre Haut war glatt, fast ohne Makel, bis auf eine kleine Narbe am Kinn, ihre Lippen nicht zu breit, aber auch nicht zu schmal und von der Kälte in der Nacht in einem leichten Violett gefärbt. Sie besaß im Gegensatz zu ihrem mittelblonden Haar doch eher dunklere, schön geschwungene Augenbrauen und eine gerade, niedliche Nase. Und dann waren da noch diese langen Wimpern, die ihre Augen umrahmten und nun leicht zuckten, da sie wohl gerade am Aufwachen war.

Leon wandte seinen Blick von ihr ab. Er wollte nicht dabei erwischt werden, wie er sie anstarrte. Überhaupt hatte er sich doch vorgenommen, sich nicht so schnell mit ihr anzufreunden. Und was war daraus geworden? Er fing an sie zu mögen, ohne sie richtig zu kennen, ohne die Möglichkeit gehabt zu haben, festzustellen, ob er ihr wirklich vertrauen konnte! So dumm…

Leon stand rasch auf, streckte sich noch einmal und schnallte sich dann sein Schwert um die Hüften. Jetzt, wo er schon wach war, konnte er sich ja noch einmal die Stelle ansehen, an der angeblich dieses monströse Tier gestern gesessen hatte. Wahrscheinlich hatte Jenna nur eine Ratte gesehen oder etwas ähnlich Gefährliches. Die meisten Frauen reagierten ja auf solche Tiere wahnsinnig empfindlich. Selbst Sara hatte sich vor Ratten geekelt. Sie war zwar nicht kreischend davon gerannt, aber sie war diesen Tieren ausgewichen oder hatte sie einfach getötet, wenn diese ihr zu nahe gekommen waren. Sara… Da war es wieder, dieses schmerzhafte Ziehen in seiner Brust, das die Gedanken an sie immer begleitete. Das würde wohl nie anders werden…

Leon war erstaunt, als er die Stelle erreicht hatte, die Jenna ihm gezeigt hatte. Das Gras war dort verdächtig nieder gedrückt und auch die Büsche hatten einige Zweige einbüßen müssen. Das Tier musste wirklich ziemlich groß gewesen sein. Man konnte im Wald genau den Weg erkennen, den es bei seiner Flucht eingeschlagen hatte, und im Schlamm am Ufer des Teiches waren ein paar klare Pfotenabdrücke zurückgeblieben. Sie sahen ähnlich aus wie die Fußspuren eines Menschen, nur dass die Zehen breiter waren und weiter auseinanderstanden und sich Krallen an jedem Zeh in den Boden gedrückt hatten.

„Ein Unak“, stellte Leon leise fest. Er hatte also mit seiner Vermutung Recht gehabt und Jennas Angst war nicht unbegründet gewesen. Unaks waren nicht gerade sehr ungefährlich – auch wenn er das vor Jenna behauptet hatte. Er hatte sie nicht weiter aufregen wollen, weil er genau wusste, wie dringend sie ihren Schlaf benötigte. Doch selbst ein einzelnes Unak konnte einem Menschen erheblichen Schaden zufügen, obwohl das nur sehr selten vorkam. Sie waren Feiglinge, die sich nur in Gruppen stark fühlten und jagten. Aber wer wusste schon was in diesem Tier vorging. Es war schon seltsam, dass es sich überhaupt hier allein in diesem Gebiet herumtrieb – so als sei auch die Natur durch die Unruhen unter den Menschen in Aufregung versetzt worden und durcheinander geraten. Kein gutes Omen für das, was noch auf sie zukommen würde. Leon beschloss auf jeden Fall seine Augen offen zu halten. In Falaysia konnte man schließlich nicht vorsichtig genug sein.

Als er zum Lager zurückkehrte, war Jenna tatsächlich schon wach. Sie sah ihn aus verquollenen Augen fragend an. Anscheinend hatte sie auf dem Waldboden doch nicht so gut geschlafen, wie er gedacht hatte.

„Wo warst du?“ fragte sie mit heiserer Stimme.

Herrje, bahnte sich da etwa eine Erkältung an. Dem Mädchen blieb aber auch nichts erspart.

„Ich hab mir die Stelle noch einmal angesehen“, erklärte er und begann seine Decke einzurollen.

„Und?“ Sie sah ihn erwartungsvoll an.

„Da ist gestern etwas gewesen“, sagte er leichthin, „aber ich glaube nicht, dass es gefährlich war.“

Das war zwar gelogen, aber er wollte sie nicht unnötig aufregen. Frauen reagierten auf Gefahren immer so sensibel. Jenna schien sich tatsächlich mit dieser Erklärung zufriedenzugeben und packte nun ebenfalls ihre Sachen zusammen. Doch dann sah sie ihn wieder so merkwürdig an.

Leon hatte längst bemerkt, dass sie schon seit Beginn ihrer gemeinsamen Reise etwas bedrückte, was sie nicht wagte, auszusprechen, aber er hatte bisher nicht das Bedürfnis verspürt darauf einzugehen, weil er im Grunde genau wusste, worum es ging. Er hatte nicht die Lust gehabt, sich überhaupt mit ihr zu unterhalten – schon gar nicht über Themen, die ihn selbst zu massiv belasteten. Merkwürdiger Weise hatte sich das ein wenig geändert. Er wollte zwar immer noch nicht mit ihr über die Vergangenheit sprechen, über das, was damals gewesen war und das, was noch auf sie zukam, aber er wollte mehr über *sie* erfahren, wollte wissen, wer sie war.

Doch er wagte es nicht, ein Gespräch von sich aus zu beginnen, wagte es nicht, weil er sie zuvor so schlecht behandelt hatte und sich jetzt so kindisch vorkam, und weil… weil es ihm nach der langen Zeit der Einsamkeit so furchtbar schwer viel, ordentlich mit anderen Menschen umzugehen. Also wich er ihrem Blick aus und ging mit seinen Sachen zu seinem Pferd hinüber. Als er sein Gepäck festgezurrt hatte, wandte er sich kurz zu Jenna um. Sie schien etwas geknickt, sagte aber nichts und befestigte ebenfalls ihre Sachen an ihrem Pferd. Dann stieg sie wortlos auf. Auch Leon schwang sich mit einem leisen Seufzer auf sein Pferd und trieb es dann vorwärts.

So ritten sie eine Weile stillschweigend nebeneinander her, so wie sie es auch am Tag zuvor getan hatten. Doch dieses Mal fühlte sich Leon nicht so besonders wohl in seiner Haut, störte ihn dieses Schweigen. Er wollte nicht, dass Jenna so traurig war, denn später würde sie ihn dafür hassen. Er wollte nicht, dass sie ihn hasste. Also, nahm er allen Mut zusammen, wandte sich ein wenig zu ihr um und räusperte sich.

„Hast du gut geschlafen?“ erkundigte er sich höflich und ärgerte sich furchtbar, dass ihm kein besseres Thema eingefallen war.

Jenna reagierte mit Erstaunen. Sie hatte wohl nicht damit gerechnet, dass er ganz von allein begann mit ihr zu reden.

„Äh... es ging so“, gab sie zurück und lächelte schief. „Der Boden war ein wenig hart und ich bin in der Nacht immer wieder aufgewacht.“

Er nickte. Das hatte auch er bemerkt. Für ihn war das jedoch nichts Ungewöhnliches gewesen. Er selber war gar nicht mehr fähig lange durch zu schlafen.

„Es war wohl auch etwas kalt“, fügte er hinzu.

Sie nickte.

„Ich werde im nächsten Dorf noch ein paar Decken für uns besorgen“, sagte er. „Dann brauchst du nicht mehr frieren.“

Dieses Mal gelang ihr das Lächeln recht gut. Dann wurde sie wieder ernst und holte tief Luft.

„Ich… ich würde gern wissen, wohin wir reiten“, brachte sie zögernd hervor.

„Wohin...?“ Er stutzte. *Das* war es, was sie die ganze Zeit so bedrückte?

„Nach Bantjor“, sagte er, und hasste sich dafür, dass er sie anlog. Es war besser, wenn sie ihr Ziel nicht kannte, falls sie getrennt wurden und Marek sie in die Finger bekam. Ihm war noch nie ein Geheimnis verschlossen geblieben.

„Aber ich vermute mal, das wird dir nichts sagen“, fügte er hinzu.

„Das ist egal“, meinte Jenna zufrieden. „Hauptsache ich hab ein Ziel vor Augen. Es klingt nach… einem… Dorf?“

Er lächelte. „Es *ist* ein Dorf, nicht allzu weit von hier entfernt. Ich hoffe, dort einen Freund zu treffen, der uns weiterhelfen kann.“

Sie nickte verstehend und Leon konnte sehen, wie sehr sie damit zu kämpfen hatte, nicht weiter zu fragen, alle Fragen herauszulassen, die ihr bereits auf der Zunge brannten. Und irgendwie tat ihm das leid.

„Gibt es sonst noch etwas, was du wissen willst?“ entwischte es ihm, ohne weiter darüber nachzudenken und das begeisterte

Leuchten in ihren Augen ließ ihn seine Frage fast schon wieder bereuen.

„Ja!" stieß sie erleichtert aus und sie schloss kurz die Augen, wohl um ihre Gedanken zu sortieren. „Warum wirst du von diesen Kriegern verfolgt?"

Leon fühlte, wie seine Gesichtszüge augenblicklich vereisten. Oh, nein, er wollte jetzt nicht unhöflich werden. Diese Sache ging sie zwar nichts an, jedenfalls nicht direkt, aber er wollte sie auf keinen Fall verletzen. Schließlich hatte er sie selbst dazu gebracht, unangenehme Fragen zu stellen und *sie* war doch bisher immer sehr nett zu ihm gewesen. *Er* hatte sich stets daneben benommen. Er atmete tief ein und aus und versuchte sich dann zu einem Lächeln zu zwingen. Das musste idiotisch aussehen.

„Es gibt Dinge, in die ich dich nicht einweihen kann", sagte er noch eine Spur zu unterkühlt. „Diese Sache gehört dazu."

Sie war etwas enttäuscht, nahm sich aber zusammen und räusperte sich. „Okay, das verstehe ich. Aber ich würde trotzdem ganz gerne wissen, was… was wir diesbezüglich tun werden. Ich meine, hast du irgendetwas geplant außer… zu fliehen?"

Leon runzelte verärgert die Stirn. Das Mädchen wurde ja langsam richtig frech. „ Nein, hab ich nicht!" gab er schroff zurück. „Dazu muss man Zeit haben, und die fehlt uns, wie du sicher schon gemerkt hast."

Jenna ließ sich nicht von ihm einschüchtern. „Dann ist dein einziger Plan also, in dieses Dorf zu kommen", stellte sie fest. „Und dann? Vielleicht könnten wir uns ja gemeinsam einen Plan zurechtlegen. Allerdings müsste ich dafür noch ein paar mehr Informationen bekommen… über alles, was diese Welt angeht, und ich müsste mehr über die Gründe wissen, warum wir hier sind…"

Sie sah ihn fragend an und hob dann die Schultern. „Irgendwann muss ich das ohnehin erfahren, oder? Und wir haben ja jetzt nichts zu tun… außer auf den Pferden zu sitzen und dafür zu sorgen, dass wir nicht runterfallen – was wohl kaum passieren wird, wenn wir nur reden…" Sie hielt inne und wartete auf eine Reaktion von ihm.

Leon starrte sie mit offenem Mund an. Da fingen sie gerade erst an, Freundschaft zu schließen, und schon nahm sie sich derartige Dreistigkeiten heraus, erzählte ihm, was er zu tun und zu lassen hatte und meinte noch am besten das Ruder in die Hand zu nehmen und alles weitere selbst zu planen.

„Wie ich schon sagte: *Ich* werde dort einen Freund treffen, bei dem *ich* mich vorerst verstecken kann und von dem *ich* mich beraten lassen werde", gab er schließlich giftig zurück und wusste ganz genau, wie kindisch und unreif das klang. „Und dann erst werde ich einen genaueren Plan machen, wie alles weiter geht."

„Ach so", erwiderte sie nach einem kurzen Augenblick des nachdenklichen Schweigens. „Und wann genau, planst du mich über alles andere zu informieren?" Sie klang nicht wütend – nur interessiert, obwohl ihre Wangen deutlich an Farbe gewonnen hatten und ihre Augen funkelten.

„Wenn der richtige Zeitpunkt gekommen ist", gab er ausweichend zurück.

Sie gab ein leises Lachen von sich und Leon zog ein wenig die Brauen zusammen. „Was?"

Sie suchte seinen Blick und nun erkannte er, dass sie doch verärgert war und… traurig. Sein Magen zog sich etwas zusammen.

„Hast du dir eigentlich schon einmal Gedanken darüber gemacht, wie *ich* mich fühle?" fragte sie mit diesem eindringlichen Blick, den insbesondere Frauen oft bis zur Perfektion beherrschten; dieser Blick, der einem in Sekundenschnelle ein furchtbar schlechtes Gewissen machen konnte. „Ich mein, natürlich ist mir klar, dass meine Anwesenheit dich belastet; dass es nicht einfach ist, jemanden, den man nicht kennt, in einer Situation wie deiner als Zusatzlast mit sich herumzuschleppen. Und anscheinend ist dir von meiner Tante etwas zugefügt worden, was unverzeihlich ist und die Vergangenheit ist so unglaublich schmerzhaft, dass du nicht darüber sprechen willst…“ Sie holte kurz Luft.

„Glaub mir, ich… ich habe sehr viel Verständnis dafür, dass du über diese wahrscheinlich sehr privaten Dinge ganz bestimmt nicht mit einer Fremden sprechen willst, aber ich… ich bin verzweifelt, Leon. Auch wenn ich das vielleicht nicht nach außen dringen lasse. Mir geht es nicht gut mit… mit dieser Sache hier…“ Sie holte erneut Atem, nun schon etwas stockender und ihre Augen glitzerten verdächtig.

„So etwas habe ich noch nie erlebt. Und ich bin genauso unschuldig an all dem wie du. Ich bin hier ganz allein und im Gegensatz zu dir, habe ich nicht blassen Schimmer, was hier vor sich geht. Dass ich nicht durchdrehe, liegt nur daran, dass ich mir immer wieder sage, dass du mir das alles schon irgendwann erklären wirst, dass es eine logische Erklärung für das alles *gibt*. Also, bitte – *bitte*, versuch dich nicht auch noch an mir abzureagieren und versprich mir, dass du irgendwann – es muss nicht heute sein – meine dringendsten Fragen beantworten wirst. Kannst du… kannst du das tun?“

Leon war sprachlos. Sein Mund öffnete und schloss sich wieder, ohne dass auch nur ein Geräusch herausgekommen war. Doch dann nickte er etwas verschämt.

Für ein paar Minuten waren wieder nur die Geräusche des Waldes um sie herum und das gelegentliche Schnauben der Pferde zu hören, dann räusperte sich Leon wieder, sah Jenna vorsichtig von der Seite an.

„Es… es tut mir leid“, sagte er leise und meinte es wirklich so. „Ich bin nur nicht mehr daran gewöhnt… an… an Gesellschaft, weißt du…“

Ihre Mundwinkel hoben sich zu einem verzeihenden Lächeln und auf einmal war es gar nicht mehr so schwer, dieses Lächeln zu erwidern.

„Wir werden uns schon irgendwie zusammenraufen“, gab sie leise zurück. „Ich bin eigentlich ganz nett.“

Aus Leons Lächeln wurde, ohne es zu wollen, ein verlegenes Grinsen. „Ich eigentlich auch. Das war ich jedenfalls mal vor ein paar Jahren.“

Sie lachte, ein warmes, offenes Lachen, das irgendwo tief in seinem Inneren ein ebenso warmes Glühen entfachte, das er eigentlich geglaubt hatte, für immer verloren zu haben.

„Vielleicht sollten wir uns darum bemühen, es auch zu einander zu sein“, schlug sie schmunzelnd vor. „Das könnte vieles leichter machen.“

„Einverstanden“, sagte er und versuchte aus einem ihm nicht verständlichen Impuls ihr über die Pferdehälse hinweg die Hand zu reichen. Es war nicht leicht für Jenna seine Hand zu erwischen, aber als sie sie endlich zu fassen bekam, drückte sie diese sanft und es fühlte sich erstaunlich gut an – Mut machend, Hoffnung erweckend…

„Freunde?“ fragte er leise und sah ihr tief in die Augen. Es waren schöne Augen, groß und klar, dunkelblaue Augen, die so viel Wärme ausstrahlten, dass ihm ein leichter Schauer den Rücken hinunterrieselte.

„Freunde“, bestätigte sie mit einem Nicken und er ließ ihre Hand langsam wieder aus der seinen gleiten. Es war seltsam, aber er tat es nicht gern.

„Ein Problem hätten wir da aber noch“, sagte sie plötzlich.

Leon sah sie überrascht an.

„Ich brauche mehr Pausen.“

Er lachte erleichtert. „Das… ist gar kein Problem.“

Nachtblind

„Leon?“

Jenna war durch irgendetwas aus ihrem leichten Schlaf gerissen worden und sah sich irritiert nach ihrem Weggefährten um. Er hatte sich doch am Abend neben sie gelegt. Die Decke lag noch an derselben Stelle, doch von ihm war weit und breit nichts zu sehen, jedenfalls nicht innerhalb des Lichtkegels, der durch das kleine Lagerfeuer vor ihr entstand.

„Leon?!“ rief Jenna noch einmal und sah sich mit klopfendem Herzen noch einmal um. Sie lauschte angestrengt in die Stille der Nacht hinein, doch sie konnte keine Geräusche ausmachen, die von einem Menschen stammen konnten. Keine Stimme, die ihr antwortete, keine knackenden Schritte im Unterholz. Überhaupt war es beängstigend still.

Jenna bekam es langsam mit der Angst zu tun. Wo konnte Leon mitten in der Nacht hingegangen sein? Hatte er sie etwa allein zurückgelassen, hatte die Flucht ergriffen, weil er sie nicht mehr an seiner Seite ertragen konnte? Aber sie hatten sich doch heute so gut verstanden, hatten so viel gelacht und herumgealbert, so viel geredet, sich endlich besser kennengelernt. Sie hatte den Eindruck gehabt, als hätte er sie ein klein wenig ins Herz geschlossen, so wie sie ihn. Das hatte ihr der zunehmend wärmere Ausdruck seiner Augen verraten, immer wenn er sie ansah, der sanftere Klang seiner Stimme… Und er hatte ihr so viel häufiger ein Lächeln geschenkt…

Nein, im Stich gelassen hatte er sie ganz bestimmt nicht! Aber was war dann passiert? Was war, wenn dieses schreckliche Tier in ihr Lager eingefallen war, ohne dass sie es gemerkt hatte, und ihn weggeschleppt hatte, um ihn irgendwo im Wald zu verspeisen? Eine schreckliche Vorstellung, die ihren Magen unangenehm verkrampfen ließ. Doch dann schüttelte sie den Kopf, um ihren eigenen dummen Gedanken wieder zu vertreiben. Das konnte nicht sein, schließlich hatte Leon gesagt, das Tier sei ungefährlich. Wahrscheinlich war er nur kurz weggegangen, um das zu tun, was die Natur manchmal von einem verlangte.

Jenna beschloss zu warten. Schlafen konnte sie jetzt nicht mehr, nicht, solange Leon nicht wieder zurück war. Also wartete sie... und wartete... und wartete... bis sie es nicht mehr aushielt. Sie stand auf und sah sich wieder um.

„Leon?“ flüsterte sie, warum sie das tat, wusste sie auch nicht. Hier war doch eh niemand, dessen Nachtruhe sie stören konnte. Aber diese Stille war so unheimlich... Ein paar Schritte konnte sie sich doch wohl vom Lager entfernen, nur um ein wenig in die Büsche zu spähen.

Äste knackten unter ihren Füßen, als sie sich langsam in das Dunkel des Waldes bewegte, sich immer wieder nach dem Feuer umsehend, um ja nicht die Orientierung zu verlieren.

„Leon!“ stieß sie erneut aus, nun schon etwas lauter. Irgendwo musste er doch stecken! Das war wirklich mehr als merkwürdig.

Ein lautes Knacken in ihrer Nähe ließ sie herumfahren. Ihr Herz war ihr bis in den Hals gesprungen und rutschte erst jetzt wieder etwas tiefer, um wild gegen ihre Rippen zu pochen. Sie rechnete mit dem Allerschlimmsten, und das war für sie im Moment dieses Monster vom Elfensee. Aber nichts geschah. Nirgendwo regte sich etwas.

Sie atmete einmal tief durch. So ging das nicht. Sie konnte nicht unbewaffnet nachts durch den Wald laufen. Selbst wenn alles in

Ordnung war und Leon bald wieder auftauchte, konnte es hier doch wilde Tiere geben, die sich durch ihre Anwesenheit bedroht fühlten und sie angriffen. Sie kniff die Augen etwas zusammen, beugte sich ein wenig nach unten und betrachtete eingehend den Waldboden. Schließlich entdeckte sie einen dicken Ast, der genau die richtige Größe hatte, um ihn als Knüppel zu benutzen. Also hob sie ihn vorsichtig auf. Er fühlte sich gut an in ihrer Hand und war auch nicht morsch oder von Insekten befallen. Jenna war zufrieden. So war sie wenigstens etwas geschützter. Jedenfalls bildete sie sich das ein. Sie beschloss trotzdem zum Lager zurückzukehren und dort auf Leon zu warten. Eigentlich war es eine Schnapsidee gewesen nach ihm zu suchen.

Sie drehte sich um und erstarrte. Alles um sie herum war in tiefster Dunkelheit versunken. Sie drehte sich einmal um sich selbst, die Augen starr in den Wald gerichtet, doch da war nichts. Nicht mal ein kleines Schimmern, das ein Feuer andeuten konnte. Ein kalter Schauer lief Jenna über den Rücken und ihr Herz begann erneut viel zu schnell zu schlagen. Sie hatte Recht gehabt. Hier ging etwas Unheimliches vor sich, und sie befand sich mitten drin.

Jetzt vernahm sie es wieder, dieses Knacken, ein Knacken, das nur menschliche Füße erzeugen konnten. Jemand lief durch den Wald, das konnte sie nun deutlich hören, und er kam auf sie zu. Nur aus welcher Richtung? Es klang beinahe so, als würde es aus mehreren Richtungen gleichzeitig kommen. Wahrscheinlich war es der Hall, der sie so irreführte, oder waren es mehrere Personen, die sie umzingeln wollten?

Jenna war ganz schlecht vor Angst. Sie hätte nie zuvor gedacht, dass ihr Herz so schnell schlagen konnte. Die Übelkeit wurde stärker, und das Hämmern in ihren Ohren war kaum auszuhalten. Sie taumelte ein paar Schritte rückwärts und stieß mit dem Rücken gegen einen Baum. Gut, so konnte sie wenigstens keiner von hinten angreifen. Jennas Hand krallte sich noch fester um den Stock, ihre einzige Waffe, als sie eine Gestalt in der Dunkelheit ausmachen konnte, die in geduckter Haltung durch das Unterholz eilte. Ab und zu blieb sie stehen und drehte sich um, so als hätte sie die Orientierung verloren.

Nein, diese Person war ganz sicher nicht hinter ihr her, das sagte Jenna ihr Bauchgefühl. Irgendetwas an den Bewegungen dieser Person kam ihr sogar vertraut vor. Jenna runzelte die Stirn.

„Leon?“ flüsterte sie zaghaft.

Die Person zuckte zusammen und sah sich irritiert um. Schließlich hatte sie Jenna entdeckt und kam auf sie zu. Jenna atmete erleichtert auf, als sie erkannte, dass es sich wirklich um ihren Freund handelte.

„Gott sei Dank!“ stieß er leise aus und drückte sie zu ihrer Überraschung kurz an sich. „Als ich das Feuer nicht wiedergefunden hab, dachte ich schon, ich hab mich völlig verirrt.“

Er machte eine kurze Pause um Luft zu holen. „Wir müssen sofort hier weg! Findest du den Weg zurück?“

Jenna schüttelte den Kopf. „Ich hab mich gar nicht weit vom Lager entfernt, aber… das Feuer muss ausgegangen sein.“

Leon zog seine Brauen zusammen. „Es ist aus?“

„Na ja, ich seh es jedenfalls nicht mehr“, gab sie leise zu.

Leon war anzusehen, dass auch er sich, ob dieser Nachricht, nicht mehr ganz wohl in seiner Haut fühlte.

„Das ist gar nicht gut“, murmelte er und sah sich angespannt um. „Hoffentlich haben sie nicht das Feuer ausgemacht. Dann wissen sie nämlich, dass wir hier sind.“

Jennas Herz machte einen kleinen Sprung und sie sah ihn entsetzt an. „*Sie*? Wen meinst du mit ‚sie‘?“

„Bakitarer“, antwortete Leon sehr leise. „Sie haben in unserer Nähe ein Lager aufgeschlagen. Ich hab es durch Zufall entdeckt, als ich ein wenig durch den Wald gewandert bin. Aber sie haben mich nicht gesehen. Dachte ich jedenfalls.“

„Wieso wanderst du nachts durch den Wald?“ fragte sie vorwurfsvoll. Sie war wütend auf Leon, so als könne er etwas dafür, dass sie mittlerweile in großer Gefahr schwebten.

„Ich leide seit geraumer Zeit an Schlafstörungen“, erklärte Leon leise und zog lautlos sein Schwert. Er sah sich ein weiteres Mal angespannt um. „Ich denke, es ist besser, wenn wir nicht zusammen gehen…“

Jenna wollte aufgeregt etwas dagegen einwenden, doch er hielt ihr mit sanftem Druck den Mund zu.

„Hör dir das erst mal an. Wir machen ihnen doch nur eine Freude, wenn sie uns beide zusammen erwischen. Wir können auf keinen Fall zu den Pferden zurückgehen. Wenn sie das Lager entdeckt haben, laufen wir ihnen direkt in die Arme. Also müssen wir zu Fuß fliehen, weil sie damit am wenigsten rechnen. Ich werde vorgehen und du kommst in einem kurzen Abstand nach, so dass du mich noch einigermaßen sehen kannst. Versuche so wenig Geräusche wie möglich zu machen und wenn sie mich erwischen sollten, musst du dich verstecken und dann versuchen allein zu fliehen.“

Jenna starrte ihren Freund für ein paar Sekunden nur erschüttert an, dann schüttelte sie verzweifelt den Kopf, obwohl sie genau wusste, dass er Recht hatte. Doch die Vorstellung, dass Leon etwas zustoßen könnte und sie dann ganz allein durch diese ihr so fremde Welt irren musste, war einfach zu schrecklich. Schließlich war er der einzige Freund, den sie im Moment hatte. Und sie war sich nicht sicher, dass sie es übers Herz bringen konnte, ihn im Stich zu lassen.

„Doch“, sagte er nachdrücklich und sah sie eindringlich an. „Du musst dann versuchen, dich allein nach Vaylacia durchzuschlagen, oder kehre einfach um und geh zurück zu Gideon. Versprich mir das! Du musst es mir versprechen!“

Jenna war den Tränen nah, doch sie nahm sich schließlich zusammen und nickte tapfer. Es gab momentan keine andere Lösung, keinen besseren Plan und je länger sie hier standen, je mehr Zeit sie verloren, desto größer wurde die Wahrscheinlichkeit, dass man sie entdeckte und ihnen beiden etwas Schlimmes zustieß. Großer Gott – sie wollte gar nicht daran denken!

„Gut." Leon lächelte und strich ihr tröstend über die Wange. „Es wird schon gut gehen", murmelte er. „Wir schaffen das!" Er nickte ihr noch ein letztes Mal motivierend zu und machte sich dann so leise wie möglich auf den Weg.

Jenna musste sich zusammenreißen, um ihm nicht sofort hinterher zu stürzen. Es war so furchtbar dunkel und je weiter sich Leon von ihr entfernte, desto rasender schlug ihr Herz. Im Moment gab es für sie keine schlimmere Vorstellung, als allein in dieser furchtbaren Welt herumzuirren. Sie konnte das nicht, wollte das nicht...

Bald waren nur noch Leons Umrisse in der Dunkelheit zu erkennen, also umfasste Jenna ihren Stock noch fester und setzte sich ebenfalls in Bewegung. Das Knacken der dürren Zweige unter ihren Füßen klang übernatürlich laut in ihren Ohren und sie zuckte jedes Mal zusammen, wenn ein anderes Geräusch von irgendwoher ertönte. Ängstlich spähte sie immer wieder in die Dunkelheit um sie herum, um sich dann wieder mit ihren Augen an der Silhouette Leons festzuklammern.

Erneut zuckte Jenna zusammen, aber dieses Mal war es kein Geräusch gewesen, das sie so erschreckt hatte, sondern eine Bewegung, die sie unmittelbar in ihrer Nähe wahrgenommen hatte. Sie blieb ruckartig stehen und sah mit wild schlagendem Herzen genauer hin. Nein, da war nichts. Sie musste sich getäuscht haben. Sie wandte sich um und erstarrte. Leon war nirgendwo mehr zu sehen. Nur in der Ferne vernahm sie die leisen Geräusche seiner Schritte. Sie rannte los. Sie musste ihn unbedingt einholen. Allein hielt sie es hier nicht aus. Sie musste ihn wenigstens sehen können!

Doch so schnell sie auch lief, sie konnte ihn nicht wieder entdecken. Dennoch lief sie weiter. Die Verzweiflung trieb sie vorwärts, ließ sie alle Vorsicht vergessen. Sie dachte nicht mehr an die Gefahren, die überall lauern konnten, sondern nur noch daran, nicht den einzigen Menschen, der ihr in dieser Welt helfen konnte, zu verlieren.

Jenna unterdrückte einen Aufschrei, als sie über irgendetwas stolperte und stürzte.

„Verdammte Sch… ande“, fluchte sie leise und richtete sich halbwegs auf. Trotz des relativ weichen mit Laub bedeckten Bodens war Sturz relativ hart gewesen und ihr taten sämtliche Knochen weh. Sie wischte ihre aufgeschürften, schmutzigen Hände an ihrer Kleidung ab, hob dann panisch den Blick und fuhr zusammen. Da waren zwei Füße vor ihr auf dem Boden, die in zwei kräftige, in dunkles Leinen gekleidete Beine übergingen. Und da war ein Schwert, dessen Spitze direkt auf ihr Gesicht wies.

Jenna wagte es nicht, den Blick weiter zu heben. Sie konnte es auch gar nicht. Eine eisige Klaue hatte nach ihrem Herzen gegriffen und lähmte so ihren ganzen Körper.

„Voi-a, shu had-we ke ta?“ fragte eine grollend tiefe Stimme. Eine Stimme, die sie nicht kannte, die lauernd und bedrohlich klang.

Die Angst füllte nun Jennas ganzen Körper aus. Sie fühlte sich ganz leer und schrumpfte innerlich unglaublich zusammen, während ihr Herz wild bis hinein in ihren Hals schlug, in ihren Schläfen pochte.

„Had-te le?“ vernahm sie eine andere Männerstimme von irgendwoher.

„Ta“, sagte die tiefe Bassstimme vor ihr. „Fero sil ido sar-e jag.“

Jenna bemerkte, dass sich das Schwert vor ihr gesenkt hatte, und sah nun doch vorsichtig auf.

Es war einer dieser schrecklich wild aussehenden Krieger, die sie vor den Toren Xadreds und in der Stadt selbst gesehen hatte. Doch er trug, soweit sie das bei den schwierigen Lichtverhältnissen erkennen konnte, keine Rüstung, wie sie es zuvor oft gesehen hatte, sondern nur ein vergilbtes, weit aufgeknöpftes Hemd, aus dem einige seiner reichlichen Brusthaare hervorquollen. Sein langes, helles Haar hing zottelig über seinen breiten Schultern und machte einen sehr jämmerlichen Eindruck. Der Krieger kratzte sich an seinem wild wuchernden Bart. Er sah sie nicht an, sondern suchte die Umgebung sehr konzentriert mit seinen Augen ab und fragte dann seinen Kameraden etwas mit seiner gewaltigen Stimme.

Die Antwort kam schnell und für Jenna genauso unverständlich wie alles andere, was die beiden Männer bisher gesagt hatten. Dann hörte sie, wie sich auch der andere Mann ihr näherte, seinem Freund dabei etwas in dieser seltsamen Sprache mitteilend.

Der Blonde schüttelte den Kopf und antwortete, während Jennas Angst weiter wuchs. Jetzt konnte sie den anderen Krieger ebenfalls sehen. Er war nicht sehr groß, aber ziemlich kräftig. Auch er trug einfache Kleidung, keine Rüstung, was wohl bedeutete, dass die Krieger heute Nacht nicht damit gerechnet hatten, irgendjemanden in diesem Wald anzutreffen. Umso erfreuter schien dieser merkwürdige Geselle darüber zu sein, sie hier gefunden zu haben. Er zeigte mit einem boshaften Grinsen seine schlechten Zähne und ging so nah an Jenna heran, dass er sie auch in der Dunkelheit gründlich betrachten konnte. Es war wirklich ein hässlicher Kerl. Er hatte dunkles, kurzes Haar, buschige Augenbrauen und einen ziemlich schlecht gestutzten Bart. Seine Nase war groß und krumm, Jenna vermutete, dass irgendjemand sie ihm mal gebrochen hatte, und ein goldener Ring war durch das eine Nasenloch gezogen worden. Jenna hatte Angst vor diesem Mann, mehr noch als vor dem großen Krieger, denn er wirkte nicht ganz normal.

Der große Kerl sagte wieder etwas und sein Tonfall hatte etwas Mahnendes, leicht Besorgtes an sich, das Jennas Panik noch weiter steigerte.

Der Kleinere trat noch näher an Jenna heran und verzog dann enttäuscht das Gesicht. Er sagte erneut etwas zu seinem Freund und wandte sich ein wenig von ihr ab, sodass sie schon erleichtert ausatmen wollte. Doch im nächsten Augenblick schoss sein Fuß hoch und traf Jennas Gesicht. Der Tritt hatte eine solche Wucht, dass sie rücklings zurück zu Boden geworfen wurde, und die Nacht um sie herum wurde für einen Augenblick noch dunkler, als sie ohnehin schon war. Dann setzte der Schmerz ein, dröhnend, unnachgiebig, kaum zu ertragen und trieb ihr die Tränen in die Augen und alles, was sie noch vernahm, war das rasende Pochen ihres eigenen Herzschlages in ihren Schläfen. Etwas Warmes, Nasses lief seitlich über ihre Lippen, dann ihre Wange hinunter. Jenna bewegte sich nicht mehr. Sie wollte nur noch sterben. Keine Tritte mehr, keine Schläge… bitte…

Ein lautes Krachen ertönte plötzlich aus dem Buschwerk ganz in ihrer Nähe, so als würde etwas Riesiges das Geäst durchbrechen und schließlich bestätigte das tiefe Schnauben eines Pferdes ihre Vermutung.

Als die Sterne langsam aufhörten vor ihren Augen zu tanzen, wagte sie es matt, ein wenig den Kopf zur Seite zu kippen. Sie erkannte verschwommen die dunklen Umrisse eines Mannes auf einem Pferd, das auf sie zukam und dann nur wenige Meter vor ihr stehenblieb. Wunderbar, noch jemand, der sie quälen wollte. Was würden sie wohl machen, wenn sie erst entdeckten, dass sie eine Frau war? Jenna wollte gar nicht daran denken, ihr ging es so schon mies genug.

Eine tiefe Stimme fragte etwas knapp und streng und Jenna meinte selbst in ihrem lädierten Zustand zu fühlen, wie sich die beiden anderen Männer sofort anspannten.

„Ber-il he!“ kam es im Befehlston aus der Richtung des Reiters und der große Blonde setzte sich sofort in Bewegung, ergriff ihren Arm und zerrte sie grob auf die Füße. Die wollten doch nicht etwa, dass sie lief! Das war unmöglich. Sie war doch erledigt.

Jenna sackte kurz in sich zusammen, als der Krieger sie losließ, doch dann stand sie tatsächlich aus eigener Kraft. Es drehte sich zwar alles um sie, und ihr Gesicht schmerzte furchtbar, aber sie stand. Sie wurde vorwärts gestoßen. Anscheinend überschätzten diese Krieger ihre Kräfte. Sie hatte nun große Probleme sich auf den Beinen zu halten und ihre Orientierung wiederzufinden, schließlich sah sie nur verschwommen, aber sie nahm sich zusammen. Wer wusste schon, wie unglücklich sie noch fallen würde. Vor dem Pferd blieb sie taumelnd stehen. Der Reiter beugte sich ein wenig zu ihr hinunter. Dann vernahm sie ein leises Lachen.

Die nächsten Worte, die an die anderen beiden Männer gerichtet waren, klangen nach einer Frage. Doch die Krieger schwiegen, obwohl sie unglaublich viel Respekt vor dem Reiter zu haben schienen. Er musste eine ziemlich hohe Position unter den Kriegern innehaben.

Jenna kniff ihre Augen zusammen, in der Hoffnung damit etwas klarer im Kopf zu werden, doch stattdessen wurde ihr noch schwindeliger, und sie begann zu wanken. Im selben Augenblicke schlang sich ein starker Arm um ihre Taille, sie wurde empor gerissen und landete bäuchlings auf dem Pferd, vor dem sie gerade noch gestanden hatte. Jenna blinzelte. Der Boden befand sich nun in etlichem Abstand unter ihr, also musste das Pferd ziemlich groß sein. Keine angenehme Aussicht. Wenn der Mann sie einfach wieder abwarf, würde sie sich ziemlich wehtun. Sie schielte nach rechts und entdeckte ein Bein, das in dunkles Leinen gekleidet war. Zu diesem Bein gehörte ein nackter Fuß. Der Mann hatte es wohl sehr eilig gehabt, sonst hätte er sich gewiss noch ein paar Stiefel angezogen. Sie versuchte etwas höher zu schielen, doch ein starkes

Ziehen in ihrem Kopf ließ sie diesen Versuch sofort wieder abbrechen.

Es gab einen weiteren knappen Wortwechsel zwischen den drei Männern, dann setzte sich das Pferd ruckartig in Bewegung. Jenna wurde ein wenig übel. Das verursachte wohl der Druck auf ihren Bauch, der in dieser Lage unvermeidlich war. Etwas anderes machte Jenna viel mehr zu schaffen. Sie hatte keine Angst mehr. Nein, diese hatte einer völligen, alles erduldenden Gleichgültigkeit Platz gemacht. Und das war gar nicht gut. Wenn man keine Angst mehr hatte, gab es keinen Grund mehr zu kämpfen. Man hatte aufgegeben. Und das wollte sie auf keinen Fall. Nur, was konnte sie tun? In dieser Situation wohl gar nichts, aber sie konnte versuchen, einen Plan zu entwerfen. Bloß wie, ohne genau zu wissen, was auf sie zukam? Das war so gut wie unmöglich. Also, musste sie doch erst einmal abwarten, was passierte, und nichts war schlimmer, als untätig zu warten. Jenna versuchte sich abzulenken, indem sie den Fuß des Reiters genauer betrachtete.

Es war ein ganz hübscher Fuß und recht sauber für den Fuß eines Kriegers. Die hatten bisher immer so ungepflegt auf sie gewirkt. Vielleicht war sie hier auf eine Ausnahme gestoßen. Ob dieser Mann auch eine Ausnahme war, was die Behandlung seiner Gefangenen anging? Immerhin hatte er sie ja verhältnismäßig sanft auf sein Pferd gewuchtet und sie noch nicht geschlagen – das war mehr als man von den anderen Männern behaupten konnte. Vielleicht war sie ja rein zufällig an den nettesten und ungefährlichsten feindlichen Krieger geraten, den es in ganz Falaysia gab. Vielleicht konnte sie ihn ja sogar dazu überreden, sie freizulassen, schließlich hatte sie ja niemandem hier etwas getan, war völlig unwichtig. Wahrscheinlich verwechselten diese Leute sie sogar mit jemandem. Gideon hatte ihr gesagt, dass sie niemals die Hoffnung verlieren solle, und daran hielt sie sich jetzt fest, hoffte, dass sich alles noch zum Guten wenden würde.

Sie wandte ihren Blick der anderen Seite zu und entdeckte das Lager der Krieger, auf das sie langsam zuritten. Es war kein großes Lager. Es gab vielleicht vier oder fünf Zelte, vor denen Fackeln brannten, soweit Jenna das von ihrer Position aus überblicken konnte. In der Mitte des Lagers gab es ein größeres Feuer, das so viel Licht spendete, dass sie gut erkennen konnte, dass sich dort einige Krieger um einen Mann geschart hatten. Jennas Herz begann wieder wie wild zu schlagen, als sie erkannte, dass dieser Mann niemand anderer als Leon war. Die Krieger stießen ihn grob hin und her, boshaft dabei lachend, bis sie entdeckten, dass der Reiter auf sie zukam. Auch Leon sah zu ihm hinüber, doch sein Blick war weit weniger respektvoll. Blanker Hass sprach aus seinen Augen – bis er Jenna entdeckte. Für einen Moment entgleisten seine Gesichtszüge, doch dann nahm er sich zusammen und setzte einen völlig gleichgültigen Gesichtsausdruck auf.

Jenna spürte, wie eine Hand sie grob am Nacken packte, und kurz darauf landete sie unsanft auf dem Boden, konnte sich nur mit Mühe davon abhalten einen Schmerzenslaut von sich zu geben, weil der Aufprall erneut ein scharfes Stechen in ihrer Nase und den Schläfen hervorrief. Sie hatte sich wohl geirrt – das *war* kein netter Mensch.

Der Reiter sagte wieder etwas in dieser komischen Sprache – nur dieses Mal noch sehr viel lauter und Jenna war sich sicher, dass er sich an Leon gewandt hatte.

Jenna wagte es nicht, sich zu rühren, doch einen Blick auf den Mann zu werfen, der sie hierher gebracht hatte, konnte sie sich nicht verkneifen. Er war, wie erwartet, längst vom Pferd gesprungen, hatte sich nun aber Leon zugewandt und stand dadurch mit dem Rücken zu ihr. Er war sehr groß und breitschultrig, und trug nur eine dunkle Leinenhose, die nichts von seinem durchtrainierten Körper verbarg. Das dunkle, etwas zu lange, lockige Haar war in seinem Nacken mit einem Lederriemen gebändigt worden und obwohl der Mann keinerlei Waffen bei sich trug, hatte er eine so bedrohliche Ausstrahlung, dass Jennas Herz wieder begann zu rasen. Erst recht, als er sich zu ihr umwandte und sie kurz mit einem seltsamen Lächeln musterte.

Blaues Eis. Sie hatte schon einmal in diese Augen gesehen, war schon einmal dieser erschreckenden Kälte ausgesetzt gewesen. Solche Augen gab es nicht noch einmal, solche Augen konnte man nicht vergessen. Und sie war wirklich froh, als diese wieder hinüber zu Leon wanderten und der Mann eine Frage an ihn stellte.

Leon funkelte den Krieger hasserfüllt an, zischte irgendetwas in derselben Sprache zurück. Ihm schien es egal zu sein, dass er seine Antworten leicht mit seinem Leben bezahlen konnte. Doch es war nicht er, der die Konsequenzen seines Verhaltens zu spüren bekam.

Der Krieger machte einen Schritt zur Seite, packte Jenna am Haaransatz und zog sie auf die Füße. Sie schrie schmerzerfüllt auf und schlug in Panik um sich, bis sie schließlich wieder losgelassen wurde. Sie wich keuchend einige Schritte vor dem Mann zurück, der sie nun prüfend ansah. Mit scharfem Blick studierte er eingehend ihre Gesichtszüge und musterte kurz ihre Figur. Es dauerte nicht lange und ein merkwürdiges Lächeln machte sich auf seinem harten, kalten Gesicht breit.

Als er sprach, wusste sie, dass sich seine Worte eigentlich an ihren Freund richteten, doch sein Blick ruhte weiterhin auf ihr, bekam einen sehr seltsamen, beängstigenden Ausdruck. Dann ging er langsam auf sie zu. Seine Bewegungen glichen denen einer Raubkatze auf Beutefang. Jenna wich fast mechanisch vor ihm zurück. Das Herz schlug ihr bis zum Hals und plötzlich war ihr wieder schlecht.

„Marek!" hörte sie Leon nun laut rufen und die Besorgnis in seiner Stimme war nicht zu überhören. Das musste wohl der Name des Kriegers sein, denn er hielt kurz inne und warf Leon, der weiter auf ihn einredete, einen abfälligen Blick über die Schulter zu.

Für einen kurzen Augenblick hatte Jenna das Gefühl, als würden seine Worte irgendetwas bei diesem schrecklichen Mann bewirken, doch dann war er mit einer raschen Bewegung plötzlich bei ihr, packte sie und zog sie zu sich heran. Der Geruch von Schweiß drang an ihre Nase und unter dem dichten, dunklen Bart sah sie kurz einen Mundwinkel abfällig zucken.

Atemlos und mit vor Angst weit aufgerissenen Augen starrte sie ihn an. Sie hätte zuschlagen, ihn kratzen, treten, sich loszureißen versuchen können, doch sie tat nichts dergleichen. Eine innere Stimme sagte ihr, dass es nichts gab, was sie im Moment tun konnte. Gegenwehr würde alles nur noch schlimmer machen. Sie wusste, dass ihre Deckung aufgeflogen war, denn Marek sah sie nicht an, als hätte er einen Jungen vor sich, sondern eine Frau. Da war etwas in seinen hellen Augen, das es in ihrer Brust eng werden ließ, die Angst auf einen neuen Höhepunkt trieb, etwas in seinem Blick, das nichts Gutes verhieß.

Jenna spürte, wie ihre Knie weich wurden, und im nächsten Augenblick riss ihr der Krieger das Hemd bis zum Bauch auf. Ungnädig betrachtete er die Tücher, die fest um ihren Körper gewickelt waren, um das zu verbergen, was nur eine Frau besaß. Dann wandte er sich halbwegs zu Leon um.

Bei seinen nächsten Worten an ihren Freund, hatten sich seine Lippen zu einem lüsternen Grinsen verzogen und Jenna wurde ganz anders, als sich sein Blick deutlich auf ihre unter den Tüchern verborgenen Brüste richtete. Nur den Bruchteil einer Sekunde später zog der Mann einen Dolch aus dem bisher vor ihr verborgenen Halfter an seiner Seite. Ganz unbewaffnet, war er also doch nicht und es war genau dieser Anblick, der wieder Leben in Jennas Körper brachte. Sie würde ganz bestimmt nicht kampflos sterben. Mit einem erstaunlich gekonnten Schlag in die Armbeuge Mareks befreite sie sich aus seinem harten Griff. Einem anderen Krieger, der in der Nähe stand, verpasste sie einen Tritt gegen das Schienenbein und schlüpfte durch die Lücke zwischen den überraschten Männern.

Jenna rannte so schnell sie konnte, schlug Haken um die Männer, die sie packen wollten und… wurde schließlich von hinten zu Boden gerissen. Für einen Moment lag ein schwerer Männerkörper auf ihr, dann verschwand das Gewicht wieder, sie wurde gepackt und landete so schwungvoll über einer kräftigen Schulter, dass ihr die Luft wegblieb. Keuchend betrachtete sie den muskulösen Rücken des Mannes, der sie wieder eingefangen hatte, und wusste sofort, wer dieser Mann war. Schwarze Locken, gebändigt mit einer Lederriemen... Dieser Kerl machte ihr Angst, und sie wusste nicht, was sie tun sollte, um sich aus dieser bedrohlichen Situation zu retten. So eisern, wie er sie festhielt, hatte sie momentan nicht den Hauch einer Chance zu entkommen – ganz gleich wie sehr sie sich auch wand und strampelte. Sie würde die Männer hier nur wieder dazu provozieren, ihr wehzutun. Also hing sie nur hilflos über der Schulter des starken Kriegers und wartete mit rasendem Puls darauf, dass er sie endlich wieder runterließ. Er sprach jetzt wieder und es machte sie unglaublich nervös, dass sie kein Wort von dem verstand, was er sagte. Was hatte dieser Mann bloß vor? Sicher nichts Gutes.

„Marek!“ hörte sie Leon rufen. Sein Ton hatte sich verändert, war ängstlicher, fast flehentlich geworden, während er auf den Krieger einredete. Sie konnte ihn nicht sehen, doch sie bemerkte, dass sich seine Stimme langsam entfernte. Eine neue Welle von Panik packte sie, ließ ihr Herz noch schneller hämmern. Wo brachten sie ihn hin? Sie würden ihm doch nichts antun?

Sie spürte, wie Marek lachte, und wusste ganz genau, dass seine weiteren Worte Leon galten. Dieser Ton… so bedrohlich und provozierend… Weiteres heiseres Lachen ertönte aus mehreren Männerkehlen und Jenna wurde furchtbar schlecht. Das konnte nichts Gutes bedeuten!

Leon sprach nicht mehr normal, er schrie den Krieger an, mit einer Mischung aus Verzweiflung und Wut in der Stimme und Jenna hob den Kopf, versuchte über die Schulter des Mannes zu sehen. Doch sie brauchte sich gar nicht mehr so anzustrengen, denn der Krieger lachte erneut und setzte sich wieder in Bewegung, drehte sich dabei, sodass sie noch sehen konnte, wie Leon in eines der Zelte ganz in ihrer Nähe gezerrt wurde. Ihre Blicke trafen sich für einen Augenblick. Leons Augen hatten sich mit Tränen gefüllt. Er rief ihr nichts mehr zu, doch sie brauchte auch keine Worte, um zu verstehen, was er sagte: ‚Es tut mir so leid.'

Dann war er auch schon aus ihrem Blickfeld verschwunden. Nicht nur, weil die Zeltplane hinter ihm zufiel, sondern auch weil sie selbst in das Zelt daneben getragen wurde.

Jenna hatte das drängende Gefühl sich übergeben zu müssen, denn sie wusste genau, was dieser Krieger nun mit ihr vorhatte. Und niemand würde kommen, um sie davor zu bewahren, niemand würde sie retten. Wahrscheinlich konnte sie sich noch glücklich schätzen, dass dieser Marek, das Zelt hinter sich schloss und nicht noch ein paar andere seiner Krieger zu diesem ‚Spaß' einlud, doch das half ihr nicht weiter, konnte ihre Angst nicht schmälern und nicht die Tränen vertreiben, die ihr unaufhaltsam in die Augen stiegen. Es gab keinen Ausweg, keine Rettung. Selbst wenn sie sich aus Mareks festem Griff befreien konnte, wie sollte sie all den anderen Kriegern entkommen?

Alles, was ihr blieb, war zu versuchen, diesen Mann umzustimmen, mit ihm zu reden, ihn anzuflehen, ihr das nicht anzutun. Doch wie sollte sie das, wenn sie noch nicht einmal dieselbe Sprache sprachen. Und selbst wenn es anders wäre – sie bezweifelte, dass sie in ihrem panischen Zustand die richtigen Worte finden würde, um ihn zu erreichen, ihn umzustimmen. Sie bezweifelte, dass es überhaupt Worte *gab*, mit denen man ihn erreichen konnte.

Macht und Ohnmacht

Marek trug sie in eine Ecke des Zeltes und ließ sie dann ziemlich unsanft auf ein mit Fellen hergerichteten Schlafplatz fallen. Deutlicher konnte er sich wohl nicht ausdrücken. Jenna richtete sich sofort halbwegs auf, schlang ihr zerrissenes Hemd eng um ihren Körper und sah ängstlich hinauf zu dem Mann, der da vor ihr stand, groß und stark, mit einem Blick in den hellen Augen, der ihr das Blut in den Adern gefrieren ließ.

Jenna schluckte schwer und versuchte sich innerlich zu beruhigen, irgendeinen Plan zu fassen. Nur nicht noch panischer werden. In Panik konnte man nicht mehr richtig denken und wie sollte sie dann einen Ausweg finden? Immerhin stürzte sich der Krieger nicht sofort auf sie, sondern musterte sie nur gründlich, wie als wäre sie ein Stück Vieh auf einem Markt und kein Mensch. Er zog ein wenig die dunklen Brauen zusammen, als müsse er angestrengt über irgendetwas nachdenken. Dann griff er ein weiteres Mal nach seinem Dolch und ging in einer fließenden Bewegung vor ihr in die Knie.

Jennas Herz setzte aus und sie erstarrte völlig, sah ihn nur mit weit aufgerissenen Augen an.

„Va he!“ brummte er, packte sie am Arm und zog sie zu sich heran. Jenna stemmte sich sofort mit einer Hand gegen seine Brust, um ihn auf Abstand zu halten und schüttelte panisch den Kopf. Sie versuchte ihn so flehentlich wie möglich anzusehen, doch anstatt auf ihre unausgesprochene Bitte zu reagieren, packte er auch ihren anderen Arm und drückte sie rückwärts in die Felle seines Schlafplatzes. Ihm gelang es ihre beiden Handgelenke mit einer seiner großen Hände eisern festzuhalten und über ihren Kopf zurück zu pressen. Jenna unterdrückte einen Schmerzenslaut, während sie verzweifelt versuchte, ihre Arme aus dem harten Griff zu befreien. Doch es gelang ihr nicht. Marek war einfach zu stark. Er beugte sich weiter vor, brachte seine Lippen so dicht an ihr Ohr, dass sein warmer Atem unangenehm über ihren Hals blies.

„Clama!“ raunte er ihr mit Nachdruck zu. „Clama!“

Jenna biss sich auf die Unterlippe, um das Zittern ihres Kinns wieder unter Kontrolle zu bringen und die Tränen zurückzudrängen und schloss die Augen, als er sich noch ein Stück weiter über sie schob.

„Clama!“ hörte sie ihn nun schon beinahe ungeduldig fordern und sah ihn doch wieder an. Die Verärgerung in seinen Augen, ängstigte sie und sie stieß einen entsetzten Laut aus, als sie den Dolch in seiner Hand aufblitzen sah, kurz bevor er sich unter die erste Lage ihrer Bandagen schob. Er war so scharf, dass Marek noch nicht einmal viel Kraft aufwenden musste, um den Stoff zu teilen und nach und nach öffnete sich ihr enges Behelfskorsett.

Jenna wagte es nicht mehr sich zu bewegen, aus Angst er könne sie dann vielleicht mit der Schneide verletzten. Sie schluchzte leise.

„Bitte“, flüsterte sie, obwohl sie wusste, dass er sie nicht verstehen würde. „Lass mich doch gehen. Ich… ich werde dir bestimmt keine Freude bereiten.“

Zu ihrer Überraschung hielt er für ein paar Sekunden inne, zog erneut die Brauen zusammen und studierte ihr Gesicht. Vielleicht verstand er ja doch ein paar Worte aus ihrer Sprache. Immerhin schienen einige Menschen hier in dieser Welt damit vertraut zu sein.

„Du… du wirst dich anstecken“, platzte es sofort aus ihr heraus. „Ich… ich habe eine furchtbare, unheilbare Krankheit!“

Leider sah er nicht so aus, als hätte er sie verstanden. Er blieb von ihren Worten völlig unberührt und die Kälte in seinen eisblauen Augen erschütterte sie. Er würde nicht aufhören, ganz gleich, wie sehr sie auch weinte und flehte. Die Tränen ließen sich nicht mehr zurückhalten, als er, ungeachtet ihrer Bitte, die Tücher weiter aufschlitzte.

„Bitte“, brachte sie erstickt hervor. Sie fühlte, wie sie anfing zu zittern. „Lass mich doch gehen – bitte!“

Keine Reaktion. „Clama!“ stieß er nur wieder aus, mit diesem bedrohlichen Funkeln in den Augen. Dann riss er mit einem Ratschen den Rest der Tücher entzwei.

Jenna schrie auf, wand eines ihrer Beine unter seinem Körper hervor und rammte ihr Knie in irgendeinen Bereich dieses Körpers. Erfolgreich, denn Marek krümmte sich mit einem unterdrückten Stöhnen zusammen und ließ sie los. Sie sprang geistesgegenwärtig auf und wollte wegrennen, doch ihr gelangen nur zwei Schritte, denn schon hatte sich eine Hand um eines ihrer Beine geschlossen und sie schlug der Länge nach hin. Für einen Moment blieb ihr die Luft weg und das Stechen in ihrem Kopf betäubte ihr Denken, doch ihre Angst ließ sie nicht lange verharren. Sie trat mit dem anderen Fuß nach dem Krieger, dieses Mal mit wenig Erfolg, denn Marek hielt sie so eisern fest, dass es schon wehtat. Panisch sah sie sich nach irgendetwas um, was sie als Waffe benutzen konnte, und ergriff schließlich einen Krug, den sie mit Wucht auf seinem ausgestreckten Arm zerschlug. Der Krieger schrie auf und ließ sie wieder los, sodass sie taumelnd auf die Beine kam. Sie stolperte in die nächste Ecke des Zeltes – leider in die, in der nicht der Ausgang zu finden war – und sah sich hektisch nach einer weiteren Waffe um. Doch zu ihrem Entsetzen konnte sie nichts Brauchbares finden. Und schon stand er wieder vor ihr. Sein Atem ging etwas schneller als zuvor, sein Arm blutete und zu Jennas Erstaunen lag ein leichtes Schmunzeln auf seinen Lippen.

„Tale sela-he, chur alena", sagte er fast sanft, und seine Augen glitten dabei begierig über ihren fast völlig entblößten Oberkörper, der sich bei jedem heftigen Atemzug, den sie tat, hob und senkte. Tränen liefen über ihr Gesicht und sie schluchzte leise, als sie den Kopf schüttelte. Was immer er auch von ihr wollte – sie würde es ihm nicht freiwillig geben. Und was hatte sie noch zu verlieren?

Mareks Augen nahmen wieder den für ihn so typischen kalten Ausdruck an, dann war er schon bei ihr, packte ihre Arme und zog sie fest an seinen Körper.

„Si ker-es val rapit", setzte er hinzu und presste seine Lippen grob auf ihren Hals.

Jennas Beine wurden ganz weich, das Blut rauschte in ihren Ohren und sie hatte das Gefühl gleich von ihm zerquetscht zu werden und keine Luft mehr zu bekommen. Fast hysterisch stemmte sie sich gegen seine Brust, versuchte sich zu befreien. Schließlich bekam sie etwas Hartes zu fassen und versuchte ihn daran von sich wegzuziehen.

Ein elektrisierendes Kribbeln schoss durch ihre Hand, den Arm hinauf, direkt bis in ihr Herz und schien von dort aus zurück in ihren Körper zu strahlen und im selben Moment fuhr Marek heftig von ihr zurück. Er taumelte mit schmerzerfülltem Gesicht noch ein paar Schritte rückwärts und schnappte mit weit aufgerissenen Augen nach Luft. Er griff sich mit der Hand an die Brust und seine Augen flogen wieder zu ihr hinüber, nun einen Ausdruck überwältigender Fassungslosigkeit tragend.

Ebenso fassungslos war Jenna. In ihrer Hand lag ein roter Stein, eingefasst in einer silbernen Verzierung, den Marek wohl als Amulett um den Hals getragen hatte, ohne dass sie Notiz davon genommen hatte. Das Lederband, an dem er befestigt war, war zerrissen worden, durch den Ruck, mit dem sich Marek von ihr befreit hatte. Mit großem Erstaunen bemerkte Jenna, dass innerhalb dieses

Steines etwas pulsierte, und zwar in demselben hektischen Rhythmus, in dem ihr Herz momentan schlug.

Sie hörte, wie der Krieger tief Luft holte und als sie den Blick wieder hob, machte er gerade einen kleinen, zögerlichen Schritt auf sie zu.

„Gib… gib das her!" stieß er angespannt aus – in *ihrer* Sprache!

Jenna blinzelte verwirrt, starrte ihn nur weiterhin mit großen Augen an.

Er kam noch einen Schritt näher und nun wich Jenna doch vor ihm zurück, stieß gegen die Zeltwand. Vielleicht war es wirklich besser, ihm den Stein zurückzugeben, bevor er ernsthaft wütend wurde. Aber andererseits… war es nicht der Stein gewesen, der Marek dazu gebracht hatte, von ihr abzulassen?

Der Krieger wagte es anscheinend nicht, noch näher zu kommen, sondern streckte nur die Hand aus und sah sie auffordernd an. Jenna verstand die Welt nicht mehr. Ihr Verstand arbeitete auf Hochtouren, hatte große Schwierigkeiten zu begreifen, was hier geschah, warum sich der Mann vor ihr plötzlich so seltsam verhielt.

„Das gehört mir", setzte er jetzt hinzu und wies auf den Stein, streckte ihr die Hand noch ein wenig weiter entgegen. „Gib es mir wieder!"

Er wollte ihn ihr anscheinend nicht einfach aus der Hand reißen… oder *konnte* er es nicht? Hatte er Angst, dass sie den Stein aus Schrecken fallen ließ und er dann… kaputt ging? Ein Stein? Vielleicht war er zerbrechlicher als er aussah…

„Na, mach schon!" knurrte Marek jetzt und Jenna zuckte heftig zusammen. „Her damit, oder muss ich erst wütend werden?"

Ihr Blick flog hinüber zu dem Dolch, den Marek wohl hatte fallen lassen und der nur wenige Meter von ihr entfernt am Boden lag. So merkwürdig zurückhaltend Marek auch momentan war –

sicherer fühlte sie sich bestimmt, wenn sie den Dolch in der Hand hielt, denn wer wusste schon, wie lange das seltsame Verhalten dieses Mannes noch anhielt und er sich von ihr fernhielt.

Sie schluckte schwer und setzte sich unter dem grimmigen Stirnrunzeln Mareks in Bewegung. Sie ging nicht auf ihn zu, sondern schob sich an ihm vorbei, an der Zeltwand entlang, ihn nicht aus den Augen lassend. Als sie ihm dabei ungewollte doch etwas näher kam, wich Marek erneut ein paar Schritte vor ihr zurück, so als wäre *sie* eine Bedrohung für *ihn*. Jenna verstand die Welt nicht mehr. Sie konnte den plötzlichen Wandel der Situation nicht nachvollziehen. Wieso ließ Marek es bloß zu, dass sie seelenruhig auf seinen Dolch zu spazierte?

„Du wirst es nicht mögen, wenn ich wütend werde“, drohte er dennoch, ohne sich vom Fleck zu rühren.

„Und *das* würde ich an deiner Stelle erst recht nicht tun!“ rief er verärgert, als sie den Dolch aufhob, und sie machte erschrocken ein paar Schritte zurück.

Erstaunlicherweise folgte er ihr nicht, sondern verschränkte stattdessen seine Arme vor der Brust und musterte sie grübelnd.

„Ich mache dir einen Vorschlag“, sagte er nach ein paar Sekunden drückender Stille zwischen ihnen. „Du gibst mir den Stein zurück, und ich lasse dich gehen.“ Seine Mundwinkel zuckten ein wenig nach oben, ein Lächeln vorheuchelnd. „Was sagst du dazu?“

Er sah sie erwartungsvoll an. Jenna schluckte schwer. Ihre Gedanken überschlugen sich. Ausweg… Wo war der Ausweg? Was war die richtige Handlung in dieser Situation? Was würde sie das alles überleben lassen, sie aus dieser furchtbaren Lage befreien? Der Stein schien für diesen gefährlichen Mann wirklich einen ziemlich großen Wert zu haben und gleichzeitig machte er ihm Angst, beschützte sie vor weiteren Attacken. Wieso? *Wieso*?

„Was ist?“ Seine schneidende Stimme ließ sie schon wieder zusammenzucken und einen weiteren Schritt rückwärts machen.

Sie versuchte ihre Angst so weit wie möglich wegzuschieben, musste sich schnell überlegen, wie sie jetzt vorging, musste versuchen, Vorteile aus dieser Situation zu gewinnen, solange es noch ging, und sie durfte Leon nicht vergessen.

Sie räusperte sich leise. „Alleine überlebe ich in Falaysia nicht“, sagte sie leise. Sie nahm ihren ganzen Mut zusammen. „Wenn du den Stein wieder haben möchtest, dann… dann musst du auch Leon gehen lassen.“

Marek runzelte die Stirn. Er überlegte einen Moment und nickte dann. „Gut. Ich lasse ihn frei – wenn ich den Stein habe.“

Er lächelte. Es war so wenig authentisch wie das vorhergegangene Lächeln.

„Nein“, brachte sie mit zitteriger Stimme hervor. Sie fragte sich, wie weit sie gehen konnte. „Ich möchte, dass er hierher gebracht wird, damit wir zusammen gehen können.“ Sie schloss die Augen. „Und ich möchte, dass er sein Schwert bekommt.“

Sie öffnete die Augen und wäre fast zusammengezuckt. Der Blick, mit dem Marek sie ansah, war tödlich. Noch nie hatte jemand sie so angesehen, so voller Hass und Mordlust. Mit rasendem Herzschlag wartete sie auf seine Reaktion. Gleich würde er sie anspringen und zerfleischen. Doch es geschah nichts dergleichen. Eine Weile standen sie sich nur gegenüber und starrten sich gegenseitig an. Marek ließ schließlich ein wütendes Schnaufen vernehmen, wandte sich von ihr ab und ging mit Schritten, die seine Wut in den Boden zu stoßen schienen, auf den Ausgang des Zeltes zu. Schwungvoll riss er den Vorhang auf, und brüllte ein paar Befehle nach draußen. Dann stapfte er wieder zurück, blieb in respektvollem Abstand vor Jenna stehen und funkelte sie böse an.

„Ich warne dich“, zischte er, „wenn ich den Stein nicht wieder bekomme, wirst du dir wünschen, niemals geboren worden zu sein!“

Jenna schluckte schwer. Das konnte sie sich leibhaftig vorstellen. Und gerade deswegen verstand sie nicht, dass er auf ihre Forderungen einging. Was hier geschah, grenzte ja schon an ein Wunder. Sie war schon bald versucht an fremde Mächte zu glauben, die plötzlich in ihr Schicksal eingegriffen hatten, um sie aus Mareks Händen zu befreien. Was hielt ihn sonst davon ab, sich zu nehmen, was er wollte?

Marek verschränkte erneut die Arme vor der Brust und betrachtete sie kritisch. „Dabei hätten wir so viel Spaß miteinander haben können“, brummte er fast eingeschnappt.

Jenna bezweifelte stark, dass sie dem Begriff ‚Spaß‘ dieselbe Bedeutung zukommen lassen würden, doch sie wagte es nicht, ihre Gedanken auszusprechen. Sie wollte diesen Mann auf keinen Fall noch mehr reizen. Wer wusste schon, wie lange diese fremden Mächte, oder was immer es war, ihr noch beistehen würden, und ob sie seiner Wut überhaupt standhalten konnten. Nein, es war wohl besser, wenn sie nur so wenig wie möglich mit diesem Krieger sprach und seinem stechenden Blick auswich.

Es dauerte nicht lange, bis sich jemand vor dem Zelteingang lautstark meldete. Marek gab eine knappe, unfreundliche Antwort, woraufhin sich ein bewaffneter Krieger durch den Zeltvorhang schob. Hinter sich her zerrte er den gefesselten Leon. Es war wirklich nicht zu erkennen, wer von den beiden erstaunter war. Jenna hatte geistesgegenwärtig den Dolch hinter ihrem Rücken versteckt, aber für die beiden Männer schien es wohl schon verwunderlich zu sein, dass sie noch stand, und Marek augenscheinlich seine Tat gar nicht vollbracht hatte.

Marek bellte dem anderen Krieger einen weiteren Befehl zu und der nickte sofort devot und reichte ihm das Schwert, das er bei sich trug. Dann verließ er rasch das Zelt.

Derweilen war Leons Blick immer wieder ungläubig von Marek zu Jenna gewandert, in deren Gesichtern nach einer Erklärung für diese merkwürdige Situation suchend. Doch Jenna konnte ihm keine geben. Sie wusste ja selber nicht so wirklich, was hier vor sich ging. Als der andere Krieger verschwunden war, ließ sie den Dolch wieder hinter ihrem Rücken auftauchen. Sie atmete tief durch, bereit sich noch weiter vorzuwagen.

„Wir… wir brauchen Pferde“, brachte sie mit ziemlich wackeliger Stimme hervor.

Marek presste die Lippen zusammen und holte hörbar durch die Nase Luft. In ihm brodelte es sichtbar – das zeigte das Zucken seiner Wangenmuskeln. Dennoch ging er wieder zum Zelteingang, und gab ein weiteres Mal einige Befehle. Als er zurückkehrte, wirkte er noch wütender als zuvor. Er gab dem gefesselten Leon einen Stoß, sodass dieser fast in Jennas Arme stolperte. Ein wütendes Lachen drang aus seiner Kehle.

„Du spielst mit deinem Leben, Miststück“, knurrte er und seine hellen Augen bohrten sich bedrohlich in die ihren. „Aber das wird dich sicherlich nicht davon abhalten, noch weitere dreiste Forderungen zu stellen.“

Jenna schüttelte eingeschüchtert den Kopf. „Nein, nein, bestimmt nicht“, sagte sie schnell.

Er hob skeptisch die dunklen Brauen. „Dann kannst du mir den Stein ja jetzt geben.“

War da nicht etwas Lauerndes in seiner Stimme? Ja, auch in seinem Blick lag etwas Unheimliches, Beängstigendes. Er streckte ihr seine Hand entgegen, und in diesem Moment beschloss sie, ihm den Stein auf gar keinen Fall zu geben. Es war gut möglich, dass sie damit ihr Todesurteil besiegelte, doch sie war sich mittlerweile sicher, dass es der Stein war, der sie momentan beschützte, auf welche Weise auch immer. Wenn Marek ihn wieder in die Hände bekam, bevor sie aus dem Lager heraus waren, würde er sie beide töten, ganz gewiss.

„Erst müssen die Pferde vor dem Zelt stehen“, sagte sie, um noch ein wenig Zeit zu gewinnen und wagte es jetzt erst, Leons Fesseln mit dem Dolch aufzuschneiden.

Fast im selben Augenblick ertönten vor dem Zelt Geräusche, die nur von Pferden stammen konnten: das dumpfe Stampfen von Hufen, das Schnauben eines Pferdes.

„Du siehst, ich halte meine Versprechen“, sagte Marek gefährlich ruhig. „Nun musst du auch deines halten!“ Er hielt ihr immer noch die Hand entgegen. Jennas Herz begann wieder heftiger zu schlagen. Nun würde sich zeigen, wie weit sie wirklich gehen konnte. Sie holte tief Luft, doch in diesem Moment trat Leon vor.

„Mein Schwert“, sagte er kühl.

Mareks Wangenmuskeln zuckten ein weiteres Mal bedrohlich. Sehr widerwillig reichte er seinem Feind die gefährliche Waffe. Dieser konnte sich ein triumphierendes Grinsen nicht verkneifen. Marek ließ sich davon wenig beeindrucken. Seine Aufmerksamkeit lag längst wieder auf Jenna. Erneut streckte er die Hand aus.

„Mein Stein“, sagte er mit Nachdruck.

Sie schluckte schwer und nahm all ihren Mut zusammen. „Nein“, sagte sie mit bebender Stimme.

Marek erstarrte und seine Gesichtszüge entgleisten. „Was?!“ fragte er so leise, dass sie es mehr von seinen Lippen las, als wirklich hörte.

„Ich werde ihn mitnehmen“, erwiderte sie mit einer Ruhe, die in völligem Widerspruch zu ihren aufgepeitschten Gefühlen standen. „Ohne ihn kann ich das Lager nicht lebend verlassen. Das weiß ich.“

Ein paar rasche Herzschläge lang geschah gar nichts. Keiner bewegte sich, keiner sagte etwas. Da war nur diese entsetzliche lautlose Spannung zwischen ihnen, die kaum zu ertragen war. Und dann begannen Markes Augen zu lodern, kalte eisblaue Flammen, die durch seinen Körper zu schießen schienen und ihn aus seiner fassungslosen Starre rissen. Seine Hände ballten sich zu Fäusten, und seine Brust hob und senkte sich unter dem tiefen Atemzug, den er nahm, während ein leichtes Zittern durch seine Glieder zog. Und dann schrie er auf, voller rasender Wut, warf sich herum, riss sein Schwert von einem Hocker und stürmte auf Jenna zu. Kreidebleich und mit weit aufgerissenen Augen wich sie vor ihm zurück, während Leon einen Ansatz machte, sich dazwischen zu stürzen.

Doch das war gar nicht nötig, denn auf einmal machte Marek auf dem Absatz kehrt, stürmte zurück und ließ sein Schwert auf seinen Schlafplatz niederschmettern. Einmal, zweimal… immer und immer wieder. Jenna zuckte bei jedem dieser Schläge heftig zusammen, denn sie wusste genau, wem sie eigentlich galten. Mit einer Hand krallte sie sich entsetzt an dem Ärmel ihres Freundes fest, der dem Wutausbruch Mareks ebenso fassungslos wie fasziniert folgte. Schwer atmend hielt der Krieger schließlich inne und starrte die beiden mordlustig an. Seine Augen waren dunkel geworden vor Hass.

Jenna schluckte schwer. Was hatte er wohl jetzt mit ihnen vor? Langsam ging er auf sie zu.

„Ich… ich kann dir den Stein ja irgendwo am Wegrand hinterlassen“, schlug sie eingeschüchtert vor.

Zu ihrer Verwunderung blieb Marek mit einem respektvollen Abstand zu ihnen stehen und sah sie mit hasserfüllt funkelnden Augen an.

„Das will ich dir auch raten“, knurrte er. Er hatte notgedrungen seine Beherrschung wiedergefunden, obwohl ihm immer noch anzusehen war, dass er sie am liebsten in Stücke reißen wollte.

„Und jetzt verschwindet!“ Er wies auf den Ausgang des Zeltes. Seine Hand zitterte vor unterdrückter Wut.

Jenna konnte es nicht fassen. Er ließ sie gehen? Er ließ sie wirklich gehen, ohne ihnen auch nur ein Haar zu krümmen, ohne zu versuchen, sie zu überwältigen und den kostbaren Stein zurückzugewinnen. Was war das für eine Macht, die ihn aufhielt? Was hatte der Stein nur an sich, dass er von so großer Bedeutung war und es Marek trotzdem unmöglich machte, ihn sich zurückzuholen? Irgendetwas ging hier nicht mehr mit rechten Dingen zu, und sie würde versuchen herauszufinden, was das war.

Leon packte sie einfach am Arm und zerrte sie ungeduldig mit nach draußen. „Wir sollten diese Chance nutzen“, raunte er ihr dabei zu.

Vor dem Zelt standen tatsächlich zwei gesattelte Pferde. Außerdem waren da noch einige grimmige Krieger, die die beiden flügge gewordenen Gefangenen misstrauisch beäugten. Jenna versuchte diese, so gut es ging, zu ignorieren und ging schnell zu einem der Pferde. Sie spürte die scharfen Blicke der Krieger in ihrem Nacken, als sie aufstieg und fragte sich, ob diese es überhaupt zulassen würden, dass sie und Leon das Lager unbehelligt verließen. Die Frage erübrigte sich, als sich einer der Krieger ihr in den Weg stellte. Wenn sie sich nicht irrte, war es einer der Männer, die sie zuvor gefangen hatten. Der, der ihr ins Gesicht getreten hatte.

„Er grollte irgendetwas in dieser anderen Sprache und Jenna bekam es mit der Angst zu tun.

„Lass sie in Ruhe!“ befahl Leon, dessen Pferd unruhig auf der Stelle trat. Es spürte wohl die Angst seines Reiters.

Der Krieger wurde nur noch lauter und wütender und ein anderer zog sein Schwert und ging kampfbereit auf Leon zu. Auch Leon zog seine Waffe, mit dem Mut eines zum Tode Verurteilten. Jennas Nerven waren bis zum Zerreißen gespannt. Diesen Kampf konnte Leon unmöglich gewinnen. Selbst wenn er diesen Krieger besiegte, so würden die anderen Männer ihn garantiert zerreißen.

Als der Krieger sein Schwert schon in der Luft schwang, öffnete sich der Vorhang des Zeltes, und Marek trat heraus. Allein sein Erscheinen genügte, um den gerade noch kampfbereiten Krieger innehalten zu lassen. Marek erfasste die Situation wohl mit einem

Blick, denn er konnte sich ein kleines, gemeines Grinsen nicht verkneifen. Jennas Angst schien ihn besonders zu amüsieren. War das Spiel jetzt vorbei? Hatte er sie mit dieser Hoffnung auf ein Entkommen nur quälen wollen und schleppte sie jetzt wieder zurück in sein Zelt, um zu beenden, was er begonnen hatte? War das alles nur Theater gewesen? Jenna war kurz vor einem Nervenzusammenbruch. Doch Mareks Gesicht hatte längst wieder einen harten Ausdruck angenommen. Er wandte sich an seine Männer.

„Zerra le han!“ befahl er und der Ton, den er dabei anschlug, duldete keinen Widerspruch. Was immer seine Worte auch bedeuteten – sie zeigten sofort Wirkung, denn die anderen Krieger machten ohne Widerwort Platz. Ein Gefühl der ungläubigen Freude und Erleichterung erfasste Jenna. Plötzlich war die Freiheit greifbar nahe. Sie umklammerte den Stein noch fester und trieb ihr Pferd vorwärts in die Dunkelheit des Waldes hinein. Hinter sich hörte sie die schweren Schritte von Leons Pferd und irgendwie hatte sie plötzlich das Gefühl, dass wirklich alles gut werden konnte. Wenn sie aus dieser unmöglichen Situation herausgekommen waren, wieso sollten ihr nicht auch noch andere Wunder gelingen? Mit diesem Gedanken ließ sie ihr Pferd in den Trab fallen. Noch war sie nicht gerettet, noch war sie nicht weit genug von diesem furchtbaren Mann entfernt.

Hintergruende

Es hatte nicht lange angehalten, dieses Gefühl der unendlichen Erleichterung und Freude, diese Euphorie darüber noch zu leben, diese furchtbare Situation durchgestanden zu haben, ohne einen wirklichen Schaden davonzutragen. Zu schnell war Jenna wieder bewusst geworden, dass dieser Marek ganz bestimmt nicht vergessen würde, was geschehen war, und nicht lange damit warten würde, die Verfolgung aufzunehmen. Sie hatte Leon gefragt, ob es in diesem Land so etwas wie eine Polizei gab, an die sie sich wenden konnten, doch er hatte sie nur ausgelacht und so dafür gesorgt, dass sie für eine ganze Weile nicht mehr mit ihm geredet hatte. Immerhin war es ihr gelungen, sie beide aus einer ziemlich vertrackten Situation zu retten, und er tat so, als sei sie das dümmste und naivste Huhn, das ihm jemals begegnet war.

Mittlerweile hatte Jenna einfach nicht mehr die Kraft, wütend auf ihn zu sein. In ihrer Angst hatten sie beide bei ihrer übereilten Flucht nicht daran gedacht, sich wenigstens einen Schlauch mit Wasser mitgeben zu lassen und nun, sechs Stunden nach ihrer Flucht, bekamen sie das volle Ausmaß dieser Nachlässigkeit zu spüren. Es war leider ein sehr warmer Tag geworden und die Sonne brannte so unbarmherzig auf sie hinab, dass man meinen konnte, sie habe sich ebenfalls gegen sie verschworen.

Jenna hatte sich in ihrem ganzen Leben noch nicht so durstig und ausgezehrt gefühlt. Ihr Mund war so ausgetrocknet, dass ihre Zunge immer wieder an ihrem Gaumen kleben blieb und sie kaum noch schlucken konnte. Und der Hunger schien ein riesiges Loch in ihre Körpermitte zu graben.

Sie sah Leon an. Auch seine Lippen waren ganz spröde. Er sah ziemlich unglücklich aus, zumal ihn noch diese Verletzungen im Gesicht zeichneten, blaue Flecken und blutige Schrammen, die von der groben Behandlung der Krieger stammten. Auch er hatte seit einiger Zeit kein Wort mehr gesprochen, und die Gedanken, die ihm im Kopf herumspukten, schienen nicht allzu freundlicher Natur zu sein, denn er machte ein sehr grimmiges Gesicht. Wahrscheinlich machte er sich genauso große Sorgen wie sie und dachte auch deshalb nicht im Traum daran, mal eine Pause einzulegen, sondern wollte stattdessen den Abstand zu ihren Feinden möglichst halten oder gar vergrößern. Das war zwar sehr sinnvoll, dennoch konnte es so nicht weitergehen. Jenna hatte keine Lust vor Hunger vom Pferd zu fallen und dann im Straßengraben zu verdursten. Sie brachte ihr Reittier näher an Leon heran.

„Ich glaube, wir sollten uns langsam auf die Suche nach Wasser und etwas zu essen machen und dann eine kleine Pause einlegen", krächzte sie. So ganz ohne Spucke im Mund zu sprechen, war eine Kunst für sich.

Leon warf ihr einen verärgerten Blick von der Seite zu. „Du vergisst wohl, dass Marek uns sehr wahrscheinlich auf den Fersen ist", gab er mit ebenso kratziger Stimme zurück. Er sah wirklich müde aus, also hatte sie vielleicht eine Chance sich dieses Mal durchzusetzen.

„Aber wenn wir uns nicht ausruhen und etwas zu uns nehmen, werden wir ganz bestimmt nicht mehr sehr weit kommen", wandte sie ein. „Und dann hat Marek wirklich ein leichtes Spiel mit uns!"

Leon runzelte nachdenklich die Stirn, schien angestrengt über ihren Vorschlag nachzudenken. Gut. Sie musste jetzt nur dranbleiben.

„Ausgeruht kann man sich sehr viel besser verteidigen", fügte sie noch schnell hinzu.

Leon stieß ein tiefes Seufzen aus und knickte dieses Mal sehr viel rascher ein, als bei ihrem letzten Streitpunkt. Ihn dazu zu bringen, lieber auf einem Weg weiterzureiten, als sich durch das Gestrüpp des Waldes zu kämpfen, war dagegen ein wahrer Kraftakt gewesen – obwohl sie selbst, wenn sie ehrlich war, bis jetzt nicht sicher war, dass sie damit die richtige Entscheidung getroffen hatten. Nur das Argument, dass Marek wahrscheinlich damit rechnete, dass sie sich weiter versteckt im Wald hielten, anstatt offensichtlich auf einem Weg zu reiten, und er daher dort viel eher nach ihnen suchte, hatte Leon schließlich überzeugt, die bequemerer Art der Flucht zu bevorzugen.

„Wahrscheinlich hast du Recht", sagte er jetzt matt. „Vielleicht gibt es hier ja irgendwo einen Bauern, der uns ein paar Lebensmittel überlässt."

„Frag doch mal den da", schlug Jenna vor und wies auf einen Mann, den sie gerade am Rande eines der an den Weg grenzenden Felder entdeckt hatte. Er war damit beschäftigt zu säen und bemerkte die beiden Reiter erst, als sie bereits direkt auf ihn zu steuerten. Er schien überrascht und etwas verängstigt, was wohl bedeutete, dass hier nur selten Menschen vorbeikamen. Er war in abgerissene Lumpen gekleidet und trug einen großen Strohhut, der sich schon aufzulösen begann. Um die Taille hatte er sich ein Tuch gebunden, in dem die Saat verborgen lag.

„Dape!" grüßte Leon ihn mit einem freundlichen Lächeln.

Der Mann nickte nur und lugte misstrauisch unter seinem Hut hervor.

„Xum rekatam a Bantjor", sagte Leon.

Jenna hatte diese Sprache nun schon so oft gehört, doch dieses Mal jagte dieser seltsame Klang ihr eine Gänsehaut den Rücken hinunter, holte er doch die schrecklichen Bilder der letzten Nacht in ihren Verstand zurück. Bilder, die sie nur zu gern vergessen wollte.

Leons nächste Worte brachten den Mann dazu, ihm schließlich doch verbal zu antworten. „Zyed“, murmelte er und sah Leon eindringlich an.

Ihr Freund beugte sich ein wenig hinunter und griff in den Schafft seines Stiefels, um einen kleinen ledernen Beutel hervorzuholen, der verdächtig klimperte. Er öffnete ihn und brachte ein Goldstück zum Vorschein, das er dem Mann in die Hand drückte. Dieser lächelte sofort glücklich, zwei Reihen lückenhafter, gelblicher Zähne entblößend.

„Xi denai tibrem zy helx xe deyva zy trobay“, sagte er schnell. „Xe treum aro umeltio.“

Damit wandte er sich ab und fuhr mit seiner Arbeit fort, als gäbe es die beiden Fremden gar nicht mehr. Leon trieb sein Pferd bereits wieder vorwärts und Jenna schloss rasch zu ihm auf.

„Was ist das eigentlich für eine Sprache?“ fragte sie, als ihr Freund sich ihr wieder zuwandte.

„Zyrasisch“, antwortete er ohne zu zögern. „Das bedeutet so viel wie inländisch. Sie ist eine der gebräuchlichsten Sprachen in Falaysia und wird verstärkt vom einfachen, minder gebildeten Volk benutzt, wie Bauern und Krieger. Es gibt kaum einen Bauern oder Krieger, der etwas anderes spricht – vor allem auf dem Land. In den Hafen- und Handelsstädten ist das anders, dort wird meist Velavi gesprochen, was eigentlich fast dasselbe wie unser Englisch ist und nur in der Aussprache manchmal deutlich variiert. Du solltest aber besser auch Zyrasisch lernen, wenn du in Falaysia zurechtkommen willst. Es ist ziemlich einfach.“

Jenna nickte, obwohl das, was sie bisher von der Sprache gehört hatte, alles andere als leicht geklungen hatte. „Und was genau hat der Mann gesagt?“ erkundigte sie sich.

„Er sagte, wenn wir weiter nach Süden reiten, kommen wir am Hof seines Herrn vorbei. Wenn wir freundlich sind, wird er uns gewiss helfen."

Jenna konnte sich schon vorstellen, welche Art von ‚Freundlichkeit' dieser Bauer schätzte. Sie konnten wirklich von Glück reden, dass die Krieger im Wald nicht Leons Goldsäckchen gefunden hatten – schließlich war auch das ‚Stiefelversteck' nicht eines der einfallsreichsten. Sonst hätten sie jetzt gewiss nichts mehr zu lachen.

„Na hoffentlich", seufzte sie. „Ich halte nämlich nicht mehr lange durch."

„Wir sollten uns trotzdem beeilen, wenn wir dort sind", ermahnte Leon sie. „Die Zeit für eine lange Ruhepause ist uns einfach nicht gegeben. Ich glaube nicht, dass dieser Knecht schweigen wird, wenn Marek ihn sich zur Brust nimmt. Und er ist uns gewiss schon auf den Fersen."

Jenna wusste nicht, was sie darauf antworten sollte, außer, dass sie dasselbe dachte, und da er das momentan ganz bestimmt nicht hören wollte, schwieg sie lieber. Marek war nicht nur eine furchtbare Bedrohung für sie beide, sondern auch ein wunder Punkt in Leons Lebensgeschichte – so viel hatte sie mittlerweile mitbekommen und natürlich fragte sie sich, was dieser Mann ihm wohl in der Vergangenheit angetan hatte. Ihr Freund hasste diesen Krieger so sehr, wie ein Mensch einen anderen nur hassen konnte. Das hatte sie in seinen Augen gelesen, als die beiden aufeinander getroffen waren.

Sie fragte sich auch, ob Leon Marek töten würde, wenn er die Gelegenheit dazu hatte, und was sie selbst machen würde, wenn das geschah. Würde sie zusehen können? Würde sie es überhaupt zulassen? Sie, die aus einer Welt kam, in der Mord und Totschlag ganz gewiss nicht zum Alltagsleben gehörte. Wahrscheinlich kam das ganz auf die Situation an, in der es sich abspielte. War es ein fairer Kampf, so würde sie gewiss nichts unternehmen, aber eine regelrechte Hinrichtung…

Jenna schüttelte sich innerlich. Warum dachte sie überhaupt darüber nach? Im Moment sah es doch nun wirklich nicht danach aus, als würde Leon die Gelegenheit bekommen, Marek zu überwältigen. Er folgte ihnen gewiss nicht allein, sondern mit dem ganzen Trupp kampfbereiter, blutrünstiger Krieger. Natürlich verkrampften sich Jennas Gedärme gleich wieder bei diesem erschreckenden Gedanken und sie schloss kurz die Augen, atmete tief und langsam durch. Nur keine Panik bekommen. Das brachte momentan überhaupt nichts.

Als sie die Augen wieder öffnete, musste sie feststellen, dass Leon auf einmal auf gleicher Höhe mit ihr war und sie beunruhigt ansah.

„Alles in Ordnung?“ fragte er und musterte sie besorgt.

„Ja, ich… ich hab nur an unsere Verfolger denken müssen“, gab sie zögernd zu.

„An Marek?“

Sie nickte. „Und die anderen…“

„Es wird nicht viele andere geben.“

Sie runzelte die Stirn. „Du meinst, er folgt uns allein?“

Dieses Mal war es Leon, der ihre Frage mit einem Nicken beantwortete. „Das ist eine persönliche Sache zwischen ihm und uns, Jenna. Er will bestimmt nicht, dass seine Krieger Wind davon bekommen, was dort in dem Lager passiert ist. Außerdem macht es keinen Sinn, uns mit der ganzen Truppe zu folgen. Die Männer haben im Lager nichts dagegen ausrichten können, dass wir fliehen, also werden sie es erst recht nicht jetzt können, wo wir auf freiem Fuße sind. Es ist viel schlauer, uns leise zu folgen und sich an uns heranzuschleichen, um sich das Amulett wieder zurückzuholen. Und Marek *ist* schlau. Das war er schon immer.“

„Du meinst also, da ist niemand, der versucht uns einzuholen und offen anzugreifen?“ fragte Jenna überrascht und ihr wurde gleich sehr viel leichter ums Herz.

„Ganz genau“, bestätigte Leon mit einem kleinen Lächeln. „Wenn Marek das geplant hätte, wäre es längst passiert.“ Sein Blick schweifte ein wenig ab und richtete sich in die Ferne, auf die Umrisse eines Gebäudes.

„Sieh mal, das könnte der Hof sein“, meinte er und trieb sein Pferd sogleich in den Trab. Jenna folgte ihm willig. Irgendwie sah die Zukunft auf einmal ein winziges bisschen weniger dunkel und beängstigend aus.

Es dauerte nicht lange, bis sie den Hof erreichten, und der Bauer war wirklich großzügig... *nachdem* Leon ihm genügend Goldstücke zugesteckt hatte. Ihr Freund zahlte willig und ohne zu murren, wodurch er die ganzen Sympathien der Bewohner dort gewann.

Nachdem Jenna und er sich etwas gestärkt und ausgeruht hatten, verstauten sie Wasser, Lebensmittel und die anderen Dinge, die sie für ihre Weiterreise brauchten, in ihren neu erstandenen Satteltaschen und machten sich wieder auf den Weg. Die Erholung hielt jedoch nicht lange an, denn Jenna tat bald schon wieder der Hintern weh und auch ihre Schultern und ihr Rücken begannen zu schmerzen.

„Also, irgendwie war das andere Pferd bequemer, wenn man das so sagen kann“, wandte sie sich nach einer Weile stummen Dahinleidens an Leon. „Ganz davon abgesehen, dass ich es schon richtig gern hatte. Das nehme ich diesem Marek übel!“

„Und du glaubst, das stört ihn, ja?“ fragte Leon grinsend. Auch seine Laune hatte sich wohl ein wenig gehoben. „Außerdem wird wahrscheinlich nicht das Pferd unbequemer sein, sondern nur der Sattel.“

„Ist doch egal“, murrte sie. „Mir tut jedenfalls der Hintern weh.“

„Du hörst wohl nie auf zu nörgeln“, meinte er immer noch schmunzelnd. „Sei doch froh, dass du wenigstens etwas zu dir nehmen konntest.“

„Hey, dafür, dass ich erst vier Tage hier bin, benehme ich mich fabelhaft“, lobte sich Jenna selbst. „Andere hätten an meiner Stelle längst einen Nervenzusammenbruch gekriegt.“

„Nun übertreibe mal nicht“, meinte Leon leichthin.

„Übertreibe mal nicht??!“ rief Jenna fassungslos und sah ihn entrüstet an. „Man hat mich gejagt, getreten, verschleppt, fast vergewaltigt und nun bin ich schon wieder auf der Flucht, und du wagst es zu sagen, dass ich übertreibe?!!“

Leon musste lachen. „Okay, okay, du hältst dich schon recht wacker, zufrieden?“

Jenna bedachte ihn mit einem abfälligen Blick und brachte ein wenig Abstand zwischen sich und ihn. Aber sie war ihm nicht wirklich böse. Dazu hatte sie diesen Grummelbär schon viel zu gern. Es war merkwürdig, wie schnell man seinen Begleiter in einer Notsituation ins Herz schloss. Sie vertraute Leon wirklich und ihr kam es mittlerweile so vor, als würden sie sich schon eine halbe Ewigkeit kennen. Natürlich gab es immer wieder Momente, in denen er ihr plötzlich völlig fremd war, aber diese wurden mit der Zeit seltener.

Sie sah Leon verstohlen von der Seite an. Trotz der großen Anstrengung, die sich in seinem Gesicht widerspiegelte, und der blauen Flecken und Schrammen sah er noch sehr gut aus. Er war ein durchaus attraktiver Mann, mit seinen leuchtenden, blauen Augen, dem halblangen, gewellten braunen Haar und den sanft geschwungenen Lippen. Jenna musste sich eingestehen, dass er ihr gefiel. Er war zwar eher ein schlanker, drahtiger Typ als ein Muskelpaket, aber der harte Überlebenskampf in Falaysia hatte seinen Körper dennoch gut in Form gebracht.

Ja, doch, er war schon Jennas Typ, aber ob das auch umgekehrt der Fall war, wagte sie zu bezweifeln. Sie hatte schon immer Gewichtsprobleme gehabt. Sie war nie richtig dick gewesen, dafür hatte ihr Körper gesorgt, indem er die überflüssigen Pfunde wunderbar gleichmäßig überall an ihrem Körper verteilt und so für eine ausgewogene Figur gesorgt hatte. Aber dass sie ein wenig pummelig war, konnte man ihr dennoch angesehen. Und das war wohl einer der Gründe gewesen, warum sie sich damit schwer tat, mit Männern zu flirten, die ihr gefielen. Diese von sich aus anzusprechen, wie es in der heutigen Gesellschaft Gang und Gebe war. Sie besaß einfach zu wenig Selbstbewusstsein. Dabei fand sie sich selbst wesentlich attraktiver als die ganzen flachbrüstigen Stangen, die ihr in letzter Zeit immer häufiger über den Weg gestakst waren. An ihr war wenigstens etwas dran, und wenn die Männer das nicht zu schätzen wussten – ihre letzten beiden Ex-Freunde eingeschlossen –, konnten sie ihr gestohlen bleiben. Das galt ebenso für Leon. Wenn er sich nicht für sie interessierte, war er ihr auch egal. Wie war doch ihre Devise? Lieber dick als dämlich.

Jenna legte gedankenverloren ihren Kopf ein wenig schräg. Eigentlich konnte sie gar nicht so schwer sein. Schließlich hatte dieser Marek sie auf sein Pferd gehoben und später über seine Schulter geworfen, als wäre sie ein Fliegengewicht. Entweder war er besonders stark oder sie hatte vielleicht schon ein wenig abgenommen. Viel hatte sie ja in letzter Zeit nicht gerade zu sich genommen und sie war ständig in Bewegung. Das konnte schon ganz schön an den Reserven zehren.

Sie sah kurz an sich hinunter. Durch die schweren, groben Kleider war nicht viel von ihrem Körper zu erkennen. Außerdem hatte sie auf dem Bauernhof ihre Binden um die Brust erneuert und sich somit wieder zum Mann gemacht. Der Bauer hatte für sein Stillschweigen darüber zwei Goldstücke extra bekommen und war daraufhin voll überschwänglichen Lobes für ihre Verkleidung gewesen. Jenna bezweifelte, dass er sein Maul halten konnte. Er hatte auf sie eher den Eindruck einer Plaudertasche gemacht. Und Marek wusste ohnehin, was sie wirklich war. Die Verkleidung schützte sie nur noch vor anderen üblen Gesellen.

Sie zog den groben Stoff etwas fester um ihre Taille. Hm, ja, es sah definitiv schlanker aus, aber das konnte natürlich auch ein Irrtum sein. So konnte sie das jedenfalls nicht deutlich feststellen.

„Was ist los?" vernahm sie eine tiefe Stimme neben sich.

Jenna zuckte zusammen. Sie hatte Leon für einen Moment fast vergessen. Dabei war *er* doch der Grund für ihre Inspektion. Sie spürte, wie sie ein wenig errötete.

„Kratzt das Hemd?"

Sie schüttelte den Kopf und hoffte, dass Leon ihre Verlegenheit nicht bemerkte.

„Ich... äh...", stotterte sie, „doch, ja, ein bisschen schon. Aber es ist auszuhalten. Das war nur nebenbei, so... beim Nachdenken."

„Und woran hast du gedacht?" fragte er lächelnd.

„An Marek", sagte sie schnell, und das war ja auch nicht gelogen. „Er wird uns sicher töten, wenn er uns in die Finger bekommt."

Leons Lächeln war so schnell verschwunden wie es gekommen war und er wich ihrem Blick aus, sah für ein paar Sekunden besorgt in die Ferne. Dann schüttelte er den Kopf.

„Nein?" fragte Jenna irritiert.

„Ich weiß nicht", meinte Leon zögernd. „Ich frage mich schon die ganze Zeit, warum er uns nicht getötet hat, als wir ihm ausgeliefert waren. Stattdessen wollte er dich..." Er brach ab und sah sie entschuldigend an, sich bewusst, wie unbedacht er seine Worte gewählt hatte.

Sie versuchte, sich nicht daran zu erinnern, was in dem Zelt passiert war, bevor sie Marek das Amulett vom Hals gerissen hatte, versuchte sein grässliches Gesicht, diese kalten Augen aus ihren Gedanken zu verbannen und schüttelte schließlich ganz leicht den Kopf, Leon damit suggerierend, dass es in Ordnung für sie war, weiter darüber zu sprechen. Sie war schon immer eine Meisterin darin gewesen, schlimme Dinge zu verdrängen und zu vergessen. Das machte Vieles einfacher… aber manchmal auch schwieriger.

„Vielleicht wollte er dich einfach nur quälen, weil er dachte, ich bin so was wie… wie deine Freundin…“ Natürlich wurde sie nun richtig rot und senkte schnell den Blick.

„Vielleicht“, stimmte Leon ihr sanft zu. „Aber eigentlich passt das nicht zu ihm.“

Nun sah sie ihn doch wieder an, runzelte die Stirn. „Wie meinst du das?“

„Marek ist wie… wie…“, Leon hatte sichtliche Probleme das richtige Wort zu finden und dabei noch weiter seine heraufkochenden Gefühle im Griff zu behalten, „… wie eine tödliche Kampfmaschine. Wenn er auf ‚Töten‘ programmiert ist, dann tut er das auch – ohne zu zögern. Ich habe ihn noch *nie* zögern sehen. Er hat keine Gefühle, hat noch nicht einmal Freude am Leid anderer, was viele Männer seines Kalibers haben. Er verschwendet keine Zeit damit, seine Opfer zu quälen. Und gerade das macht ihn so gefährlich, denn in einem Kampf geht es manchmal um Sekunden, die über Leben und Tod entscheiden. Ein Mensch, der *so* gekonnt mit einem Schwert umgehen kann wie Marek und *nie* zögert, *nie* mit seinem Gewissen hadert und sich *nie* ablenken lässt, so jemand ist eine der tödlichsten Waffen, die es geben kann, und nur sehr schwer zu besiegen.“

Es war erstaunlich. Leon hasste Marek so tief und dennoch konnte er nicht verbergen, dass er ihn in gewisser Weise bewunderte, vielleicht sogar beneidete.

„Dass er dich in sein Zelt schleppt, anstatt mich zu töten… dass er überhaupt mit mir geredet hat, anstatt mir gleich den Kopf abzuschlagen…“ Leon schüttelte den selbigen beinahe fassungslos. „Ich verstehe das wirklich nicht. Es passt einfach nicht zu ihm.“

„Warum hast du geglaubt, dass er dich töten will?“ erkundigte Jenna sich vorsichtig. Irgendwie hatte sie das Gefühl, dass Leon sie nicht abwürgen, sich ihr dieses Mal tatsächlich öffnen würde.

„Das ist eine lange Geschichte“, sagte er leise.

„Meinst du nicht, wir haben momentan genügend Zeit?“ fragte Jenna ebenso leise zurück.

Ihr Freund sah sie lange an, so als müsse er einen inneren Kampf mit sich ausfechten und stieß schließlich einen tiefen Seufzer aus. Es schien ihn wirklich zu quälen, darüber zu reden.

„Ich bin jetzt schon über fünfzehn Jahre hier“, fing er dennoch leise an. „Innerhalb dieser Zeit gab es einen Machtwechsel hier in Falaysia, einen Machtwechsel, der nur durch einen schrecklichen Krieg durchgesetzt werden konnte. Als ich hier ankam, gab es noch einige größere Königreiche, die unter den permanenten Angriffen eines Bakitarerfürsten zu leiden hatten, der versuchte, große Teile Falaysias zu erobern. Ich und viele andere nehmen an, er wollte den ganzen Kontinent beherrschen. Er war der erste, dem es gelang, die unzähligen Stämme von Nomadenkriegern, die damals verstreut in den Ländern Falaysias lebten, zu einen und mit ihnen ein riesiges Heer aufzustellen. Er wütete in Falaysia wie ein Hurrikan. Die Menschen flohen und wagten es nicht, sich gegen ihn aufzulehnen. Bis Prinz Renon, dessen Vater das Land Otbaka im Westen Falaysias regierte, die anderen noch unberührten Königreiche zum Kampf aufrief…“

Ein Lächeln glitt über Leons Gesicht, als er sich zurückerinnerte. „Kannst du dir Gideon als Krieger vorstellen?“

Jenna musste lachen. „Nein“, meinte sie schmunzelnd.

„Wir sind gemeinsam mit Tala vor den Bakitarern geflohen“, erzählte Leon weiter. „Als Gideon von dem Aufruf des Prinzen hörte, meldete er sich freiwillig. Er war damals noch ein stattlicher, kräftiger Mann mit einer unglaublichen Ausdauer. Ich ging mit ihm. Ich war damals nicht viel älter als fünfzehn…“ Leon brach ab, schien ganz in seinen Erinnerungen zu versinken, Erinnerungen, die nun einen Ausdruck tiefster Traurigkeit in seinen ausdrucksvollen Augen erscheinen ließen.

„Warum?“ fragte Jenna sanft. „Warum hast du dich dazu entschieden mitzukämpfen, in den Krieg zu ziehen?“

Leon sah sie immer noch nicht an, zuckte nur die Schultern. „Weil ich ein dummer Junge war? Weil ich nicht wusste, was ich sonst tun sollte? Die ganze Welt war in Aufruhr und ich wollte… helfen… etwas tun, die richtige Seite unterstützen, das Böse bekämpfen…“

Er seufzte erneut und schüttelte mit einem bitteren Lächeln den Kopf. „Ich wusste nicht, auf was ich mich da einließ, wusste nicht, was es bedeutet, in einen Krieg zu ziehen. Und diese ganze Ausbildung im Schwertkampf, Reiten, Nahkampf… Ich war richtig begeistert, als es noch nicht darum ging, wirklich Menschen zu töten. Ich kannte das doch nur aus Filmen.“

Er sah sie nun wieder an, so traurig und erschüttert über das, was ihm passiert war. „Du… du vergisst das nie. Diese Geräusche um dich herum. Das Schreien… kein Mensch in einem Film kann so schreien wie ein Mensch, der wirklich schwer verletzt, der getötet wird. Und Schwerter sind keine leisen Waffen. Das denkt man immer nur. Sie machen Geräusche, wenn man damit tötet, grausame Geräusche und du… du kannst es… fühlen… wie sie…“

Leon schloss kurz die Augen und biss die Zähne zusammen, um sich wieder zu beruhigen, atmete hörbar durch die Nase ein.

„Ich weiß nicht, wie alt Marek war, als wir uns zum ersten Mal begegneten“, fuhr er mit kratziger Stimme fort. „Ich glaube, er ist einige Jahre älter als ich, aber auch er war noch recht jung. Er war jedoch schon damals ein unglaublich guter Schwertkämpfer. Sein Ruf eilte ihm voraus. Wir wussten schon, wer er war, bevor wir ihn sahen und uns wurde gesagt, dass wir uns auf dem Schlachtfeld von ihm fernhalten sollten. Unser Ausbilder wollte sich um ihn kümmern. Er glaubte, es mit ihm aufnehmen zu können. Er bezahlte diesen Irrtum mit seinem Leben… Nicht nur er…“ Er stockte und schluckte schwer.

„Ich hab noch nie in meinem Leben jemanden so kämpfen sehen wie Marek – bis heute nicht. Ich kann es noch nicht einmal beschreiben. Es… es ist fast wie ein Tanz und… es hat etwas makaber Ästhetisches an sich, wenn man das überhaupt sagen kann, weil so… so viele Menschen schon durch seine Hand gestorben sind, so viele Menschen, die…“

Wieder musste er abbrechen, weil seine Gefühle ihn zu überrollen drohten, ihm die Fähigkeit seine Gedanken in Worte zu kleiden, nahmen.

„Er hat mir an diesem einen Tag, in dieser einen Schlacht so viel genommen“, setzte er schließlich kaum hörbar hinzu.

Einen Moment blieb es still zwischen ihnen und Jenna glaubte schon, nichts weiter über Leons Geschichte zu hören, weil ihn das alles zu sehr mitnahm, doch er überraschte sie, holte schließlich wieder tief Luft.

„Renon und die anderen Könige gingen schließlich als Sieger aus diesem Kampf hervor, konnten sie doch den Bakitarerfürsten töten und seine Truppen weit zurückschlagen. Sie hatten sechs Jahre Ruhe vor den Bakitarern“, erzählte Leon. „Renon sah sie nicht mehr als Bedrohung an, weil sich die Stämme entzweit und in den Ländern verstreut hatten. Und genau das war sein Fehler. Niemand rechnete damit, dass sich ein Zauberer in diese politischen Geschichten einmischen würde. Nadir war ein Einsiedler, der, so heißt es, lange Zeit irgendwo in den Bergen Trachoniens lebte. Als seine Truppen das Heer, das in Xadred und dessen Nachbarstädten stationiert war, angriffen, waren alle so überrascht, dass es kaum Gegenwehr gab. Nadir war klug genug, um die Soldaten, die die Städte verteidigt hatten, nicht gleich alle zu töten. Stattdessen bestach er sie mit Gold und einige liefen tatsächlich zu ihm über. Auf diese Weise vergrößerte er sein Heer. Nach und nach eroberte er die größeren Städte des Landes, dann die Grenzstädte der anderen Länder und so weiter."

„Und Renon?" erkundigte sich Jenna, ganz gepackt von dieser tragischen Geschichte.

„Rief natürlich wieder zur Gegenwehr auf", sagte Leon. „Aber dieses Mal war das Heer des Feindes besser organisiert und Nadir hatte einen ziemlich intelligenten Strategen zum Fürsten seines geeinten Bakitarerheeres gemacht."

„Marek", schloss Jenna sofort.

Leon nickte. „Und Marek wiederum gab die Befehle über seine Truppen nur in sehr fähige Hände. Mit der Magie des Zauberers und seinen überragenden Fähigkeiten als Heeresführer waren sie unschlagbar. Die meisten der gegnerischen Könige wurden in den Schlachten getötet oder von Meuchelmördern hinterrücks ermordet und Renon musste sich irgendwann mit starken Verlusten zurückziehen. Seitdem werden er und seine Männer wie Verbrecher verfolgt. Es gab zwar für einige Jahre trügerischen Frieden in Falaysia, doch Nadir wird nicht ruhen, bis er auch den letzten seiner Feinde getötet hat. Er weiß, dass König Renon eine große Gefahr für ihn ist, denn er kann es in seiner Intelligenz und seinem strategischen Geschick sehr gut mit Marek aufnehmen. Und momentan scheint er neu aufzurüsten und versucht Nadir mit Angriffen bewusst aus der Ruhe zu bringen. Was immer er auch damit bezwecken will – es funktioniert."

„Aber warum verfolgen sie *dich*?" fragte Jenna etwas irritiert. „Hast du auch gegen Nadir gekämpft?"

„Nein. Ich habe mich nach der ersten großen Schlacht zurückgezogen, bin umhergezogen", erklärte er bedrückt. „Aber es ist ja auch nicht Nadir, der mich jagt."

Jenna sah ihn nachdenklich an. „Das heißt, Marek hat ein persönliches Problem mit dir?"

Leon lachte verbittert. „Ja, so könnte man es ausdrücken. Er verfolgt mich seit jener Schlacht – immer mal wieder, wenn er gerade Zeit dafür hat. Er war mir manchmal schon so dicht auf den Fersen, dass ich dachte, mein letztes Stündlein hätte geschlagen. Dann hatte ich ein paar Jahre Ruhe vor ihm und nun fängt es wieder an."

„Und was genau ist der Grund dafür?"

„Das hab ich mich am Anfang auch gefragt", gab Leon zu. „Aber dann hatte ich vor einigen Jahren ein sehr interessantes Gespräch mit einem ehemaligen Kameraden. Er beglückwünschte mich dazu, damals eines der Oberhäupter der Bakitarer getötet zu haben. Ich musste wirklich darüber nachdenken und konnte mich schließlich an einen besonders kräftigen, wilden Krieger erinnern, der mich beinahe zerschmettert hätte. Doch war er damals durch eine Platzwunde an der Stirn behindert gewesen. Das Blut floss ihm in sein rechtes Auge, folglich konnte er damit nicht besonders gut sehen. Dadurch gelang es mir die Oberhand zu gewinnen und ihn zu töten. Nach der Aussage meines Freundes war er der berüchtigte Matztikshor, einer der wichtigeren Führer der Bakitarer."

„Und was hat das mit Marek zu tun?"

„Matztikshor war Mareks Vater", erklärte Leon knapp.

Mehr brauchte er auch nicht zu sagen. Jenna war sich sofort der Bedeutung dieses Missgeschicks bewusst und ihr wurde ganz schlecht. Kein Wunder, dass Leon erstaunt war, dass Marek ihn am Leben gelassen hatte. *Sie* hatte ihm nur einen Stein geklaut und war fest davon überzeugt, dass er sie töten würde, wenn er sie in die Finger bekam.

„Genau deswegen stellt sich die Frage, warum er mich nicht getötet hat“, sagte Leon nun.

Jenna schluckte mit Mühe den dicken Kloß in ihrem Hals hinunter „Hast du eine Ahnung, was der Grund dafür sein könnte?“ erkundigte sie sich, während sie selbst darüber nachdachte.

Wieder schüttelte er den Kopf. „Wie gesagt: Es ist mir unbegreiflich.“

„Warst du etwas Besonderes im Heer von König Renon?“ fragte sie.

„Nein.“

„Kanntest du ihn persönlich?“

„Du meinst, ob ich mit ihm befreundet war?“ fragte Leon zurück. „Nein. Ich hab ein paar Mal mit ihm gesprochen, aber das war auch alles. Worauf willst du hinaus?“

„Ich dachte, dass man ihn dann vielleicht mit dir erpressen wollte“, erklärte Jenna den Gedanken, der ihr gekommen war.

„Mit *mir*?“ Leon lachte laut auf. Es war nicht böse gemeint, doch sie ärgerte sich dennoch darüber. „Nein, im Ernst, ich bin zwar kein schlechter Krieger, aber einen so hohen Wert besitze ich für Renon nicht, und das weiß Marek gewiss.“

„Das heißt also, er hat keinerlei Nutzen davon, dich am Leben zu lassen“, grübelte Jenna. „Kennst du vielleicht irgendein Geheimnis, das er erfahren will? Vielleicht den Ort, wo sich König Renon versteckt?“

„Niemand kennt diesen Ort, außer Renon selbst und seine engsten Vertrauten“, antwortete Leon mit fester Überzeugung.

„Und wenn du vielleicht etwas besitzt oder besessen hast, was er haben will…?“

„Das kann ich mir nicht vorstellen. Ich meine… was besitze ich schon, was ein Krieger wie Marek begehren könnte?! Das kann es nicht…“ Leon erstarrte auf einmal. Sein Mund öffnete sich und seine Augen wurden ganz groß. Schließlich riss er sein Hemd hoch, wühlte hektisch in seinem Geldbeutel, den er sich bei ihrer Rast um den Hals gehangen hatte, und brachte schließlich das Amulett mit dem Stein hervor. Er hatte es ihr kurz nach ihrer Flucht aus dem Lager mit der Begründung abgenommen, dass es bei ihm, als ausgebildeten Schwertkämpfer, besser und sicherer aufgehoben sei als bei ihr. Sie hatte sich seinem Willen nicht gern gefügt, weil der Stein ihr ein seltsames Gefühl von Sicherheit gegeben hatte, doch Leon war so streng aufgetreten und sie war von den ganzen erschreckenden Geschehnissen noch so verwirrt gewesen, dass sie keinen großen Widerstand geleistet hatte.

Nun runzelte sie verständnislos die Stirn, während sie den Stein betrachtet. Er schwankte im Wind hin und her. Das Licht der Sonne brach sich in ihm und ließ ihn wie einen kostbaren Rubin funkeln. Er war schön und irgendwie… beängstigend. Denn irgendetwas stimmte mit diesem Ding nicht – das hatte sie gespürt. Er war etwas Besonderes, vielleicht sogar Einmaliges und besaß zumindest für Marek einen immensen Wert.

„Warum bin ich nicht gleich darauf gekommen?“ murmelte Leon nun und Jenna blinzelte ihn verwirrt an.

„Ähm… irgendwie kann ich dir gerade nicht so wirklich folgen…“

„Ich kenne diesen Stein“, erklärte Leon und um seine Lippen spielte ein kleines Lächeln. „Diesen oder einen anderen, ähnlichen. Letzteres würde erklären, warum Marek mich nicht getötet hat.“

„Würde es, ja?“ War sie jetzt besonders begriffsstutzig oder erklärte Leon seinen Gedankengang tatsächlich so schlecht, wie es ihr gerade schien?

„Ja. Mir hat auch einmal so ein Stein gehört.“

Jenna sah ihn verblüfft an. „Bist du sicher?“

Er nickte. „Ganz sicher. Ein alter Mann hat ihn mir kurz vor seinem Tod geschenkt. Er schien einen ungeheuren Wert für ihn zu haben. Ich hab selbst nie etwas Besonderes an ihm finden können und ihn dann irgendwann verschenkt."

„Du hast ihn verschenkt?!" wiederholte Jenna verblüfft.

„Ja", gab Leon ruhig zurück. „Vor ungefähr einem Jahr bin ich in ein Dorf gekommen, über das wilde Krieger hergefallen waren. Die Männer haben geplündert, vergewaltigt und getötet. Ausnahmsweise war das dieses Mal nicht Mareks Werk gewesen, denn dieser Stamm gehörte nicht zum Heer Nadirs. Na ja, in diesem Dorf gab es jedenfalls einen kleinen Jungen, dessen Bein so schwer verletzt worden war, dass es abgenommen werden musste. Ich hab mich ein wenig um ihn gekümmert und als ich gegangen bin, hab ich ihm zum Trost den Stein geschenkt. Wie schon gesagt, ich glaubte nicht an seinen Wert."

Jenna seufzte. Sie hatte langsam wirklich genug von diesen schrecklichen Geschichten. Was war das nur für eine furchtbare Welt, in die sie da geraten war?

„Meinst du, der Stein, den wir haben, *ist* dein Stein?" erkundigte sie sich.

Leon betrachtete ihn ein weiteres Mal nachdenklich und schüttelte dann den Kopf. „Nein", sagte er fest. „Dann hätte Marek keinen Grund gehabt, mich am Leben zu lassen."

Ganz langsam verstand Jenna, worauf Leon hinaus wollte. „Du glaubst, dass er auf der Suche nach deinem Stein ist, weil er selbst so einen hatte und von dessen Bedeutung weiß. Deswegen hat er dich verschont. Er wollte von dir erfahren, wo der zweite Stein ist!"

Leon lächelte sie an. „Ganz genau. Dann ergibt alles einen Sinn." Er musterte sie kurz. „Als er dich in sein Zelt gebracht hat, hat er da etwas zu dir gesagt?"

Sie musste nicht lange nachdenken. Die Bilder und Worte waren sofort wieder da, sorgten für diesen unangenehmen Druck in ihrem Bauch. „Ja. So etwas wie cla... cla..."

„Clama?" Leon stieß ein verärgertes Lachen aus. „Das heißt ‚schrei'. Dieser Hund!" Er schnaufte verächtlich. „Er wollte, dass ich dich höre. Ich wette, er wäre nach ein paar Minuten wieder rausgekommen und hätte mir angeboten, dich zu verschonen, wenn ich ihm alles sage, was ich weiß."

Jenna sagte nichts. Sie sah ihren Freund nur perplex an. Sie war selbst nicht der Meinung, dass Mareks Handeln nur gespielt gewesen war. Sein Blick war viel zu lüstern gewesen. Er hätte die Sache durchgezogen – ohne Gnade. Vielleicht hätte er später angeboten, ihr *Leben* zu verschonen, wenn Leon sich ihm öffnete. Aber das musste ihr Freund ja nicht wissen.

„Diese… diese Steine", begann sie nun stattdessen zögerlich. „Kann es sein, dass sie magische Kräfte besitzen? Das würde auch unser rätselhaftes Entkommen erklären."

Leon nickte sofort, während sie noch immer deutliche Probleme hatte, sich an den Gedanken zu gewöhnen, dass es tatsächlich so etwas wie Magie gab.

„Und das bedeutet auch, dass Nadir seine Finger im Spiel hat", setzte er weniger begeistert hinzu.

Schon war der Druck in Jennas Brust wieder da. Wahrscheinlich hatte Nadir Marek diesen magischen Stein anvertraut. Dann hatte sie einen Zauberer bestohlen. Nein, nicht *irgendeinen* Zauberer, sondern den mächtigsten Zauberer, den es in Falaysia gab. Furchtbar!

„Warum trägt Marek ihn dann mit sich herum?" sprach sie die Frage aus, die sich gleich an ihre so beängstigenden Gedanken heftete.

„Wahrscheinlich hat er ihn für Nadir irgendeiner anderen Person abgejagt – Gott sei ihrer Seele gnädig", meinte Leon. „Und wo ist ein kostbarer Gegenstand besser aufgehoben als an Mareks Körper? So nah wie du ist ihm noch keiner gekommen – jedenfalls nicht ohne größere Schäden davonzutragen. Mit dir hat er wohl nicht gerechnet. Tja, auch ein Mann wie er macht mal Fehler. Man sollte seine Gegner nie unterschätzen."

Jenna verzog ihr Gesicht. „Erinnere mich nicht daran", murmelte sie.

Leon dreht den Stein in seiner Hand. „Ich frag mich nur, was genau Marek davon abgehalten hat, ihn sich gleich zurückzuholen."

„Na ja, der Stein hat doch magische Kräfte", sagte sie. Für sie war bereits alles klar. Sie hatte genug Zeit gehabt, darüber nachzudenken und war zu dem Schluss gekommen, dass der Stein sie beschützt und ihr somit zur Flucht verholfen hatte, auf welche Weise und aus welchem Grund auch immer.

„Warum sollten die sich gegen den Träger des Amuletts wenden?" gab Leon zurück.

Das war wirklich eine gute Frage. Eine, die sie noch gar nicht bedacht hatte.

„Weil ich sein neuer Besitzer geworden bin", erklärte sie etwas verunsichert. „So musste er *mich* beschützen."

Leon schüttelte widerwillig den Kopf. „Das ergibt keinen Sinn."

Ach, nein?

„Du besitzt doch keine magischen Fähigkeiten. Ich meine, kannst du zaubern?"

Dieses Mal war es an ihr, den Kopf zu schütteln.

„Wieso solltest du dann die Kräfte des Steins nutzen können? Und wenn auch normale Menschen diese Kräfte nutzen könnten, warum hat Marek sie dann nicht genutzt, warum wurde er nicht von dem Stein beschützt? Dann hättest du ihm das Amulett erst gar nicht entwenden können."

Hm, das war wahr. Was gab es dann noch für Erklärungen?

„Vielleicht beschützt er nur die… guten Menschen", schlug sie vor und verwarf den Gedanken im selben Moment wieder. Wer konnte schon beurteilen, welche Menschen gut und welche böse waren? Sie jedenfalls nicht und erst recht nicht so ein tumber, lebloser Stein. Aber Tatsache war, dass er auf sie reagiert hatte. Das hatte sie gespürt und sogar gesehen.

„Das glaube ich nicht“, erwiderte Leon. „Ich hab doch selbst so einen Stein besessen und bin trotzdem bei Kämpfen verletzt worden. Und sieh mal, er reagiert auf mich überhaupt nicht…“

Er berührte den Stein, dessen Inneres völlig regungslos blieb.

„Vielleicht passiert das nur, wenn du dich bedroht fühlst… oder jemand dir den Stein gewaltsam wegnehmen will“, gab sie ein wenig trotzig zurück, obwohl sie selbst gar nicht an diese Theorie glaubte.

„Dann versuch ihn mir doch wegzureißen“, forderte er sie auf, und band sich den Stein um den Hals. „Wenn du wirklich Recht hast, dürfte dir das nicht gelingen. Oder hältst du mich für eine bösen Menschen?“

„Nein, aber…“ Sie verstummte. Wieso sollte sie es nicht versuchen? Mehr als ein Reinfall konnte es nicht werden. Sie ritt näher an ihren Freund heran und hob die Hand. Doch dann hielt sie wieder inne. Sie dachte an Mareks schmerzlich verzogenes Gesicht. Wenn sie nun Recht hatte, konnte das eine ziemlich unangenehme Erfahrung für sie werden. Doch hatte sie eine andere Wahl? Sie mussten schließlich herausfinden, was mit diesem Stein los war.

Sie atmete tief durch und griff beherzt zu. Da war wieder dieses Kribbeln, das durch ihre Hand zog, hinauf in ihren Arm wanderte und schließlich in ihrem Herzen versank. Sonst geschah nichts. Als sie den Stein losließ, leuchtete er in einem warmen Rot und wurde dann wieder dunkler. Auch Leon hatte diese kleine Veränderung bemerkt und seine Augen waren ganz groß geworden.

„Fass ihn noch einmal an!“ forderte er sie etwas atemlos auf.

Jenna befolgte seine Anweisung mit sehr viel schneller klopfendem Herzen. Wieder fühlte sie dieses Kribbeln, und wieder veränderte der Stein seine Farbe, leuchtete unter ihrer Berührung auf. Nun versuchte es auch Leon. Doch als er den Stein berührte, geschah nichts.

„Merkwürdig“, murmelte er. „Sehr merkwürdig. Und du bist sicher, dass du keine magischen Fähigkeiten hast?“

Schwang da wieder so etwas wie Misstrauen in seiner Stimme mit? Bitte nicht!

„Ganz sicher“, sagte sie fest. Melina hatte vielleicht magische Kräfte, aber *sie* doch nicht!

„Immerhin ist deine Tante eine Hexe“, warf er ein.

„Sie ist keine Hexe“, gab Jenna verärgert zurück. „Sie… sie… ich hab keine Ahnung, was sie ist. Aber sie ist *keine* Hexe! Und außerdem sind wir nur sehr entfernt miteinander verwandt.“ Das war zwar eine Lüge, aber Leon ließ ihr keine andere Wahl.

„Na ja, vielleicht reicht das schon“, sagte er und studierte dabei eingehend ihr Gesicht. „Bist du sicher, dass du es Demeon zu verdanken hast, dass du hier bist?“

Sie schnappte entrüstet nach Luft. „Was willst du damit andeuten?“ brachte sie nur mühsam beherrscht hervor.

„Dass sie dich vielleicht selbst hierher gebracht hat“, sagte er gerade heraus. „Mit ein wenig Zauberkraft kann man hier sehr viel mehr bewirken als ein normaler Mensch.“

„Ich kann nicht zaubern!!“ rief sie wütend. „Außerdem würde meine Tante mir das niemals antun!"

„Wieso? *Mir* hat sie es doch auch angetan“, gab er giftig zurück und ließ den Stein wieder unter seinem Hemd verschwinden. Sie hatte also Recht gehabt. Er vertraute ihr schon wieder nicht mehr – und das nur wegen der Reaktion dieses verfluchten Steines. Wundervoll!

„Das glaube ich nicht“, erwiderte sie genauso zickig wie er. „Das würde sie nie tun. Jedenfalls nicht freiwillig!“

„Oh, doch. Das hat sie. Wäre sie nicht gewesen, hätte ich einen guten Schulabschluss gemacht, Physik studiert und würde jetzt eine Menge Geld machen. Aber stattdessen sitze ich hier, werde von einem wahnsinnigen Mörder verfolgt und diskutiere mit der Nichte einer Hexe über die magischen Kräfte eines *Steins*!!“

Die letzten Worte spuckte er geradezu aus. „Du solltest endlich begreifen, dass deine Tante eine verrückte, böse Frau ist, die es eigentlich verdient, für das, was sie getan hat, lebenslänglich in den Knast zu wandern!!“

Jenna zügelte ihr Pferd und starrte ihn mit offenem Mund an. Etwas Derartiges hatte ihr noch niemand an den Kopf geworfen. Es tat weh – sehr. Vor allem, weil ihre familiäre Situation so schwierig und ohnehin schon von Misstrauen und bitteren Geheimnissen belastet war. Doch Leon scherte sich gar nicht weiter um sie. Er ritt einfach weiter, ohne sich auch nur nach ihr umzusehen.

Jenna war versucht, ihr Pferd herumzureißen und davon zu galoppieren. Doch sie tat es nicht. Das, was sie sonst noch in Falaysia erwartete, war viel schlimmer, als das, was Leon ihr jemals antun konnte. Sie war zwar wahnsinnig wütend auf ihn und furchtbar enttäuscht über sein Verhalten, aber jetzt zu verschwinden und womöglich Marek in die Arme zu laufen, kam dem Wahnsinn noch viel näher. Also biss sie die Zähne zusammen und trieb ihr Pferd wieder vorwärts, einen großen Abstand zu Leon haltend, der sich mittlerweile doch schon ein paar Mal nach ihr umgedreht hatte – ganz unauffällig natürlich. Reden würde sie jedoch eine ganze Weile nicht mehr mit ihm.

Zwangspause

Der dunkle Himmel hatte seine Tore geöffnet und schüttete alles, was er an Nässe und Kälte besaß, über den Wäldern Piladomas aus. Grollend dröhnte der Donner über den Wipfeln der Bäume und ab und an tauchte ein Blitz die Landschaft in gleißendes Licht, so dass auch die mutigsten Bewohner des Waldes sich in ihre tiefsten Höhlen verkrochen und dort wimmernd darauf warteten, dass das Unwetter vorüber zog.

Leon zog seinen Mantel noch etwas enger um seinen Körper und die Kapuze tiefer in sein Gesicht. Er hasste diese Art von Wetter, bei dem die Nässe und Kälte von allen Seiten gleichzeitig zu kommen schien und man sich kaum davor schützen konnte, wenn man keine Unterkunft aus Stein oder Holz gefunden hatte. Und ‚Unterkunft' konnte man das, was Leon in der Eile aus Ästen und Zweigen und Moos über ihren Köpfen zusammengebaut hatte, wohl kaum nennen. Andererseits machte dieses Wetter es ihnen auch unmöglich weiterzureiten. Sie hatten es für eine Weile versucht, doch irgendwann war der Boden unter den Hufen der Pferde so aufgeweicht gewesen, dass die Tiere immer wieder ins Rutschen geraten waren und das war auf der hügeligen Strecke, die sie momentan zurückzulegen hatten, einfach zu gefährlich. Allein hätte er es vielleicht noch gewagt weiterzureiten, aber er hatte jetzt auch noch die Verantwortung für Jenna zu tragen und konnte nicht riskieren, dass sie aufgrund seiner Sturheit unter dem schweren Leib eines stürzenden Pferdes begraben wurde. Dann war alles aus – selbst wenn sie sich nur ein paar Knochen brach.

Leons Blick glitt, wie schon so oft zuvor, hinüber zu Jenna, die sich an den breiten Stamm des Baumes hinter ihnen gelehnt hatte und blicklos ins Leere starrte, die Arme eng um ihren Körper geschlungen, um sich selbst wenigstens ein bisschen Wärme zu schenken. Sie sah müde aus und erschöpft und irgendwie... irgendwie regte sich tief in seinem Inneren das Bedürfnis, sie in die Arme zu nehmen, sie mit seinem Körper zu wärmen und ihr zu versprechen, dass alles schon gut werden würde. Wenn er ehrlich war, sehnte auch er sich nach mehr Wärme. Seine Kleidung war wie die ihre völlig durchnässt und er fror entsetzlich. Dennoch erlaubte er es sich nicht zu zittern, wollte nicht schwächlich und unmännlich vor Jenna erscheinen, schließlich war er der Einzige, den sie in dieser Welt hatte, der einzige, der sie beschützen, auf den sie sich verlassen konnte.

Nach all dem, was sie bisher durchgemacht hatte, war es ein Wunder, dass sie nicht langsam aber sicher durchdrehte. Und ganz sicher würde das geschehen, wenn er jetzt schlapp machte. Frauen waren nun einmal etwas zartere Geschöpfe. Sie brauchten in Notsituationen einfach die starke Schulter eines Mannes zum Anlehnen und Festhalten – das wusste er. Sie brauchte ihn. Auch wenn sie das natürlich niemals zugeben würde.

Jenna war eine ziemlich ungewöhnliche junge Frau. Ungewöhnlich stark und eigensinnig. Sara war auch eigensinnig gewesen, aber auch zarter. Ihre Dickköpfigkeit war niedlich gewesen, weil sie ihm am Ende dann doch immer nachgegeben hatte. Jennas Dickköpfigkeit war anstrengend und sie hatte einen verdammt langen Atem. Wenn ihr etwas nicht passte, dann wehrte sie sich dagegen mit aller Kraft, bis sie sich entweder durchsetzte oder beleidigt zurückzog. Nur selten gab sie ihm Recht. Meist passte sie sich ihm nur an, weil sie keine andere Option hatte und irgendwie war das ziemlich frustrierend für ihn.

Auf der anderen Seite fühlte Leon aber auch so etwas wie Respekt für diese Frau in ihm wachsen. Es gab nur wenige Menschen, die so viel Kraft und Ausdauer in sich hatten, so viel ertragen konnten ohne dabei zusammenzubrechen, und dann gab es da noch diese mysteriöse Seite an ihr, die sie selbst vor der Geschichte mit dem Stein so wenig wahrgenommen hatte wie er. Er glaubte ihr mittlerweile, dass sie nichts von ihren magischen Kräften wusste und sein Misstrauen ihr gegenüber hatte sich dadurch schnell wieder verflüchtigt und einem unterschwelligen Interesse an genau diesen Kräften Platz gemacht. Eigentlich hatte er es schon damals im Wald bemerkt, als die Zaishomas so eigenartig auf sie reagiert hatten. Nur Menschen mit einer magischen Veranlagung konnten diese winzigen Wesen hören, hieß es im Volksmund – was nicht bedeutete, dass es unbedingt wahr war. Ausschließen konnte man es jedoch nicht und da Leon ein sehr vorsichtiger Mensch war, zog er jede Möglichkeit in Betracht, natürlich ohne andere Menschen davon wissen zu lassen.

Wie schon viele Male zuvor landete ein kalter, nasser Tropfen auf seiner Stirn und er wischte ihn verärgert fort. Dieses Wetter machte ihn wahnsinnig! Er hasste es, irgendwo festzusitzen und nichts weiter tun zu können als nachzudenken – ganz davon abgesehen, dass ein zu langes Verweilen an ein und demselben Ort in ihrer Situation sogar gefährlich war. Marek ließ sich gewiss selbst von einem solchen Unwetter nicht aufhalten. Er nahm garantiert jede Unannehmlichkeit und Gefahr in Kauf, nur um sich zu rächen und den Stein wieder in seine Klauen zu bekommen. Und vielleicht war ihm selbst das nicht mehr genug. Vielleicht wollte er auch Jenna. Er war alles andere als ein dummer Mensch und hatte gewiss bemerkt, was mit ihr los war. Wahrscheinlich wusste er sogar mehr als jeder andere, denn er war ja eigentlich der rechtmäßige Besitzer des Amuletts gewesen und er hatte direkte Verbindungen zu dem mächtigsten Magier des Landes.

Arme Jenna. Wenn er sie erwischte, stand es wirklich gar nicht gut um sie. Wer wusste schon, was dieser Teufel dann mit ihr machte? Ob er sie gleich tötete, um das Risiko, dass sie den Stein wieder stahl, zu tilgen? Oder brachte er sie zu Nadir, um herauszufinden, was es mit ihr und diesem magischen Gegenstand auf sich hatte? Eigentlich war das auch egal. Leiden würde sie in jedem Fall, denn Marek war ein furchtbar rachsüchtiger Mensch und würde ihre Tat ganz bestimmt nicht ungesühnt lassen.

Leons ganzes Inneres verkrampfte sich bei diesem Gedanken und rebellierte gegen die Bilder, die sofort in seinem Geist wachgerufen wurden. Nein, ihr durfte nichts geschehen. Er würde sich ewig Vorwürfe machen, wenn ihr etwas zustieß. Er konnte nicht schon wieder versagen, würde für sie kämpfen, sie beschützen, auch wenn alles noch so hoffnungslos erschien und es das Letzte war, was er in seinem Leben noch tat. Sara hatte er nicht retten können, aber jetzt hatte er die Chance, das wiedergutzumachen. Jenna war noch nicht verloren.

Irgendwie sah sie aus wie ein kleines Kind, so wie sie da saß, durchnässt und frierend, so hilflos und allein gelassen. Ein Kind, das keine Ahnung von dem hatte, was auf es zukam und das Bedürfnis sie zu beschützen, komme was wolle, wurde noch stärker und drängender.

Aus irgendeinem Grund erwachte sie aus ihrer geistigen Abwesenheit und sah ihn an. Erst schien es so, als wolle sie lächeln, doch dann nahm ihr Gesicht wieder diesen kühlen, etwas eingeschnappten Ausdruck an, den er schon seit einer ganzen Weile ertragen musste, und sie sah bewusst in eine andere Richtung. Also war sie immer noch wütend auf ihn. Wie konnte man nur so nachtragend sein? Schließlich war es nicht sie gewesen, die an ihre schmerzhafte Vergangenheit erinnert worden war. Es war nicht sie gewesen, die damit hatte kämpfen müssen, die Geschichte von

Marek zu erzählen, ohne dabei Sara zu erwähnen. Es war so verdammt schwer gewesen, hatte so wehgetan…

Leon wandte sich nun ebenfalls von ihr ab und betrachtete stattdessen das behelfsmäßige Dach, das er über ihren Köpfen angefertigt hatte. Es war zwar etwas durchlässig, hielt jedoch den größten Teil des Regens von oben ab. Wenigstens dafür hätte Jenna ihm ein wenig dankbar sein können. Aber nein, sie musste ja weiterhin eingeschnappt sein und ihm die kalte Schulter zeigen. Dann musste sie halt lernen, dass man damit bei ihm nicht durchkam.

Ein wenig Verständnis hatte er ja für ihre Wut. Wenn er an ihrer Stelle gewesen wäre, hätte er sich vielleicht genauso verhalten wie sie. Es ging ihr möglicherweise gar nicht mehr um ihren letzten Streit, sondern eher darum, dass er sie, was das Ziel ihrer Reise anging, so im Unwissen ließ. Als sie am Morgen des vierten Tages nach ihrer Flucht in Ritvak statt in Bantjor angekommen waren, wäre Jenna beinahe vor Wut geplatzt. Es hatte sie furchtbar aufgeregt, dass er sie nicht in seine Pläne eingeweiht, ja, sie sogar belogen hatte, und sich weiterhin weigerte ihr Auskunft über ihr nächstes Ziel zu geben. Dabci hatte er ihr doch erklärt, warum er sich so verhielt, dass es um die Sicherheit seines Freundes, ja gar um die König Renons und seiner Männer ging. Doch sie hatte es nicht verstanden, ihm unterstellt, dass er ihr nicht vertraue und sie für ein kleines, dummes Mädchen hielt, das alles falsch mache.

Als würde er so etwas von ihr denken. Gut, sein volles Vertrauen hatte sie noch nicht, aber das wäre doch auch zu viel verlangt nach der kurzen Zeit, die sie sich erst kannten. Doch er hielt sie ganz sicher nicht für dumm. Sie kam mit dem Leben hier in Falaysia noch nicht so gut klar, aber dafür konnte sie nichts, und er verachtete sie deswegen bestimmt nicht. Sie war erst einmal auf seine Hilfe angewiesen, aber das schien sie mehr zu stören als ihn. Ohne sie wäre alles vielleicht leichter gewesen, aber auf keinen Fall besser – ganz davon abgesehen, dass er ohne ihre Hilfe wahrscheinlich bereits tot sein würde.

Er mochte sie doch, konnte sie das nicht erkennen? Warum konnte sie sich nicht damit zufrieden geben, ihn bei sich zu haben, als Beschützer und Freund? Warum konnte sie ihn nicht einfach alles so machen lassen, wie er wollte, wie es getan werden *musste*? Er hatte doch von den Dingen hier viel mehr Ahnung. Aber sie musste sich dauernd einmischen, Fragen stellen, eigene Pläne entwickeln, über alles Bescheid wissen. Er hatte es wirklich nicht leicht mit dieser eigenwilligen Frau. Und jetzt schmollte sie auch noch, wo sein Kopf bereits vor Sorgen zu platzen drohte. Frauen!

Er wandte sich wieder zu ihr um, um den nächsten bösen Blick zu erhaschen, doch zu seinem Erstaunen hatte sie die Augen geschlossen und schien eingeschlafen zu sein. Wie konnte man bei so einem Wetter schlafen? Und in so einer Haltung? Sie musste wirklich sehr müde sein. Armes Mädchen. Wahrscheinlich war das auch der Grund, warum sie im Moment so unerträglich war. Sie war mit ihren körperlichen Kräften am Ende. Der kurze Aufenthalt in Ritvak war wohl nicht besonders erholsam gewesen. Nahrung besorgen, frische Kleider, Decken, von einem Handwerksladen in den nächsten hetzen, kurzer Aufenthalt in einem Wirtshaus und dann weiter. Nein, dabei konnte man sich natürlich nicht erholen, nicht von dieser halsbrecherischen Flucht. Es war nicht ihre Schuld, dass sie sich so heftig stritten. Es war wieder einmal *seine* Schuld, Mareks. Oh, wie er diesen Kerl hasste.

Nun lief doch ein Zittern durch Leons Körper, doch es wurde dieses Mal nicht von der Kälte, sondern von unterdrückter Wut hervorgerufen. Er atmete tief durch. Das war jetzt nicht der richtige Zeitpunkt, um sich aufzuregen, sich von seinen Mordfantasien ablenken zu lassen. Sie machten ihn meist eher noch aggressiver, als dass sie ihn beruhigten, und er wollte nicht, dass Jenna später wieder unter seinen Stimmungsschwankungen zu leiden hatte. Er sah erneut in die Dunkelheit des Waldes und musste feststellen, dass es nicht mehr ganz so düster war wie zuvor. Die Wolkendecke war aufgerissen und am Nachthimmel zeigten sich die ersten funkelnden Sterne. Der Regen zog sich langsam zurück und ließ neue Hoffnung in Leon aufflackern. Wenn das Wetter sich besserte, konnten sie den Weg nach Vaylacia endlich fortsetzen. Und wenn sie erst dort waren und seinen Freund aufgesucht hatten, dann sah vielleicht alles schon viel besser aus.

Er würde Jenna noch eine Weile schlafen lassen, doch dann mussten sie sich unbedingt wieder auf den Weg machen. Marek schlief bestimmt nicht.

„Jenna?“ Der Klang dieser Stimme ließ Jenna wohlig erschauern. Ihr Herz zog sich vor Freude zusammen und ihr Atem stockte, während sie sich langsam umdrehte. Ganz langsam, aus Angst, dass sie sich geirrt haben könnte. Und dann sah sie sie. In ein weites seidenes Gewand gekleidet, kam sie auf sie zu. Ihr langes weißblondes Haar wehte um ihre Schultern und sie lächelte, so warm und gütig, wie sie es immer getan hatte, wenn Jenna zu ihr gekommen war.

Jenna schossen Tränen in die Augen, ohne dass sie etwas dagegen tun konnte. Nur das leise Schluchzen, das ihre Kehle hinaufdrängte, konnte sie noch zurückhalten. Ihre Tante hatte sie gefunden, war in diese Welt gelangt, um sie zurückzuholen. Sie war gerettet. Sie würde sie wieder nach Hause bringen. Endlich! Sie hatte sie nicht im Stich gelassen, wie Leon vermutet hatte.

Jenna lief ihr nicht nur entgegen, nein, sie rannte und versuchte dabei weiterhin verkrampft die Schluchzer zu unterdrücken, die so dringend aus ihr heraus wollten. Die Erschöpfung, die sie nach all den Anstrengungen verspürt hatte, war wie weggeblasen. Alles, was sie wollte, war ihrer Tante in die Arme zu fallen und bei ihr endlich wieder Ruhe und Geborgenheit zu finden, sich sicher zu fühlen. Doch irgendwie kam sie ihr nicht näher. Sie lief und lief, doch Melina blieb in der Entfernung, die sie zu ihr hatte seit sie aufgetaucht war. Etwas war hier nicht in Ordnung.

„Mel!“ rief sie verzweifelt und blieb schließlich hilflos stehen. „Hilf mir doch! Was passiert hier?“

Melina sah sie mitfühlend an und lächelte traurig. „Du kannst nicht zu mir kommen“, sagte sie sanft. „Das hier ist nicht die Realität.“

„Was?“ hauchte Jenna. Sie begriff nicht, was ihre Tante damit meinte, *wollte* es nicht verstehen. Was war nicht die Realität? Ihre Tante, oder die Welt in der sie sich befand?

„Du träumst, Jenna“, erklärte Melina.

Jennas Herz zog sich schmerzhaft zusammen und sie schüttelte sofort den Kopf. Ihre Erleichterung, all ihre wieder erweckten Hoffnungen schwanden mit einem Mal dahin. „Nein, sag das nicht. Oh, bitte, das… das kann nicht nur ein Traum sein!“

„Zum größten Teil schon“, gab Melina traurig zu. „Du schläfst momentan und hast zuvor wahrscheinlich etwas anderes geträumt, aber das musste ich leider verdrängen, um mit dir Kontakt aufzunehmen.“

„Aber dann bist du doch irgendwie real“, schloss Jenna hoffnungsvoll und schluckte tapfer ihre bittere Enttäuschung herunter. Ein mentaler Kontakt zur anderen Welt war immer noch besser als gar keiner.

„In gewisser Weise schon“, stimmt Melina ihr mit einem Lächeln zu. „Meine übersinnlichen Kräfte sind es, die du siehst und hörst. Nur durch sie kann ich dich erreichen und auch nur dann, wenn du schläfst.“

„Was... was heißt das genau, Melina?“ fragte Jenna mit etwas zittriger Stimme. „Dass… dass du nicht persönlich hierher kommen kannst?“ Sie sehnte sich so nach einem Menschen, den sie kannte, dem sie vertrauen konnte, der für sie da war.

„Nicht ohne Hilfe“, gab Melina niedergeschlagen zu. „Und selbst wenn ich jemanden finden würde, der mich zu dir bringt – ich könnte uns beide nicht wieder aus dieser anderen Welt herausbringen. Dazu ist meine Magie zu schwach.“

„Aber du… du hast doch Leon *hierher* gebracht!“ warf Jenna ein und nun fühlte auch sie die Wut in sich aufkeimen, die sie immer in Leons Stimme vernahm, wenn er über ihre Tante sprach.

Melinas Gesicht erhellte sich. „Du hast ihn also gefunden?!“

Jenna nickte nur. Sie konnte Melinas Begeisterung nicht teilen, schließlich verstand sie sich im Moment mit diesem unfreundlichen, sturen Kerl alles andere als gut.

„Gott sei Dank!“ stieß Melina erleichtert aus. „Ah ja, jetzt sehe ich es auch. Du bist wütend auf ihn. Du hast bestimmt Recht, aber sei trotzdem nicht so streng mit ihm. Er hat viel durchgemacht und er war schon immer ein ziemlicher Sturkopf und Eigenbrötler. Hab Geduld mit ihm.“

Jenna starrte ihre Tante entgeistert an. „Du... du liest meine Gedanken!“

„Nein, ich sehe Bilder aus deinen Erinnerungen und spüre das Echo deiner Gefühle“, erklärte Melina schnell, besaß aber den Anstand wenigstens ein klein wenig zu erröten. „Es tut mir leid, aber ich kann nicht anders, wenn du dich so weit öffnest.“

Jennas Mund öffnete sich, doch sie war zu perplex, um etwas herauszubringen. Es war gar kein angenehmes Gefühl, so durchschaut zu werden.

„Es ist nicht schwer den Kontakt zu finden, wenn die Menschen schlafen. Wenn sie wach sind, ist es jedoch so gut wie unmöglich“, erklärte Melina weiter. „Im Schlaf öffnen sie sich stärker und lassen ihre Energie frei. So konnte ich dich auch finden, denn jeder Mensch besitzt eine ihm ganz eigene Form von Energie…“ Sie verstummte. Anscheinend hatte sie bemerkt, dass sich Jenna nicht so ganz wohl fühlte.

„Ich werde es nicht noch einmal tun, wenn es nicht unbedingt notwendig ist“, versprach sie schnell.

Jenna nickte nur. Zu mehr war sie nicht fähig. Sie wollte es nicht, aber auf einmal war da ein gewisses Misstrauen gegenüber ihrer Tante, dass sich in ihr zu regen begann. Misstrauen und Ablehnung, Gefühle, die sie eigentlich nicht haben wollte. Sie schluckte schwer und räusperte sich.

„Es gibt nur eines, was ich unbedingt wissen muss, Mel. Kannst du... kannst du mir helfen? Kannst du dafür sorgen, dass ich wieder nach Hause komme?“

Nun war es an ihrer Tante für einen Augenblick zu schweigen. Es fiel ihr schwer, Jenna dabei weiterhin in die Augen zu sehen, und sie wusste genau, was das bedeutete.

„Ich werde alles Menschenmögliche tun, um dir zu helfen“, erwiderte Melina schließlich. „Aber ich kann dich nicht von unserer Welt aus holen. Das kann niemand.“

„Aber wieso nicht?“ entfuhr es Jenna aufgebracht. Ihre Kehle zog sich langsam zusammen. So war es immer, wenn sie kurz vor einem Weinkrampf stand.

„Weil diese Welt weitaus magischer ist als unsere“, erklärte Melina leise. „Jede Art von Magie ist auch eine Art von Energie. Magische Energien ziehen sich an. Und da Falaysia den stärkeren Sog hat, ist es leichter etwas mit Magie dort hineinzubringen, als wieder wegzuholen.“

Jenna atmete schwer ein und wieder aus, blinzelte tapfer gegen ihre Tränen an.

„Das heißt, ich bin für immer in dieser Welt gefangen“, sagte sie mit gebrochener Stimme.

„Nein!“ wehrte sich Melina heftig gegen diese Aussage. „Das darfst du nicht glauben. Es gibt einen Weg. Er ist nur sehr gefährlich und du brauchst Hilfe von einigen Menschen. Menschen, denen du vertrauen kannst.“

„Wie Leon?“ fragte Jenna und wunderte sich selber über ihren sarkastischen Ton.

„Sei nicht ungerecht, Jenna“, mahnte ihre Tante sie. „Er ist ein guter Junge. Ihr müsst euch nur erst einmal aneinander gewöhnen.“

„Er traut mir nicht“, erwiderte Jenna und spürte wie ganz langsam ihre Wut wieder in ihr zu schwelen begann, die sich ganz eindeutig gegen ihre Tante richtete. „Und das ist *deine* Schuld!“

„Ich weiß.“ Melina sah sie bekümmert an. „Und es tut mir unendlich leid. Ich… ich war damals so dumm, so naiv. Und als es zu spät war… Ich konnte nicht mehr anders handeln…“

„Was genau ist passiert?“ hakte Jenna knurrig nach und rieb sich die Augen. Warum war das Bild von Melina plötzlich so verschwommen? „Warum ist er hier? Warum bin ich hier?“

Melina reagierte nicht auf ihre so wichtigen Fragen, sondern sah sich nur nervös um. „Jenna, du darfst niemals die Hoffnung verlieren!“

Ihre Tante sah sie durch den plötzlich aufsteigenden Nebel eindringlich an. „Du musst kämpfen! Höre niemals auf zu kämpfen und verliere deine Hoffnung nicht!“

„Hoffnung? Woher soll ich die nehmen?“ rief Jenna aufgebracht und begann wieder zu laufen, weil sich ihre Tante zu entfernen begann. „Was passiert hier? Lass mich nicht allein!“

„Du bist nicht allein!“ erwiderte Melina. „Ich werde in deinen Träumen für dich da sein und Leon in der Realität. Du wirst noch mehr Menschen finden, die dir helfen werden. Du darfst bloß nicht aufgeben! Und letztendlich hast du immer noch dich selbst, deine eigenen Kräfte!“

„Ich war mir selbst bisher noch keine große Hilfe!“ erwiderte Jenna und lief weiter, begann zu rennen, um den Kontakt zu ihrer

Tante nicht zu verlieren. „Wie denn auch? Ich habe doch immer noch keine Ahnung, was ich hier soll und was hier los ist!“

„In dir steckt mehr als du glaubst!“ drang Melinas Stimme ihr nur noch sehr leise entgegen. „Deine Kräfte warten nur darauf geweckt zu werden. Du kannst das alles schaffen. Du musst nur an dich glauben. Mit deiner Stärke und Willenskraft kannst du es schaffen!“

„Ich… ich bin nicht so stark, wie du glaubst!“ rief Jenna verzweifelt und stolperte weiter hinter ihrer Tante her, die sich langsam aufzulösen begann.

„Oh, doch, das bist du!“ gab Melina mit einem Lächeln zurück.

„Bitte sag mir doch, was ich tun muss!“ flehte Jenna. „Wie kann ich Falaysia verlassen?“

„Ich kann dir nicht mehr sagen, als ich es schon getan habe.“ Melinas Stimme war nun kaum mehr als ein Flüstern, ihre Gestalt ein durchsichtiger Hauch.

„Mel! Bitte! Bleib bei mir!“ rief Jenna und nun liefen die Tränen doch. „Du darfst mich noch nicht verlassen! Ich habe noch so viele Fragen! Ich brauche dich doch!“

„Jenna, du wachst auf“, drang ein letztes Flüstern an ihr Ohr. Dann war sie verschwunden.

„Mel…“, schluchzte Jenna leise, „… ich... ich habe solche Angst...“

Vaylacia

In Allgrizia gab es einige Städte, die an der Küste lagen. Vaylacia war zwar nicht die größte davon, aber die schönste. Das hatte jedenfalls Leon behauptet, als ihnen schon der salzig frische Duft des Meeres an die Nase gedrungen war und sie die ersten Möwen über ihnen hatten kreisen sehen. Bisher hatte er einen guten Geschmack bewiesen, einen Geschmack, den Jenna sehr oft mit ihm teilte.

Auch dieses Mal musste sie sich seiner Meinung anschließen, als sie durch das prunkvolle Stadttor Vaylacias ritten. Es war eine schöne Stadt, hell, freundlich und sauber. Die Fassaden der kleinen Häuser befanden sich in einem äußerst passablen Zustand und schienen einen geradezu dazu einzuladen, die kleinen Läden zu betreten, die es an fast jeder Straßenecke gab. Sie waren aus sandfarbenem Gestein erbaut worden, ihre Türen und Fenster waren mit heller Farbe angemalt worden und somit gaben sie der Stadt diesen freundlichen, warmen Glanz, der die Menschen anzuziehen schien wie Blumen die Bienen. Die Straßen waren sauber und die Wachleute, die in regelmäßigen Zeitabständen durch die Stadt patrouillierten, gaben jedem Menschen und ganz besonders Jenna innerhalb der Stadt ein Gefühl von Sicherheit – etwas, auf das sie schon viel zu lange hatte verzichten müssen.

Vaylacia war nicht unbelebt. Ganz im Gegenteil, hier verkehrten mindestens genauso viele Menschen wie in Xadred, was wohl einfach damit zusammenhing, dass diese Stadt einen Hafen besaß und somit ein Zielpunkt von Händlern und Reisenden war, die mit

Schiffen ihre Routen fortsetzen wollten. Doch die Menschen hier machten im Gegensatz zu den Leuten, die Jenna in Xadred beobachtet hatte, einen sehr zufriedenen und vertrauenerweckenden Eindruck. Es waren anständige Leute, die freundlich und höflich zueinander waren und auch Fremden mit einem Lächeln auf dem Gesicht begegneten. Es war eine angenehme, schöne Atmosphäre.

Jenna begann sich richtig wohl zu fühlen. Sie genoss den Geruch des Seewassers, der vom Meer herüber wehte, und das rötliche Licht der untergehenden Sonne, die ihre letzten Strahlen durch die Gassen der Stadt fluten ließ und allem einen fast festlichen Glanz verlieh. Trotz der vielen Menschen um sie herum, fühlte Jenna, wie sie zum ersten Mal, seit sie in Falaysia war, eine wohltuende Ruhe überkam, eine Ruhe, die sie sonst nur in einem völlig entspannten Zustand erreichte. In diesem Augenblick konnte sie alles vergessen und jedem verzeihen. Sogar Leon, der in letzter Zeit wirklich nicht nett zu ihr gewesen war. Sie sprach zwar wieder mit ihm, aber dennoch war sie ihm in den letzten Stunden nicht besonders gut gesonnen gewesen. Und das hatte er gespürt. So gab es seit einer ganzen Weile schon diese Spannung zwischen ihnen, die keiner von ihnen wagte, zu verjagen.

Doch nun, nun war sie soweit ihm zu verzeihen, wenigstens bis zum nächsten Streit, der sicher nicht lange auf sich warten lassen würde. Denn solange Leon nicht seine Einstellung zu ihr änderte, solange er sie wie ein minderwertiges und minderintelligentes Anhängsel behandelte, würde sie sich weiterhin über ihn aufregen und sich ihm entgegenstellen. Jetzt wollte sie jedoch vergessen, was geschehen war, vergessen, was er gesagt hatte und wie müde und kaputt sie eigentlich war. Sie sah zu ihm hinüber und als auch er sich ihr zuwandte, lächelte sie ihn an. Die Verblüffung, die ihm so deutlich ins Gesicht geschrieben stand, brachte sie beinahe zum Lachen, aber nur beinahe, denn eigentlich hatte sie keine Kraft mehr dafür.

Leon räusperte sich. „Was... was hältst du davon, wenn wir uns ein nettes, kleines Wirtshaus suchen und uns dort ein Zimmer für die Nacht nehmen?“ fragte er vorsichtig.

Sie blinzelte ihn erstaunt an. „Du… du meinst wir bleiben über Nacht hier?“

Er nickte nur und lächelte.

„Ich darf in einem richtigen Bett schlafen? Die ganze Nacht?“ Jenna konnte es nicht glauben.

„Ich denke, das haben wir uns verdient“, gab Leon zurück und grinste zufrieden.

Jenna wäre ihm am liebsten um den Hals gefallen. Schlafen, endlich schlafen, in einem Bett, einem kuschelweichen Bett. Ihr Herz schlug vor Freude gleich viel schneller. Sie sah sich rasch um. Ihr war es gleich, in welches Wirtshaus sie gingen. Es durfte bloß nicht so weit weg sein, damit sie nicht noch mehr von ihrer kostbaren Schlafzeit verbrauchten.

„Was hältst du von dem da?“ rief Jenna aufgeregt, als sie endlich ein nett aussehendes, kleines Wirtshaus an einer Straßenecke entdeckt hatte.

Leon musste lachen. „Du hast es aber eilig.“

„Na ja, Zeit ist Schlaf“, erwiderte sie mit einem schiefen Grinsen.

„Okay“, lachte Leon. „Wenn du unbedingt willst, können wir das hier nehmen.“

Jenna hielt ihr Pferd an und ließ sich hinabgleiten – gut, sie glitt nicht, sie rutschte eher plump wie ein nasser Sack hinunter. Schon als sie auf dem Boden stand, spürte sie wieder ihre schmerzenden Glieder und die unglaubliche Müdigkeit, die auf ihr lastete wie Tonnengewichte.

Ein Junge kam eilig aus dem Wirtshaus gelaufen und nahm Jenna die Zügel aus der Hand, während er munter vor sich hin schnatterte. Leon drückte ihm zwei Goldstücke in die Hand, gab ihm ein paar Anweisungen und ließ ihn dann mit den Pferden davonlaufen.

„Er bringt sie in einem Stall im Hinterhof unter“, erklärte Leon und ging ihr dann voraus, in das Wirtshaus hinein.

Die Wirtsstube hielt auch von innen, was sie von außen versprach. Sie besaß kleine, aber gemütliche, ordentliche Räume, einen großen Kamin und eine hübsche Holzeinrichtung. Der Wirt kam ihnen sofort mit einem freundlichen Lächeln entgegen und wechselte ein paar Worte mit Leon. Dann lief er ihnen voraus auf eine kleine Treppe zu, die wohl in das obere Stockwerk führte. Leon folgte ihm und auch Jenna schleppte sich hinterher. Je näher sie dem für sie bereit stehenden Bett kam, desto müder wurde sie. Sie fragte sich, ob Leon etwas dagegen hatte, wenn sie sich sofort hinlegte, schließlich gab es noch einige Besorgungen zu machen.

Das Zimmer, in das der Wirt sie führte, war genauso schön wie alles andere in dem Haus, nur gab es hier etwas, was alle anderen Einrichtungsgegenstände verblassen ließ: Zwei Betten mit flauschigen, kuscheligen Decken und Kissen. Jennas Herz machte vor Freude einen Sprung. Wie hypnotisiert starrte sie auf eines der Betten, das bald ihres sein würde, und vernahm nur wie aus weiter Ferne die Stimmen Leons und des Wirts. Worüber sie sich austauschten, war ihr egal. Sie hörte das Klimpern von Goldstücken, die ihren Besitzer wechselten, und als der Wirt endlich die Tür hinter sich schloss, ließ sie sich mit einem beglückten Seufzer in die Laken des ersten Bettes plumpsen. Wie gut doch frisch gewaschene Bettwäsche riechen konnte!

Irgendwo hinter ihr ertönte ein Räuspern, doch sie hatte nicht die Kraft sich umzudrehen.

„Jenna“, hörte sie Leon sagen. „Eigentlich dachte ich nicht daran, dass wir sofort schlafen gehen. Es ist noch nicht einmal dunkel und wir müssen noch einiges besorgen.“

„Hm-hm“, stimmte Jenna ihm mit geschlossenen Augen zu.

„Jenna!“ Das klang schon wesentlich mahnender, doch in gewisser Weise auch amüsiert.

„Ich will nur einen kleinen Moment hier liegenbleiben. Nur ein paar Minuten“, nuschelte sie ins Kissen. „Ich schlaf schon nicht ein.“

„Ja, ja“, brummte Leon, setzte aber nichts Weiteres hinzu.

Jenna atmete tief durch und entspannte sich. Ach, tat die Dunkelheit gut. Einen kleinen Moment der Ruhe konnte Leon ihr doch wohl gönnen. Irgendwie wurde dieser kurze Moment jedoch immer länger und länger, und es gelang ihr nicht, ihre Augen wieder zu öffnen und sich aufzurichten. Ihr Körper wollte ihr nicht mehr gehorchen. Immer tiefer wurde die Schwärze um sie herum, und auch die Geräusche, die von der Straße zu ihrem Fenster hinauf schallten, verblassten langsam. Wie aus ganz weiter Ferne vernahm sie, wie Leon sich ihrem Bett näherte und eine Decke über sie legte. Dann entfernten sich seine Schritte, eine Tür wurde geöffnet und wieder geschlossen – Stille. Oh, wunderbare, einschläfernde Stille…

Als Jenna wieder erwachte, war es bereits dunkel. Auch wenn sie einen Moment damit zu kämpfen hatte, sich zu orientieren und sich erst wieder daran erinnern musste, dass sie nicht zuhause, nicht in ihrer Welt war, fühlte sie sich viel besser als zuvor, erholter und wacher, so als wäre sie endlich nach einer langen Krankheit wieder etwas genesen. Sie richtete sich auf und streckte ihre schweren Glieder. Dann sah sie sich noch einmal im Zimmer um. Es war wirklich so klein, wie sie es von ihrer Ankunft in Erinnerung hatte. Klein, aber hübsch und sauber.

Sie stellte schnell fest, dass Leon noch nicht zurückgekehrt war und runzelte die Stirn. Das war schon merkwürdig. So lange konnte es ja nicht dauern ein paar Vorräte zu besorgen, aber sie wollte sich noch keine Sorgen machen, schließlich befanden sie sich dieses Mal ja in einer bewachten Stadt und nicht allein in einem dunklen Wald. Dieser Marek würde es doch bestimmt nicht wagen, Leon hier anzugreifen oder gar als Geisel zu nehmen – wenn er ihnen überhaupt schon so dicht auf den Fersen war.

Jenna stand kurzerhand auf, ging zu dem einzigen Fenster des Zimmers und spähte hinaus. Die Straßen Vaylacias waren auch am Abend hell und freundlich. Laternen und Fackeln, die an den Hauswänden angebracht waren, spendeten ein angenehmes Licht und luden geradezu zu einem abendlichen Spaziergang ein.

Ob Leon schon wieder da gewesen und einfach diesem Ruf nachgekommen war? Schließlich schlief er ohnehin nicht so viel und so lang wie sie. Doch hätte er dann nicht seine Besorgungen im Zimmer abgelegt? Sie konnte nirgendwo neu erstandene Vorräte entdecken. Langsam begann die Sorge um ihren Freund nun doch die Oberhand in ihrem Inneren zu gewinnen. Er hätte ihr wenigstens Bescheid sagen können, wohin er gegangen war. So konnte sie ihn noch nicht einmal suchen gehen.

Jenna blieb noch einen Moment am Fenster stehen und beschloss dann hinunter in die Wirtsstube zu gehen. Vielleicht konnte man ihr dort weiterhelfen.

Das Gasthaus, in das sie eingekehrt waren, schien in Vaylacia sehr beliebt zu sein, denn als Jenna den Raum betrat, hatte sich dort eine große Menge von Menschen angesammelt. Sie aßen und tranken, lachten und amüsierten sich mit den hübschen Bedienungen, die Jenna bei ihrer Ankunft gar nicht bemerkt hatte. Die Luft war stickig und voll mit fremden Gerüchen. Rauch stieg von einigen Tischen auf und Jenna hatte Mühe, ihren Hustenreiz zu unterdrücken. Sie sah sich ein wenig um und bahnte sich dann einen Weg zur Theke. Der Wirt schien sie sofort zu erkennen, denn er kam mit einem strahlenden Lächeln auf sie zu.

„Euer Freund hat mir gesagt, dass ihr wahrscheinlich nach ihm suchen werdet, sobald ihr aufgewacht seid", rief er gegen den Lärm an. „Ich soll euch ausrichten, dass dies nicht nötig ist. Er wird bald zurück sein."

„Hat er gesagt, wo er hingegangen ist?" erkundigte sich Jenna.

Der Wirt schüttelte den Kopf. „Nur dass ihr hier auf ihn warten sollt. Ihr kennt euch in der Stadt nicht aus und würdet euch nur verirren, wenn ihr nach ihm sucht."

„Damit könnte er Recht haben", gab Jenna zu und blinzelte. Ihre Augen fingen durch die rauchige Luft langsam an zu brennen. Und schwindelig war ihr auch.

„Ich werde aber trotzdem einen kleinen Spaziergang machen", sagte sie. „Richtet ihm das bitte aus, falls er vor mir wieder hier ist."

Der Wirt nickte und Jenna machte sich auf den Weg zum Ausgang. Sie musste hier raus, an die frische Luft. Und sie hielt die Straßen Vaylacias nicht für so gefährlich, dass sie nicht ein paar Minuten spazieren gehen konnte. Leon konnte ja wohl kaum von ihr verlangen, die ganze Zeit, bis er wieder da war, eingesperrt in ihrem winzigen Zimmer zu verbringen – so ganz ohne Fernseher und Internet.

Als sie vor dem Wirtshaus stand, atmete sie erst einmal tief die frische Luft ein, die durch die Straßen Vaylacias strömte. Sie liebte das Aroma der See, das in dieser Luft lag, besonders nach diesem Mief im Wirtshaus, und fühlte, dass sich ihre Laune sofort hob. Die Straßen waren tatsächlich so hell erleuchtet, wie es von ihrem Fenster aus ausgesehen hatte, und so schlenderte sie unbefangen los. Sie musste bald feststellen, dass noch sehr viele Menschen zu dieser Zeit unterwegs waren, und dass es ebenso viele Kneipen gab, die diesen Menschen das Geld aus den Taschen zogen. Doch die Stimmung der Gäste war gelassen und fröhlich und niemand schien sich mit dem Ernst des Lebens oder gar den Folgen einer durchzechten Nacht beschäftigen zu wollen.

Jenna selbst hatte sich noch nie besonders viel aus solchen Lokalen gemacht, schon allein deswegen, weil sie sich auch nicht besonders viel aus Alkohol machte, und diese Orte eher für eine Männerdomäne hielt. Sie fragte sich, ob Leon wohl gerade in einem solchen Lokal saß, musste den Gedanken aber gleich wieder verwerfen. Er war einfach nicht der Typ für eine solche Art der Erheiterung. Wenn Jenna genauer darüber nachdachte, war er eigentlich ein ganz schöner Langweiler. Ein Eigenbrötler, der seine Gedanken kaum jemandem mitteilte, der aber ständig in diesen gefangen zu sein schien, lieber allein als mit anderen zusammen war und im Moment nicht besonders viel Humor besaß. Das einzige, was ihn von einem normalen Langweiler unterschied, war seine Streitsucht. Immer musste er Recht haben. Darin waren sie sich beide gar nicht so unähnlich.

Nein, nein, Leon war garantiert nicht dabei sich zu amüsieren. Dieses Wort kam in seinem Vokabular doch gar nicht vor. Wahrscheinlich organisierte er wieder etwas für ihre weitere Flucht vor Marek, der größten Bedrohung in seinem und – ja, sie wurde ungern daran erinnert – auch ihrem Leben. Es ärgerte sie nur, dass er sie schon wieder nicht in seine Pläne einweihte. Dieses Mal war sie zwar eingeschlafen, aber das war ihm bestimmt sehr recht gekommen. Deswegen hatte er auch gar nicht erst versucht, sie wieder wach zu machen. So ging das einfach nicht mehr weiter. Wenn sie eines hasste, dann war das blind in die Zukunft zu stolpern. Und Leon kam sich auch noch als der gute Samariter vor, weil er großzügig ihren Blindenführer spielte. Es lief wohl alles darauf hinaus, dass sie sich wieder mit ihm streiten musste, und dieses Mal würde sie nicht so schnell nachgeben. Schließlich hatte sie ein Recht darauf, zu erfahren, was Leon für sie und sich geplant hatte.

Irgendetwas kribbelte in ihrem Nacken und Jenna blieb stehen, weil sie auf einmal das Gefühl hatte, beobachtet zu werden. Ihr Herz schlug gleich ein wenig schneller, als sie sich vorsichtig umdrehte und die gepflasterte Straße hinunter sah. Nichts regte sich dort, weder Mensch noch Tier. Alles, was sie sah, waren blanke Hauswände, Fenster und menschenleere Hauseingänge. Und dennoch konnte sie nicht das unangenehme Gefühl abschütteln, dass sie nicht mehr allein war. Sie schluckte schwer. Das war doch verrückt. Diese Welt würde sie noch irgendwann in den Wahnsinn treiben. Wenn nichts zu sehen war, dann *war* auch niemand da! Basta!

Das laute Klappern von Hufen auf dem Kopfsteinpflaster, schreckte Jenna aus ihren Gedanken.

„Aus dem Weg!“ brüllte jemand und sie sprang geistesgegenwärtig zur Seite. Doch das schien dem erbosten Reiter nicht schnell genug gewesen zu sein, denn er hielt sein schnaufendes, verschwitztes Pferd direkt hinter ihr.

Jenna war entsetzt an die nächste Hauswand gewichen, sah nun voller Angst und böser Erwartung zu dem Reiter hinauf und stutzte. Es war eine Frau, die sie feindselig anfunkelte – nicht Marek. Noch nicht einmal einer seiner Krieger. Sie hatte ein hartes, für eine Frau sehr markant geschnittenes Gesicht, das durch das streng zusammengebundene, dunkle Haar noch betont wurde, und ihre Kleider waren eindeutig die eines Kriegers.

Jenna hätte niemals damit gerechnet, dass sie in Falaysia einmal auf einen weiblichen Krieger treffen würde, schließlich waren Frauen hier alles andere als gleichberechtigt, das hatte sie schnell gelernt, und nun stand Jenna vor einer Frau, vor der wahrscheinlich sogar Männer erzitterten. Ein langes Schwert hing an ihrer Seite und die Muskeln ihrer kräftigen Oberarme verrieten, dass sie sehr wohl damit umgehen konnte. Außerdem trug sie noch einen Köcher mit Pfeilen auf dem Rücken und am Sattel ihres Pferdes waren ein großer Bogen und eine Armbrust angebracht.

Jenna schluckte unter dem wütenden Blick der Frau. Wenn die Kriegerin sich mit ihr anlegte, hatte sie schlechte Karten.

„Hörst du schlecht?!“ fauchte diese nun und ihre dunklen Augen funkelten bösartig. „Ich hab gesagt: Aus dem Weg!!“

„Ich… ich bin doch zur Seite gegangen“, erwiderte Jenna zaghaft.

„Ja, jetzt!“ gab die Frau zu. „Aber ich musste mein Pferd erst mal durchparieren. Das ist anstrengend!!“

„Es… tut mir leid“, entschuldigte sich Jenna. Konnte dieses Mannsweib nicht einfach weiterziehen?

„Das sollte es auch“, brummte die Frau. „Was macht ein so kleiner Knirps wie du ganz allein in dieser großen Stadt? Gibt’s was Interessantes zu sehen oder hast du dich verlaufen?“

Jenna war für einen Moment verwirrt. Sie vergaß doch immer wieder, dass sie verkleidet war.

„Ich wohne hier“, log Jenna. „Und ich wollt gerade nur einen kleinen Spaziergang machen.“

„Ganz allein?“

„Ich bin nicht ganz so jung, wie ihr denkt.“

„Wenn ich das sage, ist das so, klar?!!“

Jenna nickte schnell. Sie wollte wirklich keinen Ärger.

„Du bist ein ganz schön vorlauter Bengel“, brummte die Kriegerin. Es schien ihr richtig Spaß zu machen, andere Menschen zu ängstigen. „Wenn ich Zeit dafür hätte, würde ich dich ein wenig mehr Respekt vor den Kriegern Alentaras lehren!“

„Das ist bestimmt nicht nötig“, sagte Jenna schnell. „Ich werde mich nie wieder so schlecht benehmen…“

„Ich sagte doch, ich hab keine Zeit!“ fuhr die Frau sie an. „Sollten wir uns noch einmal treffen, solltest du dich vorsehen. Das nächste Mal bin ich wahrscheinlich nicht mehr so freundlich!“

Sie riss ihr Pferd herum und rammte ihm die Hacken in den Bauch, so dass es einen Satz nach vorn machte, um dann weiter die Straße hinunter zu preschen. Es dauerte nicht lange, bis die Kriegerin außer Sichtweite war.

Jenna schüttelte fassungslos den Kopf. Es war doch ganz egal, ob es Männer oder Frauen waren, die Krieger in Falaysia waren einfach eine scheußliche Art von Menschen.

„Alles Durchgeknallte", brummte Jenna und setzte ihren Spaziergang fort. Sie wollte sich doch von so einer nicht den Abend vermiesen lassen. Aber sie war jetzt wachsamer. Es war besser ihre Augen auf ihre reale Umgebung zur richten, als sich von irgendwelchen Hirngespinsten ablenken zu lassen und dann versehentlich in wirkliche Gefahr zu geraten.

Die Straße endete nach einer Weile an einer Kreuzung und sie blieb für einen Augenblick etwas unentschieden stehen. Wenn sie immer wieder nach rechts abbog, würde sie irgendwann wieder beim Wirtshaus ankommen, was wahrscheinlich die vernünftigere Entscheidung war, bedachte man, dass sie schon auf den ersten Metern ihres Spaziergangs in Schwierigkeiten geraten war. Doch irgendetwas in ihr, irgendein seltsamer Instinkt hatte sich schon längst für den Weg nach links entschieden, sagte ihr, dass sie unbedingt *dort* langgehen musste.

Jenna hörte nicht besonders oft auf ihr Bauchgefühl, obwohl dieses meist sehr drängend war, doch dieses Mal entschied sie sich gegen ihren Verstand, der weiter darauf drängte, umzudrehen und im Wirtshaus auf Leon zu warten. *Wenn* sie mal auf ihr Bauchgefühl gehört hatte, war es fast nie die falsche Entscheidung gewesen und oftmals hatte sie sich, wenn sie ihrem Kopf gefolgt war, im Nachhinein gewünscht, doch eher ihrem Bauch nachgegeben zu haben. Also ging sie dieses Mal ihrem Gefühl nach, das bei jedem Schritt, den sie tat, stärker zu werden schien. Es war schon merkwürdig. Derart intensiv war es noch nie gewesen. Es war so anders als sonst, so als würde es gar nicht aus ihrem eigenen Inneren heraus kommen, sondern einem stummen Ruf folgen, der irgendwoher kam. Nein, nicht irgendwoher, sondern von dem kleinen Fachwerkhaus an der nächsten Ecke. Dorthin musste sie gehen. Unbedingt! In der untersten Etage brannte noch ein Licht, und schon von weitem erkannte sie hinter einem der Fenster die Umrisse zweier Gestalten, die an einem Tisch saßen.

Jenna beschleunigte ihre Schritte. Jetzt trieb sie nicht nur dieses seltsame Gefühl voran, sondern auch ihre schreckliche Neugierde. Sie schlich sich an das große Fenster heran, das glücklicherweise etwas geöffnet war, drückte sich an die Mauer und spähte vorsichtig von der Seite hinein. Sie war nicht allzu überrascht, als sie feststellen musste, dass einer der Männer Leon war. Hier steckte der Kerl also. Von wegen Besorgungen für ihr Flucht machen…

Sein Gesprächspartner war ein sympathisch wirkender, bärtiger Mann, mit breiten Schultern und einem runden Bauch, der garantiert nicht nur durch gutes Essen entstanden war.

„Und du weißt nicht, wo der Junge hingezogen ist?“ fragte Leon gerade. „Ich hab dich doch gebeten, dich um ihn zu kümmern.“

„Das hab ich auch getan“, entgegnete der Mann. „Aber ich hatte nicht die Zeit, um täglich zu ihnen raus zu reiten. Das Dorf liegt nicht allzu nahe bei Vaylacia. Und als ich das letzte Mal dort hin geritten bin, waren sie schon fort. Einige sagen, sie sind freiwillig gegangen, andere sagen, man habe sie vertrieben.“

„Aber warum?“ Leon war sichtlich erstaunt.

„Sie hatten Schwierigkeiten. Na ja, was heißt Schwierigkeiten. Die Krieger Alentaras statteten seiner Familie eines Tages einen Besuch ab.“

Schon wieder dieser Name. Wer war diese Person? Eine Königin?

„Alentara?“ fragte Leon verwirrt. „Was suchen denn ihre Krieger so weit außerhalb ihres Reiches?“

„Ich hab keine Ahnung“, gab der Bärtige mit einem Schulterzucken zu. „Momentan gehen eine Menge Dinge vor sich, die ich nicht mehr verstehe.“

„Und was wollten sie von dem Jungen und seiner Familie?“ fragte Leon mit großer Besorgnis in der Stimme. „Das sind doch nur arme Bauern.“

„Kannst du dich an den Stein erinnern, den du damals dem Jungen geschenkt hast?“

Leon nickte und die Blässe seines Gesichts verriet, dass er sich wohl schon zusammenreimen konnte, was passiert war.

„Sein Vater verkaufte ihn an einen Händler, als sie wieder einmal eine schlechte Ernte eingebracht hatten“, berichtete Leons Freund. „Ein halbes Jahr später tauchte eine kleine Gruppe von Alentaras Kriegern hier in Vaylacia auf. Sie erkundigten sich nach Dokans Vater, bestachen ein paar Händler und erfuhren so, wo sich die Familie aufhielt.“

„Haben sie ihnen etwas angetan?“ fragte Leon mit einer Ruhe in der Stimme, die darauf schließen ließ, dass er auf das Schlimmste gefasst war.

Der Bärtige schüttelte den Kopf. „Nach den Aussagen der Leute im Dorf, haben sie die Familie nur gründlich befragt und sind dann wieder abgezogen.“

Erleichterung zeigte sich auf Leons Gesicht, dieselbe Erleichterung, die auch Jenna bei den Worten des Mannes empfand. „Und was haben sie gefragt?“

„Woher sie den Stein hatten, an wen sie ihn verkauft haben, ob sie wissen, wohin der vorherige Besitzer gegangen ist und warum er den Stein abgegeben hat. Und so weiter. Vielleicht haben sie der Familie auch gedroht. Ich weiß es nicht. Aber eine Woche später waren die guten Leute fort. Und ich weiß nicht, wohin sie gegangen sind.“

Leon lehnte sich in seinem Stuhl zurück und seufzte. „Das wollte ich nicht. Wenn ich gewusst hätte, was es mit diesem Stein auf sich hat, hätte ich den Leuten diesen ganzen Ärger ersparen können. Ich hätte sie nie in solche Gefahr gebracht."

„Mach dir keine Vorwürfe, Leon", sagte der Bärtige. „Wichtig ist doch nur, dass ihnen nichts passiert ist. Ehrlich gesagt, hatte ich auch Angst, dass sie nun hinter dir her sind. Ich glaube zwar nicht, dass dich diese Leute absichtlich verraten würden, aber mit geschickten Fragen kann man auch Dinge erfahren, die der Befragte gar nicht verraten *will*."

„Bisher bin ich von Alentara noch verschont worden", gab Leon mit einem traurigen Lächeln zurück. „Aber glaube mir, mir wäre wirklich leichter ums Herz, wenn *sie* es wäre, die mich durch die Gegend hetzt."

Leons Freund machte ein entsetztes Gesicht. „Sag bloß…" Er wagte es nicht, weiter zu sprechen.

Leon nickte nur betrübt.

„Aber du gehörst doch gar nicht mehr zu Renons Truppen", erwiderte der Bärtige. „Das müsste ein mächtiger Mann wie er doch wissen."

„Darum geht es ihm nicht", erklärte Leon. „Nadir will das von mir, was auch Alentara so verzweifelt sucht."

„Den Stein?" Leons Freund sah ihn verständnislos an.

„Ja, und rate mal, wen er hinter mir her gehetzt hat."

Der Bärtige wurde blass. „Marek", flüsterte er.

„Nun weißt du, wie ich mich fühle." Leon lächelte gequält.

Sein Freund sah ihn mitleidig an. „Was willst du jetzt tun?"

Leon dachte einen Moment nach und Jenna spitzte noch mehr als zuvor die Ohren. Wenn Leon ihr nicht freiwillig sagte, was er vorhatte, hatte sie keine andere Wahl, als ihm auf diese Weise hinterher zu spionieren.

„Ich habe beschlossen herauszufinden, was es mit diesen Steinen auf sich hat. Und ich habe schon so einiges erfahren."

„Stein*e*?" hakte sein Freund nach.

„Ja." Leon griff unter sein Hemd und brachte Jennas Stein zum Vorschein. Die hatte auf einmal das drängende Bedürfnis durch das Fenster zu hechten, ihm den Stein zu entreißen und rechts und links eine satte Ohrfeige zu verpassen. Wie konnte er nur dieses kostbare Ding jedem Menschen unter die Nase halten? Wie konnte er diesem Mann mehr vertrauen als ihr? Vielleicht war der Kerl ja ein Verräter, der in Wirklichkeit für den Feind arbeitete!

Nein, das war nicht fair. Wahrscheinlich war der Mann dort drin sogar Leons bester Freund, und dem konnte er garantiert vertrauen. Da war nur dieses drängende Gefühl in ihr, den Stein wieder an sich zu nehmen, ihn vor den gierigen Blicken anderer zu verstecken und zu beschützen, so wie er sie beschützt hatte.

Der Bärtige betrachtete den Stein nun ungläubig. „Bist du sicher, dass das nicht derselbe Stein ist, den du mal besessen hast?"

„Nicht völlig", gab Leon zu. „Aber ich habe meinen Stein größer in Erinnerung und… dunkler."

„Und woher hast du *den*?"

Leon musste grinsen. „Der hat vor kurzem noch Marek gehört."

Leons Freund wurde schon wieder blasser und für einen Moment bewegten sich seine Lippen, ohne dass er auch nur einen Ton herausbrachte.

„Du… du hast Marek bestohlen?!" hauchte er schließlich entsetzt.

„Nein", erwiderte Leon gelassen. „Nicht ich. Ich hab dir doch gesagt, dass ich nicht allein hierhergekommen bin."

„Du willst mir doch damit nicht sagen, dass dein neuer Freund Marek bestohlen hat?!"

„Doch."

Der Bärtige sah ihn ungläubig an. „Er muss völlig verrückt sein.“

Leon schüttelte den Kopf. „Nur ahnungslos. Sie wusste nicht, mit wem sie es zu tun hat.“

„*Sie*?“ Die Augen des anderen wurden noch ein wenig größer. „Dein Freund ist eine *Frau*?“

Leon nickte schmunzelnd.

„Du willst mir weismachen, dass es hier in Allgrizia eine Frau gibt, die es wagt, Marek zu bestehlen?“

„Sie hatte das nicht geplant“, erklärte Leon rasch. „Es war mehr eine Panikhandlung, schließlich hat Marek sie… angegriffen.“

„Sie angegriffen, ja?“ keuchte der Mann. „Soll das heißen, sie hat den Stein vor Mareks Augen gestohlen?“

Aus Leons Schmunzeln wurde ein breites, beinahe stolzes Grinsen. „Sie hat ihn ihm vom Hals gerissen.“

Der Bärtige stieß ein entsetztes Keuchen aus, doch dann glätteten sich seine Gesichtszüge wieder.

„Du... du nimmst mich auf den Arm“, meinte er. „ Das ist alles nur ein Scherz.“ Er grinste, doch als Leon ihn weiterhin ernst ansah, erstarb dieses Grinsen wieder.

„Leon, was du mir da erzählst, ist einfach nicht möglich. Wenn diese Frau es wirklich gewagt haben sollte, Marek etwas Derartiges anzutun, dann wäre sie jetzt tot!!“

Leon seufzte. „Ich kann dich verstehen, Cevon. Ich würde es auch nicht glauben, wenn ich es nicht mit eigenen Augen gesehen hätte. Aber dieser Stein ist, wie schon gesagt, etwas Besonderes. Er… er muss magisch sein, denn nur ihm haben wir es zu verdanken, dass wir noch leben, dass wir Marek überhaupt entkommen konnten. Anders lassen sich diese merkwürdigen Geschehnisse gar nicht erklären.“

Cevon starrte den Stein an. Unbehagen stand in sein Gesicht geschrieben. „Du meinst, dieses Ding hat dich gerettet?“

„Ja", sagte Leon fest. „Und du weißt, wie schwer es mir fällt, an so etwas zu glauben."

Sein Freund nickte. „Das erklärt natürlich Alentaras Interesse. Sie war schon immer verrückt nach solchen Dingen." Er atmete tief durch, so als müsse er sich dazu zwingen, Leon zu glauben. „Wenn ich alles richtig verstanden habe, dann... ist es eigentlich Nadir, der an diesen Steinen interessiert ist."

Leon nickte.

„Dann habt ihr also eigentlich Nadir bestohlen. Nadir, der dich ohnehin jagt, weil auch er deinen Stein haben will."

Wieder nickte Leon, während Jenna sich immer schlechter fühlte. So aus dem Munde eines fremden Mannes klang das alles noch viel dramatischer.

„Er wird sehr wütend sein."

Oh ja, das befürchtete sie auch.

„Wütende Zauberer können ziemlich unangenehm werden, besonders wenn sie sich bedroht fühlen. Und das wird gewiss der Fall sein, schließlich weiß er, dass diese Steine magisch sind, und jede andere magische Kraft bedeutet Gefahr für einen Zauberer, insbesondere wenn sie sich in den Händen seiner Feinde befindet. Er wird mit aller Macht versuchen, die Steine in seine Finger zu bekommen, jetzt noch vehementer als zuvor."

„Ja", seufzte Leon. „Ist das nicht großartig?"

Sein Freund lehnte sich in seinem Stuhl zurück. „Ich weiß nicht, wo du in solch einer Situation noch diesen Humor hernimmst."

„Ich auch nicht", gab Leon leise zu.

„Und was hast du jetzt vor?"

„Ich muss versuchen, das Beste daraus zu machen."

„Und wie?"

Leon zuckte die Schultern. „Ich weiß nur, dass diese Steine ein neuer Lichtschimmer in unserem aussichtslosen Kampf gegen Nadir sein können, genauso, wie sie auch das Ende für uns alle einläuten könnten, wenn sie tatsächlich beide in Nadirs Hände fallen. Das darf auf keinen Fall passieren."

„Leon, sich allein gegen Nadir zu stellen... das ist Wahnsinn!" warf Cevon ein. „Warum wartest du nicht ab, was König Renon dazu sagt? Er..."

„Die Zeit habe ich nicht", unterbrach ihn Leon. „Ich muss den anderen Stein vor Nadir finden. Erst dann kann ich Renon aufsuchen. Ich *muss* mich einfach auf diesen Wahnsinn einlassen. Wer weiß, was für Kräfte in diesen Steinen schlummern? Nachher vernichtet dieser verrückte Zauberer noch ganz Falaysia. Das kann ich nicht zulassen. Es kann nicht gut für uns sein, wenn Nadir noch mehr Macht in den Händen hält."

Der Bärtige nickte traurig. „Du hast Recht. Aber... du weißt, dass dich das dein Leben kosten kann?"

„Ja. Und ich weiß auch, dass es keinen schlimmeren Feind gibt als Nadir. Aber wenn ich herausfinde, wie man die Macht der Steine nutzen kann, dann ist es vielleicht sogar möglich, Falaysia von der Herrschaft Nadirs zu befreien."

„Und wenn nicht?"

„Dann werde ich wenigstens dafür sorgen, dass diese Dinger niemals in seine Hände fallen!"

„Und dein restliches Leben auf der Flucht vor seinen Häschern sein", setzte sein Freund hinzu.

„Das ist die Sache wert", gab Leon tapfer zurück.

Jenna fühlte sich weniger tapfer. Allein die Vorstellung ein Leben lang auf der Flucht zu sein, verursachte bei ihr Magenkrämpfe. War es das wirklich wert?

Cevon stand auf, trat an Leon heran und legte ihm die Hand auf die Schulter. „Wenn du Hilfe brauchst... auf mich kannst du immer zählen."

Leon nickte und sah ihn dankbar an.

Rums! Irgendetwas Schweres landete unangenehm schmerzend auf Jennas Schulter. Grob wurde sie herum gerissen und starrte voller Entsetzen in das grimmige Gesicht eines riesigen Stadtwächters. Sie erkannte ihn an seiner Uniform.

Er knurrte sie auf Zyrasisch an, doch als er bemerkte, dass sie ihn nicht verstand, wechselte er rasch ins Englische. Anscheinend sprachen hier mehr Menschen ihre Sprache. Leon hatte ja gesagt, dass das Leben in den Hafenstädten anders war.

„Was soll das hier werden?" grollte der Mann böse. „Spionage?"

„N… nein", stotterte sie und spürte deutlich, wie wenig überzeugend sie auf den Mann wirkte. „Ich… ich hab nur einen Freund gesucht!"

„Ach, so", erwiderte der Wächter mit einem scheinbar verstehenden Lächeln. „Und der ist sicher in diesem Haus."

„Ge... genau", stimmte sie ihm zu.

„Dann stört es dich bestimmt auch nicht, wenn wir ihm gleich mal einen kleinen Besuch abstatten", sagte der Wächter und schob sie hinüber zur Tür.

Jenna fühlte sich gar nicht wohl in ihrer Haut. Sie konnte sich schon vorstellen, was für ein Theater Leon machte, wenn er erfuhr, dass sie ihn belauscht hatte. Doch verhindern konnte sie es nicht mehr, denn der Wächter klopfte bereits an die dunkle Holztür und bald darauf öffnete sich diese knarrend. Das sympathische Gesicht des Bärtigen erschien im Türrahmen. Er sah die beiden ihm völlig Fremden erstaunt an.

„Verzeiht bitte diese späte Störung", entschuldigte sich der Wächter. „Aber dieser junge Mann hier hat euch durch das Fenster beobachtet und wahrscheinlich belauscht. Er sagt, er kenne euch."

Cevon musterte Jenna stirnrunzelnd. „Tatsächlich?"

„Äh, nein", erwiderte Jenna und wandte sich an den Wächter. „Den meinte ich nicht."

„So, so“, erwiderte Leons Freund schmunzelnd und musterte sie kurz.

„Ja“, gab sie rasch zurück und kam sich dabei ziemlich dämlich vor. „Ich gehöre zu Leon.“

Die Augenbrauen des Bärtigen wanderten ein wenig in die Höhe. „Wie ist euer Name?“

„J… Jenna?“ Das war mehr eine Frage als eine ordentliche Antwort und Jenna hätte sich im nächsten Augenblick dafür am Liebsten auf den Mund geschlagen. Sie war aber auch in einer wirklich blöden Situation. Sie sah aus wie ein Mann, fühlte sich aber immer noch wie eine Frau. Und außerdem konnte sie auch gar keinen anderen Namen benutzen als ihren eigenen, denn wie sollte Leon dann wissen, wer hier nach ihm suchte?

„Jenna, ja?“ fragte der Bärtige weiterhin schmunzelnd. „Ein interessanter Name für einen jungen Burschen.“

Sie seufzte innerlich. Natürlich glaubte er ihr nicht. Wie hätte es auch anders kommen können? Wenn sie weiter so viel Pech hatte, landete sie noch in dieser Nacht in den Kerkern Vaylacias. Doch dann vernahm sie Schritte aus dem Innern des Hauses und wenige Sekunden später erschien Leon in der geöffneten Tür.

„Was…“, fing er an, verstummte jedoch, als er Jenna erkannte. Sein Gesicht nahm einen verblüfften Ausdruck an.

Jenna brachte nur ein verlegenes Lächeln zustande. „Äh… hallo“, sagte sie leise.

„Was… was machst *du* denn hier?“ fragte Leon und sein Blick wanderte irritiert zu dem Wächter und wieder zurück zu ihr. „Wie hast du mich überhaupt gefunden?“

Sie zuckte unbeholfen die Schultern. „Eigentlich wollte ich nur einen kleinen Spaziergang machen. Aber dann…“

„Heißt das, ihr kennt diesen jungen Mann hier tatsächlich?“ unterbrach der Wächter sie etwas unwirsch.

Leon nickte. „Es ist alles in Ordnung. Hat er irgendwelche Schwierigkeiten gemacht?“

„Nein, außer, dass er vor eurem Fenster herumlungerte, ist nichts passiert.“

Leon bedachte Jenna mit einem verärgerten Blick, dann lächelte er den Wächter freundlich an. „Ich danke euch trotzdem für eure Aufmerksamkeit und Mühe“, sagte er.

Der Wächter nickte nur, wandte sich dann ab und ging. Und mit ihm ging auch Leons Lächeln.

„Du solltest doch in der Wirtsstube auf mich warten!“ fuhr er Jenna an, als wäre sie ein kleines Kind, das sich den Anweisungen seines Vaters widersetzt hatte.

„Das hab ich ja auch“, gab sie etwas kleinlaut zurück. Warum ließ sie sich nur so schnell von dem Kerl einschüchtern? „Aber dann hatte ich Lust auf einen kleinen Spaziergang. Ich brauchte frische Luft.“

„Das hätte auch übel für dich ausgehen können“, brummte Leon. „Es gibt auch hier gefährliche Menschen!“

„Leon“, mischte sich der Bärtige ein. „Was soll denn das hier draußen werden? Lass sie doch erst einmal hereinkommen.“

Ohne eine Reaktion der beiden abzuwarten, nahm er Jenna am Arm und zog sie in das warme Innere des Hauses. Dann schloss er rasch die Tür hinter ihnen und trat mit einem freundlichen Lächeln wieder dichter an Jenna heran.

„Willst du uns nicht vorstellen?“ wandte er sich an Leon.

Leon schien nicht sonderlich begeistert von dieser Idee, doch er fügte sich dem Willen seines Freundes. „Jenna, das ist mein Freund Cevon, Cevon, das ist Jenna, diejenige, die mich momentan begleitet.“

Jenna bemühte sich darum, dem Mann ein freundliches Lächeln zu schenken, doch er musterte sie nun so auffällig und gründlich, dass sie es einfach nicht konnte. Sie hasste das.

„Warum hast du sie so verkleidet?“ fragte er Leon, so als wäre sie selbst nicht dazu fähig, sich zu dieser Frage zu äußern, und Jenna runzelte verärgert die Stirn.

„Um sie vor Übergriffen zu schützen, weshalb sonst?“ gab dieser unfreundlich zurück. Ihr Auftauchen schien seine Laune endgültig verdorben zu haben.

Cevons Augen wanderten wieder zu Jenna und er schürzte mit einem respektvollen Nicken die Lippen. „Funktioniert ziemlich gut. Ich wär von allein bestimmt nicht darauf gekommen, dass sie eine Frau ist.“

„Das ist ja auch Sinn der Sache“, mischte sich Jenna rasch ein, um die beiden Männer daran zu erinnern, dass sie selbst ein denkendes, fühlendes Wesen war und keine Sache, über die man sich nett unterhalten konnte, ohne sie zu involvieren.

Der Bärtige stieß ein leises Lachen aus. „Wenn wahr ist, was Leon mir über dich erzählt hat, dann scheinst du sehr mutig zu sein“, setzte er mit deutlichem Respekt in den warmen Augen hinzu und Jennas Verärgerung legte sich sogleich wieder etwas.

„Ich glaube, das hat viel eher etwas mit Glück zu tun als mit Mut“, erwiderte sie mit einem kleinen Lächeln.

„Dann hoffe ich, dass deine Glückssträhne noch weiter anhält“, meinte er mit einem kleinen Augenzwinkern.

„Das hoffe ich auch“, gab sie zurück und sah unsicher zu Leon hinüber. Der sah schon nicht mehr ganz so böse aus wie zuvor.

„Hast du uns wirklich belauscht?“ fragte er gefasst.

Jenna schluckte. Sie spürte, wie ihr sofort das Blut ins Gesicht schoss. „Ich… na ja… also, ich wollte es eigentlich nicht. Ich meine, das war wirklich nicht geplant. Ich bin nur an diesem Haus vorbeigekommen, und hab dich gesehen, und dann –“

„Also hast du“, schloss Leon aus ihrem Gestammel.

Sie nickte verlegen.

„Wieso?“ Er schien das wirklich nicht zu verstehen. „Glaubst du, ich hätte es dir sonst nicht erzählt?“

Sie sah ihn an, und in diesem Augenblick war alle anfängliche Unsicherheit endgültig verschwunden. „Ja, genau das denke ich“, gab sie offen zu. „Du erzählst mir nie, was du vorhast, und du beantwortest nie meine Fragen. Jedenfalls nicht wahrheitsgemäß.“

Leon machte zuerst einen überraschten Eindruck, warf ihr dann aber einen Blick zu, der ihr bedeutete, dass sie dieses Streitgespräch besser auf später verschieben sollten und wandte sich stattdessen an seinen Freund. „Was meinst du, wie lange brauchen wir nach Trachonien?“

Cevon brauchte einen Moment, um Leons raschem Themensprung folgen zu können, dann schien er die Frage begriffen zu haben. „Du willst also wirklich ins Drachenland?“

„D... Drachenland?“ Jenna blinzelte perplex. „Es… es gibt keine Drachen.“ Sie sah ihren Freund an, versuchte ruhig zu bleiben, die Angst wegzustoßen, die dieses Wort sofort in ihr wachgerufen hatte. „Das hast du doch gesagt, Leon!“

„Ich?“ Leon sah sie erstaunt an. „Bestimmt nicht.“

„Doch“, widersprach Jenna ihm rasch, so als könne sie damit verhindern, dass seine Worte zur Wahrheit wurden. „Im Wald… als wir diese Elfenwesen gesehen haben. Du hast gesagt, wir müssten eine Pause machen, sonst würde ich nachher noch Drachen sehen.“

Leon zog etwas verwirrt seine Brauen zusammen. „Ja, aber das heißt doch nicht, dass es keine gibt.“

Jenna schloss kurz die Augen und atmete tief ein und aus. *Nicht aufregen. Nur nicht aufregen. Das hilft dir nicht weiter und wird nichts an den Tatsachen ändern. Du musst dich damit abfinden, dass es nun auch noch solche Urzeitwesen in dieser Welt gibt. Kein Grund durchzudrehen.*

„Gut. Also gibt es hier Drachen. Schön. Und wahrscheinlich sind sie auch noch gefährlich.“ Eigentlich war das keine Frage, dennoch nickte Leon. Was hatte sie auch anderes erwartet?

„Wenn wir ihnen aus dem Weg gehen, wird uns nichts passieren“, setzte er hinzu, wohl in der Hoffnung, sie damit trösten zu können – was für ein Witz!

„Sagtest du nicht gerade, dass wir ins Drachenland reisen werden?“ fragte sie ihn in einem übertrieben liebreizenden Tonfall und schenkte ihm das dazu passende Lächeln. „Wie wollen wir ihnen dann aus dem Weg gehen?“

„Das Land heißt zwar so, aber die Drachen befinden sich nur in bestimmten Gebieten Trachoniens“, wandte Leon rasch ein. „Und außerdem schmecken wir ihnen nicht. Menschen wurden bisher immer nur angegriffen, wenn sie zu nahe an deren Brutplätze gekommen sind oder sie sich auf irgendeine andere Weise von ihnen bedroht oder gestört gefühlt haben.“

Jenna sagte nichts mehr dazu, schüttelte einfach nur ungläubig den Kopf. Alles in ihr sträubte sich dagegen, auch nur einen Fuß in ein von Drachen verseuchtes Land zu setzen. Doch Leon schien es mit diesem verrückten Vorhaben wirklich ernst zu sein. Denn er wandte sich schon wieder an Cevon.

„Also, was meinst du, wie lange wir brauchen werden?“

„Das kommt ganz darauf an, was für einen Weg ihr wählt“, antwortete der Mann. „Wenn ihr den kurzen wählt, sechs bis sieben Tage, für den langen mehr als eine Woche.“

„Ich denke, wir werden den langen nehmen müssen“, überlegte Leon.

„Bist du sicher?“

„In Kasrak wimmelt es nur so von Bakitarern“, meinte Leon. „Wahrscheinlich werden sie sogar die Schiffe kontrollieren, die nach Trachonien auslaufen. Du weißt doch, das Nadir momentan auch ein paar Probleme mit Alentara hat.“

Cevon nickte. „Es wundert mich ohnehin, dass er sie noch nicht vernichtet hat.“

Leon bewegte abwägend den Kopf hin und her. „Bisher hat sie sich aus den Kriegen mit den Bakitarern immer herausgehalten. Es heißt sogar, dass sie eine Zeit lang eine gewisse, freundschaftliche Beziehung mit Nadir gepflegt hat. Bisher sind sie nie so wirklich aneinander geraten.“

„Bis auf diese eine Geschichte mit Marek“, wandte Cevon mit einem kleinen Grinsen ein.

„Ja, aber das sind nur Gerüchte“, gab Leon ebenfalls grinsend zurück und brachte Jenna dazu, fragend die Stirn zu runzeln. Doch er reagierte nicht auf sie.

„Wie dem auch sei – den Weg über Kasrak können wir nicht nehmen. Ich denke, wir müssen uns generell von allen Grenzstädten zu Trachonien fernhalten, die in Bakitarer-Hand sind.“

„Und ihr solltet auch vorsichtig sein, was Alentaras Truppen und Spione angeht“, warnte Cevon. „Schließlich hat auch sie ein Interesse an dir.“

Leon nickte nur halbherzig. „Ich glaube nicht, dass sie genau weiß, wen sie sucht.“

„Da solltest du dir nicht so sicher sein. Sie soll einen ziemlich gutes Spionagenetz haben.“

Leon winkte ab. „*Sie* ist es nicht, vor der ich mich fürchte. Auf jeden Fall gibt es für uns nur einen Weg nach Trachonien.“

Cevon verzog sein Gesicht und Jenna konnte nicht mehr an sich halten. Das mulmige Gefühl in ihrem Bauch war einfach zu stark geworden.

„Was ist so schlecht an diesem Weg?“ fragte sie besorgt.

„Er ist… ähm… nicht gerade ungefährlich“, stammelte Cevon.

Sie schluckte. „Was heißt nicht ungefährlich?“

„Na ja…“ Er sah unsicher zu Leon hinüber. Doch dieser nickte zu Jennas Erstaunen. Hatte er tatsächlich vor, sie nicht mehr zu belügen?

„Ihr müsst durch einen Wald, in dem es so allerhand unangenehme Kreaturen gibt, die manchmal sehr angriffslustig sein können, ihr müsst einen der gefährlichsten Sümpfe Falaysias durchqueren und dann durch das Latan-Gebirge ziehen, das von einem ziemlich kriegerischen Volk bewohnt wird.“

„Und das war alles?“ hakte Jenna mit einer Ruhe in der Stimme nach, die sie innerlich längst nicht mehr besaß.

Cevons Nicken kam etwas verzögert, was wohl der großen Verwirrung zuzuschreiben war, die so deutlich aus seinen Augen sprach. „Zu wenig?“

„Nein“, gab sie mit einem künstlichen Lächeln zurück. Dann drehte sie sich ruckartig zu Leon um. „Hast du den Verstand verloren?!!“

Ihr Freund stieß ein resigniertes Seufzen aus. „Jenna, was sollen wir sonst machen? Uns verstecken und warten, bis Marek uns erwischt? Diese Königin sucht ebenfalls nach den Steinen und hat vielleicht bereits den anderen. Vielleicht weiß sie mehr darüber und kann uns weiterhelfen, wenn wir uns ihr vorsichtig nähern.“

„Und wenn sie mit Nadir zusammenarbeitet?“

„Das glaube ich nicht. Alentara hat bisher immer nur ihr eigenes Ding gemacht und sie ist verrückt nach magischen Sachen – so verrückt, dass sie sich deswegen sogar mit Nadir anlegen würde. Da bin ich mir fast sicher. Und wie sagt man doch so schön: Der Feind meines Feindes ist mein Freund.“

„Aber du könntest dich auch irren!“

Leon ließ die Schultern ein wenig hängen und atmete tief ein und aus. Es war ihm anzusehen, wie schwer es ihm fiel, ruhig und freundlich zu bleiben, wirklich auf jede ihrer Fragen einzugehen. Doch er tat es. „Ja, das könnte ich, aber es gibt keine andere Möglichkeit. Jedenfalls nicht für mich. Ich werde dich nicht zwingen, mit mir zu gehen."

Jenna wich seinem Blick aus, betrachtete stattdessen nachdenklich die abgenutzten Dielen des Holzfußbodens. Ihr Gehirn arbeitete auf Hochtouren. Wenn sie mit Leon ging, konnte das ihren Tod bedeuten, wenn sie hier blieb, war das jedoch auch nicht auszuschließen, denn Marek würde sie hier ganz gewiss finden. Und sie bezweifelte, dass Cevon sie beschützen konnte – wenn er es ihr überhaupt gestattete, bei ihm zu bleiben, solange Leon weg war. Er sah zwar kräftiger als Leon aus, dafür aber auch behäbiger – ganz davon abgesehen, dass es laut Leon ohnehin niemanden in dieser Welt gab, der es mit Marek aufnehmen konnte. Was hatte sie also für eine Wahl?

Sie seufzte und sah ihren Freund wieder an, der tatsächlich einen etwas angespannten Eindruck machte. „Ich komme mit dir, aber nur unter einer Bedingung."

„Die da wäre?" fragte Leon. War das tatsächlich ein Anflug von Erleichterung, die sie in seinen Augen aufblitzen sah?

„Du weihst mich ab jetzt immer in deine Pläne ein, *bevor* wir damit loslegen!"

Seine Mundwinkel hoben sich zu einem kleinen Schmunzeln. „Einverstanden", meinte er mit einem kurzen Nicken und brachte sie dazu, sein Lächeln zu erwidern.

„Ich hoffe nur, dass ich diese Entscheidung nicht bereuen werde."

„Das glaube ich nicht", sagte Leon fest. „Ich habe diesen Weg schon mal benutzt. Es klingt schlimmer, als es wirklich ist."

„Ich hätte mal vorhin die Kriegerin, die mich fast umgeritten hat, nach einem besseren Weg fragen sollen", witzelte Jenna. „Immerhin ist die ja unversehrt hier angekommen, obwohl sie wohl aus Trachonien kam."

Leon zog überrascht die Augenbrauen hoch und auch Cevon schien durch diese Bemerkung etwas beunruhigt.

„Wann war das?“ fragte ihr Freund angespannt.

„Kurz bevor ich zu euch gefunden habe.“ Jenna runzelte die Stirn. Die Reaktionen von Leon und Cevon gefielen ihr gar nicht. „Ist das… schlecht?“

„Ich weiß nicht“, murmelte Leon nachdenklich. „Alentaras Krieger sind nicht allzu oft in Vaylacia. Sie wissen, dass diese Stadt Nadir gehört, auch wenn er hier nicht unmittelbar anwesend ist und der Stadt erlaubt, sich selbst zu verwalten.“

„Meinst du sie sind deinetwegen hier?“ fragte Cevon.

„Wenn Alentaras Geheimdienst wirklich so gut ist, wie du gesagt hast, sollten wir das in Betracht ziehen, ja“, gab Leon zurück. „Und das bedeutet wiederum, dass wir unser Nachtlager besser ein wenig außerhalb der Stadt aufschlagen sollten. Wir wollen schließlich als ebenbürtige Verhandlungspartner vor Alentara treten und nicht als ihre Gefangenen.“

Jenna verzog gequält das Gesicht. „Oh, nein, nicht wieder der harte Waldboden!“

Leon sah sie mitleidig an. „Es tut mir leid, aber es geht nicht anders.“

„Also wollt ihr das wirklich durchziehen?“ erkundigte sich Cevon noch einmal.

Leon nickte nur und ihm war anzusehen, dass auch er seine Bedenken hatte. Doch er hatte Recht. Eine bessere Idee gab es momentan einfach nicht.

„Du musst wissen, was du tust“, sagte Cevon bedrückt. „Aber dir sollte dabei immer klar sein, dass niemand von dir verlangt, den Helden zu spielen, und niemand wird es dir danken, wenn du dabei stirbst.“

„Ich weiß“, gab Leon leise zurück. „Aber es muss sein. So eine Gelegenheit wird es vielleicht nie wieder geben.“

Cevon nickte. Bewunderung sprach aus seinen Augen. Doch er sagte nichts mehr, legte stattdessen einen Arm um Leons Schultern und drückte ihn kurz an sich. Für die beiden war nun der Moment des Abschieds gekommen und dieser schien Cevon nicht sehr leicht zu fallen. Es schien so, als hätte er Angst, seinen Freund nie wiederzusehen. Und so wie Jenna die Situation sah, war diese Angst nicht ganz unbegründet.

Das Spiel

„Ich weiß nicht, wie alles begonnen hat und auch nicht wann. Und ich weiß auch nicht, ob das, was ich bis zum heutigen Tag darüber erfahren habe, wirklich der Wahrheit entspricht, denn vieles davon habe ich mir selbst erarbeitet, aus alten Legenden hergeleitet und mit dem zusammengebracht, was mir vor langer Zeit von deiner Tante erzählt wurde."

Leon machte eine bedächtige Pause. Sein Blick war abwesend, nach innen gekehrt und das Licht des Feuers spielte mit den Konturen seines Gesichts, flackerte in seinen starren Augen, ließ ihn für einen Moment wie einen alten Märchenerzähler aussehen, während Jenna ihn mit großen Augen ansah, aufgeregt seiner Stimme lauschte wie ein kleines Kind.

„Es heißt, dass alles an einem Ort angefangen hat, den die Menschen Locvantos nennen – Tor der verlorenen Seelen; ein Tor zwischen Himmel und Hölle, das der Unterweltgott Erexo und der Sonnengott Ano erschaffen hatten, um einen Wettkampf ihrer Kreaturen zu ermöglichen. Erexo hatte behauptet, er könne seine Schöpfungen, die wohl so etwas wie Dämonen waren, dazu bringen, die Schöpfungen Anos auf ihre Seite zu ziehen und ebenfalls zu seinen Untertanen zu machen und somit die von Ano erschaffene Welt übernehmen. Ano wollte ihm beweisen, dass dies nicht möglich sei und erlaubte so den Dämonen durch das Tor in diese Welt einzudringen. Der Legende nach siegten die Schöpfungen Erexos beim ersten Mal, aber nur weil dieser falsch spielte und einigen seiner Kreaturen magische Kräfte gab. Daraufhin verlangte

Ano eine Revanche und gab auch einigen seiner Kreaturen die Gabe der Magie – leider ein wenig mehr als vereinbart und auch dieser Betrug flog auf. Du kannst dir sicherlich vorstellen, wie die ganze Geschichte weiterging und zwar endlos."

Er stieß ein trauriges Lachen aus. „Irgendwann waren die beiden Götter dieses Spieles leid, schlossen das Tor wieder und zogen sich zurück. Leider hinterließen sie ein paar machthungrige, verrückte Magier, die eines Tages das Tor wieder öffneten, um das Spiel weiterzuspielen. Die Dämonen, die über die Jahre, die dabei ins Land strichen, immer mal wieder in diese Welt eindrangen, brachten so viel Unheil über die Bevölkerung, dass sich diese irgendwann dagegen erhob und ein Krieg ausbrach, in dessen Verlauf viele Magier – auch unschuldige – getötet wurden.

In Falaysia herrschte für eine lange Zeit Chaos, Tod und Verderben, bis Ano sich höchstpersönlich wieder einschaltete und die Kämpfe zum Erliegen brachte. Er versiegelte das Tor mit einem magischen Schlüssel und zerbrach ihn in vier Teile. Diese vier Teile gab er in die Hände der vier weisesten Menschen unter den ehemaligen Kämpfern und ernannte sie zu den Wächtern des Tores. Er gab ihnen magische Kräfte und bestimmte sie dazu, ihre Leben der Bewachung des Tores und der Teilstücke des Schlüssels zu widmen. Die Zauberer wiederum bildeten Lehrlinge aus, die ihr Amt übernehmen sollten, wenn sie verschieden. So wurde das über Jahrhunderte praktiziert und das Tor blieb verschlossen."

Ein leichter Windhauch brachte das Feuer vor ihnen zum Prasseln und ließ gelblich glühende Funken zum Himmel aufsteigen. Jenna erschauerte und zog sich die Decke, in die sie gehüllt war, enger um die Schultern.

„Doch wie es so oft im Leben kommt", fuhr Leon fort, „war irgendwann unter den Lehrlingen der Wächter einer, dem es nach Macht gelüstete und der in dem Schlüssel zum Tor eine Chance darin sah, diese endlich zu erlangen. Er stahl seinem Meister ein

Teilstück des Schlüssels und brachte ein weiteres durch die Ermordung eines anderen Zauberers in seinen Besitz. Die anderen Zauberer begannen Jagd auf ihn zu machen und trieben ihn irgendwann in die Enge. Darauf versuchte er in seiner Angst vor der Wut dieser mächtigen Männer das Tor mit seinen beiden Hälften des Schlüssels zu öffnen. Dies gelang ihm natürlich nicht ganz, doch es heißt, das Tor habe ihn einfach verschluckt und er habe damit seine gerechte Strafe erhalten. Doch seitdem öffnet sich das Tor alle Jubel Jahre immer mal wieder für einen kurzen Moment und lässt ein paar Dämonen in diese Welt eindringen, so als wolle es daran erinnern, dass zwei Teile des Schlüssels unwiederbringlich mit in die Hölle gegangen sind."

Leon schien nun seine Geschichte beendet zu haben, denn er ergriff einen Stock, der neben ihm lag, und stocherte damit ein wenig im Feuer herum, um es weiter am Leben zu erhalten.

Jenna zog nachdenklich ihre Brauen zusammen und räusperte sich dann. „Heißt das, wir sind durch dieses Tor in diese Welt gekommen?"

Leon nickte stumm, sagte aber nichts weiter dazu. Das brauchte er auch nicht, denn Jennas Gedanken hatten sich längst selbstständig gemacht. „Wenn das Tor nur zwei Welten miteinander verbindet… heißt das dann *unsere* Welt ist in den Augen der Menschen hier die Hölle und *wir* sind die Dämonen?".

Leon nickte betrübt. „Ich denke schon. Heutzutage gibt es jedoch ein anderes Wort dafür."

„Verirrte", setze Jenna hinzu. Gideon hatte sie so genannt.

„Ganz genau", stimmte er ihr zu. „Aber auch dieses Wort ist nicht minder gefährlich für uns, Jenna. Es gibt durch diese Legende um den abtrünnigen Lehrling, in der wohl ein Körnchen Wahrheit verborgen liegt, immer noch die inoffizielle Order an die Machthaber eines jeden Staates, Verirrte sofort gefangen zu nehmen oder gar zu exekutieren, sollten diese irgendwo auftauchen.

Die Menschen hier haben Angst vor uns, weil der Begriff ‚Dämon' weiterhin in ihren Köpfen herumschwirrt."

„Wer hat den Begriff geändert?"

Leon zuckte die Schultern. „Irgendein Machthaber in Falaysia hat irgendwann behauptet, dass hinter dem Tor nicht die Hölle läge, sondern nur eine andere gefährliche Welt und die Wesen, die in diese Welt kämen, nur normale Menschen seien. Er wollte der Bevölkerung wohl die Angst vor den alten Mythen nehmen und ihnen ihren Aberglauben austreiben. Dass ihm das damit gelungen ist, wage ich aber zu bezweifeln."

Jenna schloss kurz die Augen in dem Versuch etwas mehr Ordnung in ihre quer durcheinander rasenden Gedanken zu bringen – und das war gar nicht so einfach bei dieser Flut an Informationen, die sie zu verarbeiten hatte.

„Wenn dieser Freund meiner Tante, dieser Demeon, mich durch das Tor hierher gebracht hat, dann bedeutet das wohl, dass er es öffnen konnte, also einen dieser Teilstücke des Schlüssels hat…", fing sie an, sich selbst die ganze verzwickte Geschichte zu erklären.

„Wenn es diesen Schlüssel wirklich je gegeben hat", wandte Leon rasch ein. „Mein Wissen fußt nur auf Legenden, Jenna."

Sie nickte. „Und ich versuche das Körnchen Wahrheit daran zu finden, weil ich denke, dass es das ist, was uns hier rausbringen wird."

Er schwieg für einige Sekunden, sah sie nur nachdenklich an. Doch dann nickte er. „Du hast Recht. Vielleicht sollten wir wirklich da anfangen, wo alles begann, und versuchen die Wahrheit zu rekonstruieren."

„Dieses Tor…" Jenna strich sich nachdenklich eine Haarsträhne aus dem Gesicht. „Meinst du, das könnte so etwas wie ein… Wurmloch sein, eine Art Verbindung zwischen zwei Universen? Kann man so etwas wirklich öffnen und wieder schließen?"

Ihr Freund zuckte hilflos die Schultern. „Darüber hab ich noch gar nicht nachgedacht.“

Dieses Mal war es an Jenna, ihr Gegenüber für eine Weile nur schweigend anzusehen. Ihr brannten so viele Fragen auf der Zunge, doch sie wusste, dass einige von ihnen Leon ziemlich nahegehen würden, ein Thema betrafen, über das er bislang nicht hatte sprechen wollen. Aber vielleicht, ganz vielleicht fühlte er sich ja jetzt eher dazu in der Lage. Sie räusperte sich nervös und holte tief Luft.

„Wie... wie genau bist du hierhergekommen? Du sagtest, du hättest es meiner Tante zu verdanken, aber... wie hat sie das gemacht? Konnte auch sie das Tor öffnen?“

Natürlich antwortete Leon nicht sofort, sah sie noch nicht einmal mehr an, sondern stocherte nur erneut im Feuer herum. Sie bemerkte, wie sich sein Körper anspannte, und auch seine Kiefermuskulatur zuckte verräterisch.

„Ich denke nicht, dass sie das kann“, sagte er leise. „Jedenfalls nicht allein. Sie waren damals zu zweit – sie und dieser Demeon...“

Leon fuhr sich mit einer Hand über das Gesicht, so als könne er die Erinnerung damit aus seinen Gedanken wischen, als könne er sie damit weniger schmerzhaft machen. Doch die Trauer und Verbitterung in seinen schönen Augen bezeugte, wie leer diese Geste war.

„Was genau haben sie getan?“ fragte Jenna sanft und voller Mitgefühl.

„Ich weiß es nicht genau.“ Sein Blick streifte sie nur, kehrte rasch zum prasselnden Feuer zurück. „Ich... ich hatte eine Nachricht erhalten, dass sie sich dort treffen würden, in dem Wald nahe bei Amesbury Und dass ich erfahren würde, was mit... was mit Sara passiert ist.“

Jenna hob überrascht die Brauen. „Sara?“

„Das Nachbarsmädchen“, erwiderte Leon und schluckte schwer. „Ich war neu hinzugezogen und sie… sie war einfach das tollste Mädchen, das mir bis dahin je begegnet war. Sie war so nett und hübsch und klug…“

„Du warst in sie verliebt“, stellte Jenna fest und schenkte ihm ein warmes Lächeln.

„Verliebt ist gar kein Ausdruck!“ Er lachte traurig. „Ich hätte *alles* für sie getan.“ Seine Brauen zogen sich ein wenig zusammen und er schüttelte den Kopf. „Nein – ich *habe* alles für sie getan.“

„Heißt das, du bist ihretwegen hier? Seid ihr zusammen hierhergekommen?“

Er schüttelte den Kopf. „Nicht zusammen. Sie verschwand, zwei Monate bevor ich durch das Tor ging. Ich wollte sie zurückholen… Ich war so dumm…“

Leons Stimme brach bei seinen letzten Worten und er barg sein Gesicht in den Händen. Jenna streckte eine Hand nach ihm aus, ließ sie jedoch wieder sinken, noch bevor sie seine Schulter berührt hatte. Sie wollte ihn so gern trösten, ihm Mut zusprechen, irgendetwas tun, damit es ihm besser ging. Doch sie wusste nicht was. Sie wusste einfach noch zu wenig über diese ganze Geschichte, hatte nur das schreckliche Gefühl, dass Sara etwas Furchtbares zugestoßen war.

Leons Brustkorb dehnte sich sichtbar unter dem nächsten tiefen Atemzug, den er nahm. Er ließ die Hände wieder sinken, betrachtete sie für eine Weile schweigend. Tränen glitzerten in seinen Augen und sein Mund zuckte unter der Anstrengung, mit der er versuchte seine Gefühle wieder in den Griff zu bekommen.

„Eigentlich… eigentlich ist es nicht fair, deine Tante allein für mein Unglück verantwortlich zu machen“, kam es ihm schließlich nur sehr leise über die Lippen. „Sie wollte nicht, dass ich durch das Tor gehe. Sie wollte mich sogar davon abhalten.“

„Dann ist die Nachricht nicht von ihr gewesen?“ fragte Jenna vorsichtig.

„Wahrscheinlich nicht.“ Leon warf den Stock, den er zum Anfachen des Feuers benutzt hatte, einfach resigniert in die Flammen. „Sie hat am Anfang wirklich versucht, mir und Sara zu helfen. Ich kann ihr nur nicht verzeihen, dass sie mich im Stich gelassen hat, nachdem Sara...“

Er brach ab, schüttelte ein weiteres Mal traurig den Kopf. Er brauchte auch nicht weiterzusprechen. Jenna wusste auch so, wie der Satz weitergegangen wäre und alles in ihr zog sich zusammen. Gideon hatte gesagt, dass Falaysia eine gefährliche Welt war. Sie konnte einen das Leben kosten.

Für eine Weile fiel kein Wort mehr zwischen ihnen. Alles, was zu hören war, was das Knistern und Knacken des Feuers und die fernen Schreie eines Nachtkauzes. Jenna tat es leid, dass sie Leon mit ihren Fragen so gequält hatte und dennoch – sie *musste* diese Dinge einfach wissen, musste die Zusammenhänge verstehen, um selbst einen Plan zu entwerfen, wie sie diese schreckliche Welt wieder verlassen konnten. Und gerade jetzt, nach all diesen Informationen war sie sich so sicher, dass es einen Weg gab, geben *musste*. Sie sah auf, weil sie das Gefühl hatte, dass sie beobachtet wurde, doch Leon hatte sich nicht bewegt, starrte blicklos ins Feuer. Oder er tat nur so, weil er vermeiden wollte, dass sie weitere unangenehme Fragen stellte. Doch sie konnte ihn noch nicht in Ruhe lassen.

Sie räusperte sich vorsichtig und brachte ihren Freund so dazu, sich ihr wieder zuzuwenden. „Also... Melina und Demeon haben damals das Tor für dich geöffnet, richtig?“

Er nickte und wappnete sich mit einem weiteren tiefen Atemzug für ihre nächsten Fragen.

„Es bedarf also mindestens zweier Magier, um das Tor zu öffnen“, schloss sie rasch.

„Ja, auf *unserer* Seite des Tores – *hier* soll es weitaus schwieriger sein“, gab Leon etwas ungeduldig zurück. „Und dazu muss man das Tor erst einmal lokalisieren. Der Eingang ist nämlich nicht dort, wo der Ausgang ist. Und soweit ich es bisher herausfinden konnte, ändert sich das auch immer wieder.“

Jenna stutzte. „Was genau meinst du damit? Dass es keinen festen Standort gibt?“

„Ganz genau.“

Sie blinzelte ihren Freund perplex an.

„Sara und ich sind damals an völlig verschiedenen Orten hier in Falaysia aufgetaucht“, erklärte Leon nun genauer. „Sogar in verschiedenen Ländern. Das lässt darauf schließen, dass auch das Tor hier – also der Eingang für uns – nicht immer am selben Ort zu finden ist. Und das macht die ganze Sache so verdammt kompliziert. Melina und Demeon haben schon versucht, das Tor auf ihrer Seite wieder für uns zu öffnen, aber sie konnten es nie zu uns bringen, ganz gleich wie stark der Kontakt war, den wir zu ihnen hatten.“

„Demeon hat ihr geholfen?“ Jenna konnte das kaum glauben, schließlich war er es gewesen, der sie hierher gebracht hatte. Er war doch der Böse in dieser ganzen Geschichte.

Doch Leon beantwortete ihre Frage tatsächlich mit einem Kopfnicken. „Er soll auch jemanden hier haben.“

„Aber wieso? Wieso bringt er Personen hierher, an denen ihm etwas liegt? Wieso hat er Sara hierher gebracht? Wieso mich?“

„Es… es war wohl ein Experiment. Ein dummes Experiment, über dessen Konsequenzen sich keiner von beiden im Klaren war. Melina und Demeon hatten von dem Spiel der Magier gehört und dachten wohl, es wäre kein Problem, die Versuchspersonen wieder zurückzuholen. Außerdem hieß es, dass der Sieger des Spiels mit einem Gewinn unermesslichen Wertes belohnt werden würde. Sie waren neugierig, was das sein könnte und wie die Welt hier aussieht. So hat es mir jedenfalls deine Tante erklärt."

Jenna stieß ein entrüstetes Lachen aus. „Warum sind sie dann nicht selbst gegangen?"

„Das geht wohl nicht", erwiderte Leon. „Die Magier, die das Tor aufhalten, können nicht selbst hineingehen. Wenn es sich schließt, während sie hindurchgehen, würden sie sterben."

Jenna schloss kurz die Augen, versuchte tief und ruhig zu atmen, um ihre Wut und Enttäuschung wieder in den Griff zu bekommen. Wie hatte Melina so etwas nur tun können? Ein Experiment? Und was waren *sie* dann? Die Versuchstiere in einem Labyrinth, das keinen wirklichen Ausgang hatte? Und wer hatte Demeon dieses Mal dabei geholfen, sie nach Falaysia zu bringen? Schließlich konnte man das Tor doch nicht allein öffnen.

Leon schien zu bemerken, wie aufgewühlt sie war, denn er legte ihr in einer beruhigenden Geste eine Hand auf den Unterarm und brachte sie so dazu, sich wieder auf ihn zu konzentrieren.

„Ich war eine Zeit lang ziemlich verzweifelt", sagte er sanft. „Aber jetzt..." Seine Mundwinkel hoben sich ein wenig und sein Blick wurde ganz warm. „Irgendwie habe ich auf einmal das Gefühl, dass wir es schaffen können. Nach Hause zu finden, meine ich."

„Und wie?" gab Jenna zweifelnd zurück.

„Indem wir einfach das tun, was laut Aussage deiner Tante schon immer Ziel des Spiels war: Wir finden das Tor und siegen somit. Vielleicht passiert dann tatsächlich irgendetwas – vielleicht gibt es wirklich eine seltsame Macht, die dieses Spiel kontrolliert und uns zur Belohnung wieder zurück nach Hause lässt. Und wenn nicht, wissen wir dann wenigstens, wie man das Tor findet. Ich denke, auch das ist schon ein Erfolg. Alles, was wir dann noch brauchen, ist der richtige Schlüssel um es zu öffnen – oder eine Art magische Brechstange."

Auch wenn Jenna nicht wirklich danach war – sie musste über diese Formulierung lachen. Und wenn sie ehrlich war, glomm da auch wieder ein kleines Fünkchen Hoffnung tief in ihrem Inneren auf.

„Immerhin klingt das nach einem groben Plan“, gab sie zu und nahm einen tiefen Atemzug. „Denkst du, zu dieser Königin zu reisen, wird uns diesbezüglich weiterbringen?“

Er nickte und sah sich kurz um, so als hätte er Angst belauscht zu werden. Dann beugte er sich noch weiter zu ihr vor.

„Die Steine sind nicht der einzige Grund, warum ich zu Alentara reisen will“, erklärte er leise. „Die Königin besitzt ein ungeheuer großes Wissen über Magie und eine noch größere Sammlung an alten Schriften über die Geschichte Falaysias. Vielleicht kann sie uns helfen, das Tor aufzuspüren und vielleicht weiß sie auch, ob es tatsächlich einen Schlüssel gibt, mit dem man es hier öffnen kann. Und wenn das so ist, dann holen wir ihn uns – koste es, was es wolle!“

Jenna sah ihren Freund lange an, doch dann nickte sie und schenkte ihm ein bemüht optimistisches Lächeln. „Das tun wir“, erwiderte sie mit fester Stimme, legte ihre Hand auf die seine und drückte sie sanft. Ihr Herz schlug bei diesem Gedanken gleich ein wenig schneller, denn irgendwie wusste sie, dass das alles andere als ein leichtes Unterfangen werden würde.

Monster

„Xi nahac treun Jenna“, murmelte Jenna leise vor sich hin, während sie sich nach einem Ast zu ihren Füßen bückte und diesen dann zu dem bereits beachtlichen Stapel an Brennholz in ihrem Arm legte. Leon und sie waren den ganzen Tag hindurchgeritten und hatten schon ein beachtliches Stück ihres langen Weges nach Trachonien hinter sich gebracht. Nun aber, da die Dämmerung eingesetzt hatte und beide ziemlich erschöpft waren, hatten sie beschlossen, endlich eine Pause einzulegen und ihr Nachtlager versteckt im dichten Wald aufzuschlagen.

Jenna hatte sich dazu bereit erklärt, Feuerholz zu sammeln, während Leon das Lager herrichtete und nutzte die Zeit, die sie allein mit sich selbst war, dazu, sich die wenigen Sätze in zyrasisch, die Leon ihr bisher beigebracht hatte, immer wieder vorzusprechen; einfache Sätze wie „Ich heiße Jenna“, „Ich habe Hunger“ oder „Wo geht es nach…“. Sie beide konnten wohl nicht die Angst abschütteln, dass sie irgendwann doch noch getrennt werden würden und in diesem Fall war es einfach notwendig, sich wenigstens minimal mit der Landbevölkerung verständigen zu können, denn die Wege in die größeren Städte waren meist weit.

Natürlich hatte Leon auch schon versucht ihr einige Verben und andere wichtige Worte beizubringen, doch fiel es ihr deutlich schwerer, sich an diese zu erinnern und eigene Sätze zu konstruieren, wie sich nun wieder zeigte. Irgendetwas an ihrem Satz war verkehrt.

„Nein, besser ist xi..., verdammt, wie war noch mal das Wort für heißen?!“ Jenna kratzte sich nachdenklich an der Stirn, bückte sich dann und hob einen weiteren dicken Stock auf, den sie sich zu den anderen unter den Arm schob. „ Ah, ich weiß es: mijam!“

Sie freute sich wie ein kleines Kind und hätte sich am liebsten selbst auf die Schulter geklopft. Leon hatte Recht, so schwer war diese Bauernsprache dann doch nicht. Es brauchte nur ein wenig mehr Übung und Selbstvertrauen.

Jenna trat nun beinahe beschwingt auf die nächste kleine Lichtung des Waldes. „Quiit travesc xo xe?“ sprudelte die nächste Frage aus ihr heraus, was so viel hieß wie „Wie geht es dir?“.

„ Xi travesc xo ulsi. Zi xo?“

Sie lachte. Es klang ziemlich merkwürdig, wenn sie zyrasisch sprach, zumal sie die Aussprache der einzelnen Wörter noch nicht richtig beherrschte. Sie griff erneut nach einem Ast und wog ihn abschätzend in ihrer Hand. Er war ziemlich schwer und dick und zudem noch sehr lang. Eignete sich so etwas überhaupt für ein Lagerfeuer? Jenna war nicht gerade eine Expertin, was das Anfachen von Feuer betraf. Sie betrachtete den Stock eingehend und hielt dann plötzlich inne. Ihr Nacken kribbelte so seltsam und sie hatte auf einmal das unangenehme Gefühl, dass sie nicht mehr allein war. Sie blickte auf und sah sich um. Bäume, Büsche… nichts Ungewöhnliches… Oh! Was war das?

Es war schwer zu entdecken, da sich sein Fell sich kaum von der Umgebung unterschied, aber da zwischen zwei Bäumen, halbwegs verdeckt von einem Busch saß etwas. Ein Tier, mit seltsamen gelben Augen. Sie hatte es schon einmal gesehen. Damals am Elfenteich. Diese Mischung aus Affe und Wolf… Aber irgendetwas an ihm war anders… seine Haltung, die Art und Weise, wie es sie ansah. So hungrig und lauernd.

Jennas Herz begann schneller zu schlagen und sie hatte Mühe gegen die in ihr aufkeimende Angst anzukämpfen. Keine Panik!

Was hatte Leon gesagt? Diese Unaks, oder wie sie auch hießen, waren nicht gefährlich, wenn sie allein auftraten? Prima! Dieses Tier *war* allein, und zudem wirkte es viel kleiner als damals am Teich. Vielleicht ließ es sich ja ganz leicht vertreiben.

„Sch-sch!“ machte sie und hob den Stock in ihrer Hand, so als wolle sie damit nach ihm werfen. Doch das Tier bewegte sich nicht, sah sie nur weiterhin starr an.

„Verschwinde!“ rief Jenna und machte einen drohenden Schritt auf es zu.

Ein leises Pfeifen, das Jenna durch Mark und Bein ging und sie augenblicklich verharren ließ, drang aus seiner Kehle, gefolgt von einem hohen Quietschen. Sie wusste sofort, dass das nichts Gutes bedeutete und fuhr blitzartig herum, als nur Sekunden später ein lautes Knacken und Rascheln hinter ihr ertönte. Sie hatte Glück, dass sie so ausgeprägte Reflexe besaß, denn wie von selbst flog ihre Hand mit dem Stock hoch, als ein riesiges Fellwesen auf sie zuschoss, und katapultierte dieses mit einem dumpfen Knall zurück ins Gebüsch. Und die Hölle brach los: Lautes Geschrei ertönte aus allen Richtungen und der Wald um sie herum schien plötzlich lebendig zu werden. Von überall her tauchten plötzlich weitere dieser Unaks scheinbar aus dem Nichts auf, hüpften und stolperten schreiend aus dem sie umgebenden Unterholz. Doch sie griffen sie nicht sofort an, schienen erst einmal abschätzen zu wollen, mit was für einem Opfer sie es zu tun hatten, ob sie gefährlich war, schließlich hatte sie den ersten Angriff gekonnt abgewehrt. Stattdessen begannen sie Jenna mit gebleckten Zähnen einzukreisen.

Jennas Herz hämmerte hart und schmerzhaft in ihrer Brust, während ihr Gehirn auf Hochtouren arbeitete, und sich ihre Finger um die einzige, wenig wirksame Waffe krallten, die sie besaß. Zurück konnte sie nicht, auch nicht seitwärts oder nach vorne. Überall waren diese Tiere, die sich geduckt an sie heranschlichen und sich ab und zu in großer Vorfreude die merkwürdigen Mäuler leckten.

Jenna drehte sich im Kreis, um möglichst jedes im Auge zu behalten. Ihr Verstand war geschärft wie nie zuvor, ihr Körper in völliger Anspannung. Statt Verzweiflung packte sie Wut, obwohl sie innerlich tausend Tode starb. Schließlich kam sie zu dem Schluss, wild um sich schlagend, zu einer Seite auszubrechen, nur kam sie nicht mehr dazu, ihren Plan in die Tat umzusetzen, denn eines der Unaks sprang plötzlich mutig mit einem Kreischen hervor. Mit einem gezielten Schlag schoss sie es wieder zurück in die Reihen der anderen Monster. Doch für die schien der Kampf nun eröffnet und sie stürzten sich brüllend auf ihr Opfer.

Jenna schrie und schlug um sich. Sie fühlte wie Krallen ihre Kleider zerrissen, brennende Spuren auf ihrer Haut hinterließen, wie Zähne nach ihr schnappten, ihre Haut aufrissen, da wo sie sie erwischten, fühlte drahtiges Haar, fühlte die Verzweiflung und die unglaubliche Angst, aber dennoch hörte sie nicht auf sich zu wehren, und sie hörte sich schreien, tief und laut, obwohl sie glaubte, dies längst nicht mehr zu tun. Sie wusste, sie war verloren – bis sie den Schatten wahrnahm, eine menschliche Silhouette, eine Gestalt, die ihr Schwert in der Luft schwang und es dann in die Menge der Unaks fahren ließ. Einige Körperteile flogen durch die Luft, Schmerzensschreie, die nicht menschlicher Natur waren, ertönten, und dann ließen die Tiere von ihr ab, stürzten sich in rasender Wut auf ihren Retter.

Jenna sank keuchend in die Knie. Von Schmerzen betäubt und völlig entkräftet sah sie dem Kampf zu, der sich vor ihren Augen abspielte. Die Unaks waren in großer Überzahl. Es waren unglaublich viele, mehr als ein Dutzend. Sie waren auch nicht klein, sondern mindestens so groß wie zehnjährige Kinder und dazu schienen sie nur aus Muskeln zu bestehen und waren mit langen, scharfen Krallen an den Pranken ausgerüstet – Waffen, die an einem menschlichen Körper erheblichen Schaden anrichten konnten. Dennoch schienen sie gegen ihren neuen Gegner kaum eine Chance zu haben. Mit fließenden Bewegungen, einer Wendigkeit, die Jenna noch bei keinem anderen Menschen gesehen hatte, und kräftigen Schlägen, streckte ihr Retter jeden nieder, der ihm oder ihr auch nur zu nahe kam. Obwohl die Unaks versuchten, ihn von allen Seiten zu attackieren, gelang es keinem auch nur nahe genug heran zu kommen, um ihn ernsthaft zu verletzen. Er war zu schnell, zu konzentriert, zu geschickt. Er war ein hervorragender Schwertkämpfer und er war der Mann, den sie die ganze Zeit so gefürchtet hatte, ihr schlimmster Feind.

Langsam ließen die Unaks von ihm ab, verschwanden heulend im Wald, und die die es nicht taten, landeten niedergestreckt im Gras.

Jenna hätte wegrennen sollen, zu Leon, ihn warnen. Aber sie konnte es nicht. Sie war am Ende ihrer Kräfte. Der Kampf mit den Unaks hatte ihr all die Energie geraubt, die ihr diese schreckliche Welt noch gelassen hatte. Jetzt konnte sie nicht mehr fliehen. Sie hatte resigniert, aufgegeben.

Der letzte Unak verschwand mit lautem Gekreische im Wald, und Jenna war allein mit dem gefürchtetsten Krieger ganz Falaysias. Er sah sich noch einmal kurz um, bevor sich sein Blick auf ihre Gestalt richtete. Sie konnte nicht feststellen, ob sein Blick mörderisch oder kalt war, denn ihre Augen füllten sich augenblicklich mit Tränen, während sich ihre Kehle zuzuschnüren und es in ihrer Nase verräterisch zu kribbeln begann. *Was* sie bemerkte, war, dass er nun auf sie zukam, schwerer atmend als es normal war, aber immer noch mit gezogenem Schwert.

Die Panik in Jenna wuchs und sie versuchte nun doch auf die Beine zu kommen, doch ihre Kraft reichte nicht aus und so wich sie am Boden auf allen Vieren vor ihm zurück, eine Hand abwehrend in seine Richtung ausgestreckt, und schüttelte verzweifelt den Kopf. Gleich würde er ihr den Kopf abschlagen. Er würde nicht zögern – das hatte Leon ihr gesagt.

Doch Marek überraschte sie. Er blieb dicht vor ihr stehen und… lächelte?! Arrogant und kühl, aber immerhin war es ein Lächeln und nicht die Hand des Todes, die sie traf.

„Ich glaube wir kennen uns", brachte er etwas atemlos hervor. „Doch. Ich glaube sogar, dass du es bist, nach der ich suche. Eine kleine, lebensmüde Diebin."

Jenna wollte es nicht, doch das war alles zu viel für sie und ein jämmerliches Schluchzen drang aus ihrer Kehle, während ihr die Tränen in die Augen schossen, die sie bisher so tapfer hatte zurückhalten können. Und dann begann sie auch noch am ganzen Leib zu zittern.

Der große Mann vor ihr runzelte die Stirn. „Oh, bitte!" stieß er schließlich aus und verdrehte doch tatsächlich genervt die Augen. „Muss das jetzt sein?!"

Jenna schluchzte nur weiter und wischte sich immer wieder mit zitternden Fingern die Tränen von den Wangen. „Bitte… bitte…", hörte sie sich selbst stammeln.

„Dieses Herumgejammer – sei froh, dass du nicht tot bist", knurrte er und stieß sein blutverschmiertes Schwert vor sich in den Boden, um sich darauf zu stützen. Jetzt erst bemerkte sie, dass sein dunkles Leinenhemd an einer Seite zerrissen war, was wohl bedeutete, dass ihn eines der Unaks doch verletzt hatte, und auch die dunkle Leinenhose, die er trug, hatte ein paar Blessuren abbekommen. So ungefährlich war der Kampf für ihn dann wohl doch nicht gewesen.

„Wie… wieso?" brachte sie stockend heraus. Sie fühlte sich auf einmal so leer und leblos. Es gab keinen Grund mehr zu kämpfen. Sie allein konnte diesen Mann bestimmt nicht besiegen.

„Wieso was?" fragte er zurück und seine dunklen Brauen zogen sich dabei ein wenig zusammen, so als würde er tatsächlich nicht verstehen, worauf sie mit ihrer Frage hinaus wollte.

„Warum… bin ich… noch am Leben?“ Sich auf das Sprechen zu konzentrieren, half ihr dabei sich wieder etwas zu beruhigen, die Verzweiflung zurückzudrängen. „Wieso… wieso hast du mich gerettet, wenn du mich ohnehin… töten willst?“

Er legte seinen Kopf schräg und sah sie an. Jenna hatte ganz vergessen, wie kalt diese blauen, katzenhaften Augen waren.

„Wie kommst du darauf, dass ich dich töten will?“ fragte er mehr interessiert als verwundert.

„Weil… weil…“ Sie brach ab. Warum sollte sie ihm einen Grund dafür nennen, sie zu töten? Sie war doch nicht lebensmüde.

„Weil du mich bestohlen und vor meinen Männern lächerlich gemacht hast?“ half er ihr und sah dann abwägend nach oben. „Ja, das dürfte ein ausreichender Grund sein.“ Er musterte sie kurz und schürzte die Lippen. „Ich überlege es mir noch. Steh auf.“

Sie blinzelte ihn irritiert an. „Was?“

„Hat dir eines der Unaks die Ohren abgebissen?“ fragte Marek verärgert. „Ich sagte: Steh auf!“

„Ich… ich kann nicht“, stammelte sie und log noch nicht einmal. Ihre Glieder waren weich wie Pudding und die Bisse und Kratzer der Unaks schmerzten enorm. Vielleicht war sie sogar schwer verletzt und würde ohnehin bald sterben.

Viel Zeit für ihr wachsendes Selbstmitleid hatte sie allerdings nicht, denn Marek verdrehte ein weiteres Mal die Augen und zog sein Schwert ruckartig aus dem Boden. Das genügte, um Jennas Panik wiederkehren und sie einen weiteren verzweifelten Versuch starten zu lassen auf die Beine zu kommen. Das Adrenalin, das vermehrt durch ihre Adern schoss, bewirkte wahre Wunder. Ihre Muskeln zitterten zwar unter der Anstrengung, doch sie kam tatsächlich wankend auf die Beine und konnte die Schmerzen, die sie dabei hatte, weitgehend ignorieren. Leider begann sich nur wenige Sekunden später alles um sie zu drehen und sie taumelte nach vorne und verlor das Gleichgewicht. Doch sie fiel nicht. Eine große, starke Hand hatte sich um ihren Oberarm geschlossen und hielt sie so aufrecht, bis sie selbst die Kontrolle über ihren Körper einigermaßen zurückgewonnen hatte und auch dazu fähig war, den gefährlichen Mann vor ihr anzusehen, ohne ängstlich zu wimmern.

Sein prüfender Blick ruhte noch für einen Augenblick auf ihrem Gesicht, dann erst ließ er sie wieder los und steckte das Schwert, das er in der anderen Hand gehalten hatte, zurück in die Scheide, die er um die Hüften trug. Ein seltsames Schmunzeln zuckte dabei um seine Mundwinkel und er schüttelte kaum merklich den Kopf. Dann sah er sie wieder an.

„Geht doch“, erwiderte er und musterte sie ungeniert.

Erinnerungen an ihre letzte Begegnung kochten wieder in ihr hoch. Erinnerungen an seine unangenehme Nähe, an die Dinge, die er getan hatte und noch hatte tun wollen. Ihre Gedärme verkrampften sich und natürlich blieb ihr Puls nicht auf einem normalen Level. Sie zuckte zurück, als er erneut eine Hand nach ihr ausstreckte, doch das half ihr nicht, denn er zog nur erbost die Braunen zusammen, machte einen raschen Schritt auf sie zu und packte sie dennoch am Arm.

„Bitte… ich… es tut mir leid, dass ich dich bestohlen habe“, brachte sie nur mit dünner Stimme heraus, während er ihren Arm ein wenig drehte. Wollte er ihn ihr brechen? Nein. Sie hätte beinahe erleichtert ausgeatmet, als er nur den Riss in ihrem Hemd auseinanderzog um eine ihrer noch blutenden Wunden zu betrachten.

„Tut es das – ja?“ fragte er beinahe beiläufig und ging zu ihrer Überraschung vor ihr in die Hocke, um ihre weiteren Verletzungen zu inspizieren. Sie zuckte zusammen, als seine Finger die wunde Haut neben dem tiefen Kratzer an ihrer Hüfte berührten, den Schnitt ein wenig auseinanderzogen, wohl um zu prüfen, wie tief er war. Doch sie wagte es nicht, ein weiteres Mal vor ihm zurückzuweichen, biss fest die Zähne zusammen. Sie wollte ihn auf keinen Fall wütend machen.

„Ja“, beantwortete sie etwas verspätet seine Frage. „Aber was hätte ich anderes tun können?“

Er sah zu ihr auf und das seltsame Schmunzeln war wieder da, sorgte für ein paar Lachfältchen um seine Augen herum, die ihn tatsächlich etwas menschlicher aussehen ließen. Dann wandte er sich aber auch schon wieder der nächsten Wunde zu. Irgendwie wurde die ganze Situation immer abstrakter. Erst rettete er ihr Leben und dann begann er sich auch noch um ihre Wunden zu kümmern, wollte sicherstellen, dass sie nicht ernsthaft verletzt war?

„Gar nichts“, hörte sie ihn zu ihrem blutenden Knie sagen. „Es war der einzige Weg aus deiner misslichen Lage herauszukommen. Ich hätte an deiner Stelle dasselbe getan.“

Sie runzelte die Stirn, blinzelte ein paar Mal verwirrt, bis er sich wieder erhob und ihr ins Gesicht lächelte. Es war jedoch ein Lächeln, das die Kälte in seinen Augen nicht überwinden konnte und so überraschten seine nächsten Worte Jenna auch nicht sonderlich.

„Was nichts an meinem Ärger über dieses Vergehen ändert. Du weißt vielleicht nicht, wer ich bin – und davon gehe ich aus, weil niemand, der mich kennt, so etwas jemals wagen würde – aber das schützt dich nicht davor, die Konsequenzen für dein Handeln tragen zu müssen.“

Jenna atmete stockend ein, weil die Panik schon wieder von ihrem Körper und Geist Besitz ergreifen wollte. „Und was…“ Sie schluckte schwer. „… was genau sind diese Konsequenzen?“

Aus Mareks Lächeln wurde ein boshaftes Grinsen. „Das willst du nicht wissen.“

Ihr Magen verdrehte sich, als er auf einmal wieder ihren Arm packte und sie mit sich zog.

„Wir gehen jetzt“, brummte er und sie stolperte hilflos hinter ihm her, hatte Mühe mit seinen großen Schritten durch das Unterholz mitzuhalten. Sie musste die Zähne fest zusammen beißen, weil die Wunden mit jedem Schritt, den sie tat, stärker zu schmerzen schienen und die in ihr wieder wachsende Angst ihre Glieder lähmte und ihr das Atmen und Laufen zusätzlich erschwerte. Und dennoch versuchte ihr Verstand einen Ausweg zu finden, irgendetwas, womit sie ihn aufhalten und davon abhalten konnte, sie mitzunehmen und ihr etwas Schlimmes anzutun. Bloß was? *Was*?

Irgendwo zwischen den Bäumen entdeckte sie die Umrisse eines Pferdes. Marek durfte sie auf keinen Fall von hier fortbringen. Wenn ihm das gelang, war sie verloren. Leon vermisste sie gewiss schon und war auf der Suche nach ihr. Vielleicht hatte er sogar die Geräusche des Kampfes aus der Ferne vernommen und schlich sich längst an sie heran. Sie musste Zeit gewinnen, Marek ablenken. Vielleicht gelang es ihm dann sogar, den Krieger aus dem Hinterhalt zu überwältigen. Vielleicht…

Jenna wusste, dass sie mit ihrem Leben spielte, als sie sich mit einem Aufschrei auf den Waldboden fallen ließ und sich dann mit schmerzerfülltem Gesicht den Knöchel hielt – aber sie hatte nur diese eine Hoffnung.

Marek blieb neben ihr stehen und sah sie stirnrunzelnd an. „Was ist?“ fragte er ungeduldig.

„Mein Knöchel“, stöhnte Jenna, und das Herz schlug ihr dabei bis zum Hals. „Ich bin umgeknickt. Es tut so weh!“

Der Krieger ging vor ihr in die Hocke, packte ihren Fuß und betrachtete ihn eingehend.

„Ich kann nichts sehen“, brummte er.

„Das kannst du auch nicht“, jammerte Jenna verzweifelt. „Ich sagte doch, ich bin umgeknickt.“

„Es ist aber noch nicht einmal geschwollen“, setzte Marek missgestimmt dagegen und ließ ihren Fuß fallen.

„ Au!“ schrie sie übertrieben und stöhnte.

„Vielleicht ist es eine kleine Zerrung“, meinte er leichthin. „Du wirst es überleben.“

„Aber es tut weh“, schluchzte sie. „Ich kann nicht laufen.“

Mareks Blick verfinsterte sich beängstigend.

„Steh auf!“ befahl er mit einem solch drohenden Unterton, das Jenna sich instinktiv seinem Willen unterwarf. Gemeinsam mit ihm erhob sie sich. Sie deutete ein zaghaftes Lächeln an – eines, von dem sie hoffte, dass es ihn besänftigte. „Tut… tut ja gar nicht so weh.“

Ängstlich wartete sie auf eine Reaktion von ihm, und erst als ein kleines Schmunzeln auf seinen Lippen erschien, wagte sie es wieder zu atmen. Dieses Mal sagte er nichts weiter, sondern nickte nur in Richtung seines Pferdes und Jenna humpelte sofort los.

Was nun? Es war gar nicht so einfach einen Mann wie Marek hinzuhalten. Doch dann fiel ihr etwas ein, was ihn tatsächlich aufhalten konnte. Sie blieb wieder stehen und wandte sich zu ihm um. Die erneut in seinen Augen aufblitzende Verärgerung machte sie nervös, doch sie musste es einfach versuchen.

„Du… du hast etwas vergessen“, krächzte sie, weil ihre Stimmbänder ihr in der Aufregung nicht so richtig gehorchen wollten.

Seine Augenbrauen wanderten in die Höhe, doch stehen blieb er nicht, schob sie stattdessen sogar weiter. „Ach so?“

Sie nickte. „Den Stein. Ich hab ihn nicht bei mir!“

„So, so“, meinte er wieder und sie sah einen seiner Mundwinkel kurz zucken.

„Ja, ich… ich habe ihn versteckt – aber nicht hier.“

„Hast du das, ja?“

Jenna runzelte irritiert die Stirn. Er reagierte nicht so, wie sie es erwartet hatte. „Ich… ich dachte du willst den Stein wiederhaben.“

„Das ist wahr“, gab Marek zu. „Aber warum soll ich mir die Umstände machen ihn zu suchen, wenn er auch von ganz allein zu mir kommt.“

Die Linien auf Jennas Stirn vertieften sich. „Das tut er?“ Sie war etwas verwirrt. Doch Marek nickte.

„Wieso sollte er?“ hakte sie zweifelnd nach.

„Das weißt du doch“, wich Marek ihrer Frage aus und ergriff zu ihrem Schrecken den Knauf seines Schwertes. Als er es zog, ertönte ein schleifendes Geräusch, das Jenna eine eiskalte Gänsehaut über den Rücken jagte.

„Genauso, wie mein alter Freund Leon wissen sollte, dass man sich an mich nicht heranschleichen kann, ohne dass ich es merke!“ rief er laut und drehte sich gelassen um.

Jennas Herz blieb für einen Moment stehen, dann sah auch sie sich zaghaft um, nahm endlich den Schatten zwischen den Bäumen in ihrer Nähe wahr. Der Schatten eines Menschen, der sich nun auf sie zu bewegte und im Licht der untergehenden Sonne zu ihrem Freund Leon wurde. Mit gezogenem Schwert und hasserfülltem Blick trat er zwischen den Bäumen hervor.

„Irgendwann erwische ich dich“, presste er zwischen den Zähnen hervor.

Marek lachte kurz auf. „Das glaube ich kaum.“

Leons brennender Blick wurde sanfter und sorgenvoller, als er sich auf Jenna richtete, versuchte festzustellen, wie es ihr ging, und je länger ihr Freund sie ansah, desto wütender schien er zu werden.

„Hast du sie so zugerichtet?“ knurrte er Marek an.

„Ja“, log der Krieger, packte ihren Arm und zog sie an sich heran. Er roch nach Schweiß und Blut, und Jenna stemmte sich sofort gegen ihn, konnte es kaum ertragen, ihm so nah zu sein. „Es sieht doch wirklich verführerisch aus, oder?!“

Leon machte ein paar wütende Schritte auf ihn zu und hob drohend sein Schwert.

„Wir sollten das endlich zu Ende bringen!“ stieß er angespannt aus und übersah geflissentlich das verzweifelte Kopfschütteln Jennas.

Marek stieß sie grob von sich, und sie stürzte zu Boden. Sie überlegte, ob sie ihn kräftig in die Wade beißen sollte, um ihn abzulenken. Nahe genug war sie ihm ja noch. Doch sie bezweifelte, dass das etwas bringen würde, außer vielleicht einen schmerzhaften Fußtritt seinerseits. Etwas anderes zog schnell Jennas Aufmerksamkeit auf sich: Leon hielt sein Schwert zwar mit beiden Händen, aber irgendetwas befand sich noch in einer seiner Fäuste.

„Du wirst sterben, Rebell", sagte Marek leise. Der dunkle Bariton seiner Stimme, ließ seine Worte wie das bedrohliche Knurren eines Raubtieres klingen.

„Da wäre ich mir nicht so sicher!" rief Leon und warf Jenna blitzschnell etwas zu.

Jenna reagierte nur wenige Sekunden schneller als Marek und fing das Etwas vor ihm in der Luft. Für einen raschen Herzschlag umschloss Mareks Hand ihre Faust, doch in dem Moment, in dem ein ihr beinahe vertrautes Kribbeln durch ihre Adern schoss und sich rasend schnell in ihrem Körper ausbreitete, wurde er von einer unsichtbaren Kraft zurückgeworfen und ließ sie wieder los. Der Energiestoß schien so hart gewesen zu sein, dass der Krieger sogar das Gleichgewicht verlor und zu Boden ging. Leon sprang vor und ließ sein Schwert auf den am Boden liegenden Mann niedersausen. Doch der warf sich geistesgegenwärtig herum und die Schneide verfehlte ihr Ziel nur um Millimeter. Marek kam in einer geschmeidigen Bewegung wieder auf die Füße und entging so einem weiteren tödlichen Schwertschlag. Der nächste wurde von der Klinge seines Schwertes abgefangen und mit diesem klirrenden Misserfolg, schien die Glückssträhne Leons ein jähes Ende zu finden.

Leon hatte nicht gelogen, was die Schwertkampfkunst seines Feindes anging. Auch ein Laie wie Jenna konnte auf Anhieb erkennen, dass der gefährliche Mann ihrem Freund haushoch überlegen war. Doch sie selbst war nicht dazu in der Lage einzugreifen, war vor Schrecken über die tödliche Ernsthaftigkeit dieses Kampfes so gelähmt, dass sie es noch nicht einmal wagte zu blinzeln, nur mit weit aufgerissenen Augen das Geschehen verfolgte. Mit kräftigen Schlägen drängte Marek Leon zurück, bis schließlich Leons Schwert durch einen gewaltigen Schlag von seiner Hand brach. Mit Entsetzen starrte ihr Freund auf den Stumpf in seiner Hand. Ein Aufschrei entfuhr Jenna als Marek erneut ausholte, um den nun schutzlosen Leon zu attackieren und dann vergaß sie plötzlich alles um sich herum, sprang auf und warf sie sich ohne Nachzudenken in Leons Arme, so als könne sie damit die Mordlust des Kriegers stoppen und... das Wunder geschah. Mareks Schwert änderte nicht nur rasch seinen Kurs – aus irgendeinem Grund schien er sie tatsächlich nicht verletzen zu wollen – sondern prallte auch noch von irgendetwas ab, genauso wie Marek selbst, der mit schmerzverzerrtem Gesicht keuchend zurück taumelte.

Leon reagierte schnell. Von irgendwoher hatte er plötzlich einen Dolch hervorgebracht, schüttelte Jenna ab und stürzte sich auf den immer noch nach Luft ringenden, mit seinem Gleichgewicht kämpfenden Krieger. Ein Tritt und das Schwert landete im Laub. Marek warf sich herum, als der Dolch auf ihn zuschoss, doch die Klinge erwischte ihn trotzdem, nicht so tödlich, wie sie eigentlich angesetzt war, doch sie schnitt ihm tief ins Fleisch. Leon verlor selbst das Gleichgewicht, prallte gegen seinen Gegner und riss ihn so zu Boden. Doch es gelang ihm sofort wieder, die Oberhand zu gewinnen. Seine Hand mit dem Messer fuhr hoch in die Luft, um seinem wieder zu Kräften kommenden Feind endlich den tödlichen Stoß zu versetzen, doch sie kam nicht weit. Jenna bekam selbst kaum mit, was sie tat. Aus irgendeinem drängenden Gefühl tief in ihrem Inneren heraus warf sie sich auf Leon und klammerte sich an seinen Arm, hielt ihn mit aller Kraft fest, die sie aufbringen konnte. Ihr Herz raste und die innere Angst und Verzweiflung, die sie fühlte, schien ihren Verstand zu zerfressen.

„Nicht!“ flehte sie und war schon wieder den Tränen nahe. Sie wollte das nicht erleben, wollte nicht zusehen, wie ihr Freund einen anderen Menschen tötete. „Bitte tu das nicht!“ Dieser Wahnsinn musste endlich aufhören. Aufhören!

Leon sah sie verstört an, während Marek vollkommen zu erstarren schien.

„Jenna! Dieser Mann hat mir das Leben zur Hölle gemacht. Er wollte dich und mich töten. Und du… du bettelst um *sein* Leben?!!“ Er spuckte die Worte geradezu aus.

Natürlich konnte er das nicht verstehen. Es war so lange her, dass er in ihrer Welt gelebt hatte, in einer Welt, in der ein tiefer Schnitt im Finger schon als eine ernstzunehmende Verletzung galt. Der tägliche Kampf ums Überleben, das Töten anderer Menschen war zu seiner Realität geworden. Aber nicht zu ihrer. Sie konnte das nicht ertragen.

„Er… er hat mich gerettet“, brachte sie mit zittriger Stimme heraus. „Die Unaks haben mir all diese Verletzungen zugefügt. Sie hätten mich getötet, wenn er nicht gekommen wäre.“

Leon sah den am Boden liegenden Marek an, der es immer noch nicht wagte, sich zu bewegen. Etwas schien ihm lähmende Schmerzen zu bereiten, denn sein Gesicht zuckte nervös.

„Er verdient den Tod!“ brachte Leon nur gepresst hervor, doch die Spannung seines Körpers ließ etwas nach und machte es Jenna leichter ihn festzuhalten.

„Ich bin es ihm schuldig, Leon!“ gab sie leise zurück. „Und manchmal ist die einfachste Lösung nicht die Beste.“

Leon sah sie endlich an und machte somit den Kampf in seinem Inneren auch für sie deutlicher sichtbar. Ihre Worte hatten ihn zum Nachdenken gebracht, sorgten dafür, dass er seinen tödlichen Hass besser unter Kontrolle bekam. Sie musste einfach weiterreden, ihn endgültig überzeugen.

„Wenn du ihn tötest, bist du nicht besser als er“, setzte sie leise hinzu. „Was unterscheidet dich dann noch von ihm?“

Widerwillig ließ Leon seine Hand sinken. Sie fühlte genau, wie schwer ihm das fiel. „Eine ganze Menge“, sagte er und schüttelte frustriert den Kopf. „In Falaysia sind die Dinge nicht so einfach, Jenna. Auch die Guten sind manchmal gezwungen zu töten und sind dennoch die Guten. Das wirst du irgendwann noch begreifen…“ Sein Blick ruhte wieder voller Verachtung auf Marek, der sich immer noch nicht bewegte, nur schwer atmend von Leon zu Jenna sah und wohl selbst kaum begreifen konnte, dass er noch lebte.

Leon stieß ein tiefes Seufzen aus und schüttelte ein weiteres Mal den Kopf. „Du wirst es bereuen“, kam es ihm leise über die Lippen. „Wir werden es beide bereuen. Ich muss verrückt sein, auf dich zu hören.“

Jenna schüttelte nun selbst den Kopf, sagte aber nichts mehr, sondern stand gemeinsam mit ihrem Freund auf. Sie wagte es kaum, seinen Arm loszulassen, aber etwas Vertrauen musste sie ihm schon entgegen bringen.

Mareks Blick ruhte nicht mehr auf Leon. Seine hellen Augen fixierten Jennas Gesicht, als er sich vorsichtig aufrichtete und ungewohnt schwerfällig auf die Beine kam. Leon bewegte sich ein paar Schritte zur Seite, die Augen seinerseits starr auf den gefährlichen Krieger gerichtet und hob dann dessen Schwert vom Boden auf.

„An deiner Stelle würde ich mich jetzt ganz still verhalten“, sagte er.

Marek sah ihn an, mit einer solch sichtbaren Verachtung in den Augen, dass Jenna schon Angst hatte, ihr Freund könne sich gleich wieder auf den deutlich größeren Mann stürzen. Doch das tat er nicht.

„Jenna, hol sein Pferd hierher!“ wandte er sich stattdessen an sie. „Vielleicht hat er etwas dabei, womit wir ihn fesseln können.“

Jenna zögerte. Konnte sie Leon wirklich vertrauen oder war sein Hass so groß, dass er sie sogar betrügen und ihre Freundschaft deswegen riskieren würde? Es war durchaus möglich, dass sich die beiden Männer aufeinander stürzten, sobald sie sich von ihnen entfernte. Aber einer musste das Pferd holen, und sie wollte ganz gewiss nicht wieder allein mit Marek sein. Also band sie sich das Amulett mit dem Stein um ihren Hals und tat, was Leon ihr aufgetragen hatte, denn schließlich stand das Pferd auch ganz in der Nähe. Es war ziemlich nervös und tänzelte hin und her, doch der Strick, mit dem Marek es an einen dicken Ast gebunden hatte, hielt es davon ab, wegzurennen.

Jenna war den Umgang mit Pferden gewohnt. Sie hatte ein Gespür für diese Tiere, schließlich besaßen ihre Großeltern einen kleinen Bauernhof mit zwei Pferden, auf dem sie sich im Sommer sehr gerne herumtrieb. Dieses Pferd hatte jedoch eindeutig kein Vertrauen zu Menschen, jedenfalls nicht zu Fremden, also musste sie sehr vorsichtig vorgehen, um es nicht noch mehr zu verstören. Als sie schon fast bei ihm war, legte es die Ohren an und die Muskeln seines Mauls zogen sich beißbereit zusammen. Es war durchaus möglich, dass es sie angriff, sobald sie noch näher kam.

Jenna sah sich um. Die beiden Männer standen noch auf ihren Plätzen, also konnte sie weiter machen.

„Hey, was ist denn los?!" rief Leon ungeduldig. „Brauchst du Hilfe?!"

„Nein, nein, ich hab alles im Griff!" antwortete Jenna und bewegte sich auf die Mitte des Tieres zu. Am Bauch war sie vor Bissen und Schlägen einigermaßen geschützt, solange das Tier angebunden war. Zurückweichen konnte es nicht weiter, weil ein Baumstamm quer im Weg lag. Unruhig trat es auf der Stelle, als Jenna die Hand nach ihm ausstreckte. Ihre Fingerspitzen berührten das dunkle Fell des Tieres und plötzlich wanderte ein warmes Prickeln von ihrer Brust aus durch ihren Arm, hinein in ihre Finger und der Stein in ihrer anderen Hand begann zu leuchten. Mit großem Erstaunen bemerkte sie, wie sich das Pferd innerhalb weniger

Sekunden völlig beruhigte. Ein wohliges entspanntes Schnauben drang aus seiner Kehle, alle Angst war von ihm gewichen, und es ließ den Kopf hängen, um ein wenig zu dösen.

Jenna blinzelte. Das war ja unglaublich. Der Stein hatte ihr alle Arbeit abgenommen. Noch viel besser – er hatte dieses wilde Pferd nicht nur beruhigt, sondern zu einem geradezu lammfrommen Wesen gemacht. Er hatte das Vertrauen des Tieres in Sekundenschnelle gewonnen, was sie vielleicht nicht einmal in ein paar Stunden geschafft hätte, so als hätte er gefühlt, was sie bezwecken wollte. Vielleicht war das ja das Geheimnis des Steins: Er fühlte, was in seinem Besitzer vorging, und führte dann dessen Gedanken mit magischer Kraft aus.

Jenna schüttelte sich. Sie hatte jetzt nicht die Zeit, um weiter darüber nachzudenken

„Jenna!“ ertönte wieder Leons Stimme. „Was ist denn da los?“

„Nichts!“ rief sie zurück, löste schnell den Strick vom Ast und ergriff dann die über dem Hals des Tieres liegenden Zügel. Als sie loslief, folgte ihr das Tier überaus willig, rieb sogar einmal seinen schweren Kopf an ihrem Arm und stupste kurz mit seinem weichen Maul gegen ihre Wange. Jenna lächelte und tätschelte ihm den breiten Hals. So schnell hatte sie einen neuen Freund gefunden. Einen außergewöhnlich schönen, neuen Freund. Es gab selten Pferde mit solch einer Färbung: Ein Dunkelfuchs mit etwas hellerer, rötlicher Mähne. Schön und gefährlich. Sie fragte sich, ob sich sein Herr wohl auch mit der Kraft des Steins besänftigen ließ.

Als Jenna wieder zu den beiden Männern trat, wäre sie fast vor der Spannung, die sich zwischen ihnen aufgebaut hatte, zurückgeprallt. Beide funkelten sich böse an, waren angespannt, zum Angriff bereit. Sie kam keine Sekunde zu früh zurück.

„Sehr schön“, meinte Leon zufrieden, als sie zu ihm heran trat. „Sieh mal nach, ob irgendwo am Sattel ein Seil hängt.“

Sie ließ die Zügel los und betrachtete das Gepäck eingehend. Marek hatte so einige Sachen mitgenommen und darunter befand sich auch, in einer Art Satteltasche, ein Seil. Sie brachte es Leon. Der drückte ihr sein Schwert in die Hände, das sie nur mit Mühe halten konnte, und ging dann zu Marek hinüber.

„Wenn du nur eine falsche Bewegung machst, hast du meinen Dolch zwischen den Rippen“, drohte er, packte Mareks Arme und drehte sie auf den Rücken. Dann begann er seine Hände zu fesseln.

Jenna lächelte verunsichert, als sie merkte, dass Marek sie die ganze Zeit dabei ansah. Sie schämte sich dafür, dass Leon ihn so grob behandelte, auch wenn der Mann selbst nicht viel feinfühliger mit ihr umgegangen war, und es machte sie nervös, dass der Krieger sie, seit sie mit seinem Pferd aufgetaucht war, nicht mehr aus den Augen ließ. Irgendetwas beschäftigte ihn so sehr, dass er Leon gar nicht mehr richtig wahrzunehmen schien. Umso verärgerter schien er, als Leon, nachdem er seine Arbeit beendet hatte, sich dicht vor ihn stellte und ihn böse anfunkelte.

„Du solltest dich bei diesem Mädchen bedanken“, sagte ihr Freund mit einem Fingerzeig auf Jenna. „Wenn es nach mir ginge, hätte ich dich längst zur Hölle geschickt.“

Marek ließ ein geringschätzendes Lächeln auf seinen Lippen erscheinen. „Und *du* solltest endlich begreifen, dass das nur der Wunschtraum eines kleinen, feigen Verlierers ist.“

Leon starrte ihn für einen Moment sprachlos an, dann füllten sich seine Augen mit brennendem Zorn und er stieß ruckartig seine Faust in Mareks Magengrube. Marek krümmte sich mit einem Stöhnen zusammen, doch Leon schlug noch einmal zu, und noch einmal, wollte gar nicht mehr aufhören und bei jedem Schlag zuckte Jenna heftig zusammen. Sie konnte nicht fassen, was sie da sah, brauchte einen Moment, um zu begreifen, dass die Situation völlig außer Kontrolle geriet. Sie konnte nicht glauben, dass ihr guter Freund Leon derselbe Mann sein sollte, der seine Faust nun mit solcher Wucht in Mareks Gesicht krachen ließ, dass dieser zu Boden ging; derselbe, der auf den am Boden liegenden Mann hemmungslos eintrat, wieder und wieder und wieder und sich nicht darum kümmerte, was er traf und welchen Schaden er damit anrichten konnte, weil sein Gefangener nicht einmal seine Arme benutzen konnte, um seinen Körper und sein Gesicht zu schützen.

Als sie jedoch begriff, dass Leon nicht so schnell wieder aufhören würde, löste sie sich aus ihrer Starre, ließ das Schwert fallen und die Zügel des Pferdes los und versuchte dazwischen zu gehen. Doch das war leichter gesagt als getan, denn Leon war völlig außer sich und stieß sie sofort weg. Hass und pure Freude an der Pein seines Opfers sprachen aus seinen Augen, während er den Mann vor sich wie ein Wahnsinniger weiter attackierte.

„Leon!“ schrie sie und klammerte sich trotz seiner Gegenwehr an seine Schultern, versuchte ihn mit all ihrer Kraft wegzuziehen. „Hör auf! Du bringst ihn ja um! Hör auf!“

Doch Leon reagierte nicht. Er sah und hörte nichts mehr, und er war einfach zu stark, machte ungehindert weiter. Glühende Wut stieg in Jenna auf. Sie hasste es, wenn sich Menschen an Wehrlosen abreagierten, ganz gleich, was das für Menschen waren und was sie zuvor getan hatte. Sie hasste es, hasste es so sehr… Sie würde ihm wehtun müssen. Jetzt.

Mit einem entsetzten Schrei befreite sich Leon plötzlich von ihr, stolperte panisch aus ihrer Nähe. Erstaunen und Schmerz standen in sein Gesicht geschrieben und für einen Augenblick fehlten ihm die Worte.

„Was… was…“, stammelte er, bis sein Blick auf den rot glühenden Stein in ihrer Hand fiel. Dann sah er sie wieder an. Fassungslos, enttäuscht.

Doch Jenna scherte sich nicht darum. Sie fühlte genau dasselbe aus einem ganz anderen Grund.

„Du hättest ihn töten können“, stieß sie mit hörbarem Vorwurf in der Stimme aus. Ihr tat es nicht leid, dass sich die Kraft des Steins versehentlich gegen ihren Freund gewandt hatte. Wenn sie ehrlich war, war es noch nicht einmal wirklich versehentlich geschehen. Sie hatte darauf gehofft, dass der Stein ihr helfen würde.

Sie beugte sich über den immer noch am Boden liegenden Marek. Er atmete schwer und hatte die Augen geschlossen, gab aber keinen Laut von sich. Seine Unterlippe war aufgesprungen und dunkles Blut lief sowohl aus seiner Nase, als auch aus der Platzwunde über seinem Wangenknochen. Seine Wangenmuskeln zuckten sichtbar unter der Haut und sie war sich sicher, dass er gerade einiges an Schmerzen auszustehen hatte. Sein Gesicht würde bald grün und blau sein, jedoch machte sie sich mehr Sorgen um die Stichwunde an seiner Brust, der die Tritte und Schläge nicht besonders gut getan hatten. Sie blutete viel stärker als zuvor, durchnässte bereits die ganze linke Seite seines Hemdes. Und wer wusste schon, was ihr Freund sonst noch für Schäden angerichtet hatte.

Jenna verspürte das dringende Bedürfnis, Leon ins Gesicht zu schlagen. Wie konnte man sich derart gehen lassen? Sie wusste natürlich nicht, was Marek ihrem Freund noch alles angetan hatte, aber einen gefesselten und somit wehrlosen Mann derart zu malträtieren, ging eindeutig zu weit. Wie konnte man sich nur so verhalten und sich selbst dennoch für einen guten Menschen halten?

Sie atmete tief durch, bevor sie sich wieder aufrichtete und sich Leon zuwandte. Sie wollte nicht auch noch die Kontrolle verlieren. Aber das alles machte sie so furchtbar wütend.

„Tu das nie wieder“, sagte sie leise und sah ihm fest in die Augen. „Er ist vielleicht unser Feind, aber er hat mir vorhin mein Leben gerettet. Ich kann es nicht zulassen, dass du ihn noch einmal so behandelst!“

Leon nickte nur. War da eine Spur von Angst in seinen Augen?

Sie sah wieder hinab zu Marek, weil sie bemerkt hatte, dass sich der Mann wieder bewegte. Er atmete immer noch schwer und hatte sichtbar Schmerzen, doch seine Augen waren geöffnet und er sah sie mit einem solch seltsamen Blick an, dass sie sich lieber wieder Leon zuwandte.

„Wir sollten jetzt besser zu unserem Lager zurückgehen, ein Feuer anfachen und in Ruhe darüber nachdenken, was wir jetzt machen", sagte sie. „Es wird bald dunkel. Hilf ihm hoch!"

Wieder nickte Leon nur, machte einen Bogen um sie herum, packte dann Marek und stellte ihn mit Mühe wieder auf die Füße. Der Krieger wankte ein wenig und biss fest die Zähne zusammen, um aus eigener Kraft stehen bleiben zu können, doch Leon ließ ihm nicht viel Zeit dafür, packte einfach seinen Arm und zog ihn vorwärts. Seine Wut schien langsam zurückzukehren, doch Jenna war sich sicher, dass sie sich dieses Mal nicht nur gegen Marek richtete.

Neue Plaene

Jenna fühlte sich nicht besonders wohl in ihrer Haut. Die letzten Ereignisse hatten sie sowohl körperlich als auch seelisch ziemlich mitgenommen und sie sehnte sich so sehr nach ein wenig mehr Frieden und Ruhe. Zwei Dinge, die sie nicht bekommen konnte, zumindest solange Leon sich nicht wieder beruhigte und sich ihr gegenüber normal verhielt. Er saß mit einem ziemlich großen Abstand zu ihr an dem kleinen Feuer, das sie entfacht hatten, und starrte mit finsterem Blick ins Leere. Sie hatten seit seinem Wutausbruch nur das Nötigste miteinander gesprochen. Er weigerte sich, mit ihr zu reden, verhielt sich die ganze Zeit wie ein schmollendes Kind, das sich ungerecht behandelt fühlte, und sie wusste nicht, was sie tun oder sagen sollte, damit er sie endlich verstand und nicht mehr so wütend auf sie war. Wenn sie ehrlich war, hatte sie auch keine Lust, ihm noch einmal ihr Handeln genauer zu erklären. Dazu war sie einfach zu müde und außerdem war es in ihren Augen auch gar nicht so schwer zu verstehen. Es gab Dinge im Leben, die man einfach nicht tun durfte. Dinge, die jenseits jeglicher Moral und Ethik lagen. Wieso konnte er das nicht begreifen? Und wieso nahm *er* sich auch noch das Recht heraus, wütend auf *sie* zu sein?

Jenna biss die Zähne zusammen und schloss kurz die Augen, um ihre eigene Verärgerung wieder in den Griff zu bekommen. Wut war nicht unbedingt ein Gefühl, das ihr half, sich zu entspannen und auszuruhen, sich insgesamt besser zu fühlen.

Es gab da aber noch einen anderen Grund für das mulmige Gefühl in ihrem Bauch, für dieses Unbehagen, das bis in die verstecktesten Winkel ihres verspannten Körpers drang. Zwei eisblaue Augen, die schon seit geraumer Zeit auf ihr ruhten, sie unentwegt beobachteten, mit diesem merkwürdigen Ausdruck, den sie nirgendwo einzuordnen wusste. Es war weder Hass noch Wut, noch Abneigung, aber es war auch keine Dankbarkeit oder Respekt. Irgendetwas ging in diesem Mann vor, beschäftigte seinen Geist so sehr, dass auch er sich nicht entspannen, nicht schlafen konnte – obwohl sein Körper das ihrer Einschätzung nach bitter nötig hatte. Gut – vielleicht machten die festen Stricke an Händen und Füßen und die sitzende Position es auch ein wenig schwierig, die nötige Ruhe dafür zu finden, aber so wie er aussah, war es überhaupt ein Wunder, dass er noch aufrecht saß und nicht längst ins Reich der Träume gedriftet war. Sein Gesicht war geschwollen und mit Hämatomen übersät. Die linke Seite seines Hemdes war blutverkrustet und Jenna war sich sicher, dass auch der Rest seines durch Leons Tritte und Schläge malträtierten Körpers nicht sehr viel besser aussah.

Was brauchte es wohl, um diesen Mann wirklich klein zu kriegen, dafür zu sorgen, dass er für eine sehr lange Zeit nicht mehr aufstand? Einen Elefanten, der auf ihm herumtrampelte?

Merkwürdiger Weise verspürte Jenna auf einmal das drängende Bedürfnis mit ihm zu reden. Wahrscheinlich war ihr die Stille zu unangenehm oder es störte sie ganz einfach, dass sie noch nie ein vernünftiges Wort mit ihrem Feind gewechselt hatte. Vielleicht wollte sie auch nur ihr Gewissen erleichtern und sich einmal auf eine nette Art und Weise um ihren Gefangenen kümmern, um vorbildhaft zu zeigen, wie gute Menschen eigentlich mit anderen umgingen. Sie wusste es nicht. Es drängte sie einfach nur danach. Doch der grimmige Gesichtsausdruck Leons hinderte sie daran. Sie hatte keine Lust auf einen erneuten Streit mit ihm. Davon hatte es schon zu viele gegeben.

Sie seufzte und sah nun ihrerseits zu Marek hinüber. Als sich ihre Blicke trafen, zuckte sie zusammen. Die Intensität, mit der er sie ansah, erschrak sie. Seine Augen bohrten sich in die ihren, als wolle er auf den Grund ihrer Seele blicken, und ihr gelang es nicht, sich wieder von ihm loszureißen. Irgendetwas brachte sie dazu, seinem Blick standzuhalten. Wie hieß es noch gleich? Derjenige, der zuerst wegsah, war der Schwächere? Oder galt das nur in Bezug auf Tiere? Egal. Sie würde bestimmt *nicht* zuerst wegsehen. Marek war nicht mehr der Stärkere hier. *Er* war *ihr* Gefangener und sollte begreifen, dass sie keine Angst mehr vor ihm hatte... jedenfalls nicht mehr so viel.

Ein wütendes Schnaufen aus Leons Richtung ließ Jenna erneut zusammenzucken. Der junge Mann stand unbeherrscht auf, funkelte Marek hasserfüllt an, der ihn geflissentlich ignorierte und nur Jenna weiter anstarrte.

Sie bemerkte, dass Leons Blick zu ihr wanderte und war leider gezwungen, das Blickduell mit ihrem Gefangenen aufzugeben und sich stattdessen ihrem Freund zuzuwenden. Der versuchte gar nicht erst vor ihr zu verbergen, was in ihm vorging. Es war fast so, als würde er sie nonverbal darum bitten, einschreiten zu dürfen und Marek auf seine ‚nette' Art in die Schranken zu weisen. Doch sie schüttelte sofort den Kopf und machte ihn damit nur umso wütender.

Leon biss sichtbar die Zähne zusammen und schloss kurz die Augen, um dann den Kopf zu schütteln. Dann wandte er sich um und hob sein Schwert vom Boden auf.

„Ich geh neues Feuerholz holen", antwortete er auf ihren besorgt fragenden Blick und stapfte sogleich davon.

Jenna sah ihm mit einem flauen Gefühl im Bauch nach. Wie sollte das alles nur weitergehen?

„Er scheint wütend zu sein“, erinnerte sie eine dunkle Stimme daran, dass sie nicht allein war, und sie wandte sich wieder zu ihrem Gefangenen um.

Allein. Sie war allein mit *ihm*. Ihre Hand wanderte automatisch zu dem Stein um ihren Hals und das warme Kribbeln, das sofort von ihm ausging, beruhigte sie schnell wieder. Ganz allein war sie dann doch nicht und solange sie den Stein hatte, war sie wohl besser geschützt als jeder andere Mensch in Falaysia.

„Er… hat heute nur einen schlechten Tag“, erwiderte sie betont gelassen.

Marek lächelte. Es war ein Lächeln, das eigentlich gar keines war, gefühllos, eine reine Attrappe, die nur dazu diente, den Anschein zu erwecken, ein netter Mensch zu sein.

„Ich glaube nicht, dass dieser Tag schlechter ist als andere“, meinte er. „Er hat eher ein anderes Problem.“

„Und das wäre?“ erkundigte sich Jenna und beugte sich ein wenig vor.

„Du“, sagte er offen. „Du bist nicht nur meins, sondern auch seins.“

Sie runzelte verärgert die Stirn. „Inwiefern?“

„Dir fehlt die Berechenbarkeit, die so vielen Menschen in Falaysia zu eigen ist. Es verwirrt ihn, dass du keine feste Seite einnehmen willst.“

„Was meinst du mit ‚Seite‘?“

Da war wieder dieses seltsame Schmunzeln, das dieses Mal besonders eigenartig aussah, weil seine Oberlippe so geschwollen und blutig war.

„Darf ich dir einen Rat geben?“ Es klang wie eine Frage, doch da Marek nicht auf eine Antwort wartete, war es wohl nicht so gemeint. „Mach dir das Leben hier in Falaysia nicht so schwer. Orientiere dich lieber an allen anderen und teile die Welt einfach in Gut und Böse ein, schwarz und weiß. Halte dich nicht damit auf, nach dem Grau, nach Nuancen zu suchen. Das wird hier nicht gern gesehen – auf keiner der beiden Seiten und du würdest dir am Ende nur damit schaden. Das siehst du schon an dem Verhalten deines Freundes."

Jenna sah ihn einen Moment nachdenklich an, dann schüttelte sie den Kopf. „Es gibt kein reines Schwarz und Weiß", erwiderte sie mit fester Stimme. „Und ich werde mein Verhalten bestimmt nicht von der Meinung anderer abhängig machen."

„Wovon dann?"

„Davon, wie sich die Menschen mir gegenüber verhalten und von meinen eigenen Beobachtungen und Einschätzungen."

„Kannst du das denn? Menschen gut einschätzen?"

‚Das gehört zu meinem Beruf', wollte sie sagen, biss sich aber noch rechtzeitig auf die Zunge. Die Menschen hier wussten ganz bestimmt nicht, was eine Familientherapeutin war. Außerdem sollte niemand wissen, dass sie aus einer anderen Welt kam und… Sie hielt inne und zog die Brauen zusammen, als sie Marek wieder ansah. Hatte er nicht gerade eben davon gesprochen, dass sie sich in dieser Welt besser anpassen sollte? Dann *wusste* er, dass sie nicht von hier kam. Großer Gott!

Er hob ein wenig die Brauen, weil er immer noch auf die Beantwortung seiner Frage wartete. Was war das noch gleich gewesen?

„Ich… Ja." Sie schwieg wieder, war einfach zu aufgewühlt, um weitere Erklärungen abzugeben.

Marek musterte sie kurz. „Tatsächlich? Was für ein Mensch bin ich?"

„Das… das weiß ich noch nicht", stammelte sie. „Du musst zugeben, dass wir noch nicht wirklich viel Zeit miteinander verbracht haben."

Der Laut, der aus Mareks Kehle kam, klang wie ein kurzes Auflachen, doch sie war sich nicht sicher, weil die Mimik seines Gesichts momentan so eingeschränkt war. War er wirklich amüsiert?

„*Meine* Schuld ist das nicht“, erwiderte er. „Es ist ja nicht so, dass *ich* bei unserer ersten Begegnung weggerannt bin.“

Jennas Augen weiteten sich und sie schnappte empört nach Luft. „Wie bitte?! Du… du wolltest… du wolltest mich vergewaltigen! Bezeichnest du so etwas als ein nettes ‚Sich-Kennenlernen‘?!“

„Wollte ich das?“ Er setzte einen beinahe unschuldigen Gesichtsausdruck auf und brachte sie damit so sehr aus dem Konzept, dass sie nur die Lippen bewegte, ohne auch nur einen Ton herauszubringen.

„Bei der Sache ging es doch gar nicht um dich“, setzte der Krieger gelassen hinzu und Jenna war sich sicher, dass seine Worte von einer abwinkenden Geste begleitet worden wären, wenn er seine Hände uneingeschränkt hätte bewegen können. „Aber du hast Recht, viel Zeit hätten wir bestimmt nicht miteinander gehabt. Ich wusste ja nicht, was du bist.“

Jenna hielt erneut die Luft an und ihr Herz begann sofort schneller zu schlagen. „Was bin ich denn?“

„Ein Dämon.“ Er grinste und gab damit seinem eigenen momentan ziemlich deformierten Gesicht ein beinah dämonisches Aussehen.

Sie schüttelte sofort den Kopf und stieß ein unechtes Lachen aus. „Das bin ich nicht.“

„Oh doch. In den Augen vieler Menschen hier schon“, freute er sich. „Du kommst aus einer anderen Welt – der Welt Erexos. Der Name ‚Verirrte‘ wird nichts an dieser Tatsache ändern und auch die Angst der Menschen vor dir nicht schmälern, sollten sie erfahren, was du bist.“

Jenna atmete ein wenig zittrig ein und schüttelte erneut den Kopf. „Ich komme vielleicht aus einer anderen Welt – aber ich bin kein Dämon!“

„Nur eine Frau, die einen leblosen Stein zum Glühen bringen kann und eine Wand aus unsichtbarem Feuer zwischen sich und ihren Feinden entstehen lassen kann“, setzte er hinzu und nickte scheinbar verstehend. „Ja, ich sehe ein, dass der Vergleich hinkt.“

„Ich… ich war das nicht!“ gab Jenna aufgebracht zurück. „Es ist der Stein selbst. Er muss magisch sein. Und du… du weißt das genau! Schließlich hat er dir gehört!“

„Du kannst ihn mir ja wiedergeben – dann bist du von dem ‚Fluch‘ der Magie befreit und kannst aller Welt beweisen, dass du ganz normal und mit Sicherheit kein Dämon bist.“

„Ja, natürlich“, gab sie mit einem weiteren freudlosen Lachen zurück. „Du bekommst den Stein und verschwindest ganz friedlich und jeder von uns kann in Frieden weiterleben.“

„Nein.“ Er deutete ein Kopfschütteln an. „Ich bekomme den Stein, töte Leon und nehme dich mit, um herauszufinden, was das alles mit dir auf sich hat.“

Sie war sprachlos. Sie hatte nicht mit einer solch brutalen Ehrlichkeit seinerseits gerechnet.

„Nun sieh mich nicht so an“, fuhr er fort. „Hast du geglaubt, dass deine kleine Rettungsaktion mich mit einem Mal zu einem guten Menschen gemacht hat? So dumm bist du doch nicht – jedenfalls hast du bisher nicht diesen Eindruck gemacht.“

Jenna brauchte einen Moment, um sich so weit zu sammeln, dass sie wieder sprechen konnte, ohne durchscheinen zu lassen, wie sehr seine Worte sie aufgewühlt hatten.

„Du bist mir wohl gar nicht dankbar?“ brachte sie schließlich bitter heraus, ihre Enttäuschung darüber noch viel zu augenscheinlich.

Marek lächelte wieder und dieses Mal gab er sich wirklich Mühe dabei freundlich auszusehen.

„Glaub mir, ich würde mich sehr gerne erkenntlich zeigen", sagte er. „Aber du wirst selbst zugeben müssen, dass es mir im Moment wohl recht schwer fallen würde." Er hob nachdrücklich seine gefesselten Hände.

Jenna runzelte die Stirn. „Das ist doch nicht dein Ernst."

„Sehe ich aus wie ein Lügner?" fragte er zurück.

„Ich weiß nicht", überlegte sie. „Steht es denen denn auf die Stirn geschrieben?"

Marek zuckte die Schultern. „Man könnte dafür sorgen."

Jenna konnte nicht anders, sie musste schmunzeln. Der Mann hatte ja Humor.

„Du bist mir nicht wirklich dankbar, oder?" hakte sie noch einmal nach.

Er sah nachdenklich hinauf zu den Wipfeln der Bäume über ihnen und zuckte dann die Schultern. „Sagen wir, ich befinde mich noch in einem Gefühlsfindungsprozess."

Er grinste breit und sah für einen Moment eher wie ein großer Junge aus, als wie ein gefährlicher Krieger. Vielleicht war er gar nicht so alt wie er durch den wild wuchernden Bart aussah. Überhaupt wurde dieser Mann für sie immer mehr zu einem großen Rätsel, jetzt, wo sie ein paar mehr Worte mit ihm sprach… die Art, wie er sich ausdrückte, ließ ihn fast gebildet erscheinen und je länger er Englisch sprach, desto schwächer wurde sein Akzent. Leon hatte zwar gesagt, dass er klug war, aber das hier…

„Schließlich habe ich dir ja ebenfalls das Leben gerettet", setzte er hinzu und hob nachdrücklich eine Braue.

„Ja, aber ich habe es dir *zweimal* gerettet", erwiderte sie, bevor ihr klar war, wie kindisch das klang.

Sein Grinsen wollte noch ein klein wenig breiter werden, scheiterte jedoch anscheinend an dem Schmerz in seiner aufgesprungenen Lippe, der ihn kurz zusammenzucken ließ.

„Ich hatte überlegt, ob man damit vielleicht deinen dreisten Diebstahl aufwiegen könnte…“, gab er zurück.

„Ach so?“ Sie schenkte ihm einen kritischen Blick. „Ist dein Leben so wenig wert?“

Seine Augen blitzten amüsiert auf. „Was denkst *du*?“

Sie legte nachdenklich den Kopf zur Seite und schürzte abwägend die Lippen. „Sagen wir, ich befinde mich diesbezüglich noch in einem Gefühlsfindungsprozess…“

Er überraschte sie mit einem lauten, tiefen Lachen. „Touché“, grinste er, wurde dann aber schnell wieder ernst. „Doch die Frage sollte besser sein: Wie wertvoll ist das, was du mir gestohlen hast?“

„Wie wertvoll ist es denn?“ griff sie einfach seine Formulierung auf und brachte ihn erneut dazu, zumindest ein leises Lachen auszustoßen.

„Was denkst *du*?“ wiederholte er schmunzelnd seine Frage.

Sie dachte einen Moment nach, kratzte sich an der Schläfe. „Sagen wir es mal so: Davon abgesehen, dass der Stein in dem Amulett magische Kräfte zu haben scheint, hat es wohl auch einen persönlichen Wert für dich – so wie du dich benommen hast, als ich dir das Amulett nicht wiedergeben wollte. Aber ob es mehr Wert hat als dein Leben…“

Sie bedachte ihn mit einem zweifelnden Blick. „Eigentlich bin ich nicht der Meinung, dass irgendeine Sache ein Menschenleben aufwiegen könnte. Ich weiß, dass es Menschen gibt, die da anders denken, aber in meinen Augen –“

„– bin ich mehr wert als das Amulett?“ Er tat überrascht. „Obwohl ich dein Feind bin?“

„Bist du das?“ begegnete sie seiner Frage mit einer Gegenfrage. Was er konnte, konnte sie auch.

Seine hellen Augen musterten sie ein weiteres Mal eingehend und ein paar nachdenkliche Falten erschienen auf seiner Stirn.

„Nun, ich würde behaupten, dass die meisten Menschen, die dieselbe Vorerfahrung mit mir gemacht hätten wie du, mich ganz gewiss als Feind sehen würden und mich unter Garantie nicht vor der Wut deines Freundes gerettet hätten. Aber du… du bist… seltsam.“

„Seltsam?“ wiederholte sie mit einem Hauch Empörung in der Stimme und brachte ihn erneut zum Lachen.

„Unberechenbar – wie ich schon sagte.“

Aus seinem Mund klang das fast wie ein Lob und Jenna senkte verlegen den Blick, ergriff einen Ast, der neben ihr lag, und stocherte damit im Feuer herum. Was tat sie hier nur? War es wirklich eine so schlaue Idee diesen Mann besser kennen zu lernen? Sie fühlte ganz genau, dass ihre Anspannung und vor allen Dingen ihre Angst vor ihm langsam verschwand und stattdessen ihrer oftmals so gefährlichen Neugierde Raum zur Entfaltung gab. Nicht gut. Gar nicht gut.

„Und wenn ich nicht dein Feind wäre“, fuhr er mit samtig weicher Stimme fort, „wäre ich dann gefesselt?“

„Das ist nur Eigenschutz“, murmelte sie und sah ihn dabei immer noch nicht an. „Ich will nicht, dass… dass so etwas wie in deinem Lager noch einmal passiert.“

„Das wird es nicht.“

Sie hob nun doch ihren Blick und war erstaunt, dass der Mann tatsächlich dazu in der Lage war, etwas mehr Wärme in seinen Augen erscheinen zu lassen. Sie wusste ganz genau, was für ein Spiel er hier mit ihr spielte, aber sie würde nicht darauf hereinfallen.

„Du sagtest auch, du würdest Leon töten, wenn du frei wärst", hielt sie ihm vor, gespannt wie er darauf reagieren würde.

„Und das war keine Lüge", überraschte er sie erneut mit seiner Ehrlichkeit und beugte sich ein wenig zu ihr vor. „Die Dinge, die da zwischen mir und Leon stehen, können nur auf eine Art und Weise gelöst werden: Einer von uns muss sterben. Und ich werde alles Nötige dafür tun, dass nicht ich derjenige bin. Du wirst bald feststellen, dass er dasselbe denkt, und glaube mir, wenn er die Möglichkeit hat, wenn du ihm nur für ein paar Minuten den Rücken zudrehst und nicht aufpasst, wird er wieder sein Glück versuchen." Marek hob demonstrativ seine gefesselten Hände. „Ich kann ihn verstehen – es gab für ihn noch nie eine bessere Gelegenheit."

Jenna schluckte schwer und sagte erst einmal nichts. Sie hätte gern das Ganze mit einer wegwerfenden Geste von sich gewiesen, sich eingeredet, dass Marek nur versuchte sie und Leon gegeneinander auszuspielen – und sie war sich eigentlich auch sicher, dass er das tat – doch ein kleiner Teil von ihr selbst wusste, dass der Mann nicht ganz falsch lag, wusste, dass Leon solch ein Handeln durchaus zuzutrauen war. Natürlich brachten diese Gedanken sofort das Unbehagen und den unangenehmen Druck in ihrem Bauch zurück, wurde sie dadurch doch daran erinnert, dass sie momentan keinen Plan hatten, nicht wussten, was sie mit Marek machen und wie sie ihre Reise nach Trachonien fortsetzen sollten.

„Ich lasse das nicht zu", sagte Jenna schließlich leise und sah ihm dabei fest in die Augen. „In meiner Gegenwart wird niemand getötet – weder du noch Leon noch sonst irgendjemand!"

„Und du meinst, du kannst dich wirklich damit durchsetzen? Hier in *diesem* Land?"

Sie nickte entschlossen, ergriff das Amulett und hielt es etwas in die Höhe. „Ich denke, solange ich das hier habe, habe ich auch das Sagen."

Mareks Augen fixierten den Schmuckstein, bevor sie sich wieder auf ihr Gesicht richteten. „Dann solltest du gut darauf aufpassen“, riet er ihr mit einem erstaunlich sanften Lächeln. „Denn ohne das Amulett wirst du mit deiner Einstellung nicht lange in dieser Welt überleben.“

Seine Worte zerschlugen ihre neu gewonnene Zuversicht viel zu rasch wieder, weil sie genau fühlte, dass er damit Recht hatte. Zweimal schon war sie nur knapp mit ihrem Leben davongekommen. Die Wunden an ihrem Körper erinnerten sie schmerzhaft daran, dass sie eigentlich nur Glück gehabt hatte. Und das Glück war kein verlässlicher Kamerad – das hatte sie schon früh in ihrem Leben gelernt.

„Dann wird sie es halt nicht mehr ablegen“, ertönte Leons Stimme auf einmal aus der Dunkelheit des Waldes und ließ Jenna heftig zusammenzucken. Sie hatte gar nicht bemerkt, dass er sich wieder an sie herangeschlichen hatte. Und warum war er so leise gewesen? Hatte er sie beide belauscht?

Ihr Freund trat mit einem Stapel Holz in das Licht des Feuers und legte diesen dann neben Jenna ab. Er wirkte verändert, nicht mehr so bekümmert und angespannt. Und spielte da nicht sogar ein kleines Lächeln um seine Lippen?

„Lass dich von ihm nicht einschüchtern“, wandte er sich an sie. „Er wird uns bald nichts mehr anhaben können.“

Jenna runzelte die Stirn, gewann aber schnell den Eindruck, dass Leon dieses Mal nicht davon sprach, Marek zu töten. „Heißt das, du hast eine gewaltfreie Lösung für unser Problem gefunden?

Er nickte und sein Lächeln wurde zu einem zufriedenen Grinsen.

„Und?“ Sie konnte kaum die Aufregung aus ihrer Stimme heraushalten. „Wie lautet diese?“

„Du kannst dich gewiss noch daran erinnern, wohin wir reiten wollten, oder?“

Sie nickte etwas zu eifrig.

„Kannst du dich auch daran erinnern, was ich dir über Alentara bezüglich Mareks erzählt habe?“ Sein Grinsen wurde noch breiter, doch er sah nicht sie an, sondern Marek, der ihr Gespräch interessiert verfolgt hatte und nun ein ziemlich entsetztes Gesicht machte.

„Das wagst du nicht, Shuzma!“ stieß er unbeherrscht aus und bewegte sich ein wenig vor, was dazu führte, dass Leons Hand sich sofort auf den Knauf seines Schwertes legte.

„Du hast mir gar nichts zu befehlen, Tashor!“ zischte ihr Freund zurück. „Ich kann mit dir machen, was ich will. Du bist mein Gefangener!“

„Hey! Stopp!“ fuhr Jenna dazwischen und erhob sich, sah verärgert von einem zum anderen. „Könnte mir mal einer erklären, um was genau es hier geht?!“

Widerwillig unterbrach Leon das Blickduell und wandte sich ihr wieder zu. „Alentara versucht angeblich schon seit Jahren, an Marek heranzukommen, um den Zwist zwischen ihnen zu… klären.“

Er hob sofort beschwichtigend die Hände, als er bemerkte, wie seine Worte bei ihr ankamen. „Keine Sorge. Sie wird ihn nicht töten. Sie ist nicht so verrückt, sich mit Nadir anzulegen, aber vielleicht können wir sie dazu bewegen, ihn für eine ganze Weile wegzusperren. Sie soll sehr wütend auf ihn sein – und Nadir wird sie deswegen nicht gleich angreifen.“

„Ihr habt nicht den Hauch einer Ahnung, in was ihr euch da einmischt!“ knurrte Marek bedrohlich und seine Augen schossen tödliche Blitze auf Leon ab, doch das störte Jenna im Moment wenig. Ihre Gedanken überschlugen sich und je mehr sie darüber nachdachte, desto besser gefiel ihr Leons Idee. Sie barg zwar ein gewisses Risiko, aber in ihrer momentanen Lage gab es wohl kaum einen Plan, der nicht riskant sein würde.

„Das ist die dümmste Idee, die ein Mensch mir gegenüber je geäußert hat", fuhr Marek erregt fort. „Und ich habe leider schon eine ganze Menge dummer Menschen kennen gelernt."

„Wie oft muss ich es noch sagen?" fauchte Leon zurück. „Du hast hier gar nicht mitzureden. Und allein, dass du dich so aufregst, zeigt mir, dass die Idee alles andere als dumm ist. Hast du etwa Angst – hä?"

„Leon", mischte sich Jenna schnell wieder ein und schob sich rasch in sein Blickfeld. „Ich denke, wir sollten das zumindest probieren. Es könnte funktionieren."

„Das wird es nicht!"

„Halt einfach dein Maul, Marek!"

Leon konzentrierte sich wieder auf Jenna und nickte. „Das wird es", versprach er ihr, hob eine Hand an ihre Wange und strich sanft mit dem Daumen über ihre vom Feuer erhitzte Haut. Es war eine Geste der Versöhnung und brachte ein warmes Lächeln auf ihre Lippen. Ihre Hand fand rasch die seine und drückte sie sanft und irgendwie kehrte damit auch das Gefühl der Zuversicht und Hoffnung zurück in ihr Inneres. Wenn sie zusammenhielten, Seite an Seite versuchten das Beste aus ihrer misslichen Lage zu machen, dann war zwar nicht alles, aber so vieles möglich… so vieles.

Sie durften sich nur nicht wieder entzweien lassen, nicht von Marek und nicht von allen anderen Gefahren und Versuchungen, die hier in Falaysia noch auf sie lauerten. Und irgendwann würde alles wieder gut werden…

Risiken

Die wackelige Holztür des Ladens knarrte laut, als Leon sie öffnete und jagte ihm einen unangenehmen Schauer den Rücken hinunter, nicht nur weil das Geräusch in seinen empfindlichen Ohren schmerzte, sondern auch weil es viel zu schnell die Aufmerksamkeit auf die eintretende Person zog – in diesem Fall ihn.

„Ich bin sofort da!“ hörte er eine weibliche Stimme rufen, als er nach einem kurzen Moment des Zögerns vorsichtig in den Raum trat. Seine Augen gewöhnten sich schnell an das Halbdunkel und bald hatte er auch schon die Person ausgemacht, der die Stimme gehörte. Es war eine Frau mittleren Alters, kräftig und Besitzerin eines Busens, der das Korsett, das sie trug, fast zu sprengen drohte. Sie kam gerade aus dem kleinen Nebenraum des Ladens und ging langsam auf ihren Kunden zu, dabei ihr etwas in Unordnung geratenes Haar etwas verlegen hochsteckend und immer wieder einen verunsicherten Blick auf die Tür zum Hinterstübchen werfend.

Leon konnte sich schon denken, womit diese Frau eben noch beschäftigt gewesen war. Nur das verräterische Knarren der Ladentür hatte ihr verraten, dass sie nicht mehr allein war – mit wem auch immer sie sich gerade vergnügte. Wäre Leon nicht so angespannt gewesen, hätte er sich ein Grinsen bestimmt nicht verkneifen können. Doch ihm war zurzeit einfach nicht zum Lachen zumute.

„Ich brauche Lebensmittel“, erklärte er knapp sein Anliegen. „Für eine Reise von ungefähr fünf Tagen.“

„Brot und Dörrfleisch?“

Leon nickte. „Und drei Wasserschläuche."

„Das wird einen Moment dauern", sagte die Frau und verschwand wieder im Hinterstübchen.

„Hoffentlich wirklich nur einen Moment", murmelte er und beschloss sich in der Zwischenzeit ein wenig im Raum umzusehen. Vielleicht fielen ihm ja dabei noch ein paar Dinge ein, die er noch dringend mitnehmen musste.

Der Laden hatte allerlei Sachen zu bieten. In einer Ecke hatte man Säcke mit Korn aufgestapelt und in einer anderen Räucherwurst und Fleisch an einem Balken aufgehängt. Vielleicht sollte er davon noch etwas mitnehmen. Dann gab es noch einige landwirtschaftliche Geräte, die an den Wänden hingen und standen und einen Stapel Brennholz, der wohl nicht zum Verkauf gedacht war, sondern eher für den kleinen Kamin in einer Ecke, der den Raum im Winter heizte. Der Anblick dieses Stapels machte Leon noch nervöser, als er ohnehin schon war. Jenna hatte versprochen ein wenig Brennholz für die Nacht zu sammeln. Es war nicht gefährlich Brennholz zu sammeln, jedenfalls nicht mehr, wenn man einen magischen Stein besaß, der einen beschützte. Doch das Mädchen war nicht allein.

Niemals in seinen Leben hätte sich Leon träumen lassen, Jenna allein mit Marek zu lassen. Nicht mit diesem Mann und bestimmt nicht nach allem, was bisher passiert war. Und dennoch hatte er es letzten Endes getan. Jennas Argumente waren einfach besser gewesen als die seinen. Sie brauchten mehr Wegzehrung, weil sie nun mehr Personen waren und Marek es ohne Nahrung nicht bis Trachonien schaffen konnte. Sie mussten sich für dieses heikle Unterfangen bestmöglich ausrüsten, wenn sie Erfolg haben und überleben wollten.

Mit Marek hatten sie allerdings nicht in das Dorf reiten können. Die Gefahr, dort vielleicht auf andere Bakitarer-Krieger zu treffen, war zu groß und dem Mann war es zuzutrauen, dass er die Angst der Dorfbewohner vor ihm und seinesgleichen dazu nutzte, um Hilfe für sich zu mobilisieren. Sie mussten diesbezüglich sehr vorsichtig sein und möglichst vermeiden, dass er anderen Menschen begegnete, solange er ihr Gefangener war.

Als Leon Jenna hatte ins Dorf schicken wollen, hatte sie ihn mit dem Argument geschlagen, dass sie die Sprache der Menschen dort nicht beherrschte und mit ihrem Gestammel gewiss nicht weit kommen würde. Doch er war sich sicher, dass es ihr auch darum gegangen war, ihn mit Marek nicht allein zu lassen. Traurigerweise traute sie Leon nicht mehr – ein Problem, an dem sie später unbedingt noch arbeiten mussten.

Leon seufzte. Es hatte lange gedauert, bis Jenna ihn überzeugt hatte, dass es keine andere Möglichkeit gab, als dass er in das Dorf ritt, um die Sachen zu holen. Er war nicht geritten – er war geflogen. Als er sein Pferd vor dem Laden durchpariert hatte, war es so verschwitzt gewesen, dass es wohl keine einzige trockene Stelle mehr an dem Tier gab. Er wusste, dass es nicht gut war, dem Tier so etwas anzutun, aber sie würden über Nacht in der Nähe des Dorfes bleiben, so hatte es genug Zeit sich wieder zu erholen.

Jenna allein mit Marek. Leon hatte das Gefühl, vor Nervosität fast durchzudrehen. Der Mann war so unberechenbar und das Mädchen so naiv. Wie schnell sie ihm seine Taten hatte verzeihen können… Leon hatte es kaum glauben können. Er hatte sie vor den Unaks gerettet – schön. Aber das war gewiss nur aus Eigennutz geschehen und nicht weil er ein guter Mensch war. Marek ein guter Mensch – ha ! Das war ein Widerspruch in sich. Er war immer noch der Meinung, dass ihre Probleme am besten gelöst werden würden, wenn sie ihn einfach töteten. Gut, vielleicht würde das Nadir sehr wütend machen – und Nadir zum Feind zu haben, war wahrscheinlich noch schlimmer. Nur dieser Gedanke hielt Leon momentan davon ab, diesem Teufel einfach die Kehle durchzuschneiden. Wie er das genießen würde…

Und Jenna… Er wurde aus diesem Mädchen einfach nicht schlau. Er hatte das Gefühl gehabt, dass sie ihn mochte, ihm vertraute und dann tat sie so etwas, benutzte magische Kräfte, um seinen Feind – seinen Feind!! – zu retten. Er war so erschüttert, so enttäuscht gewesen. Er musste zugeben, dass auch sein Vertrauen zu ihr unter den Geschehnissen der letzten Stunden gelitten hatte und er sich fragte, auf welcher Seite sie wirklich stand. Im Grunde kannte er sie noch gar nicht gut genug, um ihr wirklich zu vertrauen, sich ihr zu öffnen, wie er das zuvor getan hatte. Gott, er hatte ihr so viel verraten! Was war, wenn sie ihm die ganze Zeit nur etwas vorgemacht hatte, wenn sie genauso hinterhältig und egoistisch wie ihre Tante war oder gar mit diesem Demeon zusammenarbeitete?

Leon schüttelte den Kopf. Nein. So schlecht war seine Menschenkenntnis nicht und er war sich sicher, dass sie nicht so bösartig war. Nur naiv und zu gutgläubig für diese Welt. Sie versuchte ihre ethischen und moralischen Werte beizubehalten, wusste noch nicht, dass das hier nicht möglich war – nicht wenn man überleben wollte. Wahrscheinlich hoffte sie sogar darauf, Marek zu bekehren, vernünftig mit ihm reden zu können und ihn damit dazu bewegen, ihnen nichts zu tun. Wie dumm! Wie blauäugig! Und so wie Leon Marek kannte, würde er genau auf diesen Zug aufspringen, ihr vormachen, dass sie ihn erreichte und er zu ihrem Freund wurde, der keiner Fliege etwas zuleide tun konnte. Dieser Bastard!

Jede Sekunde, die Leon länger in diesem Laden verbrachte, erhöhte das Risiko, dass es Marek irgendwie gelang, Jenna auszutricksen und den Stein und sie in seine Gewalt zu bringen. Und das war gar nicht gut. Das war…

„Verdammt noch mal, warum dauert das so lange!“ rief er laut, doch das war gar nicht nötig, denn die Frau erschien bereits wieder in der Tür mit den gewünschten Sachen in den Armen. Sie sah Leon etwas verängstigt an, was ihn vermuten ließ, dass er im Moment einen ziemlich finsteren Eindruck machte. Es tat ihm leid, aber im Grunde war das gar nicht schlecht. So würde sie ihm gewiss keine dummen Fragen stellen, woher er kam und wohin er ritt. Geschäftsleute waren meist sehr neugierig – das verlangte ihre Arbeit. Je besser sie informiert waren, desto schneller konnten sie ihre Angebote auf die Nachfrage einstellen. Er mochte das nicht. Doch wenn er genauer darüber nachdachte, hatte das Ganze auch eine durchaus positive Seite. Wer viel fragte, wusste auch viel.

Die Frau stellte die Sachen vor ihm ab und sah ihn, mit einem unsicheren Lächeln auf den Lippen, erwartungsvoll an. „Kann ich sonst noch etwas für euch tun?"

Leon schüttelte den Kopf, holte seinen Geldbeutel unter dem Hemd hervor, der nur noch die Hälfte seines ursprünglichen Gewichtes hatte, und drückte dann der Frau ein paar Goldmünzen in die Hand. Eine besonders schöne behielt er jedoch zwischen seinen Fingern und sah die Frau, deren Augen vor Gier fast aus den Höhlen quollen, eindringlich an.

„Sagt, sind hier in dieser Gegend in letzter Zeit irgendwo Bakitarer aufgetaucht?" fragte er leise. Er hoffte, dass sie seine Frage verneinen würde, doch diesen Gefallen tat sie ihm nicht. Stattdessen nickte sie übereifrig und sorgte dafür, dass seine Gedärme sich sofort verkrampften.

„Ja, ja", brachte sie aufgeregt hervor. „Am vorherigen Abend erst kam eine kleine Truppe überraschend in unser Dorf. Das war eine Aufregung! Schließlich passiert so etwas nicht alle Tage. Ihr müsst wissen, dass meine Kunden sonst nur Händler oder einsame Wanderer sind. Ich hatte solche Angst. Aber ich habe…"

„Haben sie hier etwas gekauft?" unterbrach Leon den Redeschwall der Frau.

„Ja, ja, Lebensmittel und Wasserschläuche wie ihr“, sagte sie. „Sie haben sich auf eine längere Reise vorbereitet. Das konnte man deutlich erkennen.“

Leons Unbehagen wuchs. Das klang gar nicht gut. War Marek vielleicht doch nicht allein unterwegs gewesen und wurde nun von seinen Männern gesucht?

„Wie viele waren es?“ hakte er weiter nach.

„Fünf – soweit ich das überblicken konnte. Grausige Männer, wirklich grausige Männer. Aber in den größeren Dörfern waren es noch mehr.“

Leons Augen weiteten sich ein wenig und er musste sich erst wieder sammeln, um die nächste Frage formulieren zu können.

„In anderen Dörfern sind sie also auch aufgetaucht?“

Die Frau nickte. „Kleine Truppen von sechs bis zehn Mann. Ein Händler hat mir erzählt, dass sie gerade dabei sind, in der Nähe von Draktar ein Lager aufzuschlagen. Ihm hatten sie all seine Waren abgenommen. Er sagte, sie planen irgendetwas Grausames. Es sah so aus, als warteten sie auf jemanden oder auf irgendeinen Befehl.“

„Und die Männer, die hier bei euch waren –“

„– sind auch Richtung Draktar geritten. Scheint so, als sammelten sie sich alle dort. Ich denke, es wird einen neuen Angriff auf die Freiheitskämpfer König Renons geben. Vielleicht haben sie in der Nähe eines ihrer geheimen Lager. Ich hoffe, sie können rechtzeitig fliehen.“

Leon nickte nachdenklich, dann ließ er auch das letzte Goldstück in ihre Hand fallen. Es war an der Zeit hier wegzukommen und endlich Trachonien zu erreichen. Was immer die Bakitarer auch planten – sie durften ihnen auf keinen Fall in die Quere kommen. Nicht mit ihrem obersten Heeresführer gefesselt an ihrer Seite.

„Soll ich den auch noch mitnehmen? Was meinst du?“ Jenna drehte den Stock in ihrer Hand und betrachtete ihn eingehend. Dann sah sie ihren Gefangenen an, der artig neben ihr stand und wieder einmal vor sich hin schmunzelte.

„Was ist?“ wandte sie sich an ihn.

„Nichts“, gab er lächelnd zurück. „Nur, wenn du weiterhin jeden Ast, den du für das Feuer sammelst, nach seiner Schönheit auswählst, wird es später ein ziemlich mickriges Flämmchen werden. Es wird bald dunkel und wir haben noch nicht allzu viele zusammen.“ Er blickte vielsagend auf den kümmerlichen Haufen an Brennholz, den sie in seine Arme gelegt hatte.

Jenna musste ihm leider Recht geben. Sie waren noch nicht wirklich erfolgreich gewesen und die Sonne stand schon ziemlich tief.

„Du könntest mir ja helfen“, schlug sie vor.

„Das tu ich doch“, gab er zurück. „Jedenfalls soweit es mir möglich ist. Wenn du mich losmachen würdest, könnte ich dir allerdings sehr viel besser unter die Arme greifen.“

„Ganz bestimmt“, entgegnete sie mit einem kleinen Lächeln. Mehr brauchte sie nicht zu sagen. So ging das schon die ganze Zeit. Marek machte ihr wunderbare Vorschläge, wie er ihr helfen und wie man alles besser machen konnte, alles lief jedoch darauf hinaus, ihn von seinen Fesseln zu befreien, und das würde sie ganz bestimmt nicht tun.

Es war schon schlimm genug, dass ihre Angst vor ihm, durch die Art, wie er sich ihr gegenüber verhielt – freundlich und vorsichtig – immer geringer wurde, jedenfalls so lange er auf Abstand blieb, und dass es ihr sogar ein wenig Spaß machte, sich mit ihm zu unterhalten. Doch sie war nicht so dumm, zu glauben, dass er wirklich ein netter Kerl war und ihr nichts tun würde, wenn sie ihn freiließ. Sie spürte genau, dass etwas an ihm nicht echt war, dass er sich verstellte, um sie einzulullen, sie dazu zu bringen, ihm zu vertrauen und irgendwann einen dummen Fehler zu machen. Dafür hatte sie schon immer ein gutes Gespür gehabt. Menschen, die nicht ihr wahres Gesicht zeigten, konnte man nicht vertrauen. Und das Seil, mit dem sie Marek an ihr Handgelenk gebunden hatte, erinnerte sie immer wieder daran, wer er wirklich war.

„Ich finde, du machst dich als Gepäckträger ziemlich gut“, erwiderte sie mit einem kleinen Grinsen.

Marek senkte den Kopf ein wenig und hob die Brauen. „Gepäckträger?“ wiederholte er in einem gespielt empörten Tonfall.

Jenna musste lachen. „Ist das ein so schlimmes Wort?“

„Das hängt immer davon ab, zu wem man es sagt.“

„Aber es stimmt doch in diesem Fall“, sagte sie, ohne weiter darüber nachzudenken. Okay, vielleicht war das wirklich ein bisschen frech, aber Marek sah nicht so aus, als würde er sich tatsächlich darüber ärgern. Er bemühte sich schon die ganze Zeit darum, den verbalen Austausch zwischen ihnen am Leben zu erhalten und mit kleinen Scherzen zu würzen. Manchmal hatte sie sogar das Gefühl, als würde er mit ihr flirten. Er ließ wohl nichts unversucht, um sie zu bezirzen.

„Ja, ja, demütigen wir den Gefangenen einfach weiter“, seufzte er und setzte ein trauriges Gesicht auf. „Er hat es ja nicht anders verdient.“

Sie wollte es nicht, aber sie musste schon wieder lachen. Ein warmes Leuchten war für den Bruchteil einer Sekunde in Mareks hellen Augen zu erkennen, dann war es wieder hinter seiner freundlichen Maske verschwunden.

„Gut, keine weiteren Demütigungen mehr“, versprach sie großzügig und er atmete übertrieben erleichtert aus.

„Danke. Das wird mir dabei helfen, das alles besser durchzustehen und dir am Ende vielleicht doch noch zu verzeihen. Schließlich werde ich eine Weile mit dir zusammenbleiben müssen."

Jenna nickte. „Mit mir und Leon."

Marek schüttelte den Kopf. „Nur mit dir."

Sie blieb stehen und sah ihn stirnrunzelnd an, versuchte es nicht zuzulassen, dass seine Worte ihr anfängliches Unbehagen und ihre geheimen Ängste zurückbrachten. Er spielte mit ihren Gefühlen und hatte sichtbaren Spaß daran, denn seine Augen funkelten amüsiert. Aber sie würde sich nicht wieder wie ein ängstliches Mäuschen ducken. Sie würde die Oberhand behalten – ganz gleich, was er sagte.

„Du bist also der Meinung, dass es dir irgendwann gelingt zu fliehen." Es war keine Frage ihrerseits, sondern eher eine Feststellung.

„Ja", gab er offen zu und lächelte. „Ich werde jede Chance nutzen, die mir geboten wird."

„Gut", gab sie provokant zurück. „Warum nicht jetzt? Du bist allein mit mir mitten im Wald…"

Sie besaß den Stein. Er beschützte sie. Sie konnte es sich leisten, so frech zu sein und diesen Mann in seine Schranken zu weisen.

Wenn er über ihre Worte verärgert war, ließ er es sich nicht anmerken. Stattdessen schüttelte er nur den Kopf, ein kleines Lächeln auf den Lippen.

„Wieso nicht?"

„Ach, ich bin nicht in der richtigen Stimmung dafür."

„So, so." Sie betrachtete ihn noch einen Moment kritisch, dann fiel ihr Blick wieder auf den Stock in ihrer Hand.

„Soll ich den nun mitnehmen oder nicht?"

„Muss ich darauf antworten?" Er sah sie mit hochgezogenen Brauen an.

Sie schüttelte den Kopf und legte den Stock in seine Arme. Sie wollte wirklich nicht weiter darüber nachdenken, aber Mareks Zuversicht, dass er bald wieder frei sein würde, dass er versuchen würde, sie zu überwältigen, wenn er die Chance dazu hatte, machte sie nervös, nagte an ihrer neu erworbenen Selbstsicherheit ihm gegenüber.

„Mal angenommen, du könntest dich wirklich befreien, was ich persönlich nicht glaube, aber nur mal angenommen, es gelingt dir… was wirst du dann tun?“ fragte sie ganz beiläufig, während sie ein Stück weiter liefen, um den nächsten brauchbaren Ast aufzulesen.

„Glücklich und zufrieden in meine Heimat zurückkehren“, gab er prompt zurück und lachte in sich hinein.

Jenna fand das keineswegs zum Lachen. Diese Sache machte ihr Angst und sie war kein Mensch, der sich gern fürchtete. Wer tat das schon gern?

„Würdest du Leon wirklich töten, wenn du es könntest?“ fragte sie ruhig.

„Ja.“

Die Antwort war kurz und klar und sie tat weh. Was hatte sie anderes erwartet? Hatte sie etwa geglaubt, dass Marek doch ein klein wenig Herz besaß, weil er so freundlich zu ihr war? Leon hatte ihr doch erzählt, dass es kaum einen grausameren Krieger in Falaysia gab als diesen Mann. Aber wenigstens war er ehrlich. Sogar Leon hatte sie belogen. Marek tat es nicht. Jedenfalls hatte sie ihn noch keiner Lüge überführen können.

„Wieso?“ fragte sie weiter. „Wieso hasst du ihn so sehr?“

Sie kannte die Antwort auf diese Frage zwar, aber sie wollte es von ihm hören, wollte wissen, ob das, was Leon ihr erzählt hatte, wirklich der Wahrheit entsprach. Doch sie bereute ihre Forschheit im nächsten Augenblick schon wieder, denn Mareks Gesicht nahm einen unnahbaren, furchtbar kalten Ausdruck an, ließ ihn wieder wie den brutalen Krieger aussehen, als den sie ihn kennen gelernt hatte. Das Lächeln, das er ihr nun schenkte, war so eisig, dass es sie fast frösteln ließ, und seine Stimme hatte plötzlich Ähnlichkeit mit dem Knurren einer Raubkatze.

„Wenn ich mit dir darüber reden will, wirst du es schon merken“, brachte er bedrohlich leise hervor.

Jenna schluckte schwer und ihr Bedürfnis, so weit wie möglich aus seiner Reichweite zu kommen, ließ sie automatisch rückwärts laufen.

„War… war ja nur eine harmlose Frage“, stammelte sie und wich seinem harten Blick aus. Das hätte sie schon etwas früher tun sollen, denn erst in diesem Moment bemerkte sie die kleine, durch das Laub fast unsichtbare Böschung vor ihr – einen Moment zu spät. Sekundenlang rang sie um ihr Gleichgewicht, doch dann stürzte sie mit einem kurzen Aufschrei und riss, durch den Strick um ihren Arm, den verdutzten Marek mit sich.

Das dichte Laub am Boden dämpfte ihren Aufprall, doch umso schmerzhafter landete Marek auf ihr. Zwar hatte er geistesgegenwärtig seine gefesselten Hände zur Seite gerissen, um sein Gewicht wenigsten einseitig neben ihrer Schulter abzufangen, doch war auch sein halbes Körpergewicht noch zu schwer für sie. Für einen Moment bekam sie keine Luft mehr, als sein Oberarm, der unfreiwillig als Puffer zwischen ihrem und seinem Körper herhalten musste, ihren Brustkorb eindrückte, doch dann gelang es ihr, wieder zu Atem zu kommen, obwohl Marek schwer auf ihr lag. Sein Gesicht war ihrem unangenehm nahe, und sein Mienenspiel schwankte zwischen Entsetzen und Belustigung.

Sie schloss die Augen und biss die Zähne zusammen.

„Würdest du bitte… bitte… von mir runtergehen“, keuchte sie, während sie damit beschäftigt war, ihre Panikattacke wieder in den Griff zu bekommen. Ihr Herz raste und ihr war furchtbar schlecht. Das letzte Mal, dass Marek ihr so nahe gekommen war, war noch nicht lange genug her, um schon vergessen zu sein. Sie hasste es, ihn auf diese Weise zu fühlen, hasste seinen Geruch, seinen Atem, der rasch über ihr Gesicht blies. Sie wollte schreien, um sich schlagen, ihn wegstoßen. Doch ihre Panik ließ das nicht zu, hatte sie vollkommen erstarren lassen.

„Das… das geht nicht“, hörte sie ihn nun gepresst ausstoßen.

Was sollte das? Wollte er sie quälen? Er musste doch wissen, was in ihr vorging. Sie öffnete die Augen wieder, blickte in die seinen. Tatsächlich stand da so etwas wie Hilflosigkeit und Schmerz in dieses kalte Blau geschrieben.

„Wie… wieso nicht?“ brachte sie mit einem zittrigen Flüstern hervor.

„Ich… kann mich… nicht bewegen. Jedenfalls nicht, ohne dass es… höllisch weh tut.“

„Hast du dir was gebrochen?“ Jenna war wirklich entsetzt.

„Von dem kleinen Sturz? Ach, was! Ich bin doch weich gelandet.“ Er konnte sich ein kleines Grinsen nicht verkneifen, verzog dann aber wieder schmerzerfüllt das Gesicht.

„Was ist es dann?“ keuchte sie. Abgesehen von ihrer Panikattacke wurde ihr Marek auch langsam zu schwer.

„Ich glaube, es liegt an dir“, stieß er aus und presste die Lippen zusammen. Sie sah seine Wangenmuskeln zucken. Er spielte ihr nichts vor. Er hatte wirklich starke Schmerzen. „Oder zumindest an dem Stein.“

Der Stein. Den hatte sie völlig vergessen. Er beschützte sie erneut, hatte sofort eingegriffen, als Marek auf ihr gelandet war, und setzte ihn außer Gefecht.

„Du solltest vielleicht versuchen… dich zu entspannen“, schlug Marek vor. „Stell dir einfach vor, ich bin nicht da oder stell dir vor, ich wäre Leon.“

Sie runzelte verärgert die Stirn. „Glaubst du der ist viel leichter als du?“

„Na ja, aber doch netter“, gab er zurück.

„Und was bringt es mir, wenn ich mich entspanne? Es liegt doch an dem Stein“, brummte sie.

„Und du… beeinflusst ihn auf irgendeine Weise. Also sei ruhig und tu was ich dir sage.“

„Auf Kommando klappt das ganz bestimmt nicht!“ beschwerte sie sich. „Das ist überhaupt unmöglich, so, wie ich hier liege! Ich krieg keine Luft! Du erdrückst mich!“

„Hey, es war nicht meine Idee, mich den Abhang hinunterzustürzen!“

„Idee?!“ Sie schnappte entrüstet nach Luft, was gar nicht so einfach war, mit dem zusätzlichen Gewicht auf ihrer Brust. „Ich hab das nicht mit Absicht gemacht!“

Sein Gesicht zuckte erneut. Wut war wohl auch keine so gute Idee.

„Entspann dich, ja?“ stieß er aus.

„Ich kann nicht“, brummte sie zurück.

„Tja, dann… bleibt uns nichts anderes übrig, als zu warten“, meinte er leichthin.

„Worauf denn? Dass uns die Unaks finden und auseinanderreißen?“

„Oder Leon. Das wird noch blutiger.“

Jenna starrte ihn einen Moment verblüfft an, dann musste sie lachen und der Knoten in ihrer Brust begann sich ganz langsam zu lösen. „Ja, das glaube ich auch“, setzte sie hinzu.

„Vielleicht wird der Stein ihn aber auch gar nicht an uns heranlassen“, überlegte Marek weiter. „Dann werden wir einfach nur verdursten.“

„Das beruhigt mich immens“, schmunzelte sie. „Ich wollte schon immer wissen, wie sich das anfühlt.“

„Ich denke, Ertrinken ist angenehmer.“

„Am besten soll Erfrieren sein. Man schläft einfach ein und wacht nie wieder auf."

„Leider haben wir momentan aber keinen Winter und die Nächte sind nicht kalt genug."

„Zu dumm."

„Hast du noch Angst?"

Jenna überlegte einen Moment. „Merkwürdigerweise nicht mehr. Nein."

„Gut." Er verlagerte sein Gewicht ein wenig mehr zur Seite und nickte. Dann stützte er sich auf seine Hände und richtete sich vorsichtig auf. Sein Gesicht zuckte etwas, also hatte die schützende Kraft des Steins nicht völlig nachgelassen, doch es gelang ihm schließlich auf die Beine zu kommen.

Jenna atmete erleichtert auf, sammelte sich und kam dann etwas unbeholfen auf die Beine. Ihre Rippen taten noch ein wenig weh, doch ansonsten war sie in Ordnung. Sie atmete tief durch.

„Wir… wir müssen unser Brennholz wieder zusammensuchen", sagte sie.

Marek nickte. „Das wäre bestimmt nicht passiert, wenn ich das hier los wäre", meinte er mit einem kleinen Lächeln und streckte ihr seine gefesselten Hände entgegen.

„Ja, ja", stimmte Jenna ihm zu, bückte sich, hob ein paar Äste und Stöcke vom Boden auf und legte sie ihm wieder in die Arme. „Das würde uns allen gewiss helfen."

Marek lachte nur. Was blieb ihm auch anderes übrig.

Beschwerliche Reise

Die Natur war für Jenna immer etwas Wunderschönes gewesen, etwas Reines, Mächtiges, Faszinierendes, das einem Kraft geben konnte, wenn man sich schwach fühlte, trösten konnte, wenn man traurig war und einem Ruhe geben konnte, wenn man nervös und unausgeglichen war. Doch das, was sie am meisten an der Natur faszinierte, war, das irgendwie immer so ein Strahlen von ihr ausging. Es gab nie ein schwarzes Nichts, in das man hinein stolpern konnte, denn irgendwo war da immer ein Licht, und wenn es nur die Sterne am Nachthimmel waren oder das gedämpfte, warme Leuchten der Sonne in den Stunden der Dämmerung; irgendetwas Strahlendes, Freundliches gab es immer.

Das hatte Jenna jedenfalls bisher geglaubt, bevor sie die Sümpfe Piladomas betreten hatten. Nie war es am Tage um sie herum so düster gewesen. Dicke Nebelschwaden zogen durch die Äste verkümmerter Bäume, ließen kaum Licht hindurch und nahmen der kleinen Gruppe manchmal jegliche Sicht, sodass sie anhalten mussten, um nicht vom Weg abzukommen und in einem tiefen Sumpfloch zu versinken. Zu den saugenden Geräuschen, die die Hufe der Pferde im Morast verursachten, drangen auch andere dumpfe, blubbernde Geräusche an Jennas Ohren und ein fernes Heulen, das immer näher zu kommen schien, jagte ihr eine Gänsehaut nach der anderen über den Rücken.

Jenna gab es ungern zu, aber sie hatte mal wieder Angst. Sie hatte die Natur noch nie auf solch eine bedrückende Art erlebt. Der Nebel verwandelte die harmlosesten Bäume in gruselige Gestalten und jedes Mal, wenn ihr Pferd mit einem Bein etwas tiefer im Schlamm versank, sah sie sich schon als eine der Moorleichen, die sie einmal als Kind im Museum besichtigt hatte.

Ihr Blick fiel, wie schon viele Male zuvor, auf Marek, der vor ihrem Pferd lief. Leon hatte ihm die Hände nach vorne gebunden und das lange Ende des Seiles an seinem Sattel befestigt, sodass sein Gefangener ihm zu Fuß hinterher stolpern musste. Jenna hatte dagegen protestiert, aber sie war in dieser Hinsicht bei Leon auf taube Ohren gestoßen. Er war der Meinung, dass es so schwerer für Marek war zu entkommen, und so ganz Unrecht hatte er wohl damit nicht.

So führte also Jenna Mareks Pferd mit sich und er selber musste laufen. Auch wenn der Mann ihr noch immer nicht wirklich geheuer war und sie Leons Vorsicht verstand, konnte sie nichts dagegen tun, dass er ihr leid tat. Der Schlamm stand ihm bis zu den Waden und ihm fiel es sichtlich schwer, mit gefesselten Händen das Gleichgewicht zu halten. Ein paar Mal war er schon gestürzt und so klebten Schlamm und Schmutz fast überall an seinem Körper.

Ganz tief in ihrem Inneren ärgerte sich Jenna über Leon. Sein Verhalten gegenüber Marek hatte sich kaum geändert. Er behandelte ihn unfreundlich und grob und versuchte ihm seine Gefangenschaft so unangenehm wie möglich zu machen. Sie hatte schon ein paar Mal eingreifen müssen, entweder weil Leon die Fesseln so eng gemacht hatte, dass Mareks Hände blau anliefen oder weil er ihn ohne jeglichen Grund herumstieß und sich dabei nicht darum kümmerte, dass der Mann immer noch verletzt war. Wie groß sein Hass auch sein mochte, irgendwann war es an der Zeit sich wieder zu beruhigen und ordentlich zu benehmen! Vor allem da sie es Marek verdankte, dass sie noch unter den Lebenden weilte. Aber noch nicht einmal diese Tatsache konnte Leon besänftigen. Wie konnte man nur so sehr hassen?

Jenna zuckte zusammen, als erneut ein Heulen durch die feuchte Luft um sie herum zu ihnen hinüber tönte. Es klang verdächtig nahe.

„Leon, gibt es hier Wölfe?“ sprach sie die Frage aus, die ihr schon seit geraumer Zeit auf der Zunge lag.

„Nein“, antwortete Leon knapp. Sein Blick suchte jedoch nervös die Umgebung ab.

Marek gab ein leises Lachen von sich.

„Was ist?“ hakte Jenna ängstlich nach.

Ihr Gefangener wandte sich halbwegs zu ihr um. „Wenn man Sarugas nicht zu den Wölfen zählt, hat er Recht.“ Er grinste und Jennas Gesichtszüge entgleisten.

Leon zog ruckartig an dem Seil und Marek landete wieder einmal im Morast.

„Was erzählst du da?!“ fuhr er seinen Gefangenen an.

„Was ist?“ gab Marek zurück. Er richtete sich langsam wieder auf, schüttelte den Schlamm von seinen Armen, so gut es ging. „Hast du etwa Angst? Du hast wohl noch nie gegen einen gekämpft.“

Leon antwortete nicht. Seine Augen schienen Löcher in das Gesicht seines Feindes brennen zu wollen

„Was sind Sarugas?“ fragte Jenna mit belegter Stimme und zuckte bei dem nächsten Heulen schon viel heftiger zusammen. Es konnte sich doch nur wieder um eine scheußliche Kreatur handeln, deren Existenz ihr Leon wieder einmal verschwiegen hatte.

„Raubtiere, die in meinen Augen Wölfen nicht unähnlich sind“, beantwortete Marek bereitwillig ihre Frage. „Sie sind nur sehr viel größer und kräftiger und jagen allein, nicht im Rudel. Wenn sie das täten, hätten wir schlechte Chancen, hier lebend raus zu kommen.“

Jenna schluckte schwer. „Großer Gott“, stieß sie leise aus und sah sich völlig verängstigt um.

„Unbesiegbar sind sie allerdings nicht. Man muss nur einiges einstecken können und dann noch die Kraft aufbringen zurückzuschlagen“, sagte Marek mit einem Schulterzucken, das die ganze Sache als Nichtigkeit abtat.

„Das hier hat mir einer zugefügt“, setzte er hinzu und hob seinen linken, durch das zerrissene Hemd entblößten Unterarm, über den sich eine lange Narbe zog. „Es war nicht einfach, ihn zu töten.“

Jenna schluckte ein weiteres Mal hörbar. Sie hatte Marek kämpfen sehen. Wenn es dem Tier gelungen war, ihn so schwer zu verletzen, was machte es dann erst mit ihr?

„Warum erzählst du uns das?!“ schnauzte Leon Marek an.

Der Krieger lächelte übertrieben liebreizend. „Falls der Saruga hinter uns her ist, ist vielleicht unsere einzige Chance den Sumpf lebend zu verlassen, mich loszuschneiden und mir ein Schwert zu geben.“

Leon stieß einen Laut aus, der nur entfernte Ähnlichkeit mit einem Lachen hatte. „Jetzt will *ich* dir mal was erzählen“, zischte er. „Auch ich habe meine Erfahrungen mit Sarugas und die sagen mir, dass diese Tiere niemals Gruppen von Menschen angreifen.“

Marek nickte. „Es sei denn, sie riechen Blut.“

Leon wollte diesem Einwand gerade mit einem Lächeln abtun, als sein Blick auf Mareks Wunde an der Seite fiel, die sich durch die Strapazen des anstrengenden Fußmarsches und Leons grobe Behandlung wieder geöffnete hatte. Für einen Moment wurde er kalkweiß, doch dann fing er sich wieder und atmete tief durch und die neue Entschlossenheit in seinem Blick gefiel Jenna gar nicht.

„Es tut mir leid“, sagte er in einem Ton, der seine Worte Lüge strafte, „aber dann müssen wir dich zurücklassen.“

Jenna sah ihren Freund entsetzt an. „Das kommt nicht in Frage!“ empörte sie sich. „Wir haben abgemacht, dass wir ihn nach Trachonien bringen, und dabei bleibt es auch!“

„Jenna, du scheinst den Ernst der Lage noch nicht begriffen zu haben!“ fuhr Leon auf und die hörbare Angst in seiner Stimme beunruhigte sie noch mehr. „Diese Tiere werden zu Bestien, wenn sie Blut riechen! Gegen die sind Unaks zahme Kuscheltiere!“

Jennas Verstand begann auf Hochtouren zu arbeiten. Es musste doch noch eine andere Möglichkeit geben! Sie konnten Marek doch nicht einfach so einem Raubtier zum Fraß vorwerfen, um ihre eigenen Leben zu retten.

„Dann... dann gib ihm doch ein Schwert. Er kann das Vieh bestimmt besiegen!“ schlug sie vor, obwohl sie genau wusste, dass das eine ganz dumme Idee war, die Leon nie in Betracht ziehen würde.

„Und uns dabei versehentlich töten“, ergänzte ihr Freund bitter, und begann schon das Seil, mit dem Marek an seinen Sattel gebunden war, zu lösen. „Nein, danke!“

„Aber wir können ihn doch nicht einfach so opfern!“ rief Jenna verzweifelt. „Er hat mich gerettet!“

„Wir haben keine andere Wahl!“ setzte Leon dagegen.

„Hört auf zu streiten!“ mischte sich Marek ein. Doch er sah weder sie noch Leon an. Sein Blick war in den Nebel gerichtet. „Es ist ohnehin zu spät.“

Die beiden Streitenden erstarrten. Wenig später sah Jenna es auch: Ein großer, dunkler Schatten näherte sich ihnen. Dumpfes Keuchen und das schmatzende Geräusch von schweren Schritten im Morast drang an ihre empfindlichen Ohren und brachte ihren Puls zum Rasen. Schreckliche Bilder aus grauenhaften Horrorfilmen zogen an ihrem inneren Auge vorbei, während sich die gefährliche Kreatur langsam näherte, seine Gestalt in dem sanften Licht, das sie umgab, deutlicher sichtbar wurde. Es sah einem Wolf zwar ähnlich, war aber in der Tat wesentlich größer und besaß einen kräftigen Brustkorb, mit dem es wohl selbst massive Eichentüren einrennen konnte. Das Fell war lang und zottig und aus seinem halb geöffneten Maul ragten Zähne, die denen eines Säbelzahntigers in nichts nachstanden. Doch das Beängstigendste an dem Tier waren seine Augen, die tief in den Höhlen lagen, scheinbar keine Iris besaßen und in einem grellen Gelb leuchteten.

Ein Zittern lief durch Jennas Körper, ihr war kalt, und der rasende Schlag ihres Herzens schmerzte in ihrer Brust. Keiner der drei Menschen wagte es sich zu bewegen, während der Saruga in einem engen Kreis um sie herum schlich. Merkwürdiger Weise waren die Pferde völlig ruhig. Jenna hätte eigentlich erwartet, dass sie scheuten oder gar versuchten zu fliehen, aber sie standen bewegungslos auf ihren Plätzen und schienen sogar fast zu dösen. Irgendetwas stimmte nicht.

Der Wolf blieb nun stehen und starrte mit seinen unheimlichen Augen zu Jenna hinüber. Ein leises Knurren drang aus seiner Kehle und endete in einem durchdringenden Jaulen, das Jenna ein weiteres Mal erschauern und ihre Innereien völlig verkrampfen ließ. Sie machte sich auf alles gefasst. Es war ja wieder klar, dass dieses Vieh gerade sie als besonderen Leckerbissen auserkoren hatte.

Doch die Bestie bewegte sich nicht von der Stelle und machte auch keine Anstalten, zu einem tödlichen Sprung anzusetzen. Ihr Blick wanderte zu Marek, heftete sich an die blutende, mit Schlamm verschmutzte Wunde. Speichel rann aus ihren Lefzen und wieder ertönte dieses Knurren, nur klang es am Ende noch jämmerlicher als zuvor. Ihr kahler, mit dicker Hornhaut überzogener Schwanz peitschte wütend auf den schlammigen Boden, während sie immer noch auf ihrem Platz verharrte.

Jennas besorgter Blick wanderte zu ihrem Gefangenen. Sogar um ihn hatte sie Angst. Und gleich würde nichts mehr von ihm übrig sein. Marek schien die Tatsache mit Fassung zu tragen. Jenna konnte nicht einen Funken von Angst in seinen Augen entdecken. Nein, in ihnen lag sogar so etwas wie Faszination und erst in diesem Augenblick bemerkte sie, dass er nicht das Untier ansah, sondern sie. Nein, nicht einmal sie, sondern vielmehr ihre Brust.

Jenna erschrak, als sie seinem Blick folgte. Der Stein, den sie sich um den Hals gebunden hatte, leuchtete wie eine grellrote brennende Flamme. Es war sein Licht, dass sie alle umhüllt hatte, ohne dass Jenna davon Notiz genommen hatte. Und es schien so, als würde es sich weiter ausbreiten, auf den Saruga zustreben.

Der seltsame Wolf heulte erneut und wich ein paar Schritte zurück. Wieder zog er einen Kreis um sie, nur mit einem wesentlich größeren Abstand als zuvor. Mit einem Knurren sprang er ein Stück vor, bäumte sich dann aber mit einem schmerzerfüllten Schrei auf und wich wieder zurück. Er bleckte die Zähne und stieß ein wütendes Fauchen aus. Dann warf er sich auf einmal herum und verschwand im Nebel.

Ungläubig starrte Jenna wieder auf den Stein vor ihrer Brust, dessen Licht nun langsam schwächer wurde, bis er sein altes, warmes Leuchten zurückgewonnen hatte. Was für eine seltsame Macht hatte sie da nur gestohlen? Sie war schockiert, fasziniert, begeistert und beängstigt zur selben Zeit und als sie aufsah, erblickte sie dasselbe Gefühlschaos in Mareks eisblauen Augen, die sie immer noch fixierten.

Leon war der erste von ihnen, der seine Sprache wiederfand. „Wir... wir sollten weiterziehen“, brachte er etwas kurzatmig heraus. Auch er sah sie einen Moment lang an, mit eindeutigem Unbehagen. Dann trieb er schnell sein Pferd vorwärts und zwang somit auch Marek dazu, sich wieder von ihr und dem Stein loszureißen.

Jenna atmete tief durch, straffte die Schultern und trieb dann ebenfalls ihr Pferd vorwärts. Ihre Gedanken kreisten allerdings nur noch um ein Thema: Sie hatte sich und die beiden Männer gerettet und wusste nicht wie. Sie verstand jetzt noch weniger als zuvor, was es mit diesem Stein auf sich hatte. Schließlich hatte sie überhaupt nichts getan. Sie hatte noch nicht einmal daran gedacht, etwas zu tun. Sie war völlig hilflos gewesen, in Panik, und dennoch hatte der Stein gehandelt, ganz eigenmächtig, ohne irgendein Zutun von ihr. Sie verstand das alles nicht und sie fragte sich, ob ihr das überhaupt jemals gelingen würde.

Es gab mehrere Stufen der Erschöpfung – das hatte Jenna in der kurzen Zeit, die sie jetzt in Falaysia war, schnell gelernt. Erschöpfung, totale Erschöpfung und scheintot. Die Stufe ‚Scheintot' hatte sie beinahe erreicht, als sie endlich nach der nervenaufreibenden Wanderung durch den Sumpf und weiteren Stunden anstrengenden Reitens und Laufens durch eine ziemlich hügelige und steinige Ebene an einem großen See Rast machten. Am Horizont zeichnete sich bereits die Silhouette des Latan-Gebirges ab, das den Übergang von Allgrizia nach Trachonien markierte, und Leon hatte entschieden, dass sie sich nun tatsächlich eine längere Pause leisten konnten.

Sie hatte ihrem Freund beim Errichten ihres Nachtlagers geholfen und sich dann auf einen großen, flachen Stein am Ufer des Sees gesetzt, um ihre müden Füße ins Wasser baumeln zu lassen und sich langsam aber sicher auf die Stufe ‚totale Erschöpfung' hinab zu bewegen. Die kühle Frische des Wassers zog ihre Beine hinauf und belebte langsam wieder ihren Körper. Sie fühlte, wie sich die Verkrampfungen in ihren Schultern und Beinen lösten und seufzte zufrieden. Was für simple Dinge einen doch manchmal glücklich machen konnten…

Sie wollte gerade die Augen schließen, als sie eine Bewegung neben sich wahrnahm, und wandte sich um. Marek hatte sich trotz der gefesselten Hände von seinem zerrissenen und völlig verdreckten Hemd und seinen Stiefeln befreit und watete nun mit hängenden Schultern und wankenden Schritten ins Wasser.

„Hey!" rief Leon, der gerade dabei war, das Lagerfeuer vorzubereiten, seinen Gefangenen aber anscheinend nie aus den Augen ließ. „Was machst du da?!"

Marek wandte sich ermüdet zu ihm um. „Ich will mich nur waschen", sagte er matt.

Der lange Fußmarsch hatte ihn an den Rand seiner Kräfte gebracht. Das sah Jenna ihm an, obwohl er sich immer noch wacker auf den Beinen hielt. Sie wäre an seiner Stelle wahrscheinlich längst an Entkräftung gestorben. Sie hatte Mitleid mit ihrem Gefangenen, der mittlerweile ziemlich schlimm aussah. Schlamm klebte überall an seinem Körper, in seinen Haaren, in Gesicht und Bart. Die Wunde war unterwegs immer wieder aufgebrochen und bot einen dementsprechend üblen Anblick, da der Schlamm auch vor ihr keinen Halt gemacht hatte. Wenn er Pech hatte, konnte das sogar eine Blutvergiftung geben. Er musste sich dringend ausruhen und seine Wunde musste versorgt werden. Nur leider machte Leon nicht gerade den Eindruck, als würde er seinem Feind das zugestehen. Lange würde Jenna sein unmenschliches Verhalten nicht mehr tolerieren. Marek war zwar sein Gefangener, aber nicht sein persönlicher Prügelknabe.

„Und dabei versuchen zu fliehen, was?" fragte Leon nun gereizt. „Ich weiß, dass du sehr gut schwimmen kannst, Marek!"

Der Krieger seufzte und hob seine gefesselten Hände. „So kann ich es jedenfalls nicht."

„Ich falle auf deine Tricks nicht herein", gab Leon giftig zurück.

Jenna schüttelte den Kopf. So ging das nicht weiter. „ Leon", mischte sie sich ein. „Das ist doch albern!"

„Du hast doch keine Ahnung", fuhr Leon nun auch noch sie an. „Du kennst ihn nicht so gut wie ich!"

„Dann geh ich halt mit rein“, sagte sie, ließ sich kurzerhand ins Wasser gleiten und bewegte sich, ohne eine Antwort abzuwarten, auf Marek zu.

Der Krieger sah sie mit einem kleinen Anflug von Dankbarkeit an und watete dann so weit in den See, dass ihm das Wasser bis zu den Hüften stand. Jenna folgte ihm, ohne sich noch weiter um Leon zu kümmern. Sollte der doch vor sich hin schimpfen und die beleidigte Leberwurst spielen – solange er nicht ins Wasser kam und Marek wieder misshandelte, war ihr das egal.

Ihr Gefangener begann nun mit beiden Händen Wasser über seinen Körper zu schöpfen, das in braun gefärbten Bächen über die Haut zurück in den See lief. Da Jenna keine andere Beschäftigung einfiel und sie langsam zu frieren begann – denn das Wasser war alles andere als warm – versuchte sie sich abzulenken, indem sie Mareks Körper von hinten betrachtete. Hm. Sie musste zugeben, dass er recht ansehnlich war. Breite Schultern, eine schmale Taille, braune Haut. Er war gut in Form und es sah schon beinahe ästhetisch aus, wie das Wasser über die harten Muskeln seines Rückens lief, auf der so samtig aussehenden Haut kleine Perlen bildend. Der einzige Makel an diesem wohlgeformten Männerrücken war ein relativ großer Schlammfleck über dem Schulterblatt, der sich einfach nicht ablösen wollte.

Ehe Jenna überhaupt wusste, was sie da tat, hatte sie schon ihre Hand ausgestreckt und ihre Finger berührten Mareks Schulter. Er zuckte nicht zusammen und drehte sich auch nicht um, sondern hielt lediglich mit dem Wasserschöpfen inne. Ein merkwürdiges Kribbeln zog durch ihre Finger, als sie den Schlamm von seinem Rücken wischte. Seine Haut fühlte sich gut an, war warm und weich.

Sie zog erschrocken ihre Hand zurück, als sie bemerkte, welch merkwürdige Gefühle diese Berührung in ihre auslöste. Sie hatte völlig vergessen, zu wem dieser Rücken gehörte, und wich nun einen kleinen Schritt zurück.

„Ich… ich… da war nur etwas, was nicht abgegangen ist", stammelte sie.

Marek drehte sich ein wenig zu ihr um. „ Ja?" fragte er mit einem Lächeln, das dieses Mal sogar seine Augen erreichte.

Sie nickte rasch und spürte, wie ihr das Blut ins Gesicht schoss. Was war nur mit ihr los? Ihr Blick fiel verunsichert auf den Stein vor ihrer Brust, weil es dort auf einmal so warm geworden war. Da war wieder so ein rötliches Glühen in seinem Kern zu erkennen. Vielleicht war dieses Ding daran schuld, dass sie sich so seltsam verhielt.

Marek wandte sich ihr nun ganz zu. „Vielleicht… kannst du mir ja auch hier helfen?" Er wies mit seinen gefesselten Händen auf die Schnittwunde in seiner Seite.

Jenna schluckte schwer. Die Wunde sah wirklich nicht besonders gut aus. Immer noch klebte Schlamm und Schmutz an ihr. Ganz davon abgesehen war sein Bauch und seine Brust übersät von großflächigen Blutergüssen, die sie unangenehm daran erinnerten, was Leon ihm erst vor kurzem angetan hatte. War sie nicht schon allein deswegen verpflichtet, ihm zu helfen? Zudem hatte er Recht. Gefesselt, wie er war, konnte er sich unmöglich selbst versorgen. Und sie hatte ja sonst nichts zu tun. Sie dachte ein paar Sekunden nach. Sie brauchte irgendetwas, womit man die Wunde effektiver reinigen konnte. Ein Stück Stoff oder so. Jenna kam eine Idee und sie begann ihr Leinenhemd aufzuknöpfen. Sie fühlte, dass Marek jede ihrer Handbewegungen äußerst interessiert verfolgte, und ihre Nervosität nahm sofort wieder zu.

‚Ganz ruhig bleiben', sprach sie sich selbst zu. ‚Du bist müde und erschöpft und deine Nerven sind völlig überreizt. Du hast für einen Moment vergessen, wen du vor dir hast, und nur noch einen schönen Männerkörper gesehen. So etwas kann passieren. Alles, was du jetzt noch hier tust, ist einem anderen Menschen dabei zu helfen, seine Wunden zu versorgen.‘

Ja, das half. Ihre Bewegungen wurden wieder sicherer und ihre Aufregung verflüchtigte sich langsam. Bald stieß sie auf die Binde, mit der sie sich als Mann getarnt hatte, und riss mit roher Gewalt ein Stück des dünnen und noch relativ sauberen Tuches ab. Das Wasser des Sees war sehr klar, also eignete es sich einigermaßen zur Reinigung der Wunde. Sie tunkte eine Spitze des Tuches ein, trat dichter an Marek heran und begann vorsichtig die Verletzung oberflächlich von dem Schlamm zu befreien.

Sie fühlte Mareks Blick auf sich ruhen, fühlte die Wärme, die von seinem Körper ausging, und ihr Herz begann wieder schneller zu schlagen. Angst. Ja, es musste Angst sein, die das verursachte, weil sie seine Nähe nicht ertragen konnte – aus gutem Grund! Sie versuchte sich mehr auf ihre Arbeit zu konzentrieren, stellte sich einfach vor, dass sie ein verletztes Tier behandelte, aber da war dieses merkwürdige Gefühl in ihrem Bauch, so ein seltsamer Drang danach, ihm noch näher zu kommen, gegen den sie mit aller Macht ankämpfte. Das war doch verrückt! Wo kam das auf einmal her?

Es dauerte nur wenige Minuten, bis sie fertig war und sich zwang aus seiner Reichweite zu treten. Innerlich mit sich schimpfend und fluchend drehte sie sich von ihm weg, entfernte den Wickel ganz von ihrem Körper und knöpfte ihr Hemd schnell wieder zu. Mit ein wenig Stolz wandte sie sich erneut zu Marek um.

„Und jetzt haben wir sogar einen Verband“, sagte sie und wich seinem Blick schnell aus, denn der wollte ihr schon wieder das Blut ins Gesicht treiben und brachte endlich ein wenig ihrer Angst zurück. Sie kannte diese Blicke, diesen Ausdruck in den Augen eines Mannes. Marek hatte sie schon einmal so angesehen.

Dennoch trat Jenna wieder dichter an ihn heran, um die Binde um seinen Rücken herum wickeln zu können, und ihr Herz schlug ihr dabei bis zum Hals. Sorgsam verband sie die Wunde, streng darauf bedacht, jeder unnötigen Berührung aus dem Weg zu gehen. Die Wärme seines Körpers, die sie nun noch viel stärker spürte als zuvor, machte sie genauso nervös wie sein warmer Atem, der gleichmäßig über ihre Stirn strich.

„So“, sagte sie leise, als sie fertig war und sah zu ihm auf. Sein Gesicht war dem ihren so nah, dass sich ihre Nasen dabei leicht berührten und sie wich ein wenig zurück – weit genug, um ihm wieder in die Augen sehen zu können. Helle Katzenaugen, die durch das sich auf der Wasseroberfläche brechende Licht der Sonne fast grün schimmerten und in denen ein seltsam zärtlicher Ausdruck lag. Sein Atem streichelte nun ihre Lippen und sie war auf einmal wie erstarrt. Ihr Verstand sagte ihr, dass sie sich besser sofort von ihm entfernen sollte, doch ihr Bauch sagte ihr etwas ganz anderes, befahl ihr stehenzubleiben, sich nicht zu regen und ihm weiter in die Augen zu blicken… tiefer… tiefer… bis hinein in seine Seele. Aber kam dieser Befehl überhaupt von ihrem Bauch. Kam er nicht eher aus ihrer Brust, in der es ganz warm geworden war?

„Hey!“ ertönte eine Stimme wie aus weiter Ferne. Es musste Leon sein, der sie wohl die ganze Zeit beobachtet hatte.

„Lass sie los!“ brüllte er, obwohl Marek sie nicht in geringster Weise berührte.

Langsam kam Jenna wieder zu Verstand, blinzelte, als müsse sie sich aus einem Zustand der Trance befreien. Aber fühlte es sich nicht auch genauso an? Auch Marek machte den Eindruck, als wäre er für einen Moment nicht ganz bei sich gewesen, blinzelte genauso verwirrt wie sie. Jenna wandte sich zögerlich von ihm ab und watete dann etwas verstört zurück zum Ufer. Sie wusste, dass Marek ihr nachsah, wagte es aber nicht, sich noch einmal umzudrehen, obwohl sie das Verlangen danach hatte.

„Was… was sollte das werden?“ fuhr Leon sie an, der ihr entgegen gekommen war. Doch Jenna ging wortlos an ihm vorbei. Leon packte sie grob am Arm, und zog sie zu sich zurück.

„Jenna, du darfst nie vergessen, wer er ist!“ sagte er leise und sah ihr drängend in die Augen. Er war enttäuscht und wütend, konnte seine Gefühle nicht vor ihr verbergen.

„Wer ist er denn?“ fragte Jenna ebenso leise zurück. „Sag es mir doch, wenn du es so sicher weißt.“

„Er ist…“, Leon schien nach den richtigen Worten zu suchen, „… ein böser Mensch.“

Jenna schüttelte mit einem bitteren Lächeln den Kopf. „Hast du dir schon mal selbst zugehört?“ fragte sie traurig und befreite sich aus seinem Griff. „Du klingst wie jemand aus einem dieser ganz miesen Filme.“

„Aber ich habe Recht!“ erwiderte Leon ernst. „Was muss erst noch alles passieren, damit du mir das glaubst?“

„Ich weiß es nicht“, gab sie zurück. „Ich weiß es wirklich nicht.“

Sie wandte sich von ihm ab und ging zu ihrem Pferd, um sich trockenen Sachen aus den Satteltaschen herauszusuchen. Sie hatte einfach keine Lust mehr darüber nachzudenken, was ihr alles zustoßen konnte, wenn sie nicht das tat, was Leon ihr sagte, wenn sie nicht seine Meinung und sein Denken annahm. Sie hatte keine Kraft mehr dafür. Alles, was sie wollte, war, sich einfach nur auszuruhen, ohne auch nur über irgendetwas nachzudenken. Doch im Grunde wusste sie, dass ihr das nicht gelingen würde.

Erzfeinde

Der Morgen graute bereits, als Leon aus seinem leichten Schlaf erwachte. Er fand nicht die Zeit, sich erst einmal zu strecken und die Augen zu reiben, bevor er sich aufrichtete, denn zu seinem Entsetzen stellte er mit einem Blick fest, dass sich Jenna sich nicht mehr auf ihrem Wachposten-Platz befand. Mit klopfenden Herzen warf er sich herum, in der schrecklichen Erwartung, dass auch Marek nicht mehr auf seiner Decke lag, doch zu seiner Überraschung war der Krieger noch da. Er saß an einen Baum gelehnt und grinste ihn an, genüsslich auf einem Stück Trockenfleisch herumkauend.

Leon straffte die Schultern und versuchte seinem Gesicht einen missbilligenden Ausdruck zu verleihen, doch diese Mal fiel es ihm gar nicht so leicht, denn er hatte gut geschlafen, war erholter und zufriedener als in den letzten Tagen. Seine Wut und sein Hass zogen sich langsam zurück und das war nicht gut. Denn wenn man seine Gefangenen zu gut behandelte, wurden sie nur frech und gefährlich. Jenna konnte das natürlich nicht wissen, war bezüglich dieser Dinge zu unerfahren, aber er, er wusste das. Also funkelte er Marek böse an. Doch der hatte sein Interesse an ihm längst wieder verloren, sah an ihm vorbei in die Ferne, als ob es da etwas Interessantes zu beobachten gäbe.

„Wo ist sie?“ brummte Leon dennoch in seine Richtung. Es ärgerte ihn, dass Jenna ihren Posten verlassen hatte, wo sie ihm versprochen hatte, ihren Gefangenen nicht aus den Augen zu lassen, solange er schlief.

„Sie nimmt ein Bad", antwortete dieser mit einem Kopfnicken in Richtung des Sees. „Sie dachte wohl, wir schlafen beide und wollte ihre Chance nutzen, endlich mal ein wenig Schmutz loszuwerden."

Leon folgte seinem Blick und musste schlucken. Das war es also, was die Aufmerksamkeit des Kriegers so beanspruchte. Jenna stand bis zur Taille im Wasser und schöpfte Wasser über ihren entblößten Körper. Sie hatte ihnen den Rücken zugewandt, nicht ahnend, dass ihr Badeversuch nicht unbemerkt geblieben war. Leon hoffte so sehr, dass sie sich dessen noch früh genug bewusst wurde und sich nicht arglos zum Ufer umdrehte, denn das, was er momentan zu sehen bekam, reichte schon, um ihm heiß und kalt werden zu lassen. Er hatte lange schon keine Frau mehr nackt gesehen und Jenna hatte durch die Anstrengungen ihrer Flucht einige Pfunde verloren. Das Resultat war eine wohlgeformte, sehr weibliche Frauenfigur, die einem Mann den Atem nehmen und den Schweiß auf die Stirn treiben konnte.

Erst als die junge Frau bis zum Kopf im Wasser verschwand, konnte sich Leon von ihrem Anblick losreißen. Er musste sich ablenken, vergessen, was er gesehen hatte. Er wollte sie nicht als etwas anderes als eine gute Freundin wahrnehmen.

Er stand auf und begann einfach die Sachen zusammenzupacken. Sie mussten ohnehin bald aufbrechen und vielleicht würde Jenna so auch schneller bemerken, dass sie nicht mehr ungestört war und sich endlich wieder etwas anziehen!

Leon schüttelte innerlich über sich selbst den Kopf. Ein wenig nackte Haut und schon drehte er durch. Das kam davon, wenn man zu lange zu enthaltsam lebte. Man hatte seine eigenen Triebe auf einmal nicht mehr im Griff. Und Jenna hatte es bestimmt nicht verdient nur seiner Befriedigung zu dienen. Marek war vielleicht so ein Mensch, aber er nicht. Er wusste, dass er sie nicht liebte. Er mochte sie, als Freundin und Begleiterin, aber er liebte sie nicht,

nicht so, wie er damals Sara geliebt hatte. Also würde er sie auch nicht anfassen. Es würde nur ihre Freundschaft zerstören.

Und er würde auch nicht zulassen, dass Marek ihr in irgendeiner Weise zu nahe kam. Dieser Mann hatte ihr schon genug angetan. Er verstand ohnehin nicht, dass Jenna sich so für sein Wohlergehen einsetzte. Er hatte sie gerettet. Schön, dafür hatte er vorher versucht, sie zu vergewaltigen. Hatte sie das vergessen? Oder war sie inzwischen so verstört, dass sie nicht mehr wusste, was sie tat? Warum hatte er sie eigentlich gerettet? Doch bestimmt nur aus Eigennutz.

Leon sah zu seinem Gefangenen hinüber. Der beobachtete Jenna immer noch mit großem Interesse und das brachte Leons Blut erneut in Wallung. Mit Schwung warf er dem Krieger seine zusammengebundene Decke entgegen. Doch Marek besaß unglaublich gute Reflexe und fing diese mit seinen gefesselten Händen auf, bevor sie in seinem Gesicht landen konnte.

„Hast du irgendein Problem?“ fragte er mit einem Lächeln, das eigentlich keines war.

Leon hasste dieses Lächeln. Es strahlte eine Verachtung aus, die man mit Worten gar nicht vermitteln konnte.

„Ja“, antwortete er grimmig. „Ich würde dich liebend gern umbringen, aber ich darf es nicht, weil du meiner Freundin das Leben gerettet hast.“

„Das hat noch niemanden davon abgehalten“, gab Marek mit einem Schulterzucken zurück. „Undank ist der Welt Lohn. Und es wäre ja nicht so, dass du keinen Grund dafür hättest.“

Er hob provokant die Brauen und Leon musste wirklich die Zähne zusammenbeißen, um dem Mann nicht sofort zu zeigen, wie Recht er damit hatte.

„Tja, leider denkt Jenna darüber etwas anders“, sagte er stattdessen bemüht ruhig.

Marek schüttelte bedauernd den Kopf. „So ein Pech.“

Leon biss die Zähne noch fester zusammen. Er durfte jetzt nicht wieder ausrasten, durfte Jenna nicht aufregen, denn das war es ja, was Marek wollte. Er wusste genau, was für ein Spiel dieser Mann mit ihnen spielte. Er wollte ihn und Jenna gegeneinander aufhetzen, Unfrieden zwischen ihnen stiften, um dann diese Gelegenheit zu seiner Flucht zu nutzen. Doch das würde Leon schon zu verhindern wissen.

„Warum hast du sie nicht getötet, als du die Möglichkeit dazu hattest?“ erkundigte er sich scheinbar gelassen.

Marek runzelte in gespieltem Erstaunen die Stirn. „Wieso sollte ich sie töten wollen? Sie hat mich nur bestohlen. Und sieh sie dir doch an. Das wäre einfach zu schade. Außerdem gibt es wichtigere Dinge als Hass und Rache.“

Leon stieß ein gekünsteltes Lachen aus. „Seit wann?“

Marek lächelte wieder, dieses Mal mehr überheblich als verächtlich. „Seit ich weiß, was ich will.“

„Ach? Und was willst du?“

„Reichtum, Macht, Besitz – all diese primitiven Wünsche, die ein Mensch doch immer hat, auch wenn er noch so ein schwächlicher Wurm ist. Nur, ich werde sie mir erfüllen und da sind Hassgefühle und Racheakte ein wenig hinderlich. Sie kosten so viel Zeit und Energie. So etwas erledige ich wenn dann nur, wenn ich nichts anderes zu tun habe.“

„Und wozu brauchst du Jenna?“ fragte Leon in einem gekonnt gleichgültigen Tonfall, obwohl er innerlich längst schon wieder kochte. Es drängte ihn so sehr danach, diesen Mann ins Jenseits zu befördern, dass es kaum noch zu ertragen war. Dieser Teufel hatte es nicht verdient zu leben. Er brachte allen Menschen nur Unheil und Verderben.

„Zum Zeitvertreib“, gab Marek mit einem provokant genießerischen Grinsen zurück. „Ich wollte mir ein paar schöne Stunden mit ihr machen, wenn ich alles Wichtige erledigt habe.“

Die Wut in Leon brodelte so sehr, dass seine Hände sich schon zu Fäusten ballten, doch er hatte sich noch unter Kontrolle. „Du lügst!“ sagte er fest.

Marek zuckte die Schultern. „Wenn du meinst…“

„Ich denke, dass dich ihre Macht über dein Amulett wirklich erschreckt hat und du jetzt unbedingt herausfinden willst, was es damit auf sich hat“, gelang es Leon nach ein paar tiefen, beruhigenden Atemzügen herauszubringen. „Nur das ist der Grund, warum sie noch lebt. Vielleicht hast du ja sogar von Nadir den Auftrag bekommen, sie zu ihm zu bringen. Er war es ja auch schließlich, der dich auf mich angesetzt hat.“

Mareks Gesicht blieb zu Leons Ärger trotz seiner Worte völlig unbewegt, verriet mit keiner Muskelzuckung, ob Leon mit seiner Vermutung richtig lag.

„Du hast auch mich nur deswegen verschont, weil du von meinem Amulett erfahren hast“, fuhr Leon dennoch fort und ließ seinen Feind weiterhin nicht aus den Augen. „Du wolltest aus mir herausbekommen, wo es ist.“

„Wollte ich das, ja?“ reagierte Marek nun endlich auf seine Worte. Doch leider blieb seine Mimik undurchschaubar, seine Stimme viel zu ruhig.

„Ja“, gab Leon mit fester Überzeugung zurück.

„Wenn du dir mit deinen Vermutungen so sicher bist, warum belästigst du mich dann mit solch dummen, unnötigen Fragen?“ kam es Marek beinahe gelangweilt über die Lippen, gefolgt von einem verständnislosen Kopfschütteln. Und der Damm brach…

Leon befand sich schon in einer Vorwärtsbewegung, um Marek seine Faust ins lädierte Gesicht zu schmettern, als eine Stimme vom See her ertönte und ihn innehalten ließ.

„Leon! Kannst du mal bitte kommen!“

Er schloss die Augen und atmete tief ein und aus. Erst dann fühlte er sich wieder dazu in der Lage Marek anzusehen, ohne ihn augenblicklich mit den Fäusten bearbeiten zu müssen. Er ließ seinen prüfenden Blick rasch über den gefesselten Mann gleiten. Seine Fuß- und Handfesseln saßen noch ordentlich. Es würde zu lange dauern, sie aufzuknoten, also konnte er sich darauf verlassen, dass Marek nicht verschwand, wenn er zu Jenna ging. Er durfte ihn nur nicht völlig aus den Augen lassen.

Leon nahm einen weiteren tiefen Atemzug, drehte sich dann um und ging auf Jenna zu. Sie saß am Ufer im Wasser, so dass ihr das Wasser noch immer bis zum Halse stand. Doch Leon stellte bald fest, das der See so klar war, dass man dennoch ziemlich viel von ihrer Figur erkennen konnte. Ihr schien das bewusst zu sein, denn ihr Gesicht war ziemlich gerötet, als er am Ufer vor ihr stehen blieb.

„Es… es tut mir leid“, stammelte sie. „Ich hab mich nur so furchtbar schmutzig gefühlt und dachte, ihr schlaft noch für eine ganze Weile.“

„Kein Problem“, gab er mit viel zu heiserer Stimme und einen völlig verkrampften Lächeln zurück. Es war gar nicht so einfach, sie anzusehen, ohne auch einen Blick auf die Konturen ihres Körpers unter der Wasseroberfläche zu werfen.

„Kannst du mir vielleicht die Decke dort geben?“ Sie wies verlegen auf den kleinen Haufen Kleidung, der nicht allzu weit von ihm entfernt am Boden lag. Tatsächlich gehörte zu ihm auch eine der Decken, in denen sie sonst schliefen.

Leon sparte es sich lieber, ihr verbal zu antworten und nickte stattdessen rasch. Es war auch besser so, denn mittlerweile steckte ein ziemlich dicker Kloß in seinem Hals. Er machte einen großen Schritt auf das Bündel zu, ergriff die Decke und war auch schon wieder bei Jenna, um sie ihr zu reichen. Für einen Sekundenbruchteil erhaschte er einen Blick auf ihre runden Brüste, drehte sich dann aber voller Scham von ihr weg.

Warum war er nur nicht fähig, sich zu beherrschen? Denn nun verspürte er sogar dieses wohl bekannte Ziehen in seiner Lendenregion. Es war eindeutig zu lange her, seit er das letzte Mal mit einer Frau zusammen gewesen war. Und Jenna war eindeutig zu nackt!

Er hörte, wie sie aus dem Wasser stieg und sah wie Marek den Hals reckte und dann frech zu ihnen hinüber grinste. Seine Hände ballten sich zu Fäusten.

„Danke", hörte er Jenna sagen, dann ging sie an ihm vorbei, ihre Kleider im Arm, und eilte auf das dichte Buschwerk ganz in ihrer Nähe zu, wohl um sich dort, geschützt vor neugierigen Blicken wieder anzukleiden.

Leon holte tief durch die Nase Luft. Er verspürte das dringende Bedürfnis sich auch einmal abzukühlen, um wieder zu Verstand zu kommen. Diese Gefühlsschwankungen zwischen Hass und Begierde konnten aber auch nervenaufreibend sein. Eiserne Beherrschung war die einzige Medizin dagegen. Und die musste er sich jetzt dringend auferlegen. Er war schließlich der Kopf dieser Truppe, derjenige der alles planen musste und die Verantwortung für alle trug. Von ihm hing es ab, ob ihr waghalsiges Unternehmen gelang oder zusammenbrach. Seine Idee Marek an Alentara zu verkaufen, war gut, aber auch sehr schwierig auszuführen. Einfacher wäre es gewesen, ihn zu töten. Doch Jenna musste ja stur bleiben, konnte nicht einsehen, dass in Falaysia andere Gesetze galten. Sie war zu sensibel. Zu sensibel für ihn, für Marek und eigentlich auch für diese Welt. Das machte die Sache nicht gerade leichter.

Manchmal fragte sich Leon, ob er ohne sie besser dran gewesen wäre. Doch meist genügte es schon, sich an die letzten brenzligen Situationen zu erinnern, um sich selbst klarzumachen, dass er ohne sie wahrscheinlich gar nicht mehr am Leben sein würde, und er schämte sich dann für seine Gedanken. Jenna war zwar nicht einfach zu händeln, aber sie war ihm bisher eine ziemlich große Hilfe gewesen, auch wenn er das nur sehr ungern zugab.

Leon seufzte und lief zurück zum Lager, um weiter die Sachen zusammenzupacken. In seine Seele war wieder etwas Ruhe eingekehrt, und so störten ihn die spürbaren Blicke Mareks nicht mehr so sehr. Er musste einfach den direkten Kontakt mit ihm stärker vermeiden, ihn ignorieren, wenn es nötig war, und ihn aber dennoch nicht wirklich aus den Augen lassen. Das war ebenfalls nicht einfach, aber machbar.

Wenn er so nachdachte, sah alles eigentlich gar nicht so schlecht aus. Er musste nur dafür sorgen, dass Marek sich unterwegs nicht befreien konnte und ihnen auf diese Weise einen Strich durch die Rechnung machte. Notfalls würde er ihn von Kopf bis Fuß verschnüren und auf einer Trage hinter den Pferden herziehen.

Nein, Marek würde ihn nicht überlisten und fliehen können. Es war riskant gewesen, ihn unter Jennas Aufsicht zu stellen. Sie ließ sich so schnell einschüchtern. Leon würde es nicht noch einmal tun, jedenfalls nicht, wenn es nicht ein absoluter Notfall war. Er würde seinen Gefangenen mit Argusaugen bewachen, bis er endlich in Alentaras Kerker gestoßen wurde. Das schwor er sich, als er seine Decken auf den Rücken seines Pferdes schnallte. Dann würde alles gut werden. Die Frage war nur, was er tun würde, wenn sein Plan nicht aufging, wenn Marek floh oder Alentara ihn nicht haben, nicht mit ihnen verhandeln wollte. Darüber hatte er sich noch gar keine Gedanken gemacht. Es war schlecht, wenn man im Notfall keinen Reserveplan parat hatte.

Also musste schnell einer her, so schnell, wie es nur ging. Und das war schon wieder ein Problem, denn schnelle Pläne waren oftmals auch sehr schlechte Pläne. Doch die Zeit drängte und ein schlechter Plan war besser, als gar keiner. So beschloss Leon, die nächste Zeit ihres langen Rittes darauf zu verwenden, einen schnellen, schlechten Plan zu entwickeln, der ihnen das Leben retten sollte, falls alles andere schief ging. Und er fühlte sich gar nicht gut dabei, denn er war schon immer ein ausgemachter Pechvogel gewesen.

Boese Wendungen

Es war wirklich schade, dass die Erfrischung eines Bades nicht ewig anhalten konnte. Jenna spürte schon nach kaum einer halben Stunde keinen Hauch mehr von Frische in ihren Knochen. Sie schwitzte unter den warmen Strahlen der Sonne und der leichte Muskelkater, den sie einfach nicht loswurde, wollte ihr glatt ihre gute Laune verderben. Hinzu kam noch, dass Leon nicht auf sie hören wollte und Marek immer noch laufen ließ, obwohl ihm doch klar sein musste, dass sie sehr viel schneller vorwärts kommen würden, wenn auch Marek auf seinem Pferd saß.

Ihr Gefangener hatte sich bisher tadellos benommen und noch nicht einmal im Ansatz den Eindruck erweckt, als wolle er fliehen – selbst in den seltenen Momenten, in denen er für ein paar Minuten versehentlich unbeobachtet gewesen war. Doch sie wollte nicht schon wieder mit Leon streiten, da sie befürchtete, dass er seinen Frust wieder an Marek auslassen würde. Und im Moment schien ihr Gefangener gestärkt und ausgeruht genug, um ein paar Strapazen auszuhalten. Auch wenn er in seiner lädierten Kleidung und mit den blauen Flecken im Gesicht etwas erbärmlich aussah, sein aufrechter Gang und die weichen Bewegungen, mit denen er sich fortbewegte, waren ein eindeutiges Zeichen dafür, dass es ihm wieder besser ging. Umso erstaunter war Jenna, als Marek plötzlich stehen blieb.

Leon, der den Ruck am Seil verspürt hatte, parierte sein Pferd durch und drehte sich verärgert zu ihm um.

„Wenn du willst, dass ich dich durch das Geröll hinter mir her schleife, mach nur weiter so!“ knurrte er verstimmt.

„Wir werden verfolgt“, sagte Marek, ohne Leon anzusehen. Sein Blick war in die Ferne gerichtet, in den Wald, der noch nicht allzu weit hinter ihnen lag. Eigentlich befanden sie sich eher noch in einem etwas lichteren Randgebiet des Waldes, an das sich das Gebirge Latans anschloss.

Leon folgte seinem Blick stirnrunzelnd. „Woher willst du das wissen?“

Seine Frage war in Jennas Augen berechtigt. Sie konnte selbst auch niemanden in der Ferne ausmachen.

„Ich fühle es“, brachte Marek angespannt hervor. „Es müssen Tikos sein.“

Ein herablassendes Lächeln erschien auf Leons Lippen, während Jenna sich fragte, von wem ihr Gefangener da sprach.

„Bist du jetzt unter die Hellseher gegangen?“ fragte ihr Freund in einem vor Ironie triefenden Ton.

„Nein“, entgegnete Marek ruhig. „Aber ich hatte schon immer ein Gespür für Gefahr. Ich kann den Geruch von Schweiß und Blut, den Hall der Schmerzensschreie schon vernehmen, bevor es überhaupt zu einem Kampf kommt. So etwas lernt man mit der Zeit.“

Er lächelte fast freundlich, während seine Worte Jenna das Herz zusammendrückten. Auch Leon schien seinem Gefangenen langsam zu glauben, denn auch er beobachtete mittlerweile den Wald mit scharfem Blick.

„Nun“, sagte er. „Solltest du Recht haben, haben wir ja noch einen Trumpf in der Tasche.“ Er sah zu Jenna hinüber und erstarrte, die Augen ungläubig geweitet.

„Wo… wo ist er!“ stieß er entsetzt aus.

Jenna sah ihren Freund verwirrt an, schaute an sich herunter und entdeckte dann das, was Leon so aus der Fassung brachte: Der Stein hing nicht mehr um ihren Hals!

Für einen Augenblick setzte sowohl ihr Herzschlag als auch ihre Atmung aus. „Oh, Gott!“ entfuhr es ihr und ihr wurde heiß und kalt zur selben Zeit, während sich ihr ganzes Inneres beinahe schmerzhaft zusammenzog. Sie hätte sich selbst am liebsten geohrfeigt. „Ich... ich hab ihn abgelegt, als er sich beim Kleider wechseln in meinem Hemd verheddert hat. Ich hab ihn an einen Ast gehängt.“

Leon war so ungeduldig gewesen, hatte sie so gedrängt sich schnell fertig zu machen, dass diese gefährliche Hektik Besitz von ihr ergriffen hatte, diese Hektik, in der man einfach dazu neigte, schlimme Fehler zu machen, wichtige Dinge zu vergessen. Aber das – das war nicht nur schlimm, es war eine Katastrophe!

„Mein Gott, Jenna! Das ist nicht nur ein simples Schmuckstück!“ entfuhr es Leon erregt. „Das... das ist unser Beschützer! Von diesem Stein hängt alles ab! Einfach *alles*!“

Jenna bemerkte ein minimales Schmunzeln auf Mareks Lippen, doch sie hatte nicht mehr die Nerven, um sich darüber zu ärgern. Ihr Schamgefühl und ihre wachsende Angst und Verzweiflung ließen keinen Platz dafür. Leon hatte ja so Recht. Sie war eine Versagerin, ein Trampel, eine Idiotin. Sie hatte es auf sich genommen, den Stein zu behüten und war kläglich gescheitert. Wie konnte man nur etwas derart Kostbares einfach vergessen? Was sollten sie jetzt nur tun?

Jenna blieb noch nicht einmal die Zeit, um diese Frage zu stellen, den Leon wendete einfach sein Pferd und trieb es vorwärts, in Richtung des dichteren Waldes.

„Wo willst du hin?“ fragte sie entsetzt. Sie hielt es für keine gute Idee, ihren vermeintlichen Verfolgern genau in die Arme zu laufen.

„Wohin wohl?" kam die verärgerte Gegenfrage. „Wir können ohne den Stein nicht weitermachen!"

„Das würde ich an eurer Stelle nicht tun", mischte sich Marek ein, der sich sichtlich dagegen sträubte Leon zu folgen.

Leon zügelte sein Pferd und warf ihm einen bösen Blick zu. „Und warum nicht?"

Marek antwortete nicht, sondern nickte nur in die Richtung, in die er auch zuvor schon gestarrt hatte. Als Jenna die Augen etwas zusammenkniff, erkannte sie schließlich die Umrisse von mehreren Reitern, die in einiger Entfernung aus dem Unterholz des Waldes brachen. Einer von ihnen wies eindeutig auf sie, und schon jagte die kleine Truppe auf sie zu.

„Oh, mein Gott!" keuchte sie. Ihr Herz schlug nun nicht mehr nur schnell, es hämmerte wie wild in ihrer Brust. Niemand musste ihr erklären, dass diese Männer ihnen nicht freundlich gesinnt waren – wem auch immer sie dienten.

„Verfluchte…" Leon biss sich auf die Lippen, riss sein Pferd herum und ließ es in entgegengesetzter Richtung den Hügel hinunter klettern, auf den nahen Waldrand zu. Jenna sah sich schon mit gebrochenem Genick zwischen den Felsen liegen, als sie Leon mit klopfendem Herzen folgte und bewunderte gleichzeitig Marek für seine Schnelligkeit und Geschicklichkeit, denn das Gelände war äußerst uneben. Liebend gern hätte sie ihm jetzt sein Pferd gegeben, denn damit konnten sie nicht nur schneller fliehen, sondern sie wäre so auch das Problem los gewesen, dieses Tier bei ihrer Flucht im Zaum zu halten – was alles andere als einfach war.

Leon hatte sich keinen besonders guten Fluchtweg ausgesucht. Nach dem steinigen Hügel gerieten sie in dichtes Unterholz, das ihnen Arme und Beine zerkratzte, das Vorwärtskommen erheblich erschwerte und ihnen jegliche Sicht auf ihre Verfolger nahm. Die Wurzeln der Bäume ließen die Pferde sogar öfter als Marek stolpern und bald schon fragte sich Jenna, ob Leon überhaupt wusste, was er da tat und nicht nur einfach völlig durchdrehte.

Sie wollte schon Protest einlegen, als er plötzlich sein Pferd vor einem großen Felsen durchparierte und absprang. Während er schon eines der Schwerter, die er in Vaylacia gekauft hatte, aus der Halterung an seinem Sattel zog, rutschte Jenna nur irritiert und völlig aufgelöst von ihrem Pferd. Doch Leon nahm sich nicht die Zeit, ihr sein Handeln zu erklären, schnitt stattdessen wortlos ihren Gefangenen los, packte ihn und Jenna am Arm und eilte mit ihnen hinter den Felsen. Dort drückte er ihr das Schwert in die Hand, während Marek neben ihr völlig kraftlos zu Boden sank und sich erschöpft gegen den Felsen lehnte.

„Du bleibst hier mit ihm hinter diesem Felsen, bis ich wieder da bin", befahl Leon ihr in einem Ton, der keinen Widerspruch duldete. Er wollte sich sofort umdrehen, um zu gehen, doch Jenna hielt ihn schnell am Arm fest.

„Was hast du vor?" fragte sie beklommen.

„Ich werde versuchen, sie von euch wegzulocken und irgendwie zu überlisten", erklärte er eilig und machte sich von ihr los. „Es sind ja nicht so viele. Das schaffe ich schon."

Das klang alles andere als überzeugend, doch Jenna konnte momentan natürlich nicht mit einem besseren Plan aufwarten. Sie hatten einfach keine Zeit, um lange nachzudenken. Ihr mulmiges Gefühl wuchs rasant, während sie Leon nur dabei zusehen konnte, wie er eine Armbrust mit mehreren Pfeilen und ein weiteres Schwert aus seinen Satteltaschen hervor zerrte und dann alle drei Pferde an den Zügeln nahm.

„Nun versteck dich schon!" fuhr er sie an, als er noch einmal zu ihr hinüber sah. „Sie werden gleich da sein."

Die kalte Klaue, die ihr Herz gepackt hatte, drückte noch einmal fester zu, als Leon wieder auf sein Pferd stieg und es vorwärts trieb, die anderen Reittiere mit sich führend. Mit großem Widerwillen wandte sie sich um und suchte Deckung hinter dem Felsen. Ihr Herz hämmerte hart in ihrer Brust, als sie sich neben Marek niederließ, der die ungeplante Pause nutzte, um sich von dem letzten anstrengenden Spurt zu erholen. Er hatte die Beine lang ausgestreckt, den Kopf in den Nacken gelegt und die Augen geschlossen. Schweißperlen standen auf seiner Stirn und die nackte Haut, die durch das zerrissene Hemd zu sehen war, glänzte feucht, während sich seine Brust in schweren Atemzügen hob und senkte. Dieser Sprint hatte ihn wohl ziemlich viel Kraft gekostet. Das war gar nicht so schlecht, denn so konnte er nicht auch noch auf dummen Gedanken kommen, jetzt wo sie wieder allein mit ihm war und den Stein nicht mehr bei sich hatte.

Marek spürte, dass sie ihn ansah und öffnete die Augen.

„Meinst du, er schafft es?" fragte sie sehr leise, aus Angst, die feindlichen Krieger könnten schon in der Nähe sein. Marek war selbst ein Krieger, er musste es doch wissen.

Er wusste es in der Tat, ließ ihrer Frage ein unmissverständliches Kopfschütteln folgen. „Niemals", setzte er ebenso leise wie sie hinzu.

Jennas Kehle schnürte sich zu und der wachsende Druck in ihrer Brust machte ihr das Atmen schwer.

„Aber er sagte doch, es seien nur sehr wenige", krächzte sie und kämpfte tapfer gegen ihre wachsende Verzweiflung an.

„Das sieht nur so aus", erwiderte er ruhig. „Tikos reiten immer nur in kleinen Gruppen, mit drei bis vier Mann, um den Eindruck zu erwecken, sie seien ungefährlich. Aber wahrscheinlich versucht eine andere Gruppe längst, uns den Weg abzuscheiden und wird bald auf ihn treffen. Und auch unseren Jägern wird noch eine weitere folgen, wenn er Pech hat. Und dieser vielleicht noch eine."

Jenna riss entsetzt die Augen auf. „Warum hast du ihm das nicht gesagt?!"

Marek sah sie kalt an. „Er hat mich nicht gefragt."

Lautes Stampfen von Pferdehufen, das den Boden beben ließ, und das Zerbersten von Ästen ließen Jenna vollkommen erstarren. Unwillkürlich hielt sie die Luft an, als die feindlichen Krieger an ihrem Felsen vorbeidonnerten.

„Scheint so, als funktioniert wenigstens ein Teil seines Plans", flüsterte Marek. „Sie haben uns nicht bemerkt."

Jenna sagte nichts. Sie lauschte angespannt. Ihre Nerven waren zum Zerreißen gespannt und als der erste Schmerzensschrei ertönte, zogen sich sämtliche Gedärme in ihrem Bauch zusammen. Sie hatte so etwas noch nie gehört und es war einfach nur furchtbar. Nichts klang so schrecklich wie die realen Schmerzensschreie eines Menschen, besonders wenn man nicht wusste, ob sie dem Freund oder dem Feind gehörten. Dem ersten Schrei folgten weitere und jedes Mal zuckte Jenna heftig zusammen, rann ihr ein kalter Schauer den Rücken hinunter, machte ihr Herz einen Satz und ihr Magen eine Umdrehung. Einerseits wünschte sie sich zu sehen, was dort in weniger Entfernung vor sich ging, weil sie solche Ängste um Leon ausstand, andererseits graute es sie davor, wollte sie sich vor Angst einfach nur in ein tiefes Loch verkriechen und nie wieder herauskommen. Das alles war wie ein nicht enden wollender Alptraum und sie wollte eigentlich nur noch hier raus, wollte das nicht weiter miterleben.

Die Schreie verstummten nun. Stattdessen ertönte ein sich wiederholendes Klirren, das nur von dem Aufeinandertreffen zweier Schwerter stammen konnte. Wie auch immer Leon die Männer hatte austricksen wollen, seine Rechnung war wohl nicht ganz aufgegangen, und das war entsetzlich. Jennas Finger umfassten das Schwert in ihren Händen noch fester. Sie konnte hier nicht sitzen bleiben. Sie musste etwas tun. Sie wollte aufspringen, doch Marek gelang es trotz seiner Fesseln ihren Arm zu packen und sie wieder hinunter zu ziehen.

„Was hast du vor?" zischte er ihr zu.

„Ich… ich muss ihm helfen“, stammelte sie mit erstickter Stimme und hasste sich dafür, dass ihre Nase zu brennen begann und ihr automatisch Tränen in die Augen stiegen.

Ein lautes Krachen ganz in ihrer Nähe, ließ sie heftig zusammenfahren, und dann stoben zwei große Schatten an ihrem Felsen vorbei.

„Die gehören wohl zur zweiten Truppe“, murmelte Marek. „Er scheint wirklich Pech zu haben.“

Jenna sah ihn erschüttert an. Das durfte doch alles nicht wahr sein!

„Kannst du mit dem Schwert umgehen?“ fragte er sie.

Sie schüttelte verzweifelt den Kopf und presste die Lippen zusammen, um nicht zu schluchzen, weil sich nun doch die ersten Tränen aus ihren Wimpern lösten und die Wangen hinunterrollten. Das Kampfgeschrei war jetzt erst richtig angeschwollen und machte sie fast verrückt. In wenigen Minuten würde Leon tot sein.

„Dann kannst du auch nichts tun“, setzte Marek hinzu.

„Aber ich kann ihn doch nicht sterben lassen“, hauchte sie und klammerte sich an ihr Schwert. „Ich *muss* etwas tun!!“

„Es gibt noch eine andere Möglichkeit“, gab Marek leise zurück.

Sie versuchte ihre Tränen wegzublinzeln, sah ihn hoffnungsvoll an. „Und was?“

Er hob seine gefesselten Hände. „Mach mich los!“

Jenna starrte ihn entgeistert an. Das war verrückt. Ein Monster losmachen, um die anderen zu vernichten… Sie schluckte schwer, versuchte in seinen Augen zu lesen, ob sie ihm vertrauen konnte – nur dieses eine Mal, in dieser Notsituation. Besaß er so viel Ehre oder war das nur ein Trick, um frei zu kommen und sich zu rächen? Oh, Gott, sie hatte einfach nicht die Zeit, um darüber nachzudenken!

Entschlossen zog sie den Dolch, den Leon ihr in Vaylacia geschenkt hatte, aus ihrem Seitengurt.

„Du… du musst mir versprechen, dass du ihm nichts tust“, stieß sie angespannt aus. „Und mir auch nicht. Versprich es!“

Er zögerte einen Moment, doch dann nickte er. „Versprochen.“

Jenna hatte Angst, als sie die Fesseln durchtrennte, aber irgendwie hatte sie auch das Gefühl das Richtige zu tun.

Kaum war Marek befreit, krachte es wieder in dem Gebüsch in ihrer Nähe und ein weiterer Reiter, der sich wohl etwas verspätet hatte, wollte an ihnen vorbei preschen. Doch weit kam er nicht, denn der Mann neben ihr hatte sich auf einmal in ein menschliches Raubtier verwandelt, schoss mit bewundernswerter Geschmeidigkeit aus ihrem Versteck heraus und sprang den überraschten Reiter an. Der Wucht des Aufpralls riss den Mann aus dem Sattel und noch bevor sie beide auf dem Boden aufkamen, hatte Marek ihm mit der scharfen Schneide eines Dolches die Kehle durchgeschnitten – des Dolches, den Jenna eben noch in ihrer Hand gehalten hatte. Marek war schon wieder auf den Beinen und sprang mit dem Schwert des sterbenden Mannes auf das erschrockene Pferd, dessen Zügel er längst ergriffen hatte, und verschwand auch schon in der nächsten Sekunde in die Richtung, in der das Kampfgetümmel stattfinden musste. Dann war es wieder still um sie herum.

Jenna starrte fassungslos von dem Toten, der blutend auf dem moosigen Waldboden lag und blicklos ins Leere starrte, auf ihre leere Hand und blinzelte. Sie hatte keinen Menschen befreit, sondern eine reißende Bestie, die nur Sekunden brauchte, um ein Menschenleben auszulöschen. Ein weiterer kalter Schauer lief ihren Rücken hinunter und ihr Herz begann sich wieder zu verkrampfen. Was geschah, wenn diese Bestie im Eifer des Gefechts vergaß, was sie versprochen hatte, und sich auf den Falschen stürzte? Ihr wurde schlecht. Warum war nur immer alles, was sie tat, falsch? Sie musste irgendetwas tun. Auf keinen Fall konnte sie hier regungslos herumsitzen und abwarten, was passierte. Sie packte entschlossen ihr Schwert und stand auf. Wahrscheinlich beging sie schon wieder einen dummen Fehler, aber das war ihr augenblicklich egal. Sie *musste* etwas tun!

Ihr Puls raste, als sie sich mühsam durch das Dickicht des Waldes kämpfte, sich immer wieder nach vermeintlichen Angreifern umsehend. Die Kampfgeräusche wurden lauter. Klirrende Schwerter, laute Rufe, Schreie... Der Geruch von frischem Blut und Schweiß drang ihr an die Nase und ließ eine Welle von Übelkeit über sie hinweg schwappen. Ihr rasender Herzschlag hämmerte in ihren Schläfen und ihre Beine wurden immer weicher und schwerer. Alles in ihr schrie: Lauf weg! Lauf so schnell du kannst! Lebensgefahr! Doch Jenna wollte nicht auf ihre innere, panische Stimme hören. Sie wollte zu Leon, ihm helfen, ihn nicht allein lassen, das war sie ihm schuldig nach all dem, was sie schon miteinander durchgemacht hatten.

Sie konnte jetzt die ersten Umrisse von Menschen vor sich im Wald ausmachen, unheimliche, wild aussehende Gestalten. Jenna entdeckte auf Anhieb sechs Männer, die noch standen und keiner von ihnen war Leon. Sie waren zu groß, zu kräftig. Nein, Leon war der schlanke, kleinere Mann, dessen linker Arm schlaff und blutüberströmt an der Seite hing, und der verzweifelt auf seinen wesentlich größeren Gegner einhieb, während ein zweiter versuchte sich ihm durch das Gestrüpp zu nähern. Leon hatte Glück, dass sie sich so tief im Dickicht befanden, denn so hatten die Männer nicht nur mit ihm, sondern auch mit dem wilden Wuchs der Pflanzen zu kämpfen.

Die anderen vier, nein, jetzt waren es nur noch drei, waren damit beschäftigt, sich gegen ihren neuen Feind zu wehren, der mit wenigen Schwertschlägen den nächsten von ihnen ins Laub beförderte – wohl endgültig, denn der Mann stand nicht mehr auf. Einem anderen versetzte er vom Pferd aus einen harten Fußtritt und sprang dann ab, um dem nächsten sein Schwert in den Bauch zu rammen.

Jenna wandte schnell ihren Blick ab, versuchte das, was sie da sah, nicht an ihr Inneres dringen zu lassen, aber es war furchtbar schwer. Sie hatte solch brutale Gewalt noch nie zuvor erlebt, hatte nie einen Menschen eines unnatürlichen Todes sterben sehen und natürlich schockierte es sie. Dennoch atmete sie fast auf, als auch Leons Gegner wohl tödlich getroffen zu Boden ging. Der andere war ihm jedoch schon bedrohlich nahe, bedrängte ihn mit kräftigen Schwertschlägen und war sich seines Sieges ganz bewusst. Doch dann beging er den tödlichen Fehler zum nächsten Schlag weit auszuholen. Er hatte wohl den Dolch in Leons verletzter Hand nicht bemerkt, der sich nun unerbittlich in seine Brust bohrte.

Jennas Übelkeit war sofort zurück und sie drehte sich rasch wieder weg. Doch leider streckte auch Marek seinen letzten Gegner soeben nieder, indem er ihm einfach mit einem wuchtigen Schlag seines Schwertes den Kopf abschlug. Jenna würgte und schloss die Augen, taumelte lieber ein paar Schritte blind in eine andere Richtung. In ihren Ohren war ein heller Pfeifton zu hören und sie musste erst ein paar Mal tief einatmen, um sich wieder zu beruhigen und die Lider wieder öffnen zu können. Sie durfte jetzt keine Schwäche zeigen, musste einfach die Zähne zusammenbeißen. Viel wichtiger war es, sich jetzt um Leon zu kümmern. Ihr Freund konnte sich ja kaum noch auf den Beinen halten. Nur der Baum, an den er sich erschöpft lehnte, sorgte dafür, dass er nicht auf der Stelle zusammensackte. Er sah so entkräftet aus und so traurig, so resigniert, als würde er auf seinen baldigen Tod warten. Dabei hatte er gewonnen, hatte die Gefahr gebannt! Er sollte sich doch freuen!

Jenna setzte sich endlich wieder in Bewegung, lief eilig auf ihn zu. Sie musste ihn stützen, seine Wunden versorgen.

„Leon!“ rief sie und er hob den Blick und sah sie an. Sie lächelte, doch er schüttelte nur unglaublich traurig den Kopf. Wie konnte jemand so verzweifelt sein, wenn er doch gesiegt hatte? Er und…

Oh, Gott! Dumpfes Trommeln von Hufen auf dem Waldboden, das sich ihr rasch näherte. An ihn hatte sie gar nicht mehr gedacht, nicht daran, dass er ihr Feind war. Die befreite Bestie.

Jenna wandte sich erst gar nicht um. Sie lief nicht mehr – sie rannte, gab keine Acht darauf, dass ihr die Zweige der Büsche und Bäume die Kleider zerrissen und die Haut zerkratzten. Das Schwert rutschte ihr aus der Hand, doch sie scherte sich nicht weiter darum. Sie konnte damit eh nicht umgehen. Sie sah auch Leon nicht mehr an. Panik hatte sie gepackt, denn Marek war wieder auf der Jagd. Und sie wusste, dass dieses Mal *sie* die Beute war. Sie musste ins Dickicht, ganz tief ins Dickicht, bevor er sie erreicht hatte, bevor er sie…

War das Schnaufen des Pferdes wirklich schon so nah? Entsetzen packte sie. Herzschlagaussetzendes Entsetzen. Es kam fast einem harten Schlag gleich, als Mareks Arm auf sie traf, sie an der Taille packte und hoch riss, so dass sie mit einem Aufschrei den Boden unter den Füßen verlor. Jenna glaubte für einen Moment gegen den nächsten Baum zu schlagen, doch dann lag sie schon bäuchlings über dem Widerrist des Pferdes, krallte sich in der Panik runterzufallen am Sattel fest. Sie hörte Leons Stimme, sah ihn ein paar Schritte hinter ihnen her taumeln. Er rief nach ihr, so verzweifelt, so traurig, wie sie es selbst war. Ihr Blick klammerte sich an ihm fest, wollte ihn so gern mitnehmen, doch dann verschwamm alles vor ihren Augen und warme Tränen liefen über ihre Wangen; Tränen, die im Gegenwind des davonstürmenden Pferdes schnell kalt wurden.

Die Schmerzen waren fast unerträglich. Leon konnte seinen Arm kaum noch bewegen, und wenn er es tat, hatte er arg damit zu kämpfen nicht in Ohnmacht fallen. Ihm war so übel und das Summen und Pfeifen in seinen Ohren kam fast einer Folter gleich. Sein ganzer Körper sträubte sich dagegen, sich auch nur ein bisschen zu regen, forderte mit allen Mitteln die Ruhe ein, die er so dringend brauchte. Und dennoch durfte er ihm nicht nachgeben, durfte auf gar keinen Fall schlapp machen. Er musste doch Jenna retten, vor diesem… diesem Monster. Er hatte keine Ahnung, wie er das bewerkstelligen sollte, denn die Schmerzen ließen ihn kaum einen klaren Gedanken fassen. Nur eines wusste er genau: wenn er zusammenbrach, war alles vorbei.

So saß er auf dem moosigen Waldboden und versuchte sich mit einer Hand seinen verletzten Arm mit dem Gürtel seiner Hose abzubinden und bei Besinnung zu bleiben. Letzteres war mehr als schwierig, denn er war längst am Ende seiner Kräfte angelangt. Nur sein eiserner Wille hielt ihn noch aufrecht. Das Blut rauschte in seinen Ohren und pochte in seinen Schläfen und jeder einzelne Muskel seines Körpers zitterte vor Anstrengung. Mit letzter Kraft zog er die Schlaufe des Gürtels um seinen Arm fest und die Schwärze brach unaufhaltsam über ihn herein. Doch sie blieb nicht lange. Als Leon wieder zu sich kam, lag er schwitzend und zitternd auf dem Waldboden. Das Licht der Sonne, das durch die Wipfel der Bäume fiel, brannte in seinen müden Augen. Er wusste nicht, wie viel Zeit vergangen war, nur dass er nicht noch mehr davon verlieren durfte.

Mühsam und unter großen Schmerzen richtete er sich wieder auf, versuchte auf seine wackeligen Beine zu kommen. Erstaunlicherweise gelang ihm dies sogar. Für einen Moment stand er schwankend im Wald und versuchte seinen Körper unter Kontrolle zu bekommen. Dann sah er sich um. Ab und zu verschwamm das Bild vor seinen Augen, doch es reichte, um ein Pferd in seiner Nähe auszumachen. Wenn er sich nicht irrte, war es sogar sein Reittier. Das war ja auch völlig egal. Wichtig war nur, dass es ein Pferd war.

Marek hatte sich nicht weiter darum gekümmert. Er sah ihn im Moment wohl nicht als ernstzunehmende Gefahr an. Sein Fehler. Dieser Hund würde sich noch wundern. Solange Leon am Leben war, würde er gegen ihn kämpfen, in was für einem Zustand er sich auch immer befand. Er würde Jenna retten, wenn er sie auch nicht mehr vor Mareks grausamen Spielchen bewahren konnte. Aber er würde sich rächen, für all das, was er ihr in der Zwischenzeit antat und für all dass, was er *ihm* angetan hatte. Und er würde ganz bestimmt nicht zulassen, dass sie starb.

Leon taumelte vorwärts. Doch seine Beine wollten nicht so, wie er wollte. Es gelang ihm jedoch wenigstens sich dem Pferd zu nähern. Er hoffte nur, dass es ihn nicht für ein gefährliches Monster hielt und davonlief, so wie er aussah und sich benahm. Aber nein, das konnte ja glücklicherweise nicht passieren, schließlich wurde es festgehalten.

Es dauerte noch ein paar Sekunden, in denen Leon vorwärts taumelte, bis er verstand, was er da sah. Jemand stand dort neben dem Pferd und hielt es fest, jemand, der aussah, wie ein Krieger.

Leon blieb ruckartig stehen, so ruckartig, dass er sein Gleichgewicht verlor und in die Knie sackte, vor Schmerzen aufstöhnend. Mit der rechten Hand tastete er dennoch rasch nach seinem Schwert an seiner Seite, doch da war keines mehr. Er hatte es gar nicht wieder eingesteckt, sondern dort, wo er seine Wunde notdürftig versorgt hatte, liegen lassen. Hörte dieser Alptraum denn niemals auf? Sie hatten doch alle Feinde getötet! Oder waren noch welche nachgekommen? Ganz gleich, was geschehen war, noch einen Kampf würde er garantiert nicht überleben. Nicht in diesem Zustand.

Merkwürdigerweise hatte der Krieger, der nun auf ihn zukam, wohl gar nicht die Absicht mit ihm zu kämpfen, denn sein Schwert hing noch immer an seinem Gürtel, und er hielt auch keine andere Waffe in seinen Händen. Was wollte er dann? Tikos machten doch normalerweise keine Gefangenen. Sie waren Raubmörder, die keine Zeugen für ihre Verbrechen brauchten.

Leon kniff die Augen zusammen, um etwas Genaueres aus dem verschwommenen Bild zu erkennen. Nein, diese Rüstung sah so gar nicht nach denen der Tikos aus, aber er kannte sie von irgendwoher, nur war sein Verstand zu umnebelt, um sich genauer zu erinnern.

Er versuchte wieder auf die Beine zu kommen, denn auf keinen Fall wollte er dem Fremden seine Schwäche offenbaren, was immer dieser auch mit ihm vorhatte. Doch wollte ihm das dieses Mal gar nicht so gut gelingen. Er wankte, fiel zur Seite und versuchte sich mit seinem Arm wieder abzufangen, an dem Stamm eines Baumes festzuhalten. Der Schmerz schoss wie eine Stichflame durch seinen Arm hinein bis in seinen Kopf und dann summte und brummte es und das Bild vor seinen Augen begann erneut zu flackern, wurde immer dunkler. Er konnte nicht mehr verhindern, dass er zu Boden ging und erneut die höllischsten Schmerzen über ihn hereinbrachen.

Wie aus weiter Ferne vernahm er eilige Schritte. Jemand beugte sich über ihn, drehte ihn um, so dass er seinen Arm nicht mehr belastete. Doch es half nichts, die nahende Ohnmacht war stärker. Das letzte, was er vernahm, war die raue Stimme einer Frau: „Ganz ruhig bleiben. Nicht bewegen!“

3

Das Wetter in Salisbury ließ schon seit einigen Tagen zu wünschen übrig, aber in dieser Nacht schien es vom Teufel selbst gemacht worden zu sein. Ein für den Sommer eisiger Wind fegte durch die regennassen Straßen und sorgte dafür, dass weder Schirme noch Kapuzen Schutz vor dem Nieselregen bieten konnten. Nebel nahm den wenigen Menschen, die noch unterwegs waren, fast vollständig die Sicht und dämmte das Licht der Laternen. Wer jetzt noch durch die Straßen eilte, hatte entweder kein Heim oder vollkommen den Verstand verloren.

Für Melina traf beides nicht zu. Das, was sie antrieb, war reine Verzweiflung. Immerzu musste sie an ihre Nichte denken, die sie schon seit Tagen nicht mehr erreichen konnte und die somit in großer Gefahr schwebte. Der Gedanke, sie niemals wiederzusehen, brach ihr fast das Herz. Und sie hielt es kaum aus, nicht zu wissen, wie es ihr ging, wie sie diese verrückte Geschichte verkraftete und ob sie überhaupt noch lebte.

Nein – sie lebte noch! Ganz bestimmt. Sie durfte nie die Hoffnung verlieren. Das war der schlimmste Fehler, den man in einer Lage wie dieser begehen konnte. Ihr, Melina, durfte das auf gar keinen Fall passieren, denn dann verlor sie auch die Kraft zu kämpfen und das konnte für Jenna den Tod bedeuten.

Endlich hatte sie gefunden, was sie gesucht hatte: Ein kleines schäbiges Motel, das nicht allzu weit von ihrer Wohnung entfernt lag. Hier musste er sein. Er liebte diese Orte. Orte, an denen es kaum etwas Freundliches gab, nur Düsternis, Kälte und Menschen, die weniger Gefühl hatten als ein Eisblock.

Melina öffnete die mit Graffiti besprühte Tür und ging hinein. Alles war so, wie sie es erwartet hatte. Rötliches Dämmerlicht, Fliegen, die um die kitschige Lampe an der Decke flogen, ein befleckter, löcheriger Teppich, der wohl einmal rot gewesen war und nun in einem Graubraun vor sich hin stank, und ein verschwitzter, schlafender Portier am Empfangstresen.

Demeon mit seiner Eleganz und Sauberkeit passte überhaupt nicht hierher, aber genau das war der Grund, warum er sich gern an solchen Orten aufhielt. Er nannte das ‚Milieustudie'. Die Menschen hier amüsierten ihn. Er war ihnen haushoch überlegen und dieses Gefühl liebte er.

Melina versuchte erst gar nicht den Portier zu wecken, sondern ging gleich die Treppe hinauf in die obere Etage. Sie wusste auch ohne seine Hilfe, wo sie Demeon finden würde. Sie lief einfach den Flur entlang und folgte ihrem Gespür. Vor einer der Türen blieb sie stehen. Ja, hier musste er sein. Sie konnte seine Gegenwart selbst durch das dicke Holz fühlen. Ganz leise öffnete sie die Tür, trat ein und schloss sie wieder genauso geräuschlos hinter sich. Sie sah sich um.

Es war eindeutig zu erkennen, dass Demeon hier Hand angelegt hatte, um das Zimmer etwas wohnlicher zu gestalten. Alles war sauber und gepflegt, die Möbel sahen aus wie neu und die Gardine vor dem glasklaren Fenster leuchtete in einem strahlenden Weiß. Zauberei, eindeutig. Diese Arbeit hatte ihn bestimmt viel Energie gekostet. Aber für sich selbst war ihm kein Aufwand zu anstrengend.

Der Zauberer selbst saß in einem weichen Ledersessel in der gemütlich aussehenden Sitzecke des Hotelzimmers, die Füße auf einen Hocker gelegt, auf dem Schoß eine pechschwarze zusammengerollte Katze. Er schien zu schlafen. Doch Melina glaubte nicht an diese selige Friedlichkeit. Demeon hatte sie mit Sicherheit längst bemerkt und wollte erst sehen, was sie tat, bevor sie das Gespräch mit ihm suchte.

Sie hatte Recht. „Es ehrt mich wirklich sehr, dass du dich doch endlich dazu entschlossen hast, mich mal in meiner bescheidenen Bleibe zu besuchen“, begrüßte er sie, nach einer kleinen Weile des stillen Wartens, ohne seine Augen zu öffnen oder sich sonst zu regen.

„Du musst entschuldigen, dass ich nicht aufstehe, um dich willkommen zu heißen“, fuhr er fort, „aber Satan ist soeben erst eingeschlafen und du weißt ja, wie unausstehlich er wird, wenn man ihn um seinen Schönheitsschlaf bringt.“

„Er ist *immer* unausstehlich“, erwiderte Melina kühl und ging zu dem breiten Sofa ihm gegenüber, um sich darauf niederzulassen.

Demeon lächelte. „Du kannst dich also noch an ihn erinnern.“

„Schmerzhaft, ja“, sagte sie und schenkte dem Tier einen missbilligenden Blick. „Aber ich bin nicht gekommen, um mit dir über seine Erziehung zu sprechen.“

„Schade.“ Das Lächeln wurde zu einem Grinsen und er öffnete nun endlich die dunklen Augen. „Vielleicht hättest du mir ein paar Tipps geben können – wo deine Pandora doch *so* wohl geraten ist.“

Melina lächelte nun selbst, hatte sie doch mit genau dieser Antwort gerechnet. Doch sie war gewiss nicht bereit, auf seinen kleinen Ablenkungsversuch einzugehen. „Ich bin auch nicht gekommen, um mich mit dir zu streiten – worüber auch immer“, fuhr sie ungerührt fort.

„Ach?“ Demeon tat überrascht. „Worum geht es dann?“

Melina atmete tief durch die Nase ein und biss die Zähne zusammen. Sie musste sich anstrengen, die Worte, die sie sich zuvor so sorgsam zurechtgelegt hatte, auch wirklich auszusprechen.

„Ich... habe es mir anders überlegt. Ich will mit dir zusammenarbeiten, um Jenna und die anderen zurückzuholen.“

Natürlich reagierte er nicht sofort auf ihr Angebot, musste erst auskosten, dass sie in Demut zu ihm kam und sich seinem Willen unterwarf. Auch das hatte sie erwartet.

Er musterte sie lang und ausgiebig und schnalzte dann überlegen mit der Zunge. „Tja, nuuuun“, kam es ihm gedehnt über die Lippen. „Es ist ja seit unserem letzten Treffen doch schon eine gewisse Zeit vergangen und es sind einige Dinge geschehen, um die ich mich ganz allein kümmern musste… Ich weiß gar nicht, ob ich deine Hilfe noch brauche, um meine Lieben zu befreien.“

Er sah sie mit einem Hauch Mitleid in den Augen an und Melina bemühte sich, einen möglichst verzweifelten Gesichtsausdruck aufzusetzen. Schwer war das nicht. „Bitte…“, hauchte sie. „Bitte Demeon – tu mir das nicht an!“

Er strich sich genüsslich über seinen Spitzbart. „Darf ich fragen, was deinen Gesinnungswandel herbeigeführt hat? Oder nein!“ Er hob Einhalt gebietend die Hand. „Lass mich lieber raten. Du hast den Kontakt zu deiner Nichte verloren, weil du so aus der Übung bist, dass du deine magische Energie nicht ordentlich dosieren kannst. Hab ich Recht?“

Leider hatte er das und Melina fühlte sich gezwungen, stumm zu nicken. Ein übertrieben trauriges Seufzen kam über die Lippen des Zauberers.

„Ich habe dir immer schon gesagt, dass man Fähigkeiten wie die deinen nicht über zu lange Zeit ungenutzt lassen kann. Du kannst froh sein, dass du keinen größeren Schaden damit angerichtet hast.“ Er stieß ein weiteres theatralisches Seufzen aus. „Nun gut. Du scheinst ja immerhin noch rechtzeitig zur Besinnung gekommen zu sein.“

Er drehte sich mit seinem Sessel ein wenig mehr in ihre Richtung und sah ihr dann mit strenger Miene in die Augen. „Da es hier nicht nur um mich geht, werde ich mich dazu durchringen, dir zu verzeihen“, fuhr er gnädig fort. „Doch wenn wir wirklich zusammenarbeiten wollen, sollten wir uns zunächst ein paar Regeln zurechtlegen, um uns nicht wieder so schnell zu entzweien – findest du nicht auch?“

„Das sollten wir auf jeden Fall“, stimmte sie ihm zu. „Wie wäre es mit dieser: Keine Lügen mehr.“

„Das lag mir bereits auf der Zunge“, erwiderte er mit einem Lächeln und Melina wusste, dass er schon mit diesen Worten ihre neue Regel überging. Doch sie sagte nichts dazu.

„Kein Misstrauen mehr, dürfte dann wohl die zweite sein“, fuhr er fort und wartete auf ihr Nicken.

„Wir machen keine Unterschiede zwischen unseren eigenen und den Bezugspersonen des anderen – allen wird gleichen Teils geholfen“, schlug sie als nächste Regel vor und auch Demeon nickte diese tatsächlich ab.

„Wir treffen uns regelmäßig und tauschen uns über das aus, was wir erfahren konnten.“

„Wir helfen uns gegenseitig, den Kontakt zu unseren Bezugspersonen wiederherzustellen und aufrecht zu erhalten.“

„Wir erzählen niemand anderem von dem, was passiert ist und noch passieren wird.“

„Für wie dumm hältst du mich eigentlich, Demeon?“ musste Melina nun doch einwerfen. „Ich habe das nie getan und werde es auch nie tun. Außerdem würde mir ohnehin niemand glauben.“

„Das ist nicht wahr“, gab Demeon schulmeisterlich zurück. „Du hast es einst deiner Schwester erzählt.“

Er hatte Recht. Sie hatte nur nicht gewusst, dass er das erfahren hatte – zu welchem Zeitpunkt auch immer.

„Gut – dann habe ich es halt meiner Schwester erzählt, aber es hatte keine Folgen, oder? Also, kein Grund sich zu ereifern.“

„Ich ereifere mich nicht, meine Liebe, ich will nur verhindern, dass es wieder geschieht. So etwas mag vielleicht ein paar Mal gut gehen, aber irgendwann…“ Er brach ab, schloss kurz die Augen und rieb sich mit Daumen und Zeigefinger über die Nasenbrücke.

Melina brachten seine Worte allerdings zum Grübeln und sie hatte große Mühe, sich das nicht nach außen hin anmerken zu lassen. Die ganze Konzeption ihres neu gefassten Plans fußte darauf, dass Demeon sie wie immer unterschätzte, glaubte, sie in der Hand zu haben und dominieren zu können.

„Sei’s drum“, sagte er rasch und sah wieder auf, erneut mit diesem wenig überzeugenden Lächeln auf den Lippen. „Ich denke, mit diesen Regeln werden wir fürs Erste ganz gut arbeiten können. Zur Not können wir sie ja auch später noch durch andere Regeln ergänzen.“

Er holte tief durch die Nase Luft und beugte sich dann zu Melina vor, sodass Satan träge den Kopf hob und ihm einen empörten Blick schenkte.

„Bevor wir jedoch damit anfangen können, wieder aktiv den Kontakt zu unseren Bezugspersonen aufzunehmen, müssen wir dich und deine Kräfte erst wieder auf Vordermann bringen.“

Melina nickte sofort einsichtig. Sie hatte gehofft, dass er das vorschlug. Im Grunde war es sogar Schritt eins ihres Plans.

„Wir sollten am besten schon morgen damit beginnen“, legte der Zauberer fest. „Ich werde dir eine Nachricht zukommen lassen, wann und wo du mich finden kannst. Und ich muss nicht erst darauf hinweisen, dass du bitte allein kommst, oder?“

„Kein Misstrauen mehr, Demeon“, erwiderte sie mit einem sanften Lächeln. „Sollte das nicht eine unserer Regeln sein?“

Ein leises Lachen kam über die Lippen des Zauberers. „Du hast Recht. Dann sehen wir uns morgen?“

„Natürlich“, gab sie immer noch lächelnd zurück und erhob sich.

„Ruh dich gut aus“, riet Demeon ihr, als sie schon auf dem Weg zur Tür war. „Es werden anstrengende Zeiten auf dich zukommen.“

„Glaub mir – ich bin darauf eingestellt“, gab sie zurück und verschwand dann endlich aus dem Hotelzimmer, die Tür leise hinter sich schließend.

Sie blieb für einen Augenblick stehen und atmete tief durch die Nase ein und wieder aus. Sie hatte sich in ihren Augen ganz gut geschlagen, aber noch war nichts gewonnen und ihr Plan war riskant. Sie konnte sich keine Fehler erlauben. Wenn sie ihre Nichte wirklich retten wollte, musste sie jeden Schritt dieses doppelten Spiels mit äußerster Vorsicht gehen. Und sie war dabei ganz auf sich allein gestellt. Kein angenehmes Gefühl. Daran ließ sich jedoch nichts ändern.

Sie setzte sich wieder in Bewegung, lief den Flur entlang und die Treppe hinunter, tief in ihre eigenen Gedanken und Sorgen verstrickt. Sie hatte Demeon nicht belogen. Sie hatte den Kontakt zu ihrer Nichte tatsächlich verloren – jedoch hatte sie das nicht gewundert. Es war schon ein Wunder gewesen, dass sie Jenna vor ein paar Tagen überhaupt erreicht hatte. Selbst für einen geübten Zauberer war das ein schwieriges Unterfangen, weil es auf die Entfernung so furchtbar schwer war, zu spüren, wann der Mensch, der einem nahe stand, schlief und damit erreichbar war. Für eine Hexe wie sie, die ihre Kräfte so lange nicht mehr in diesem Maße benutzt hatte, war so etwas beinahe ein Ding der Unmöglichkeit. Dennoch war es ihr gelungen und Melina war sich seitdem erst bewusst, wie stark die magischen Energien in Jenna sein mussten. Anders war dieses kleine Wunder nicht zu erklären. Und das Mädchen hatte nicht einmal die leiseste Ahnung, wie wertvoll ihre Fähigkeiten waren.

Demeon. Demeon hatte das gewusst, hatte es gefühlt. Er hatte die junge Frau ganz bewusst in diese Welt gebracht. Er brauchte sie für irgendetwas und Melina bezweifelte stark, dass es ihm tatsächlich darum ging, irgendjemanden, der ihm am Herzen lag, aus Falaysia herauszuholen – wenn er überhaupt noch jemanden in dieser Welt hatte. Er verfolgte wahrscheinlich ein ganz anderes Ziel. Hatte er nicht einst gesagt, dass es bei dem ‚Spiel' eine Menge zu verlieren gab, aber der ‚Gewinn' all die Strapazen wert war, all die Mühen und Qualen wieder aufwiegen würde?

Melina hatte sich geschworen herauszufinden, was dieser ‚Gewinn' für Demeon war. Sie würde das tun, was er sonst immer mit allen anderen Menschen tat, die ihn umgaben. *Sie* würde *ihn* benutzen, um zu *ihrem* Ziel zu kommen. Sie würde sich von ihm trainieren lassen, ihm vorheucheln, mit ihm zusammenzuarbeiten und hinter seinem Rücken Nachforschungen über ihn betreiben. Sie würde das tun, was sie eigentlich schon damals, als alles begann, hätte tun müssen: Herausfinden, wer er war, woher er kam, was er bisher getan hatte und was seine Schwächen und Stärken waren. Sie würde seine Vergangenheit auseinandernehmen und zerpflücken und am Ende würde er nach ihre Pfeife tanzen – ohne davon Notiz zu nehmen. Und dann würde alles wieder gut werden. Sie würde Jenna wieder in ihre Arme schließen können…

Melinas Augen begannen zu brennen und sie blieb stehen und schloss die Lider, musste ein weiteres Mal tief ein- und ausatmen, um die hervorbrechenden Gefühle wieder in den Griff zu bekommen. Als sie nach ein paar Sekunden die Augen wieder öffnete bemerkte sie, dass sie sich längst wieder auf der Straße befand und der Nieselregen sie langsam durchnässte. Sie schlug rasch den Kragen ihres Mantels hoch und wollte weitergehen, doch eine Stimme, die plötzlich aus dem Nichts zu kommen schien, hielt sie davon ab.

„Du weißt, wo sie ist, oder?"

Eine vertraute Stimme – die eines Jungen. Melina drehte sich langsam um. Aus dem Schatten einer kleinen Gasse direkt neben ihr löste sich die Gestalt Benjamins. Sie erkannte ihn sofort. Auch wenn er bisher kein direktes Wort an sie gerichtet hatte, so hatte sie ihn oft genug heimlich beobachtet, wenn er im Hof mit den anderen Jungen gespielt hatte oder nach der Schule zur Wohnung seiner Schwester geeilt war, mit diesem glücklichen Lächeln im Gesicht. Er sah ihr so ähnlich – nur dass er dunkleres Haar hatte und eine hellere Haut. Er schlug mehr nach seinem Vater. Aber er hatte Annas Augen. Braun und sanft und doch so aufgeweckt.

„Es… es war nicht ihre Schrift auf dem Brief“, fuhr er nun fort und seine Stimme brach ein wenig. „Sie hat ihn nicht geschrieben, sondern du.“

Gott! Warum war der Junge nur so intelligent. Alles würde viel einfacher sein, wenn er auch mit seinem Verstand mehr nach seinem Vater schlagen würde. Aber so… Melina wollte ihn gern erneut anlügen, ihm sagen, dass er sich irrte und seine Schwester tatsächlich nach Kopenhagen geflogen war, um einer guten Freundin zu helfen, die in einer schweren Krise steckte. Doch sie konnte es nicht, konnte dem Jungen nicht direkt ins Gesicht lügen.

„Sie würde nicht einfach abhauen, ohne sich von mir zu verabschieden“, setzte Benjamin hinzu. „Und sie hätte mich längst angerufen, um zu fragen, ob zu Hause alles in Ordnung ist. Also, was ist passiert?“

„Benny… ich…“ Melina brach ab, musste sich erst sammeln, um irgendetwas Vernünftiges herauszubringen. „Ihr geht es gut. Das ist alles, was du wissen musst.“

„Nein!“ gab er mit Nachdruck zurück und trat mit energischem Schritt noch näher an sie heran. Seine Augen funkelten wütend. „Ich bin kein kleines Kind mehr! Ich habe ein Recht darauf, zu erfahren, was passiert ist. Und wenn du mir nicht hilfst, dann gehe ich zu dem Hotel und frage deinen komischen Freund. Denn der steckt garantiert in der Sache mit drin!“

Das war gar keine gute Idee. Wenn Benjamin nur ein wenig nach seiner Mutter schlug, besaß auch er gewisse Fähigkeiten und wenn Demeon davon erfuhr… Sie wollte gar nicht erst darüber nachdenken. Er durfte ihn auf keinen Fall zu Gesicht bekommen. Es war schon schlimm genug, dass Benjamin ihr gefolgt war, ohne dass sie Notiz davon genommen hatte. Sie musste unbedingt verhindern, dass er nun auch noch in Demeons Reichweite kam.

„Okay… ich werde dir so viel sagen, wie ich weiß“, versprach sie rasch und ergriff seinen Arm, um ihn dazu zu bringen, ihr zu folgen.

Der Junge schenkte ihr einen vernichtenden Blick und machte sich rasch von ihr los, dennoch lief er weiter neben ihr her. Wenigstens ein kleiner Erfolg.

„Also?“ drängte er nach ein paar Sekunden des Schweigens zwischen ihnen und sah sie auffordernd an.

Melina holte schweren Herzens tief Luft. „Deine Schwester befindet sich momentan in einem Land, das… außerhalb unserer Reichweite liegt.“

Benjamin zog kritisch die Brauen zusammen, sagte aber nichts weiter dazu, also fühlte sich Melina aufgefordert weiterzusprechen.

„Demeon hat sie dorthin gebracht.“

„Dein Freund?“

„Er ist nicht mein Freund – nicht mehr.“

„Heißt das, er hat sie entführt?“

„So könnte man es ausdrücken – ja.“

Benjamins Augen richteten sich auf das nasse Straßenpflaster. Ihm war anzumerken, wie schwer er sich mit dieser seltsamen Geschichte tat, doch er versuchte sie zu verstehen, versuchte sich ein Bild von der ungeheuerlichen Situation zu machen, in der sie sich alle befanden.

„Und sie kommt dort nicht wieder weg“, schloss er nach einer kleinen Weile. „Sonst wär sie längst wieder hier.“

Melina konnte nichts anderes tun, als traurig zu nicken.

„Und du versuchst ihr zu helfen?“

Wieder folgte ein Nicken seiner Frage.

„Dann bin ich dabei.“

Melina blieb stehen, blinzelte perplex. „Wobei?“

„Na dabei, sie zurückzuholen, denn das ist es doch, was du tun willst, oder?“

„Benny, ich weiß, dass du dir große Sorgen um Jenna machst und es nur gut meinst, aber…“, begann Melina, doch Benjamin fiel ihr einfach ins Wort.

„Sag jetzt nicht, dass ich noch zu klein bin, um zu helfen oder dass es zu gefährlich ist und ich mich raushalten soll!“ fuhr er sie an und in seinen Augen begannen Tränen der Verzweiflung zu glitzern.

„Denn das werde ich nicht! Ich werde alles tun, um meine Schwester zurückzuholen. Sie und Dad sind alles, was ich noch an Familie habe, und ich werde nicht einfach so darauf vertrauen, dass du das alles regelst. Denn das kannst du nicht! Das hast du noch nie gekonnt. Und wenn du mich nicht mitmachen lässt, werde ich zu Dad gehen und ihm sagen, dass Jenna nicht in Kopenhagen ist. Ich werde ihm sagen, dass du mit ihrer Entführung zu tun hast, und er wird die Polizei holen und dich verhaften lassen. Entweder du weihst mich in alles ein und lässt mich mithelfen oder ich mache dir dein Leben zur Hölle. Und glaube mir, *dafür* bin ich nicht mehr zu klein!“

Melina war sprachlos. Ein paar Herzschläge lang stand sie nur da und starrte ihren Neffen fassungslos an. Jungen in seinem Alter waren sonst so anders, so unreif und unsicher. Benjamin hingegen trat ihr mit einer Entschlossenheit, einer Reife und einem Kampfgeist entgegen, die selbst nur wenige Erwachsene besaßen. Und das Schlimmste war: Sie glaubte ihm. Jedes einzelne Wort.

„Du… du weißt nicht, auf was du dich da einlässt“, gab sie schließlich leise zurück und wusste, dass sie verloren hatte, als die Entschlossenheit in seinem Blick noch größer wurde.

„Dann musst du es mir erklären“, sagte er nur und alles, was ihr übrig blieb, war ein weiteres Mal zu nicken. Sie war nicht mehr allein in ihrem Kampf für Jenna und irgendwie fühlte sich das gut an.

Ende von Band 1

Wie es weitergeht, ist im zweiten Teil

Falaysia – Fremde Welt
Band 2: Trachonien

zu erfahren, der im Mai 2013 erscheinen wird.

Aktuelle Informationen über die Autorin und ihre Bücher sind über
http://www.inalinger.de
verfügbar.

15343216R00196

Printed in Poland
by Amazon Fulfillment
Poland Sp. z o.o., Wrocław